Martin Sonneborn
Thomas Gsella
Oliver Maria Schmitt

Titanic BoyGroup GREATEST HITS

20 Jahre Krawall für Deutschland

Rowohlt · Berlin

Mein Name ist **Oliver Maria Schmitt**, und ich bin heute hier, um Ihnen meine Kollegen vorzustellen. Alle drei waren wir Chefredakteure des Faktenmagazins TITANIC und haben versucht, das Blatt so solide wie möglich herunterzuwirtschaften. Zur Strafe muss ich jetzt einen roten Anzug tragen und anfangen. Danke fürs Nicht-Klatschen, dann haben Sie jetzt ja genügend Kraft, um meinen Amtsnachfolger zu begrüßen!

Mein Name ist **Martin Sonneborn**, vielen Dank für Ihren Mitleidsapplaus. Ich bin aus Brüssel hierhergeeilt, um meine Kilometerpauschale zu erhöhen. Schon als TITANIC-Chef wollte ich die Welt retten, was mir leider nicht gelang. Deshalb wurde ich Abgeordneter des Europäischen Parlaments und versuche nun, vor allem eines durchzusetzen: dass Sie heftig klatschen, wenn nun mein Nachfolger die Bühne betritt.

Mein Name ist **Thomas Gsella**, Sie können jetzt aufhören zu klatschen. Einen lyrischen Feingeist wie mich lenkt das nur ab. Ich freue mich schon auf das Ende dieses Buches und dieses Auftritts, denn da lese ich Ihnen eine schlimme Geschichte vor. Bis dahin vertreiben wir uns die Zeit mit den ältesten Kamellen und neuesten Geschichten, die wir in zwanzig Bühnenjahren live am lebenden Publikum ausprobiert haben. Dazu wünsche ich uns viel Erfolg!

IHRE ABSCHIEDSTOURNEE
IST GESCHEITERT
Titanic Boygroup
zu alt! zu dick! zu unmodern!
Oliver Maria Schmitt
Martin Sonneborn
Thomas Gsella
3 Männer, 3 Ex-TITANIC-Chefredakteure, 3 gescheiterte Existenzen

Grüß Gott, Helau und Hi!

Toll, dass Sie mit dabei sind, das Comeback der TITANIC BoyGroup live und in HD zu erleben. Es wird übelst geil werden, jede Wette, ein Erlebnis der Exzellenzklasse. Jedenfalls für uns, denn vor Ihnen persönlich haben wir noch nie eine Privatvorstellung gegeben.

Dass es diese kleine BoyGroup noch immer gibt, hat einen traurigen Grund: Unser Abschied war ein einziges, trauriges Debakel! Die Farewell-Tournee, die uns über alle deutschsprachigen Bühnen von Zürich bis Rostock, von Bochum bis Berlin (bei Polen) geführt hat – diese größte Abschiedstournee der deutschen Satiregeschichte ist auf ganzer Linie gescheitert: an der Starrsinnigkeit der Zuschauer, die uns nicht gehen lassen wollten; an der Gier unseres Agenten, der das Publikum noch längst nicht für ausgemolken hielt; an der Einfältigkeit der drei Protagonisten, die tatsächlich glaubten, was Ihnen Publikum und Agentur einredeten.

Wer wir sind? Na, die drei ollen Jungs von TITANIC, dem bekannten Faktenmagazin aus Frankfurt am Main – also dem richtigen Frankfurt, nicht dem DDR-Frankfurt an der Polengrenze. Freilich sind wir nur die B-Auswahl der Redaktion, die A-Mannschaft macht ja das monatliche Heft. Wir sind drei ehemalige Chefredakteure, schiffbrüchige Existenzen zwischen Midlife-Crisis und Frühvergreisung, die schlechte Karikatur einer Boygroup, trüber Bühnenbodensatz für Arme und Loser, für ein Publikum, dem Helene Fischer zu crazy und Mario Barth zu anspruchsvoll ist.

Dabei steht TITANIC für einen der größten Erfolge der Mediengeschichte überhaupt – weltweit international! Schiffe wurden nach uns benannt, sogar ganze Filme, doch diese Trittbrettfahrerei nehmen wir gelassen zur Kenntnis. Was kümmert es die stolze Eiche, wenn sich die Wildsau an ihr reibt?

Alles begann im November des Jahres 1979 mit dieser Ausgabe.

Gegründet wurde das Blatt von Robert Gernhardt, F. K. Waechter, F. W. Bernstein, Chlodwig Poth, Hans Traxler, Eckhard Henscheid, Pit Knorr und Bernd Eilert. Sie taten dies auf Bitten eines einzelnen Mannes in Bonn, der schnell unser Erstabonnent und Stammleser werden sollte.

Wir nannten ihn Birne und alle anderen später dann auch. Mit Kohl verbrachten wir sechzehn gute Jahre, er war auf fast hundert Titelblättern zu sehen und setzte in Bonn rücksichtslos unsere satirischen Interessen durch. Irgendwann begann er allerdings zu schwächeln. Das muss so ca. im Herbst des Jahres 1989 gewesen sein. Da besaß Deutschland noch eine gut gesicherte Ostgrenze, die war top in Schuss, technisch einwandfrei und teilweise sogar solide gemauert. Ohne dass es einen besonderen Grund dafür gegeben hätte, fiel in einer grauen Novembernacht ein Millionenheer zerlumpter Gestalten über diese Grenze her, um uns hier im Westen unseren Wohlstand wegzufressen. Ein Skandal, diese angebliche Wiedervereinigung! Dabei hatten wir sogar Beweise, dass sie gar nicht rechtens war.

Unser Mitbegründer Chlodwig Poth sprach die Worte: «Die endgültige Teilung Deutschlands, das ist unser Auftrag.» Und seit diesem Tag kämpfen wir für seine Vision. Als Satiriker sind wir natürlich daran interessiert, dass es zwei Deutschlands gibt, denn das bedeutet doppelt so viele Witze und doppelt so hohe Auflage wie nur in einem Deutschland. Wie tröstlich, dass kaum zehn Jahre nach dem Mauerfall Landschaftsgärtner in der Nähe des Brandenburger Tors eine erstaunliche Entdeckung machten.

Aber nicht alles am Mauerfall war schlecht, nein, das geben wir gerne zu. Schließlich wurde so ja auch neues satirefähiges Humanmaterial in den Westen gespült, beispielsweise Helmut Kohls uneheliche Tochter. Uns war sofort klar, dass wir sie eines Tages an die Macht bringen würden, gleich nach der für alle unbefriedigenden SPD-Zwischenlösung aus Niedersachsen. Doch anfangs hatte sie ein echtes Medienproblem. Sie sah aus wie ihre Heimat, die DDR: grau, hässlich und extrem unglamourös. Das konnten und wollten wir nicht mitansehen, deshalb machten wir Verbesserungsvorschläge.

Logische Folge: «Das Merkel» wurde Kanzlerin. Dennoch kommt uns bei der täglichen Arbeit für die gute Sache immer wieder die deutsche Hassjustiz in die Quere: Fast vierzig Ausgaben hat die humorlose Gerichtsbarkeit vom Markt gefegt und das Frankfurter Faktenmagazin damit zur verbotensten Zeitschrift Deutschlands gemacht. Sturheil wird untersagt und verwehrt, selbst wenn Tiere darunter leiden! Oder wir unter Tieren. Im Sommer des Jahres 2006 etwa wurde Süddeutschland von einem pelzigen Monstermörder heimgesucht, den Edmund Stoiber völlig zu Recht «Problembär» nannte (obwohl er eigentlich Bruno hieß). In Bayern zerstörte Bruno Städte und Gemeinden, brannte Wälder nieder, fraß ganze Autobahnteilstücke und vergiftete Brunnen. Bis es uns dann doch zu bunt wurde und wir per Titelschlagzeile forderten: «Knallt die Bestie ab!» Leider unterlief uns in der Heftschluss-Hektik bei der Gestaltung ein bedauerlicher Fehler: Über der Schlagzeile war kein Bild von Bruno zu sehen, sondern der ihm tatsächlich auch verflixt ähnlich sehende rheinland-pfälzische Ministerbärsident Kurt Beck («SPD»).

Auch zu Glaubensfragen müssen wir uns immer wieder äußern, das verbindet uns mit der katholischen Kir-

che. Schließlich arbeiten wir am gleichen Konzept: der nachhaltigen Erlösung. Dabei haben die Kollegen von der Kirche allerdings die geileren Kutten an. Regelmäßig treffen wir uns mit führenden Katholiken zum Dialog, meist vor Gericht. Bislang insgesamt acht Mal. Und jedes Mal hatte der Herr ein Einsehen und sprach die TITANIC hernach im Rahmen eines spektakulären Gottesurteils frei. Als das Bundesverfassungsgericht 1995 die Unzulässigkeit des bayrischen Beschlusses feststellte, in jedem Schulzimmer ein Kruzifix aufzuhängen, einen Heiland am Kreuz (ugs.: «Lattengustl»), da stellten wir eine berechtigte Frage.

Per einstweiliger Verfügung wollte die Deutsche Bischofskonferenz diesen Titel verbieten lassen, was aber nicht klappte. Dennoch provozierte die Kirche immer weiter. Als im Jahr 2010 die Cattolica zum wiederholten Male wegen zahlreicher Sex- und Pädophilievorwürfe in der Kritik war, da wagte der Münchner Heiligenbildchenmaler Rudi Hurzlmeier für die TITANIC eine visuelle Positionsbestimmung.

Mit diesem Titel und insgesamt 198 Beschwerden errang das kleine Heftchen aus dem Stand die Pole-Position in den jährlichen Beschwerde-Charts des Deutschen Presserats. Bei der Staatsanwaltschaft Frankfurt gingen acht Klagen ein, die aber sämtlich abgeschmettert wurden. Begründung: In dieser Angelegenheit müsse sich die Kirche Kritik schon gefallen lassen, schließlich habe sie ja «mit diesem Thema angefangen». Außerdem, so die abschmetternde Staatsanwaltschaft weiter, sei auf dem Titel auch gar kein anstößiger Inhalt zu erkennen – «außer wenn man eine sehr kranke Phantasie» habe.

Die wollten wir unserem langjährigen Abonnenten im Vatikanstaat freilich nicht unterstellen – im Gegenteil. Als Papst Ratzinger im Sommer 2012 im Rahmen der «Vatileaks-Affäre» ins Gerede kam, weil durch undichte Stellen im Vatikan Vertrauliches nach außen durchgesickert war, da wollten wir ihn einfach mal mit guten, sympathischen Nachrichten featuren, ja regelrecht abfeiern. Wir wollten ihn ganz menschlich zeigen, als Fantatrinker wie du und ich, der sich versehentlich in eine kleine Schokoladenpraline gesetzt hat.

Irgendwie muss Pontifex Ratzinger Nr. 16 das aber in den falschen Hals gekriegt haben. Und so ging, nach zweitausend Jahren Kirchengeschichte, zum ersten Mal ein Papst in Privatklage gegen ein Presseerzeugnis vor. Die Pressekammer am Hamburger Landgericht untersagte den Titel mit einer einstweiligen Verfügung, ein Verhandlungstermin Papst vs. TITANIC wurde angesetzt. Am Prozesstag reiste die komplette Redaktion von Frankfurt nach Hamburg, der damalige Chefredakteur Leo Fischer stilgerecht im roten Kardinalsgewand. Damit die Hamburger Besucher sich auf den Prozess eingrooven konnten, veranstalteten wir vor dem Hamburger Gerichtsgebäude einen kleinen Mittelaltermarkt mit Fleischkäsehostien, Folterkettenkarussell und anschließender Hexenverbrennung. Das würde bestimmt auch dem alten TITANIC-Leser Ratzinger gefallen, wenn er dann gleich im Papamobil um die Ecke zischen würde. Doch leider – es kam kein Papst, nur ein neuerliches Fax aus Rom, in dem der Vatikan den kompletten Rückzug erklärte. Kein Zweifel: schon wieder ein positives Gottesurteil!

Zum Glück ist der neue Bettelpapst aus Argentinien da ganz anders. Er ist ja eher ein Versöhner, er integriert die Randgruppen, ja, er geht sogar ganz offen auf diese zu.

Jedes Mal, wenn es zu solchen Vorgängen kommt, wird Kritik laut, vor allem aus den Reihen fanatischer Islamisten. «Immer hackt ihr auf der blöden Kirche rum, aber nie geht's gegen uns», beschweren sich diese Herrschaften. Dabei sollten sie doch wissen, dass jede, wirklich jede Religion auf dieser Welt das Recht hat, von TITANIC schlecht behandelt zu werden. Aber natürlich entsprechend ihrer jeweiligen Bedeutung. Und der Islam spielt in unserem frommen christlichen Vorabendland nun mal nur eine untergeordnete Rolle, wie eine Balkengraphik ja sehr schön beweist.

Häufig werden wir seit neuestem gefragt, ob wir nicht auch Angst vor Anschlägen irrer Islamerer hätten, vor unangemeldeten Redaktionsbesuchen, wie sie traurigerweise unsere Kollegen von «Charlie Hebdo» in Paris bekamen. Die klare Antwort lautet: Nein! In Deutschland könnte dergleichen nie geschehen, denn unsere Islamisten sind höflich und wohlerzogen, sie kommen nicht mit vorgehaltener Waffe, sondern mit Blumen und Pralinen – warum sollte man vor so was Angst haben?

Deshalb halten wir uns auch streng an das im Islam gültige Bilderverbot bzgl. des Propheten. Jedenfalls meistens. Aber manchmal sind wir eben nur ganz gewöhnliche Top-Journalisten, die halt auch mal einen großen Coup landen wollen. Und als uns eines Tages alte, historische und zweifellos authentische Mohammed-Abbildungen für wenig Geld angeboten wurden, da schlugen wir selbstverständlich zu. Und zeigten unseren arabischen Lesern sofort und gerne, was wir erbeutet hatten.

Wir hatten diese Seite gerade veröffentlicht, da klingelte auch schon das Telefon. Es war ein Donnerstag, und Martin Sonneborn ging ran.

TITANIC: Titanic, hallo?

Anrufer: Ist dort Titanic-Redaktion?

TITANIC: Ja.

Anrufer: Ihr werdet alle sterben!

TITANIC: Aber warum?

Anrufer: Ihr habt den Islam in den Schmutz gezogen! Mit die Bilder von dem Propheten!

TITANIC: Aber ist denn da nicht vieles auch ironisch?

Anrufer: Ja, iranisch. Wir sind vom Iran. Ihr habt Allah beschmutzt, und ihr müsst sterben!

TITANIC: Tja, ähem, also dann ... (Anrufer legt auf)

Am nächsten Tag war Sonneborn alleine in der Redaktion, alle Kollegen hatten überraschend Urlaubsanträge eingereicht.

Anrufer: Hallo? Wir haben gestern schon einmal gesprochen.

TITANIC: Ja, ich erinnere mich.

Anrufer: Also normalerweise der Mann, der das geschrieben hat, muss sterben. Bei uns er wird sofort erschossen. Aber Sie haben eine andere Kultur. Haben Sie überlegt, wie Sie ihn selbst bestrafen?

TITANIC: (überrascht) Wir ... Wir könnten ihm den Urlaub streichen.

Anrufer: Nein, das reicht nicht. Urlaub ist dekadent! In Iran haben wir nicht viel Urlaub. Nur wenn wir nach Europa reisen, um zu machen Kontrolle.

TITANIC: Dann kürzen wir doch sein Gehalt um zwanzig Prozent.

Anrufer: (neugierig) Muss er dann seine Auto verkaufen?

TITANIC: Nein. Ich glaube, er hat gar keine Auto.

Anrufer: Dann ist zu wenig.

TITANIC: (kooperativ) Tja, eventuell könnten wir ihm noch das Weihnachtsgeld streichen.

Anrufer: (zufrieden) Das ist gut! Weihnachten ist ein wichtiges Fest in Ihre Kultur ...

TITANIC: Genau!

Anrufer: Dann kann er nicht Geschenke kaufen für Frau und Kinder?

TITANIC: Nein, kann er nicht. Und dann fragen die ihn natürlich, wieso. Und dann muss er denen das alles erklären und selber noch mal über alles nachdenken ...

Anrufer: (begeistert) Das ist sehr gut!

TITANIC: Gut, aber ich kann das nicht alleine entscheiden, wir müssen das hier erst ausdiskutieren. Können Sie morgen noch einmal anrufen?

Anrufer: Ääh – ja.

TITANIC: Und wollen wir vielleicht ein Codewort vereinbaren, damit ich Sie gleich erkenne?

Anrufer: (ratlos) Ja, aber welche?

TITANIC: Ich weiß nicht. Wissen Sie keins?

Anrufer: Doch: «Islamische Republik Iran»!

TITANIC: (langsam, wie mitschreibend) Is... lami... sche Re... publik I... rak.

Anrufer: (brüllt wütend) Nein!!! Nicht Irak!!! Iran! Islamische Republik Iran!!!

TITANIC: Ach so. Auch gut: Iran. Dann bis morgen ...

Leider hatte Sonneborn nicht bedacht, dass der nächste Tag ein Samstag war und kein Schwein in der Redaktion. Nur rein zufällig der Verlagsleiter. Am darauffolgenden Montag fanden wir eine gelbe Haftnotiz auf dem Schreibtisch, vom Verlagsleiter persönlich: «Iranischer Kontaktmann hat angerufen. Hat Codewort vergessen. Habe geantwortet: ‹Ohne Codewort läuft hier gar nichts› – da hat er aufgelegt.»

So sind wir glücklicherweise alle noch mal mit dem Leben davongekommen. Und das ist auch wichtig, schließlich wartet auf uns Satiriker da draußen jede Menge Arbeit.

Zum Beispiel in Nordafrika. Als es dort zur «Arabellion» kam und die alten Diktatoren gestürzt wurden, hat uns das natürlich gefreut. Vor allem, als diese dann durch neue Diktatoren und Warlords ersetzt wurden. Als sich in Kairo aber der Mob erhob und die Museen plünderte, da waren wir ehrlich entsetzt. Da kam es ja sogar zu Mumienschändungen. Wirklich ekelhaft!

Auch aus Großbritannien erreichten uns bestürzende Nachrichten. Nicht genug, dass sie Fischabfälle panieren und frittieren und beim Fußball versagen – jetzt geht's auch noch den Mitgliedern der königlichen Familie an den Kragen!

Wenn man schon so lange auf Tour ist wie wir, verliert man unterwegs natürlich Leute, liebgewordene Freunde und Begleiter. Besonders traurig waren wir, als unser langjähriger Leser und Abonnent in Rom die Segel strich und sein Amt als Ministerpräsident verlor: Silvio Berlusconi. Deshalb wollen wir hier noch einmal an ihn erinnern, und zwar mit einer Aufnahme, die ihn zeigt, wie man ihn sonst nie sieht.

Besonders geschmerzt hat uns nach der Bundestagswahl 2013 auch der Abschied von unserem langjährigen Medienpartner FDP. Die TITANIC hat Genschman zum Superhelden gemacht und Wahlkämpfe für die kleine bizarre Spaßpartei gefochten – und jetzt sollte man sie einfach in die Tonne treten?

Doch zum Trauern blieb und bleibt keine Zeit, wir haben alle Hände voll zu tun. Im November 2011 flog in Zwickau ein Haus in die Luft, und der Nationalsozialistische Untergrund kam ans Licht. Die Ermittler vom Verfassungsschutz verloren fast die Fassung: Es gab tatsächlich Nazis! In Deutschland! Und keine entsprechenden Ermittlungen! Keine Frage, wir mussten den Verfassungsschützern helfen.

Dieses Fahndungsplakat ließen wir bundesweit an allen Zeitschriftenkiosken aushängen. Schon kurze Zeit später erreichte uns ein erster Hinweis: In einem bayrischen Dorf hatten sich zwei ältere Nachbarn jeweils gegenseitig erkannt. Dieser heißen Spur folgen wir bis heute, auch wenn uns Kritiker immer wieder vorwerfen, wir würden Hitler als Coverboy noch häufiger missbrauchen als die Satiremagazine «Stern» und «Spiegel». Dabei sind denen doch menschliche Schicksale völlig piepenhagen! Uns jedenfalls hat es nicht kaltgelassen, als wir hörten, dass sich der sympathi-

sche Fußballer Robert Enke auf die Schienen gelegt hat. Grund: Depressionen!

Dabei ist Fußball doch so ein schönes Spiel, ja sogar unser Lieblingsspiel. Das werden Sie im Laufe des heutigen Programms sehen, wenn Thomas Gsella Ihnen erklärt, wie man Fußballreporter wird, und Martin Sonneborn zeigt, wie einfach es ist, eine WM ins Land zu holen. Deshalb haben wir uns natürlich sehr gefreut, als Deutschland im Sommer 2014 endlich wieder Weltmeister wurde und die ganze Welt mit uns feierte.

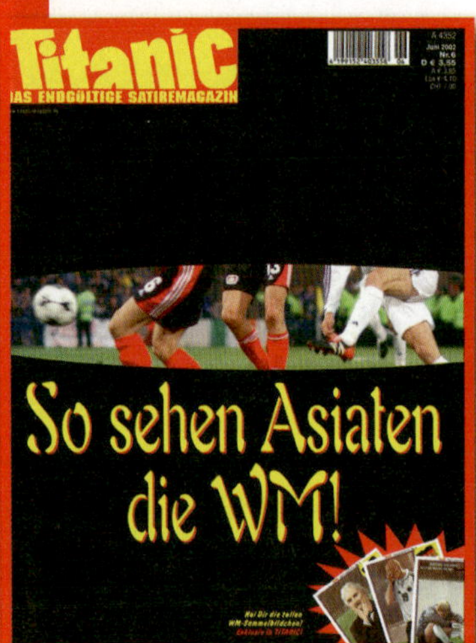

Wir haben uns ja bereits 2002 wie Bolle gefreut, dass die WM endlich auch mal in Asien ausgetragen wurde. Obwohl wir gar nicht sicher waren, ob man da drüben auch wirklich alle spielentscheidenden Züge im Fernsehen nachverfolgen konnte.

Egal, die Freude überwog. So wie wir, die vermeintlichen Spielverderber und Miesepeter, uns auch für unseren Lieblingsmusiker gefreut haben, als er der Öffentlichkeit ein superscharfes Ultraschallbild zeigte und die frohe Botschaft über sich einstellenden Nachwuchs in der ihm eigenen erfrischend ungekünstelten Weise verkündete.

Das Wunder des menschlichen Lebens achten wir keinen Deut geringer als das Wunder des Friedens nach einem – zumindest für einen Menschen – so tragisch verlorenen Krieg. Reicht dann ja auch, wenn der erbärmliche Loser sich nur alle siebzig Jahre wieder meldet, so wie neulich im schönen Monat Mai.

Wunder gibt es nämlich immer wieder, und wenn man Glück hat, sogar beim Frühstück. Und wenn jetzt nicht bald kein Wunder mehr geschieht, dann fängt dieser BoyGroup-Auftritt ja wohl niemals mehr an.

Wie – tut er jetzt doch?

Na endlich!

Titanic
BoyGroup
1. Hälfte

Seit über zweitausend Jahren beginnt jede Ausgabe der TITANIC mit der Sammelrubrik «Briefe an die Leser». Die alleralleraltesten Briefe haben wir nun hier für Sie versammelt!

Briefe an die Leser

Hanfparadisten!

In Berlin gingt Ihr auf die Straße und wolltet, vom Ernst-Reuter-Platz bis zum Brandenburger Tor, mal wieder «mit Hanf in die Zukunft gehen». Eurer frommen Glaubensprozession ging es um die «Wiederentdeckung der Nutzpflanze Cannabis», um die «Verwertung» von Hanf als «Faserpflanze», um das Würzen von Speisen mit «angerösteten Hanfsamen» und anschließend das «Ablöschen mit Hanföl». Dass dies ausschließlich in «Hanffaser-Jeans» und freilich auch «Hanffaser-Hängematten» zu geschehen hat, ist für Euch ja schon Ehrensache.

Wir hingegen, Hanfparadisten, brauchen Euer Ölsamenfaserkraut einfach nur für eines: zum Kiffen. Zum Unheimlich-und-volle-Kanne-einen-Durchziehen, bis es im Hirnkastl nur so klingelt. Und das aus reinem Eigennutzdenken: weil's nämlich so schön breit macht. Und weil uns dann Eure Nutzpflanzensorgen erst recht so Hanfjacke wie -hose sind wie nur was.

Voll auf Faser:

TITANIC BoyGroup

Vor einigen Jahren, Gisela von Hinten,

gründeten Sie in Ravensburg die «Praxis für Partner- und Sexualberatung Gisela von Hinten», und das fanden wir schon damals prima. In der Zeitschrift «Eltern» äußerten Sie sich nun zum Thema Vaginismus. Zitat «Eltern»: «Ziel einer Therapie ist, dass die Frau die Wahl hat, wie sie mit ihrem Partner sexuell zusammen sein möchte, sagt Gisela von Hinten.»

Mit Verlaub, das finden wir schon

wieder ziemlich lustig. Und wenn Sie jetzt noch mit der gleichfalls lustigen «Freitag»-Redakteurin Renate Rammelt vielleicht einen Text gemeinsam schreiben könnten? Um endlich jene spitzenmäßige Autorinnenzeile in die Welt zu hieven, die da lautet: «Renate Rammelt/Gisela von Hinten»?

Bitte, bitte, nur einmal!

TITANIC BoyGroup

Mit großer Erleichterung, «Bild»-Zeitung,

haben wir gerade Deine Meldung gelesen: «Amokläufer erschießt vier Kollegen.» Da dürften die Straßen jetzt wohl für eine Weile sicher sein!

Schwer beruhigt:

TITANIC BoyGroup

Sehr geehrter Herr Bundeskanzler Werner Faymann!

Sie sind zwar kein richtiger Bundeskanzler, sondern nur der von Österreich, aber für einen Österreicher ist das schon eine ganze Menge, ja fast außergewöhnlich. Recht eigentlich sind Sie mit Ihrer Bundeskanzlerwerdung sogar an die Grenzen des Menschenmöglichen gegangen, jedenfalls des in Österreich Menschenmöglichen, und das ist in Österreich ja gar nicht so viel. Als Bundeskanzler dieses «kleinen, kotelettförmigen Landes» (Bernd Eilert) ist es Ihre vornehmste Aufgabe, herausragende Leistungen anderer Österreicher mit noch herausragenderen Worten zu würdigen, so wie Sie dies beim bzw. nach dem Fall des Stratosphärenspringers Felix Baumgartner taten.

Sie wissen schon, Faymann, Ihres numinosen Landsmannes, der in großer Höhe seinen Sitzplatz aufgab, um sodann mit Überschallgeschwindigkeit und im Auftrag des Limonadenbrauers Red Bull ebenjenem Elend wieder entgegenzurasen, dem er gerade noch entkommen war. Angesichts dieser denkwürdigen Leistung gratulierten Sie, Faymann, dem Springer mit den so denkwürdigen Worten: «Sie sind gemeinsam an die Grenzen des Menschenmöglichen und an die Grenzen der Physik gegangen.»

Das ist fein beobachtet, Faymann, und erstaunlich formuliert. Da ja das Deutsche in Ihrem putzigen Sachertortenstaat bestenfalls den Rang einer piefigen Fremdsprache hat, können Sie nicht wissen, dass das Wort «gemeinsam» das Wort «zugleich» weder ersetzen noch auch nur ansatzweise vertreten kann, was aber egal ist, da der Restsatz ohnehin keinen besonderen Sinn ergibt – obwohl er doch souverän an die Grenzen des Unsäglichen und zugleich an die Grenzen *der Grammatik geht. Aber so ist das wohl immer, wenn außergewöhnliche Österreicher Außergewöhnliches leisten!*

Gerne erinnern wir uns an die großen unvergessenen Ösi-Extremsport-Momente, als Niki Lauda beim Im-Kreis-Rumfahren gemeinsam mit Haut und Haar an die Grenzen des Menschentödlichen und an die Grenzen der plastischen Chirurgie gegangen ist, als Josef Fritzl, nur mit Klappspaten und einem Betonmischer bewaffnet, gemeinsam an die Grenzen der Familienplanung und an die Grenzen des Ein-Mann-Tiefbaus gegangen ist, als Adolf Hitler gemeinsam mit sich und ohne jede österreichische Beteiligung an die Grenzen von 1941 und an die Grenzen der deutschen Vernichtungsphysik gegangen ist.

Das waren große Momente, Faymann, aber nun, nach Baumgartners Bauchlandung, darf die ruhmreiche Extremsportgeschichte Ihres Landes nicht enden. Denn nun sucht Österreichs tief gefallener Stratosphärendepp verzweifelt neue Herausforderungen – und als Extremsportler hat er da ja sooo viele Möglichkeiten: Er könnte sich sämtliche Platten von Andy Borg, André Heller, Falco und Christina Stürmer Tag und Nacht in einer geschlossenen Raumkapsel anhören, er könnte die Transamericana von Alaska runter bis zur Arktis auf dem eigenen Sack entlanghüpfen – aber klar, das ist nicht nur ungesund, sondern auch teuer. Nun, wir würden ja sogar das Schuhwerk spendieren, sollte Baumgartner versuchen wollen, den Pazifischen Ozean als erster Mensch in Betonsandalen zu durchwandern.

Aber mal Ernst beiseite, Faymann: Eine nicht nur für österreichische Verhältnisse absolut herausragende Extremleistung wäre es doch, wenn Sie beide, Faymann und Baumgartner, gemeinsam und zugleich etwas völlig Außergewöhnliches und für Österreicher sogar Unerhörtes zustande brächten, nämlich dergestalt, dass der eine etwas Sinnvolles tut – und der andere dann etwas Sinnvolles darüber sagt.

Auch wenn sich das jetzt total irre anhört, Herr Bundeskanzler Faymann – denken Sie darüber doch mal in Ruhe nach.

Küss die Hand,
TITANIC BoyGroup

Und erst kürzlich, lieber Gott,

würdigten wir Deine betreffs Beruf und Namen so uneinholbar kohärente Ravensburger Sexualberaterin Gisela von Hinten und dankten Dir für diesen feinen Schöpfungsscherz – aber nun veröffentlichten die «Kieler Nachrichten» folgende Todesanzeige:

«Jesus spricht: Heute noch wirst du

mit mir im Paradiese sein (Lukas 89, 5.43). Heute nahm Gott, der Schöpfer, Richter und Erlöser, unsere liebe Mutter Elisabeth von Hinten» usw.; Du gibst und nimmst halt, wie es Dir gefällt, und wer derart Humor beweist, der möge den gerechten Lohn einstreichen – aber um ein bisschen mehr Diskretion möchte schon bitten:

TITANIC BoyGroup

Das, Dieter Thomas Heck,

haben wir aber gerne gelesen, als Sie im legendären Hochwassersommer der «Bild am Sonntag» angesichts steigender Dämme und brechender Fluten im deutschen Osten mitteilten: «Am liebsten würde ich sofort hinfahren und mit anpacken.»

Und, um ehrlich zu sein, am liebsten hätten wir das auch mit anschauen wollen. Was hätten Sie da, ausgestattet mit Hochwasserhosen und jeder Menge Schwimmringen, nicht alles leisten können! Gerade Sie als prototypischer Sack! Wie viele Dämme hätten Sie stabilisieren, wie viele Löcher stopfen können! Und was wären das für schöne Überschriften gewesen!

«Der Heck ist stellenweise schon durchweicht!»

«Freiwillige Helfer sichern den Heck!»

«Bundeswehrhubschrauber werfen Heck aus der Luft ab!»

Und, natürlich, die Frage aller Fragen: «Wird der Heck halten?»

Aber leider: Der Heck hielt nicht. Schon gar nicht den Mund.

Mit trockenem Gruß:

TITANIC BoyGroup

Liebe «Neue Zürcher Zeitung»,

wir möchten Dich um etwas mehr Bedachtsamkeit bitten. Und zwar bei der Auswahl Deiner Überschriften. Immerhin möchten wir nicht noch einmal so erschreckt werden wie Ende April. Also nicht mehr im Fettdruck über kurze, belanglose Artikel setzen: «Wichser plagen Rückenprobleme».

Sondern lieber: «Der hoffnungsvolle Schweizer Nachwuchs-Eishockeyspieler Adrian Wichser hat Schmerzen im Kreuz.»

Vielen Dank!

TITANIC BoyGroup

«Bild»-Fotograf Helmut Möller!

Sie – wir sagten das schon – sind Fotograf für die «Bild»-Zeitung und durften sich als solcher – wir ahnten das schon – an der großen «Bild»-Superserie «Mein Lieblingsfoto – Bild-Fo-

tografen wählen aus» beteiligen. Mit großem Erfolg, wie wir gerne zugeben, denn unsere Erwartungen haben Sie, Möller, nicht enttäuscht: Auf einem hochformatigen, stark verblitzten Foto sehen wir eine kahle Zuhälterspelunke mit Deckenfernseher und sauber verlegtem Lüftungsrohr, darunter eine dralle, fast nackte, nur mit weißer Schürze, rotem Cowboyhut, rotem Slip und roten Stöckelschuhen bewehrte Langhaarblondine, die zwischen Weizenbiergläsern und Aschenbechern auf einem Tresen tanzt und dabei in die Hände patscht, weil ihr gerade kahlrasierte Unholde mit Kennerblick und Kippe im Maul einen Geldschein zwischen die Prunkbacken geschoben haben und sich nun anschickern, einen weiteren Lappen vorne unter den Latz zu schieben. Eine im Hintergrund stehende Gästin folgt dem Spektakel mit versteinertem Blick.

Unter dem Foto lesen wir: «Unser Fotograf Helmut Möller schoss dieses scharfe Foto in der Disco ‹Golden Gate› und erwischte mit seiner Kamera prompt das heißeste Girl. Nicole, mit roten Pumps und rotem Hut, tanzte auf dem Tresen. Und brachte die Stimmung auf den Siedepunkt, indem sie den Herren neckisch ihren Po entgegenreckte. Die männlichen Gäste der ‹Hustler-Party› konnten gar nicht so schnell Scheine in den Tanga-Slip schieben, wie Nicole tanzte.»

Scharf geschossen, Möller, ehrlich!

Nun warten wir auf weitere Lieblingsbilder, etwa aus der «Ritze» in Hamburg, aus dem «Leierkasten» in München, aus «Karla's Kinderlädchen» in Bad Sodom oder einfach von der nächsten «Bild»-Party. Dafür kriegen Sie dann von uns einen Schein, den Sie sich in eine Öffnung Ihrer Wahl schieben dürfen.

Ritsch-ratsch-klick!

TITANIC BoyGroup

«NZZ am Sonntag»!

Wenn wir die «NZZ» gebeten haben, reißerische Überschriften zu vermeiden, sofern es sich um Berichte über den Eishockey-Spieler Adrian Wichser handelt, dann gilt das natürlich auch für die Sonntagsausgabe. Und selbst die Tatsache, dass der begabte junge Mann zusammen mit seinem Kollegen Björn-Olav Christen kürzlich für die Nationalmannschaft nominiert wurde, rechtfertigt keinesfalls, wir wiederholen: keinesfalls die Schlagzeile: «Wichser und Christen vor ihrer ersten Eishockey-WM»!

Kleiner Presserat von

TITANIC BoyGroup

Unser Mitleid, Firma Adventure World,

hielt sich in Grenzen, als wir kürzlich in der Zeitung folgende Meldung lasen: «Ein zweiundzwanzig Jahre alter amerikanischer Tourist ist am Wochenende im Berner Oberland bei einem Bungee-Sprung aus einer Seilbahngondel zu Tode gekommen. Er stürzte aus hundert Metern Höhe mit voller Wucht auf einen Parkplatz, weil vermutlich ein zu langes Gummiseil verwendet wurde. In der Gondel befanden sich zwei Seile für Fallhöhen von hundert und hundertachtzig Metern, die farblich unterschiedlich markiert sind.»

Nein, Firma Adventure World, so richtig getroffen – so wie der Ami den Parkplatz – hat uns das nicht.

Auch hielt sich im Jahr zuvor unsere Anteilnahme in Grenzen, als wir hörten, dass einundzwanzig Personen ihren Abschied aus der Welt des Extremsports nahmen, nachdem sie beim sog. Canyoning in der Saxetbach-Schlucht bei Interlaken von einem Gewitter überrascht wurden und infolgedessen schneller als geplant und für immer den Bach runtergingen. Nein, Firma Adventure World, auch das hat uns nicht so richtig aus der Fassung gebracht.

Unsere Begeisterung hielt sich allerdings überhaupt nicht mehr in Grenzen, als wir erfuhren, dass Du, verehrungswürdige Firma Adventure Tours, hinter beiden Unfällen steckst – nämlich als in diesen Dingen wohl recht zuverlässiger Veranstalter von Fun- und Extremsport-Urlauben. Daher wollen wir Dir aus Dankbarkeit versichern: Falls uns demnächst beim Spaziergang mal wieder neonfarbenfrohgekleidete Extremtrottel mit Funbike, Glatze und Ziegenbart die Sicht auf die Natur versperren, empfiehlt Dich in diesen Kreisen extrem gerne weiter:

Deine

TITANIC BoyGroup

Und Sie, Wichser,

sehen zu, dass Ihr Rücken wieder in Ordnung kommt.

Sicher ist sicher!

TITANIC BoyGroup

Kurz nach ihrer Gründung war die TITANIC BoyGroup eine Zeitlang zu viert und feierte so, als Quartett, ihren bis heute und wohl in alle Ewigkeit umjubeltsten Auftritt!

Unser schönstes Leseerlebnis: Kiwikrieg in Eschwege

Der 16. Juni ist ein heißer Tag in diesem kochend heißen Fußballsommer 1996. In England findet die zehnte Europameisterschaft der Herren statt, im Endspiel gegen Tschechien am 30. Juni wird Oliver Bierhoff das Golden Goal schießen und die Ära der deutschen Sommermärchenpsychosen einläuten, aber das wissen wir noch nicht an diesem Morgen, als wir uns gegen elf Uhr in meinen werksmäßig engergelegten Opel Corsa stopfen. Um eins erreichen wir das im nordhessischen Randgebiet ächzende Eschwege, zeigen unsere Künstlerkarten vor, stellen das Auto auf dem Prominentenparkplatz ab und trotten in das riesige, innen auf rund fünfzig Grad erhitzte Bierzelt, in dem wir ab sechzehn Uhr das entscheidende EM-Vorrundenspiel Deutschland gegen Russland kommentieren dürfen: die nachwachsenden Satiriker Benjamin Schiffner, Oliver Maria Schmitt und Martin Sonneborn sowie der schon damals reife Profi und Stilist und im Grunde auch Stylist ich selber.

Und eben nämlich in Eschwege war damals gerade das alljährliche «Open Flair» gewesen mit Hippieflohmarkt, Musik, Tanz, Zigaretten, Alkohol, abertausend jungen Hüpfern aus den umliegenden Torfmooren und uns als zwar damals noch nicht Megatop-, aber doch schon Mittel-Act und Klein- bis Mittelpublikumsmagnet. Fuß-

ballwitze jedenfalls haben wir massig in der Tasche, dazu den ganzen Haufen gängiger Reporterfloskeln!

Und es geht prima los: «Noch 89,9 Minuten zu spielen», flötet Schiffner vier Sekunden nach dem Anpfiff.

«Beide Mannschaften scheinen mit dem Ergebnis zufrieden zu sein», setze ich trocken nach.

Schmitt versucht es mit «Schirinowski pfeift doch etwas kleinlich heute», doch in Eschwege scheint der russische Politikernazi komplett unbekannt.

So wächst nur Sonneborn bereits am Anfang über sich hinaus: «Bisher gab es elf Siege und vier Niederlagen für die Deutschen; Stalingrad zählt selbstverständlich doppelt.»

Nun brandet auf, was wir erwartet haben: Jubel, Jubel, Jubel! Hauptsächlich von einem Langhaarigen links vorne; die anderen vierhundert schaben hüstelnd mit den Füßen, dann eine leise Meldung aus der Mitte: «Haha. Sehr lustig.»

Vier Dutzend greifen die Begeisterung auf: «Ihr Witzbolde!» Und einer möchte zu gern wissen: «Werdet ihr dafür etwa bezahlt?»

«Ja, selbstverständlich!», gibt Schmitt strahlend Auskunft, während ich mir eine Zigarette drehe. «Über tausend Mark, mehr will ich nicht verraten.»

Sonneborn lächelt: «Man lässt sich halt ungern ins Konto gucken.»

Rachsüchtig bellt mich ein junges Mädchen an: «Hier ist Rauchen verboten!»

«Für euch, ja», sage ich, denn es ist wirklich äußerst heiß und stickig, grad für die zahlreich angereisten Kinder und Embryonen; die Zeltplane ist vollständig heruntergelassen, damit kein Jota Tageslicht auf die Großleinwand fällt. «Wir Künstler dürfen aber Kette rauchen. Steht so im Vertrag.»

«Arschlöcher!», knurren da nun zehn auf einmal.

«Künstler und Arschlöcher dürfen rauchen», kontert Schmitt mit einem neuen super Witz und zeigt den Eschwegern, wie man richtig inhaliert.

«Gorbatschow muss aufpassen. Wenn er beim Kopfballduell mit Ziege zusammenprallt, gehen die ganzen Pickel auf!» Das bin ich in absoluter Hochform; ich ziehe Schiffner mit. «Noch sechsundachtzig Minuten zu spielen!», brüllt der Satiriker ins Publikum, und als der Ball ins Seitenaus rollt, bricht es aus Sonneborn heraus: «Den Schuss hab ich schon drin gesehen!»

Stille. Zweihundert ländlich treue Augenpaare starren zu uns hoch, fixieren uns betäubt und auch leicht ungläubig. Schiffner nuschelt: «Die haben wir im Sack, oder?»

Ich nicke, starte meinen ersten Running Gag: «Was macht der Helmut denn da?!» Wissen muss man, dass Helmut Rahn auch damals schon tot war und nicht mitspielte, ich also nur so tat, als ob – doch. Und wieder lachen alle vier.

Auch das Publikum geht mit: «Maul halten, wir wollen Rubenbauer hören!»

Aber da haben sie ihre Rechnung ohne Schiffner gemacht. «Rubenbauer», brüllt er, da er sich mit Fußball nicht sooo auskennt, «wer ist Rubenbauer?!»

Unauffällig stülpe ich meine Lippen auf sein Ohr: «Der echte Kommentator. Ein bekannter Mann.»

Ja, der Funke ist übergesprungen in diesen ersten Minuten; wie der Hering in der nahen Fulda schwimmen wir im Applaus des Publikums. Das gibt uns Mut, Kraft, Selbstvertrauen. Nach zehn Minuten kribbeliger Stille dann ein echter Hammer.

Schmitt: «Da hätte man mehr draus machen können.» Das sitzt; man könnte eine Nadel fallen hören. Ein Blick auf die Uhr: noch siebzig Minuten zu spielen. Wir halten uns geschickt zurück, platzieren unsere Höhepunkte, und souverän erreichen wir die Halbzeitpause.

«Wir müssen», schlägt ein schweißnasser Schiffner backstage vor, «mal wieder was sagen!»

«Stimmt», meint Sonneborn, «aber was?»

«Was macht der Helmut denn da?!», rufe ich und lache mich kaputt. Doch warum guckt der Schmitt so knitterig? Grad hat er vom Festivalbüro erfahren, dass man uns gar nicht angekündigt hat, Eschwege also auf eine reguläre Rubenbauer-Übertragung spitz war. «Also wussten sie», bilanziert Schiffner, «gar nichts von ihrem Glück!» Froh klopfen wir uns gegenseitig auf die Schulter.

In der zweiten Halbzeit wird's dann besser. Etwa alle acht Minuten geben wir einen Kommentar ab, den das Publikum dann stets mit einem herzhaft intonierten «Fresse!» retourniert. In der 80. Minute stolzieren wir, begleitet von frenetischem Applaus, hinter die Bühne und bekommen wie erwartet Fanbesuch: Ein bis zum Überlaufen blauer Eschwegerich gesellt sich zu uns, nimmt Bierflaschen und diverse Sorten bereitliegenden Künstlerobstes in die Hand und schmeißt sie auf uns drauf. Zielen tut der Trinksack aber miserabel; nur Sonneborn kriegt eine halbe Kiwi an den Nabel, bevor der junge Mann ihm dann auch an die Gurgel springt.

«Ich wollte Rubenbauer!», schreit unser Fan und bricht zusammen, «Rubenbauer, Rubenbauer, Rubenbauer!», dann wird er von einem blitzschnell aufgetauchten Künstlerschützer abgeführt. Eine fünfköpfige Security-Armee geleitet uns zum Honorarauszahlungszelt, von da aus stracks zu meinem Auto.

«Wisst ihr eigentlich, wer euch da erwürgen wollte?», fragen die Beschützer.

Wir erfahren: Es war der Gitarrist einer Eschweger Dorfkapelle namens «The Bates» oder so ähnlich.

«Die hatten schon mal einen Clip im Viva.»

Und ihr Gitarrero steht jetzt sogar in diesem Buch.

Als Vertreter einer Partei, die sich die endgültige Teilung Deutschlands auf die Fahnen geschrieben hat, bereiten mir die Feiern am 3. Oktober niemals so recht Freude. Um den ausschweifenden Feierlichkeiten zum 10. Jahrestag der Wiedervereinigung etwas entgegenzusetzen, startete ich im September 2000 eine besonders perfide Telefonaktion …

TITANIC-Telefon-Terror

10 Jahre deutsche Zweiheit

Landauf, landab wird derzeit der 10. Jahrestag der deutschen Wiedervereinigung gefeiert. Dabei bleiben zwei Fragen offen: Sind wir wirklich ein Volk, wir und die da drüben? Und: Schulden die da drüben uns nicht noch eine ganze Menge? An Dankbarkeit? An Geld? Und wohl auch an Fernsehgebühren?

Frau Ackermann, Thüringen:

«Sie spinnen wohl!»

TITANIC: Ja, Sonneborn von der Gebühreneinzugszentrale. Guten Tag, Frau Ackermann. Erst mal herzlichen Glückwunsch zu zehn Jahren Freiheit.

Ackermann: (abweisend) Ja, danke, um was geht's?

TITANIC: Um die Gebühren fürs Fernsehen.

Ackermann: Was ist damit?

TITANIC: Wir möchten jetzt die Gebühren nachverlangen, die von 1980 bis 1990 angefallen sind!

Ackermann: (verwirrt) Was? Warum denn das?

TITANIC: Das ist ein ganz normaler Vorgang. Sie haben damals Westfernsehen gesehen, aber nichts bezahlt.

Ackermann: (aufgebracht) Sie spinnen wohl! Woher wollen Sie wissen, dass wir das gesehen haben? (verärgerte männliche Stimme von hinten) Woher wollen Sie denn wissen, dass wir einen Fernseher hatten? Das müssen Sie uns erst mal beweisen!

TITANIC: (ruhig) Wir wissen das, wir wissen alles!

Ackermann: Aha, Sie wissen das!

TITANIC: Sie wollen doch nicht behaupten, dass Sie keinen hatten, oder?

Ackermann: (zögernd) Ja, wir hatten einen ...

TITANIC: Und da sind natürlich auch Gebühren angefallen.

Ackermann: Das hört sich ja unglaublich an, ich werd das meinem Anwalt übergeben!

TITANIC: Aus welchem Grund?

Ackermann: (giftig) Da müsste ich ja auch verschiedene Sachen nachbezahlt bekommen, die sich damals ereignet haben, auch in der BRD!

TITANIC: Welche Sachen?

Ackermann: Na, zum Beispiel gab's da Lohnerhöhungen, was es bei uns nicht gab, Urlaubsgeld, Dingsgeld, Weihnachtsgeld! Und deswegen leg ich jetzt auf! Auf Wiederhören!

Frau Ackermann ist offensichtlich nicht ganz bei Trost, oder die vielen Reden zur Wiedervereinigung sind ihr zu Kopf gestiegen. Auf jeden Fall hat sie sich ihre ganz typische DDR-Mentalität bewahrt: alles haben wollen, aber nix bezahlen! In einem aber täuscht sie sich, denn Dingsgeld gab es doch wohl in der Zone und nicht im freien Westen.

Herr Mahr, Sachsen:

«Sind Sie krank?»

Mahr: (aggressiv) ... da hab ich nichts mit zu tun. Da war ich DDR.

TITANIC: (auch aggressiv) Okay, Sie waren DDR, aber wir haben Ihnen unser gutes BRD-Fernsehen zur Verfügung gestellt!

Mahr: (störrisch) Das interessiert mich nicht.

TITANIC: Aber Sie haben doch Westfernsehen gesehen!

Mahr: Nee, das können Sie mir glauben.

TITANIC: Das sagen alle. Aber wenn man dann fragt, kennen Sie Günther Jauch oder Ronald Reagan, dann kennen die Leute die doch ...

Mahr: Nee, ich hab ja nicht mal Boris Becker gekannt!

TITANIC: (überrascht) Bis wann denn?

Mahr: (lauter) Bis zur Wende, und deshalb bekommen Sie von mir keinen Cent. Sie haben doch wohl ein Rad ab? Oder was? Ich wohne hier im Osten!

TITANIC: Aber das ist doch jetzt kein rechtsfreier Raum mehr!

Mahr: (brüllt) Sind Sie krank? 1985 war hier DDR! Sind Sie bekloppt dumm? Oder was? Was damals war, interessiert mich nicht mehr! Sie verdienen mit Ihrem Fernsehen genug! Also ich glaube, ich leide, oder was! Bei dir hakt's wohl aus oder wie! (legt knallend auf)

Das ist also aus der guten alten DDR geworden: ein verbitterter Mittvierziger, der sich für nichts mehr interessiert. Haben wir damals wirklich für Leute wie Herrn Mahr die Mauer aufmachen lassen?

Herr Peters, Thüringen:

«'n Sender mehr oder weniger ...»

Peters: (misstrauisch) ... und Sie wollen jetzt nur bei mir nachkassieren?

TITANIC: Bei allen DDR-Bürgern. Natürlich nur, wenn sie Westfernsehen gekuckt haben.

Peters: (abwehrend) Nee, haben wir nicht. Wir haben ja kaum welches gekriegt. Eigentlich gar nicht.

TITANIC: (freundlich) Sind Sie denn heute mit dem Programm zufrieden?

Peters: Ja, sind wir zufrieden mit, haben wir zumindest gute Auswahl. Früher hatten wir ja nur drei Programme, nicht, ZDF und ... (verstummt abrupt)

TITANIC: (stutzt) Moment mal! Sie haben doch gerade gesagt, Sie hatten gar kein Westfernsehen!

Peters: (stotternd) Nee, ja, nee, kein Westfernsehen, haben wir nie gehabt!

TITANIC: ZDF ist aber Westfernsehen!

Peters: (windet sich) Dann habe ich mich vielleicht geirrt, wir hatten nur unsere Sender!

TITANIC: (ungläubig) Wirklich?

Peters: Das war am Anfang, da, wo's dann alle hatten, da hatten wir dann manchmal 'n Sender mehr oder weniger, aber ZDF hatten wir zu DDR-Zeiten nie gehabt ...

TITANIC: Na gut, dann entfällt die Zahlpflicht für Sie!

Wer hätte gedacht, dass der Gebühreneinzug im Osten noch schwieriger ist als in Westdeutschland? Oder hätte sich ein echter GEZ-Mann nicht so leicht abspeisen lassen? Wenn das so weitergeht, müssen wir wohl auf die Stasi-Unterlagen zurückgreifen, um die Leute zu überführen.

Herr Große, Sachsen-Anhalt:

«Alles klar! Linkes Ding!»

TITANIC: ... da haben Sie noch keine Gebühren für das Westfernsehen bezahlt.

Große: (belustigt) Och, haha, nee! Wie kommt denn das zustande? Klären Sie mich mal auf!

TITANIC: Das kommt, weil 1980 ein Terrorregime in der DDR herrschte und wir unsere Gebühren bei Ihnen nicht eintreiben konnten! Sie haben im Osten Gebühren bezahlt, aber für den Westen nicht!

Große: (schreit) He! Ist das ein linkes Ding jetzt hier? Da wird kein Geschäft draus! Da wird kein Geschäft draus!

TITANIC: Soll ja auch nicht. Wir wollen ja nur unsere Gebühren!

Große: (triumphierend) Kriegen Sie nicht! Kriegen Sie nicht! Keine Gebühren, egal wie!

TITANIC: Aber ...

Große: Das ist für mich abgeschlossen! Wollen Sie uns noch abzocken? Oder was?

TITANIC: Sie können doch nicht unser Fernseh wegkucken und hinterher nicht bezahlen dafür!

Große: (brüllt) Ahahaha! Doch! Das wird nichts! Das wird nichts! Ein linkes Ding! Ich lege auf! Ich lege auf!

TITANIC: (protestierend) Auflegen gilt nicht, wir sind schließlich jetzt ein Rechtsstaat!

Große: Das gibt's nicht! So was gibt's nicht! Das hör ich zum ersten Mal! Aus'm Westen! Sind Sie aus'm Westen?

TITANIC: (kleinlaut) Ja, ich bin aus'm Westen.

Große: Alles klar! Linkes Ding! Ich lege jetzt auf! Jetzt! (legt auf)

Wie soll Großdeutschland eigentlich jemals zusammenwachsen, wenn Leute wie Herr Große weiterhin die Existenz eines Rechtsstaats verleugnen und jedem Westdeutschen schmutzige Tricks unterstellen? Ob er mit unseren Versicherungsvertretern, Drückerkolonnen und Sternsingern auch so umgesprungen ist?

Frau Wischmann, Mecklenburg-Vorpommern:

«In unserem Apparat war noch kein Bunt drinne!»

Wischmann: ... nee, haben wir keins gesehen!

TITANIC: Doch, haben Sie schon!

Wischmann: (nachdenklich) Ja?

TITANIC: (hoffnungsvoll) Ja, erinnern Sie sich mal, Thomas Gottschalk, Caterina Valente, Hitler, die Sportschau, das kennen Sie doch alles!

Wischmann: Ja, das kann sein.

TITANIC: Wie viele Programme hatten Sie denn im Osten überhaupt?

Wischmann: Och, da müssten Sie sich mit meinem Mann unterhalten, das kann ich Ihnen nicht sagen!

TITANIC: Wie viel Knöpfe hatte denn Ihr Fernseher?

Wischmann: Ich hab da eigentlich wenig dran eingestellt. Das hat meistens mein Mann gemacht. Aber wir haben ganz wenig gekuckt.

TITANIC: Aber was haben Sie denn die ganze Zeit gemacht da drüben?

Wischmann: Was wir gemacht haben? (überlegt) Die Strümpfe gestopft, gewaschen ... Wir waren im Tanzsport tätig, wir waren abends viel unterwegs! Und ich hab auch nicht viel Ahnung vom Fernsehen.

TITANIC: Aber das war einfach auseinanderzuhalten: Das farbenprächtige gute war aus dem Westen.

Wischmann: (umgänglich) Na ja, Sie könnten recht haben.

TITANIC: Das konnten wir aber damals noch nicht kassieren, wenn wir da rübergekommen wären, da wären wir erschossen worden.

Wischmann: Denken Sie?

TITANIC: Ja, da gab es doch diese Grenze, mit den Selbstschussanlagen.

Wischmann: (mitfühlend) Ja, das war nicht einfach!

TITANIC: Aber das Fernsehen zu machen, das war auch nicht einfach. Das kostete ja alles damals, die Ansagerinnen wollten Geld, und die mussten obenrum schick angezogen werden, der Kameramann wollte auch Geld ...

Wischmann: (kooperativ) Ja, das stimmt alles. Wie viel soll das denn kosten?

TITANIC: (überrascht) Och, das kommt drauf an. Wie viel so der Fernseher bei Ihnen lief und wie viel Sie auch hingekuckt haben. Ganz oft ist teurer als einmal in der Woche ...

Wischmann: Ja, einmal in der Woche.

TITANIC: Oder einmal im Monat.

Wischmann: Ja, einmal im Monat oder in der Woche. Immer das Neuste vom Neusten. Mehr auf keinen Fall.

TITANIC: Auch anspruchsvolle Sendungen?

Wischmann: Anspruchsvolle? Nö, wüsst ich nicht.

TITANIC: Na gut, dann drücken wir mal ein Auge zu ...

Wischmann: Wir hatten ja noch den DDR-Kasten, da war gar kein Bunt drauf!

TITANIC: (fasziniert) Ach, Sie haben noch Schwarz-Weiß gekuckt?

Wischmann: Wir haben ja erst nach '90 einen neuen Fernseher müssen kaufen, weil dann Bunt kam. Und in unserem Apparat war noch kein Bunt drinne.

TITANIC: Na gut, dann brauchen Sie auch nichts zu bezahlen, Sie haben ja nur Schwarz-Weiß gekuckt!

Wischmann: Wir haben nur Schwarz-Weiß gekuckt! Wir haben doch noch in der DDR einen neuen müssen kaufen, weil der alte kaputt war ...

TITANIC: (anerkennend) Und da haben Sie gleich einen mit Bunt genommen?

Wischmann: (verärgert) Nee! Ebend nicht! Ebend nicht! Und da haben wir uns gesagt, jetzt scheißt's uns schon wieder an, jetzt brauchen wir noch einmal einen neuen Fernseher. Da haben wir unseren alten – der ging noch – weggehauen, weil wir auf Bunt kucken wollten.

TITANIC: Aber das war auch ein schöner Fortschritt dann, was? Plötzlich alles zu sehen, wie es wirklich ist ...

Wischmann: Darum haben wir das auch gemacht. Wir haben gesagt, warum sollen wir jetzt rückwirkend sein. Wir wollten die Mode auch mitmachen, haben wir gesagt.

TITANIC: Richtig. Und wie sind Sie zufrieden mit unserem Programm?

Wischmann: Gut. Bis auf die vielen Kriminalfilme, die sind nicht gut! Die

Jugend, die kuckt sich das an, und die lernen davon. Der Meinung sind wir.

TITANIC: Und was finden Sie gut?

Wischmann: Mal ein Heimatfilm, 'n Tierfilm. Oder mal 'ne schöne Veranstaltung. Und die Nachrichten, wenn die da gekidnappt worden sind ...

TITANIC: Gut, dann erheben wir vielleicht gar nichts nach, wenn Sie eh immer nur in Schwarz-Weiß gekuckt haben, da haben Sie ja nur die Hälfte mitbekommen ...

Wischmann: Nach '90 haben wir uns gleich einen neuen gekauft, weil bei unserem keine Farbe drauf war.

TITANIC: (freundlich) Da wird das Leben gleich viel bunter, was?

Wischmann: Und angenehmer! Hat uns gefallen! Fernsehen hat uns gefallen.

TITANIC: Wissen Sie was, ich glaube, wir spendieren Ihnen das ...

Wischmann: Nach '90 haben wir uns den erst zugelegt, mit Bunt drinne ...

Frau Wischmann ist uns über, sie hat offensichtlich schon ihre Erfahrungen im Umgang mit Geldeintreibern! Einer derart überzeugenden Extrem-Performance in Bunt sind wir ganz einfach nicht gewachsen. Vielleicht sollte mal jemand überprüfen, ob die gute Dame wenigstens ihre Steuern und Brötchen bezahlt ...

Herr Berger, Brandenburg:

«Das ist doch Trick 17!»

Berger: ... puh! Wie kommen Sie denn auf die Idee?

TITANIC: Das wurde doch in der DDR allgemein gern gekuckt!

Berger: (schreit) Was? Ich als Volkspolizist?

TITANIC: Vielleicht heimlich?

Berger: (herrisch) Ach! So kommen Sie mir nicht! Von wo sind Sie denn, Gebühreneinzugszentrale?

TITANIC: Ja, genau.

Berger: (gewieft) Da bin ich aber von den Socken! Das klingt wie Trick 17!

TITANIC: Nein, Sie haben doch nie was bezahlt früher.

Berger: Hahaha! Das ist lachhaft! Jahaha! Wissen Sie, wie mir das vorkommt?

TITANIC: Nein.

Berger: (selbstbewusst) Genau wie die vier vor der Tür, die ich eben abgefertigt habe, die wollten Pressewerbung machen!

TITANIC: (abwehrend) Das ist ja was ganz anderes.

Berger: Nee, dasselbe!

TITANIC: Damit haben wir nichts zu tun! Wir sind seriös!

Berger: Die auch, sagen sie. Ja, ja, ich weiß schon ganz genau, was gespielt wird!

TITANIC: Ich habe das Gefühl, Sie hängen immer noch Ihrem alten Staat hinterher!

Berger: Wissen Sie was? Sie wollen mich reinlegen! Das sage ich Ihnen als Polizist!

TITANIC: Eine interessante These, das heißt, Sie möchten ...

Berger: (brüllt) Zum Gericht!

TITANIC: (erschrocken) Nein, nicht zum Gericht. (einlenkend) Und wenn wir es etwas billiger machen für Sie?

Berger: (drohend) Wir haben immer noch einen Rechtsschutz ...

TITANIC: (kleinlaut) Autsch, das wusste ich doch nicht. Wir machen es noch etwas billiger!

Berger: Sehen Sie! Den rufe ich jetzt an, den Rechtsschutz. (investigativ) Von woher rufen Sie denn jetzt an?

TITANIC: (ausweichend) Aus, aus, aus einer, äh: Telefonzelle.

Berger: (laut jubelnd) Jahahaha! Jahaaa! Das ist doch Trick 17! Telefonzelle! Ha!

TITANIC: (in die Enge getrieben) Ja, weil, weil ... unser Telefon in der Behörde kaputt ist!

Berger: (triumphierend) Jahahaha! Aber mein Telefon ist nicht kaputt! Ich habe noch eins, das ist ein Diensttelefon! Und das kann ich benutzen nebenbei, und dann habe ich Sie in der Telefonzentrale drin! Dann weiß ich, in welcher Telefonzelle Sie sind!

TITANIC: (vorwurfsvoll) Das sind doch Stasi-Methoden!

Berger: Nein! Sie fangen an mit Stasi-Methoden! Kommen Sie mir nicht mit dieser Tour! Wiedersehen!

TITANIC: (Schweigen)

Berger: (mit Nachdruck) Auf Wiedersehen hab ich gesagt!

TITANIC: (eingeschüchtert) Ja, auf Wiedersehen ...

Berger: Wiedersehen! (legt auf)

Immer wieder verblüfft es mich, wie scharf der Mensch doch denken und analysieren kann. Vor allem ich, vor allem im Einsteinjahr 2015, in dem die 1915 formulierte Allgemeine Relativitätstheorie ihren hundertund… äh … Moment … ihren neunzig… na, ich komm gleich drauf … – jedenfalls ihren Geburtstag feiert.

Albert Einstein und die faszinierende Welt des total relativen Denkens

Ohne jeden beweisbaren Zweifel ist Albert Einstein das größte Denkergenie, das jemals in Ulm an der Donau geboren wurde, und darüber hinaus. Er war alles in einem: verrückter Wissenschaftler, Frisurenrevolutionär und Frauenheld. Er wurde gefeiert und verfemt, gekreuzigt, gestorben und begraben, er war schlecht in Chemie und mangelhaft in Erdkäs, also wurde er Physiker und veränderte die Welt. So hat er nicht nur bewiesen, dass es draußen hell ist, sondern auch die naturwissenschaftlichen Grundlagen für die Existenz von Ostdeutschland gelegt.

Bevor er mit der allgemeinen Relativitätstheorie 1915 die Welt verblüffte, veröffentlichte Einstein zunächst ein kleines Schwarzweiß-Inserat im «Berner Anzeiger», in welchem er die bisher gültigen Newton'schen Grundsätze der Physik, sämtliche binomische Formeln und die amerikanische Verfassung für ungültig erklärte und die Schwerkraft für Flugapparate außer Kraft setzte. Der Siegeszug der modernen Luftfahrt und des postmodernen Zeitstrahl-Managements konnte beginnen.

Schließlich war Einstein, der als Privatmann auch über eine ansehnliche Schnauzbartsammlung verfügte, nur deshalb Denker geworden, weil er zum Arbeiten zu faul war. Er dachte: Wenn der Wecker klingelt, ist es Zeit zum Aufstehn und Auf-Maloche-Gehn, aber Zeit ist relativ, da dreh ich mich lieber noch mal rum.

Seine Ideen waren nicht aufzuhalten. Wenn heute am Morgen der Wecker klingelt, drehen sich in Brandenburg 9,3, in Sachsen-Anhalt 10,8, in Berlin 11,0 und in Mecklenburg-Vorpommern sogar 11,6 Prozent der erwerbsfähigen Bevölkerung noch mal rum, während in Bayern und in Baden-Württemberg jeweils 96 Prozent der Bevölkerung in die Betriebe ziehen, um Ostdeutschland mit Raum und Zeit zu versorgen.

Einstein machte so die Existenz Ostdeutschlands erst möglich und den Denkerberuf populär, vor ihm gab es, außer Nietzsche, keine fröhlichen Wissenschaftler. Als manische Denker gelten heute hingegen schon Gregor Gysi, Helmut Schmidt und, wenn Not am Mann ist, sogar Joachim Gauck. Dabei kann der nicht mal bis drei zählen, sondern nur bis zwei, und deswegen ist er auch so scharf auf eine zweite Amtszeit.

Immer wieder beeindruckend: die völlige Einheit von Zeit und unmerklich gekrümmtem Raum.

Einstein hingegen, der sogar bis unendlich zählen konnte, erfand das Raum-Zeit-Kontinuum, das sich heute von den Äußeren Hebriden bis kurz hinter Erfurt erstreckt und äußerst schwer zu berechnen ist. Wer mit Hilfe eines ausgebildeten Quantenmechanikers in ein geschlossenes Raum-Zeit-Kontinuum gerät, hat den Eindruck, in einer immerwährenden Sandra-Maischberger-Talkrunde gefangen zu sein. Eine Taschenuhr, die in die Nähe einer Maischberger-abstrahlenden Braun'schen Röhre gerät, bleibt unwillkürlich stehen. Ist Uri Geller in der Sendung zu Gast, geht sie sogar kaputt.

Dies sind merkwürdige Phänomene, die sich Mega-Mastermind Al Einstein einfach so ausgedacht hat. Erst durch ihn wurde es möglich, die Umstellung von Sommer- auf Winterzeit in nur einer Stunde zu bewerkstelligen. In Amerika half Einstein bei der Entwicklung des Atombusens, einer mörderischen Waffe, die z. B. Michaela Schaffrath den beispiellosen filmischen Erfolg beschert hat, von dem Angela Merkel heute noch träumt.

Außerdem war Einstein der Erste, der das Phänomen des gekrümmten Raumes beschrieb. Der gekrümmte Raum ist schwer zu erklären, er ist ein Axiom, eine kühne Hypothese, eine kosmogonische Hypotenuse, ein Hirngespinst, das grausame Wirklichkeit wird, wenn man erst einmal im Rahmen eines Selbstversuchs mehrere Liter Pilsbier, zwei Korn, vier Absinth, ein Schörlchen, noch vier Absinth und ein Weißbier mit Schuss zu sich genommen hat. Dann merkt selbst der ungeschulte Laie, dass der Raum plötzlich so komische krumme Bewegungen macht, außerdem schrumpft in einem gekrümmten Raum die Zeit nahezu gegen null, während umgekehrt die Zeit zwischen Aufgabe der Bestellung und Eintreffen des neuen Getränks endlos erscheinen kann.

In nur einer einzigen Nacht vor etwa genau hundert Jahren erfand Einstein die allgemeine und, als Bonustrack, die spezielle Relativitätstheorie, die deswegen so heißen, weil die eine relativ schwer zu verstehen und die andere ein ganz spezieller Fall für sich ist.

Die Relativitätstheorie erklärt sich durch ein einfaches, aber simples Gedankenexperiment: Ein auf einer Lichtwelle reitender Mann überholt einen mit zweihundertfünfzig Stundenkilometern dahinbrausenden ICE auf der Strecke Braunschweig–Berlin. Im ICE steht eine Frau, die beobachtet, wie ein Lichtstrahl von der Decke auf den Boden des Zuges fällt. Oh, denkt die Frau, der Lichtstrahl! Runterfallt und putt. Armer, armer Lichtstrahl! Diese Frau, legt man Einsteins Relativitätstheorie zugrunde, ist aller Voraussicht nach Heidi Klum, denn Heidi Klum besteht mit relativer Sicherheit aus Antimaterie. Obwohl die Versuchsanordnung relativ unwahrscheinlich ist, denn die gelernte Kleiderständerin nimmt ja meistens das Flugzeug, weil sie sogar zum Zugfahren zu blöd ist.

Durch einen relativ simplen Rechentrick wird die Sache aber rund und stimmig: Man muss bei diesem Gedankenexperiment lediglich die Weltformel anwenden. Aber die – Ironie der Geschichte! – kennt noch gar keiner. Einstein, der nur zehn Prozent seines Hirns selbst nutzte und den Rest untervermietete, hat sie bis zu seinem Tod 1955 in Princeton vergeblich gesucht. Auf dem Schrank, unterm Bett, im Labor. Nun aber ist Helmut Schmidt gefordert. Oder ... oder meinetwegen der Gysi. Und wenn es sein muss, auch Joachim Klum oder Heidi ... – obwohl, nein. Dann lieber Helmut Kohl, quatsch: Schmidt.

Texte, immer nur Texte! Leben wir nicht nach dem «Iconic Turn»? Eben. Und da ich seit Jahren mit zwei abgebrochenen Hamburger Filmstudenten und Grimmepreisträgern* für SPAM, ZDF und Spiegel TV unterwegs bin, wurde ein kurzer Filmblock fester Bestandteil unserer Lesungen. Für uns die Gelegenheit, auf der abgedunkelten Bühne Schabernack zu treiben: Schmitt die Schnürsenkel zusammenzubinden und Gsella heimlich einen Kleiderbügel an den Kleiderbügel zu hängen, der schon seit Auftrittsbeginn an seiner Anzugtasche baumelt.

«Haben Sie auch Sex hier?»

Hausbesuch für Google Home View

Als Google gerade mal ankündigt, sein Projekt «Google Street View» ausbauen zu wollen, sind Georg Behrend und ich schon einen Schritt weiter: In einem schwarzen Google-Mobil, mit Google-Basecaps und Google-Kamera ausgerüstet, lassen wir uns von Google den Weg an den Stadtrand von Berlin zeigen. Die erste Haustür, an der wir klingeln, wird uns von einem ca. sechzigjährigen Mann geöffnet.

* Susanne Müller und Andreas Coerper von SMAC-Film

Im Internet ist viel Platz – selbst für den Stadtrand von Berlin.

Sonneborn: Schönen guten Tag, wir sind von Google Home View und wollten die Fotos machen. Von Ihrer Wohnung.

Mann: (überrascht) Warum von uns?

Sonneborn: Von allen Häusern hier. Das wird doch alles fotografiert jetzt, fürs Internet.

Mann: (lügt) Ja, ich weiß.

Sonneborn: Können wir kurz reinkommen und schauen?

Mann: (gibt die Tür frei) Joah ...

Schnitt. Der Mann sitzt mit seiner Frau in einem erstaunlichen Wohnzimmer mit hässlichem Ledersofa, altfränkischen Holzmöbeln und z. T. selbstgestickten Bildern an der Wand. Sonneborn flegelt gemütlich im Sessel herum, Behrend fotografiert wahl- und sinnlos in alle Himmelsrichtungen. Was für eine Pixelverschwendung!

Gezwungen ungezwungene Situation im Wohnzimmer.

Sonneborn: (trägt auf einem Klemmbrett ein) Also: ein Wohnzimmer und ein Schlafzimmer und eine Küche.

Mann: (kooperativ) Und ein Bad!

Sonneborn: Und ein Bad.

Mann: (stolz) Und eine Veranda!

Sonneborn: Und eine Veranda. Können Sie sich mal so ungezwungen vor die Schrankwand stellen, Sie beide vielleicht?

Frau: Das ist doch nicht ungezwungen ...

Mann: (zieht beim Aufstehen die Trainingshose hoch) Ach, Gott! Warum denn das?

Sonneborn: Na, damit das so ein bisschen belebt aussieht.

Mann: (geschmeichelt) Uns kennt doch keiner sonst ...

Schnitt. Das Ehepaar steht vor der Schrankwand.

Mann: Das machen Sie in ganz Deutschland, ja?

Sonneborn: (mechanisch) Ja.

Mann: (beeindruckt) Jedes Haus oder was?

Sonneborn: Jedes Haus in ganz Deutschland, jeder Raum, alles wird fotografiert, und alles steht hinterher im Internet ...

Die Ehefrau schaut skeptisch, öffnet den Mund, vermutlich um zu äußern, dass es so etwas früher aber nicht gab, wird jedoch durch einen harten Schnitt brutal gestoppt.

Harter Schnitt. Ein jemütlich im Bauhaus-Stil (Obi, nicht Gropius) eingerichtetes Einfamilienhaus. Ein junges Paar steht vor den Google-Mitarbeitern, leger gekleidet, er im grünen EVERLAST-Sweatshirt.

Frau: (fasziniert) ... das heißt, dann kann sich jeder mein Haus von innen angucken?

Sonneborn: Erst von außen, dann von innen. Würden Sie sich einfach aufs Sofa setzen?

«Und im nächsten Jahr kommen Sie dann mit Google Darm View», scheint der Mann auf dem Sofa gerade (nicht) zu befürchten.

Assistent Behrend kniet sich vor den Tisch, wählt eine der Situation angemessen unterbelichtete Einstellung für seine Kamera und drückt mehrfach ab.

Frau: (charmant) Das ist nur gerade ein bisschen unpassend, ne? Wir kommen gerade beide von der Arbeit, sonst ist es ein bisschen ordentlicher bei uns.

Sonneborn: (abgebrüht) Ach, wissen Sie, wir haben schon Räuberhöhlen gesehen, da ist das hier (schaut sich um) noch relativ harmlos. Würde ich sagen.

Die folgenden Szenen fanden leider keinen Platz mehr im Film: Sonneborn erklärt dem Ehepaar, dass Google Home View sich später auch über Kleinanzeigen finanzieren solle, die von den jeweiligen Hausbesitzern geschaltet werden und die dann aufploppen, wenn jemand am Bildschirm ihre Wohnung betrachtet. Eine erste Anzeige schenke man ihnen, um die Sache anzukurbeln: Sie sollten etwas auf eine DIN-A4-große Google-Pappe schreiben und diese, auf dem Sofa sitzend, hochhalten.
Nach kurzer Diskussion entscheidet sich das Ehepaar, doch nicht den alten VW Golf zum Verkauf anzubieten, sondern lieber das familieneigene Pferd zu grüßen. Auf die Pappe schreiben sie: «Hallo Lotti.» Während die Frau das Schild hochhält und Behrend sie fotografiert, fällt der Lotti-Besitzerin jedoch ein, dass ihr Pferd ja gar nicht lesen kann. Schnell skizziert sie also ihr Pferd auf die Rückseite der Pappe und hält diese dann grüßend in die Kamera.
Ein paar Häuser weiter lässt sich ein Nachbar mit einem eher politischen Anzeigentext fotografieren: «Sarrazin hat recht!»

Schnitt. Ein kleines, fichtenholzgetäfeltes Schlafzimmer unter dem Spitzdach.

Sonneborn: (beruhigend) Das sieht doch alles ganz ordentlich aus.

Frau: Na ja, Betten nicht gemacht.

Sonneborn: (zum Assistenten) Behrend? Foto? Schlafzimmer!

Behrend fotografiert das überraschend gut in die Dachspitze eingepasste Schlafzimmer, während die Dame des Hauses posiert.

Schnitt. Zurück ins erste Haus. Das ältere Ehepaar sitzt mittlerweile resigniert am Esszimmertisch.

Sonneborn: Sie wissen, wegen der Datenschutzbestimmungen muss das teilweise gepixelt werden. Sie haben das sicher gelesen, wenn Leute nicht wollen, dass sie gesehen werden, dann können sie hinterher verlangen, dass ihre Bilder gepixelt werden. (zieht zwei rechteckige schwarze Pappen aus der Tasche) Das sind Pixelflächen. Würden Sie sich die einfach mal kurz vor die Augen halten, wenn wir Sie fotografieren? Wie so einen schwarzen Balken ...

Beide halten sich schweigend Pixelflächen vor die Augen. Wie so einen schwarzen Balken ... Behrend fotografiert hochkonzentriert.

Praktisch: Wenn Leute sich Pixelbalken vor die Augen halten, muss man ihre Köpfe in Büchern nicht verpixeln.

Sonneborn: Wenn Sie irgendwelche Fragen haben, zu Google, zum Datenschutz ... Wir zeigen ja auch, dass Sie hier keine Reichtümer haben. Das ist ja nichts (schaut sich leicht indigniert um), wo man einbrechen würde!

Frau: Gott, haben Sie eine Ahnung, was hier eingebrochen wird ...

Schnitt. Das Google-Mobil steht vor einem braunen Spritzbetonhaus. Ein aufgebrachtes Ehepaar mit einer Kleinbildkamera aus dem vergangenen Jahrtausend steht am Gartentor.

Drohen Google-Mitarbeitern mit analogen Geräten: Randberliner.

Sonneborn: (googletypisch aggressiv) Sie fotografieren uns nicht!

Frau: (gestikuliert aufgeregt) Ich mach eine Eingabe!

Sonneborn: Hören Sie auf, uns zu fotografieren!

Frau: (sehr aufgebracht) Wenn ick privat fotografiat werde ...

Sonneborn: Hören Sie auf, uns zu fotografieren!

Frau: Ick hab das Auto fotografiert!

Sonneborn: (hält sich, genau wie Behrend, blitzschnell eine Pixelfläche vors Gesicht) Uns fotografieren Sie nicht!

Frau: (aufgebracht) Sie machen das laufend, und andere dürfen das nicht, oder wie?

Sonneborn: Sie sind ja nicht Google!

Frau: (irrend) Sie haben doch das Recht nicht gepachtet!

Sonneborn: Also, wenn Sie nicht mitspielen, stellen wir Ihnen Google ab.

Schnitt. Zurück im ersten Haus. Ein Schlafzimmer mit verspiegelter Schrankwand und Gummibaum.

Sonneborn: Und haben Sie auch Sex hier?
Frau: (leicht schockiert) Ist ja 'ne sehr intime Frage. Muss die ins Internet?
Sonneborn: Es ist Google.
Frau: (verstockt) Nö. Werde ich nicht drauf antworten!
Sonneborn: Möchten Sie lieber nichts zu sagen. Auch nicht mit schwarzem Balken vorm Gesicht?
Frau: (störrisch) Auch nicht mit 'nem schwarzen Balken.
Sonneborn: (nimmt sein Klemmbrett hoch) Gut, mach ich hier mal ... Ich lass das mal offen.
Frau: Ja!
Sonneborn: (hakt stumpf ein Feld seines Kontrollbogens ab) Aussage verweigert.

Schnitt. Absager vor einem Nachbarhaus.

Sonneborn: Eines ist klar. Deutschland ist bereit für Google Home View. Und welches schmutzige Geheimnis sich hinter diesem Fenster verbirgt, das sehen Sie nächste Woche bei Google.

Dann geht das Licht wieder an, und während Thomas Gsella noch über die Kette von Kleiderbügeln flucht, die an seinem linken Brillenbügel hängt, bitte ich die Zuschauer, zu Hause wenigstens ein bisschen Ordnung zu schaffen – falls wir demnächst mal vorbeischauen. Die Chance, dass jemand von Google mit einer Kamera auch vor Ihrer Haustür steht, ist übrigens etwas größer als Sie denken: RTL und ARD-Morgenmagazin haben die Idee kopiert, komplett mit schwarzen Balken und zum Teil wörtlichen Zitaten. Und «Verstehen Sie Spaß?» inzwischen auch, als «Goggel House- und Gardenview mit Ulla Kock am Brink».

Service für Leseschwache: Alle Filme können Sie gern unter www.martinsonneborn.de anschauen.

Wenn Männer reisen, bilden sie eine Reisegruppe – und werden als solche unverzüglich Opfer der gefürchteten Reisegruppen-Regression. Die lässt sich schlimmstenfalls gar nicht mehr ausbügeln.

Hängen sehen

Zwanzig Jahre auf BoyGroup-Kleiderbügeltour

Wann, wie, wo und warum das mit den Kleiderbügeln angefangen hat? Keine Ahnung, irgendwann gegen Ende der total verrückten neunziger Jahre. Irgendwo ging ich auf die Bühne, wie immer als Erster, um die beiden anderen unter Applaus aus der Kulisse zu bitten. Kaum stand ich im Licht, lachten und tuschelten die Menschen, was mich erst freute und dann irritierte, denn sie lachten immer weiter. Besonders dann, wenn ich nichts sagte. Bis ich bemerkte, dass am Gurt meiner Umhängetasche zwei Kleiderbügel hingen, die lustig im Scheinwerferlicht hin und her pendelten. Wie ein Mobile. Gegen Ende des Abends erhob sich Thomas Gsella, verbeugte sich und staunte nicht schlecht, als ein Kleiderbügel, der ihm hinten im Kragen hing, über den Kopf rutschte. Sonneborn lachte, aber nur kurz und gerechterweise nicht zuletzt, weil ihn später ein im Gurt verhedderter Kleiderbügelhaken beim Aussteigen aus dem Taxi fast erwürgte.

Man muss sich ja auf Tour irgendwie bei Laune halten. Das war vor allem in den Anfangsjahren überlebenswichtig, als wir ohne Sinn und Erfolg durch Deutschland tourten. Bei einem unserer allerallerersten Auftritte, 1995 war das wohl, im Dresdner Studentenclub *Bärenzwinger*, deutete Gsella den verhaltenen Schlussapplaus als Zugabenforderung und ging, inzwischen allein, immer wieder raus auf die Bühne. Bis er den Saal im Rahmen seines improvisierten und immer intimer werdenden Solopro-

grammes komplett leergelesen hatte. Das war im riesigen Bremer Club *Modernes* hingegen gar nicht mehr nötig: Da saßen wir ausnahmsweise sogar mal zu viert auf der Bühne und waren damit doppelt so viele wie Zuhörer im Saal. Die hörten immerhin wesentlich konzentrierter zu als die sieben schnarchenden Landwirte in der *Adlerwirtschaft* in Hausen bei Rottweil; sie zuckten nicht mal hoch, als wir sie, ganz leise natürlich, als «Schweinebauern» beschimpften und versprachen, ihre Traktoren anzuzünden. Wenigstens ließen die Hausener uns in Ruhe – ganz im Gegensatz zu dem aufgebrachten und durch die Lokalspezialität «Bullenschluck» befeuerten Mob in Sulingen, der nach dem Auftritt fäusteschwingend vor dem Veranstaltungslokal auf uns wartete. Zuvor hatte Sonneborn seinem Kollegen Gsella auf der Toilette zugerufen: «Hey, hast du die hochattraktive Alte in der ersten Reihe gesehen?» Noch bevor dieser antworten konnte, drang eine Stimme aus einer verschlossenen Kabine: «Ja, die hat 'nen Freund, und der sitzt hier.» Nur die beherzte Flucht durch einen Küchenausgang konnte uns vor den blutrünstigen Sulinger Schluckbullen retten. Doch vor dem vierzehnjährigen Fan, der in der Erzgebirgsmetropole Annaberg-Buchholz nach einer Lesung auf uns lauerte, gab es kein Entrinnen. «Ichväräääähre Sie, Sie sind Freigeister, Sie sind meine Idoooule!», kreischte er wie von Sinnen, und seine Mutter feuerte ihn dabei noch an. Hätten wir da ein paar Kleiderbügel dabeigehabt, wir hätten den jungen Mann auf- oder wenigstens abhängen können.

Anfangs wechselte die Besetzung der BoyGroup noch, eine Zeitlang reiste Christian Y. Schmidt als Politkommissar mit, um die korrekte ideologische Ausrichtung des Programms zu kontrollieren und zu steuern. Doch weil er den ständig überhandnehmenden Kleiderbügelexzessen äußerst kritisch gegenüberstand, sie als «bürgerlichen Revisionismus» und «Warenfetischismus» verdammte, zog er sich schließlich entnervt zurück und wanderte nach China aus.

Inzwischen hatte auch das Lampenfieber nachgelassen, wir absolvierten unsere Vorlesungen deutlich entspannter, wenn wenigstens die Grundversorgung mit Kleiderbügeln gesichert war. Auf dem Zettel mit den technischen Anforderungen, die unser Agent den Veranstaltern schickte, stand neben «Kassettendeck» und «Diaprojektor mit Autofokus» nun auch «handelsübliche Kleiderbügel in ausreichender Menge».

Doch hatten wir nicht mit den total verrückten Nullerjahren gerechnet. Die waren so ganz anders als die Neunziger, weil jetzt auf einmal die Kleiderbügel knapp wurden. Was früher noch tonnenweise in offenen Kartons vor Modegeschäften lag und in Boutiquen weggeschmissen wurde, war plötzlich ein begehrtes Wirtschaftsgut. In den Hotels setzten sich diese nutzlosen amputierten Hänger ohne Haken durch, die jeden Schrank- und Garderobenbenutzer sturheil in den Wahnsinn trieben. Die TITANIC BoyGroup stand kurz vor der Selbstauflösung. Uns blieb nur noch die Flucht ins Ausland.

Andere Länder, andere Bügel! In der Schweiz musste man ostentativ nach einem «Chliederbögel» bzw. sogar einem «Chliederbüegeli» fragen, in Wien klappte es nur,

TITANIC BoyGroup & Friends in New York: (im Uhrzeigersinn) Gsella, Anna und Chlodwig Poth, Gerhard Henschel, Benjamin Schiffner, Sonneborn, Schmitt, Olav «Rattelschneck» Westphalen.

wenn man «Gewand-Scheitlein» sagte und es wie «Gwaund-Schajdl» aussprach. Bei einer Lesung im *Goethe-Institut* in Hanoi kamen zu Ehren unseres einzigen Auftritts in Vietnam sogar der deutsche, der österreichische und der Schweizer Botschafter in Dienstlimousinen vorgefahren – doch keiner von ihnen wusste, dass Kleiderbügel in der Landessprache «móc» heißt. Bei einer Lesung in New York konnte das Publikum indes deutlich hören, wie Sonneborn immer wieder nach «coat hangers» verlangte, die er dem mitlesenden Ehepaar Chlodwig und Anna Poth dann so behutsam wie unbemerkt in die Jackenärmel stopfte.

In den total verrückten Zehnerjahren normalisierte, ja entspannte sich die Lage. An Stangen und Garderoben landauf, landab wuchsen wieder richtige Kleiderbügel mit fulminanten Hängehaken. Endlich waren wieder die gewohnten Auftritte möglich: Ich trat klappernd auf oder ab, Gsella hängte unbemerkt einen Bügel an Sonneborns Lehne, der dann später, als der Lyrikgott las, wieder an dessen Sakkotasche baumelte.

Inzwischen haben wir sogar Leute, die die leidige Bügelhängerei für uns erledigen. Neulich waren wir in Göttingen, im *Deutschen Theater*. Ich wartete am Vorhang auf meinen Auftritt, um die Kollegen anzukündigen. Als ich gerade auf die Bühne wollte, merkte ich, wie sich ein Jemand an meiner Jackentasche mit einem Kleiderbügel zu schaffen machte. Es war der Theaterinspizient! Der erklärte, namentlich nicht genannt werden wollende Herrschaften hätten ihm aufgetragen, einen «Notkleiderbügel für alle Fälle» an meiner Jacke anzubringen. Einen solchen Notbügel hätte ich bei meinem schlimmsten und erniedrigendsten Tourerlebnis gut gebrauchen können.

Meistens reisen wir ja mit der Bahn. Weil in Zugabteilen immer eine ausreichende Anzahl von Kleiderhaken zur Verfügung steht. Außerdem hat das Autofahren so seine Tücken. Sonneborns schwerer Vintage-Audi, den er uns zur Gewinnung von Spesenkilometern gerne als Bandfahrzeug andient, orientiert sich immer noch mit Hilfe eines Navigationsgerätes aus dem Jahr 1989. Für Lesungen in Ostdeutschland ist die Karre völlig ungeeignet, da man es nicht schafft, damit die innerdeutsche Grenze zu überwinden.

Außerdem darf man nur dann ein Fahrzeug steuern, wenn man entweder im Besitz einer gültigen Fahrerlaubnis oder wenigstens nüchterner als die Kollegen ist. Nichts davon war in Freiberg in Sachsen der Fall, als wir nachts um drei, nach einer Lesung im unterirdischen Studentenclub *Füllort*, in Gsellas rostigem Ford Fiesta über die leeren Straßen der Stadt schlingerten. Ich fuhr, denn Sonneborn war wegen starker Grippe, die er «mit einzwei Grog» niedergerungen hatte, praktisch fahruntauglich; ebenso Gsella, der seine pochenden Zahnschmerzen «mit einzwei Korn» betäubt hatte. Nur ich war gesund und hatte dies naturgemäß mit einzwei Gin Tonic gefeiert.

Der Alkomat, den einer der Polizisten, die unsere sportliche Fahrt unterbrochen hatten, mir in den Mund steckte, verzeichnete 1,3 Promille. Fahruntauglich. «Sie hätten Ihre Kollegen fahren lassen sollen», triumphierte der Schutzmann, was er aber nach einer kleinen, unverbindlichen Test-Blasrunde wieder zurücknahm. Gsella hatte 1,1 Promille, Sonneborn 0,9. So bekamen die Kollegen einen Polizeitransfer ins Hotel spendiert, ich wurde zu einer Gratisfahrt mit auf die Wache eingeladen. Plötzlich entstand eine kleine Unruhe, weil Gsella kurzerhand sein Portemonnaie zückte und die diensthabenden Bullen fragte, ob man denn das alles «so eng» sehen müsse, ob man da nicht «was machen» könne – wobei er ihnen mit verschwörerischer Miene sage und schreibe einen Fünf-Euro-Schein hinhielt. Ein Polizist drehte sofort durch. Er riss Gsella den Fünfer aus der Hand, wedelte damit in der Freiberger Nacht herum und schrie: «Bestäschung? Bestäschungsversuch? Also ... also ...» – er schnappte nach Luft –, «also sälbst, wenn mir das wolldn – des gönntn mir gar nit, mir sinn nämmlich so erzoochn!»

Am nächsten Tag verließen wir Freiberg zu dritt mit zwei Führerscheinen. Hätte Gsella dem Bullen doch nur einen Kleiderbügel in den Kragen gehängt! Alles wäre bestimmt viel besser, viel harmonischer und mit Applaus ausgegangen.

Ihr wisst ungefähr, wie Fußball geht, und wollt ins Fernsehen? Dann gebt euch diese weltweit einzige Gebrauchsanweisung für Fernsehfußballreporter, natürlich mit den originalen Basissätzen der Herren Reif, Réthy, Rubenbauer & Co, allesamt direkt vom Sportfernsehen abgeschrieben und nach praktischen Themen geordnet!

Berufsberatung (1)

Der Fernsehfußballreporter

Zahlen und Mengen

Das 2:0 in der 65. Minute war dann auch der Halbzeitstand
Die letzten Auswärtsspiele, an deren Zahl es vier gewesen sind
Es sind noch vier Minuten zu spielen, vier lange Minuten, 360 Sekunden
Fußball ist inzwischen Nummer eins in Frankreich, Handball übrigens auch
Jetzt Überzahl, zwei gegen zwei
So bleibt es beim 0:0, aus unserer Sicht gesehen
Die Chancen, man kann sie an den Fingern einer Hand abzählen, wobei vier auf das Konto der Rostocker gehen und zwei auf das der Gäste

Zeit

Je länger das Spiel dauert, desto weniger Zeit bleibt
Jetzt sind genau zehn Minuten gespielt, also genau eine Viertelstunde
Was Sie hier sehen, ist möglicherweise die Antizipierung für das, was später kommt
Zwei Minuten gespielt, noch immer hohes Tempo

Essen und Trinken

Auf dem Platz bisher nur Kleingehacktes

Das muss man genießen, was der in den Zehen hat!

Der KSC erarbeitet sich jetzt ein Übergewicht

Der war noch gut

Die Brasilianer sind ja auch alle technisch serviert

Die Bulgaren wärmen bereits einen Spieler auf

Im Mittelfeld gibt es eine Konservation von Spielern

Sturm Graz muss aufpassen, dass es sich nicht die Butter, die schon am Brot der Champions League ist, vom Brot schmieren lässt

Theater, Funk und Fernsehen

Es war keine schlechte Vorstellung, aber man kann nicht sagen, ob sie gut oder schlecht war

In dieser Szene hat er sich debütieren lassen

Wie Statisten ausgerechnet haben

Mode, Kleidung, Schmuck

Da hätte er durchaus auch Rot zeigen können

Da passt nichts zusammen

Das ist zu eng, das ist viel zu eng!

Die rechte Außenbahn, die Problemzone von Berti Vogts

Das sieht nicht gut aus

Sie spielen mit zweieinhalb bis drei Spitzen

Wer überhaupt nicht zum Tragen kam, war Zé Roberto

Fehler und Laster

Er spielte ohne Tal und Fehdel

Heute fehlt jedem Einzelnen die individuelle Klasse

In das taktische Konzept des Trainers passt dieser Rückstand meiner Meinung nach nicht

Köln begann ohne Linie und verlor sie dann ganz

Freundschaft und Liebe

Da liegen sie aufeinander!

Das wird eine lange Nacht

Das hat sogar den Spielerfrauen gefallen

Der Hasan Salihamidžić hat es am liebsten, wenn er von hinten kommen kann

Schön, der Scholl, mittlerweile ein Mann

Der packt einen aus!

Der hatte in der ersten Halbzeit schon so ein Ding

Es ist wie verhext, das Ding will nicht rein

Und jetzt küsst er die Eckfahne

Möller und Chappi befruchten sich gegenseitig

Machen Sie sich auch einen Höhepunkt!

Sodass sich die Latte quasi trockenvibrierte

Ackerbau und Viehzucht

Da ist der Wurm drin

Es war so leise im Stadion, dass man die berühmte Stecknadel im Heu suchen konnte

Schäfer auf der linken Außenbahn

Stein am Boden

Ziege ausgetanzt

Mensch und Körper

Da geht er durch die Beine, knapp an den Beinen vorbei, durch die Arme

Der ist zu lang

Man spürt doch, dass durch dieses Tor ein Ruck im Kopf durch diese Mannschaft gegangen ist

«Das kann man sich nur beim Hörfunk erlauben.»

Unfall, Krankheit, Tod

Den sehen wir bei dieser Weltmeisterschaft nicht mehr wieder

Der Thomas brennt!

Dies ist überlebensnotwichtig für den Verein

Gladbach findet einfach kein Mittel

Jetzt noch mal den letzten Willen mobilisieren

Wenn man ihn jetzt ins kalte Wasser schmeißt, könnte er sich die Finger verbrennen

Trallala und Hopsasa wollen sie spielen

Genetik

Beckenbauer ist in diesem Spiel genau einarmig
Da geht er, ein großer Spieler, ein Mann wie Steffi Graf
Er hat halt keinen linken Fuß
Mein Gott, hat er keine Augen?!
Sie spielen zu durchsichtig

Erd- und Heimatkunde

Auswärts sind die Greuther stärker als in der Fremde
Das sind die Dänen, denen das diejenigen, denen man den WM-Pokal überreicht hat, gar nicht zugetraut hätten
Die Schweden sind keine Holländer, das hat man genau gesehen
Kickenbacher Offers
Kurz vor Schluss erlebt er da in Perugia mit Juventus sein Unterhaching
Liebe Zuschauer, meine Kollegen haben geackert wie die Kümmeltürken, um Ihnen diesen Bericht noch zeigen zu können
Sie sollen nicht glauben, dass sie Brasilianer sind, nur weil sie aus Brasilien kommen

Sauberkeit und Ordnung

Die Bulgaren sind auch eine Mannschaft, die das Spiel schmutzig machen kann
Er war mit allen Tricks gewaschen
Mein Gott, alles ist durcheinander
Das ist entsetzlich, das ist ja widerlich, was hier gespielt wird!

Religion und Diözese

Der hier steht immer wieder auf
Der Schiedsrichter sieht alles
Die Spieler suchen Matthäus
Ganz sicher verwandelt
So kennen wir ihn: Bruder Leichtfuß

Gefühle und Seele

Die Stimmung ist, man könnte sagen, gedrückt oder hoffnungsfreudig,
irgendein Zwischending muss dazwischenliegen
Ein einziger Hexenkessel des Unwillens
Mit starrem Blick, fast weinend vor Glück, nickt er den Ball ins Tor

Philosophie

Die Welt als Wille und miserable Vorstellung
Die Welt ist platt
Ein kluger Schuss
Fußball ist eine schnelllebige Zeit
Ich hab's gewusst, ich hab's gewusst, das habe ich gewusst!
Rummenigge ist kein Hoeneß
Was der Schiedsrichter dort macht, kann nicht sein
Wenn er richtig da ist, dann ist er einer
Tagsüber, wenn die Sonne scheint, ist es noch wärmer

Tiere

Aber, meine Damen und Herren, bedenken Sie: Der Häßler ist kein Ziege

Achtung, Achtung – Hei!

Also, für mich war das eine Schwalbe

Das ist ein Hundling!

Deutschland darf nun am kommenden Sonntag hier in Manchester gegen Kroatien spielen, während die Tschechen in Börmingheim auf Portigaul treffen

Diese Kameruner, sie sind wie eine Schlange, die in der Sonne liegt und schläft. Plötzlich sind die da, auf einmal züngeln sie, beißen sie, und schon wieder haben sie die Weltmeisterschaft vergiftet

Kuffour, ein echtes Tier

Stojković – er hatte früher bei Roter Stern Belgrad einen Papagei namens Pixie, und irgendwann hieß er dann auch Pixie, so schnell kann's kommen

Der Sport- und Korruptionsexperte Jens Weinreich schrieb kürzlich: «Im Übrigen, und das meine ich ironiefrei, bin ich überzeugt davon, dass nicht die Kirch-Millionen, nicht Beckenbauer, nicht Strippenzieher Radmann und nicht der politisch-industrielle Komplex (Schröder, Daimler, Adidas etc.) die WM 2006 nach Deutschland geholt haben. Alles, was ich erlebt und erfragt habe, sagt mir: Charles Dempsey hat sich wirklich von Martin Sonneborn in die Flucht schlagen lassen. Deshalb kam das 12:11 für Deutschland gegen Südafrika zustande.»

«Ich tat es für mein Land!»

Wie TITANIC einmal die Fußball-WM 2006 nach Deutschland holte

Um es vorwegzunehmen: Ich bin nicht Ehrenspielführer der deutschen Fußballnationalmannschaft. Immer noch nicht. Obwohl Franz Beckenbauer mir das über seinen Anwalt seinerzeit klar in Aussicht stellen ließ, als ich diesen im Stuttgarter Hotel Steigenberger traf: «Ja, ja, und Sie werden auch noch Ehrenspielführer der Nationalmannschaft!», fuhr der Jurist mich an. Dann bezifferte er den Schadensersatz, auf den der Deutsche Fußball-Bund mich verklagen könnte, auf 300 Millionen Euro.

Dabei war im Grunde Franz Beckenbauer an allem schuld. Beziehungsweise seine Präsentation der deutschen Bewerbung um die Fußball-WM 2006. Ich konnte mir einfach nicht vorstellen, dass das reichen sollte: ein schwitzender «Kaiser», der in Zürich auf einer Bühne vor dem FIFA-Komitee über die ungeheure Qualität deutscher Straßen und Hotelzimmer schwadronierte, während hinter ihm Boris Becker, Günter Netzer, Claudia Schiffer und Gerhard Schröder eine halbe Stunde lang stumm die Daumen drückten.

Folgerichtig beschloss ich spätabends nach ein oder zwei Bieren, zumindest noch ein paar Bestechungsfaxe ins Hotel der FIFA-Delegierten zu schicken. Und weil ich davon ausging, dass von interessierter Seite schon wesentlich höhere Summen im

Spiel waren als die 350 Euro, die sich gerade in der TITANIC-Kasse befanden, annoncierte ich an Geldes statt «a fine basket with specialities from the black forest, including some really good sausages, ham and – hold on to your seat! – a wonderful Coocoo-Clock» für eine Stimmabgabe zugunsten Deutschlands.

Die Dame an der Rezeption des vornehmen Zürcher Grandhotels Dolder war freundlich, als ich ihr telefonisch ein paar wichtige Dokumente ankündigte und sie bat, diese weiterzuleiten. Dass sie die Bestechungsschreiben in Briefumschläge stecken und – in Anbetracht der mitternächtlichen Stunde – unter den Türen der FIFA-Herren durchschieben würde, konnte ich nicht ahnen. Dadurch bekam die ganze Angelegenheit eine leicht unseriöse Note.

Bei der Abstimmung am nächsten Tag waren wir genauso überrascht wie sämtliche Experten, dass nicht Südafrika, sondern Deutschland den Zuschlag für die WM 2006 erhielt. Es dauerte jedoch nicht lange, bis FIFA-Präsident Sepp Blatter gegen jegliche demokratische Gepflogenheit offenlegte, dass der Neuseeländer Charles Dempsey sich entscheidend der Stimme enthalten hatte – ganz entgegen dem Auftrag seines Verbands. Dempsey, mit achtundsiebzig Jahren einer der geistig Regeren im Komitee, war sportlich genug, um sofort in Richtung Flughafen zu sprinten und die nächste Maschine nach Hause zu nehmen. Zu den Journalisten, die ihn in Neuseeland bereits erwarteten, sprach er dann von diversen nächtlichen Bestechungsversuchen und erklärte: «This final fax broke my neck!»

Den BBC-Reportern, die als Erste vor der TITANIC-Redaktion in Frankfurt auftauchten, sagte ich: «Ich tat es für mein Land!» Von den Briten, die bekanntlich ein recht unverkrampftes Verhältnis zur Nation pflegen, wurde das kommentarlos akzeptiert. Auf die Frage, ob man das Bestechungsangebot wirklich hätte ernst nehmen können, antwortete ich: «Ja, wenn man sehr hungrig war.»

Die Reaktionen in Deutschland fielen recht unterschiedlich aus. Vor allem als die «Bild»-Zeitung – empört, dass eine WM-Vergabe in den Ruch von Korruption geriet! – dazu aufrief, uns in der Redaktion mal die Meinung zu sagen, und auch gleich unsere Telefonnummer veröffentlichte. Das ganze Wochenende über klingelten sämtliche Telefone in der Redaktion und lieferten uns «Bild»-Leser frei Haus. Leider konnten wir nur rund vierzig Minuten mitschneiden, dann gab unser Aufnahmegerät seinen Geist auf.

Nicht wirklich begeistert zeigte sich auch der Deutsche Fußball-Bund. «Die Grenzen der Satire sind weit überschritten», resümierte ein Sprecher. «Wo die Grenzen der Satire in Deutschland verlaufen, entscheiden immer noch wir von TITANIC und nicht der DFB», gaben wir zurück, «wir äußern uns ja auch nicht zu strittigen Abseitsentscheidungen.» Und selbst nachdem «FAZ» und «Tagesthemen» mittlerweile festgestellt haben, dass die nächtliche Faxaktion unserem Land «die Fußball-WM, 30 000 neue Arbeitsplätze und rund zwei Millionen Euro Bruttosozialproduktszuwachs» brachte, bekommt man beim DFB noch sehenswerte Wutanfälle, sobald nur der Name «TITANIC» fällt. Allein Ex-Teamchef Rudi Völler bot uns öffentlich die Hand, als er auf einer Pressekonferenz erklärte: «Ich wollte mich noch mal bedanken, die Jungs von TITANIC haben ja die WM nach Deutschland gebracht.»

Auch wenn ich weiterhin auf die Ehrenspielführerschaft warte, zumindest um die 300-Millionen-Klage des DFB bin ich noch einmal herumgekommen. Beckenbauers Anwalt stellte mich im Steigenberger letztlich vor die Alternative, ein von ihm vorbereitetes Schriftstück zu unterzeichnen. In dieser Erklärung sollte ich mich verpflichten, zeit meines Lebens nicht mehr durch das Versenden von Bestechungsfaxen Einfluss auf die Vergabe von FIFA-Turnieren zu nehmen. Zugegeben, es war nicht ganz einfach, bei der Unterschrift ernst zu bleiben; einen guten Witz macht man schließlich nicht zweimal. Aber es gelang mir – immerhin ging es ja um sehr viel Geld.

Andererseits: Wenn ich die Vorgänge um die Winter-WM in Katar so recht bedenke, dann juckt es mich doch wieder in den Fingern. Bestechungsversuche per Mail oder WhatsApp sind mir ja nicht verboten ...

To Mr. Chuck Blazer
Hotel Dolder
Fax: 0041 1 269 30 01
- confidential -

URGENT PLEASE CONVEY IMMEDIATELY

Frankfurt, 5.7.2000
23:58

Dear Mr. Blazer,

in this difficult situation, Germany would like to emphasize the urgency of its appeal to hold the World Cup 2006 in Germany.

Let me come straight to the point:
In appreciation of your support we would like to offer you a small gift for your vote in favour of Germany:
A fine basket with specialities from the black forest, including some **really good sausages**, ham and – hold on to your seat – a wonderful KuKuClock!
And a beer mug, too! Do we leave you any choice???

We trust in the wisdom of your decision tomorrow,
sincerely yours,

Martin Sonneborn
Secretary PT
2006 initiative)

«Sie sind ein ganz großes

«Bild»-Leser beschimpfen TITANIC-Redakteure an

«Ihr miesen Deutschlandverräter!»

«Arschlöcher seid ihr!»

«Vaterlandsverräter!»

«Man sollte euch die Büroräume anzünden und euch zum Teufel jagen

«Euch Hunden droht der Tod!»

(gebrüllt) «Was ihr gemacht habt, das ist beschämend und dreckig! Ihr habt die ganze Nation zunichte gemacht!!! Ihr Bastarde!!!»

«Widerlich und ekelhaft, was Sie da gemacht haben. Das ist ja ganz, ganz widerlich!»

«Sie sind ein ganz großes Schwein, die TITANIC!»

«Sie Schmierfinkenredakteure gehören weg!»

«Wenn man so eine Schmutzkampagne macht, gehört man weg. Ihr müsstet Millionen zahlen!»

«Hallo? Ich wollte nur sagen: Die Grenze der Satire ist weit überschritten!» – «Von der ‹Bild›-Zeitung?» – «Von der ‹Bild›-Zeitung, jawoll!» – «Vielen Dank!»

«Alle hinter Gitter! Meine Meinung!»

(leicht gelispelt) «Sie werden noch von mir hören. Ende!»

«Ach, Sie sind das, wo die da dem DFB die Briefe geschrieben habt?» – «Ja, genau.» – «Ja, das ist ja eine Unverschämtheit, habt's ihr kaa Hirn im Kopf?» – «Doch, haben wir.» – «Na, dann kan ich das aber nit verstehn ...» – «Ja, dann haben Sie vielleicht kein Hirn ...?»

Schwein, die TITANIC!»

elefon

«Sind das echte Deutsche bei Ihnen? Oder große Arschlöcher? Ich tippe auf Numero zwo!»

«Im Rechtsstaat gehören Leute wie Sie ins KZ!»

chämen Sie sich wegen iese Scheiße-Dinge!»

olche hergelaufenen hmutzfinken müsste man strafen!»

«Man sollte Sie auswandern!»

«Das ist eine Schande für Deutschland! Wir tun schon eine Unterschriftensammlung machen, dass eure Zeitung verboten wird. Wir sind auf dem Markt, wir sammeln schon. Wir haben schon zwei Seiten voll. Heute war der Fischmarkt, da haben so viele unterschrieben, weil sie so erbost sind über so etwas Schmutziges.» – «Da ist auch unsere Fax-Nummer angegeben in der ‹Bild›-Zeitung, wenn Sie uns das faxen, veröffentlichen wir das.» – «Ja, das ist sehr, sehr nett, wenn ihr das tätet, weil das ist eine Schweinerei sondersgleichen ...» – «Gut, ihr Anruf wird gezählt, vielen Dank!»

«Wegen euch Schweinen haben wir die WM nicht gekriegt!»

«Guten Tag, Redaktion TITANIC.» – «Grüß Gott, sind Sie da von der Redaktion von ... ‹Focus›, oder?» – «Äh, nein.» – «Ja, dann hab ich falsch gewählt ...» – «Von TITANIC sind wir.» – «Ach so? Ja, die TITANIC, ja? Die hab ich ja gemeint!» – «Dann sagen Sie das doch.» – «Ich sag das ganz offen: Ich finde das unerhört, so was!» – «Warum?» – «Ich mein, das hat ja mit Satire nichts mehr zu tun, da hätte ja die ganze Bewerbung vom Herrn Beckenbauer flöten gehen können.» – «Nein, ich glaube, dass wir die Bewerbung erst erfolgreich abgeschlossen haben.» – «Also ich finde, Satire da, wo's angebracht ist ...» – «Wo wäre denn Satire angebracht?» – «Ja, angebracht, angebracht ... Bei Politikern, da kann man ja schärfer ins Zeug gehen!» – «Gut, dann machen wir das beim nächsten Mal bei Politikern.»

«Guten Tag, ich bin achtundsiebzig Jahre alt und möchte eins sagen: Ihr Gag war sehr gut!» – «Wissen Sie, warum Golfspielen jetzt so populär unter Bankern ist?» – «Nein.» – «Weil man das auch mit Handschellen spielen kann.»

25. Oktober

Thomas Gsella: Soundcheck in Jena 18.15 Uhr, Treffpunkt unten im Hotel 18 Uhr, ok? 15:23

Martin Sonneborn: Yep, bin schon im Hotel. 15:29

Thomas Gsella: Angeber! 15:33

Oliver Maria Schmitt: Ich werd alt, Leute. Bin in Frankfurt in den falschen Zug am Gleis gegenüber gestiegen und fahr jetzt in die Gegenrichtung, nach Mannheim. Bin frühestens 19.21 in Jena und rase dann mit dem Taxi los. Martin, kannste mit dem Laptop schon mal Bild + Ton testen? 16:16

Martin Sonneborn: Mach ich. Falls ich vor dir ankomme. Ich bin in den falschen Bus gestiegen und ruf jetzt ein Taxi. 18:50

Thomas Gsella: Bin schon auf der Bühne, Soundcheck läuft. Ich reservier euch Versagern zwei gute Plätze in der ersten Reihe. 19:01

Martin Sonneborn: Ich will aber nicht neben Oliver sitzen, der lacht immer an den falschen Stellen. 19:03

Oliver Maria Schmitt: Ich habe noch nie gelacht, wenn ihr was vorgelesen habt. 19:04

Martin Sonneborn: Außer bei Gsellas Versprechern. Ich erinnere an «Meine rosa Tochter» statt «Meine Tochter Rosa» ... 19:06

Oliver Maria Schmitt: Haaahaahaha. 19:07

Thomas Gsella: Sehr komisch. Soundcheck ist durch. Ihr werdet nicht mehr benötigt, ich mach die Lesung alleine. 19:10

Martin Sonneborn: Bin aber gleich da. Wer erstattet mir dann die Taxikosten? 19:12

Oliver Maria Schmitt: Ich. Komme auch gleich an und warte dann im Hotel, bis Gsella fertig ist und die Gage bringt. Dann zahl ich dich aus, Martin. 19:13

Thomas Gsella: Werde mit der Kohle durchbrennen. Sex & Drugs & Bachkantaten, ihr Spastis, das war's. 19:14

Oliver Maria Schmitt: Mist. Umsonst nach Jena gefahren. 19:15

Martin Sonneborn: Echt? Mein Taxi war nicht umsonst. 19:15

Oliver Maria Schmitt: Gsella, hast du endlich neue «Briefe an die Leser»? 19:17

Thomas Gsella: Nö. Aber ich könnte die Reihenfolge ändern ... 19:18

Martin Sonneborn: Streber! 19:21

26. Oktober

Martin Sonneborn: Wenn ihr mir noch mal einen Weckanruf für 8 Uhr bestellt, schmiere ich euch Zahnpasta unter die Türklinke! Sitze schon im Zug, bis später. 10:12

Thomas Gsella: Den hatte ich auch, um 7.45 Uhr ... 10:13

Oliver Maria Schmitt: Ich hatte keinen. Der Rezeptionsmann hat mich gestern Nacht noch geweckt und gefragt, ob ich einen Weckruf haben wolle. Habe dankend abgelehnt und ihm eure Zimmernummern gegeben. 10:16

27. Oktober

Oliver Maria Schmitt: Danke für die Zahnpasta! 09:41

Martin Sonneborn: Keine Ursache. 09:47

Thomas Gsella: Wiewas? Gab's Zahnpasta? Hab nix gekriegt. Dafür löst sich grad meine Zahnbrücke oben links. 10:42

Martin Sonneborn: Irgendwo muss der Zerfall halt anfangen ... 10:46

Oliver Maria Schmitt: Nehmen wir dann ab Mai Hans Zippert mit; oder gleich Gsellas rosa Tochter statt Gsella. 10:49

Im Jahr 2007 erhielt der ehemalige RAF-Terrorist Christian Klar in seiner Zelle hohen Besuch: Bundespräsident Horst Köhler schaute vorbei, um eine mögliche vorzeitige Entlassung zu prüfen. Doch das Gespräch scheiterte – und nur die TITANIC wusste mal wieder, warum.

Köhler, Klar und der Clash der Kulturen

Warum scheiterte die Begnadigung des ehemaligen RAF-Terroristen Christian Klar? War Bundespräsident Horst Köhler, oberster Straferlasser der Republik, von Anfang an dagegen? Zeigte Klar keine Reue? Was geschah wirklich beim Geheimtreffen der beiden Protagonisten Anfang Mai in «Süddeutschland» («Der Spiegel»)? TITANIC dokumentiert weltexklusiv den Verlauf des vertraulichen Gesprächs.

Ein kahles Behördenzimmer irgendwo in Karlsruhe. Christian Klar sitzt an einem Resopaltisch, im Hintergrund, stehend, zwei Vollzugsbeamte. Eine Tür öffnet sich, herein tritt der Bundespräsident.

Köhler: (strahlend) Grüß Gott, Herr Klar. Ich bin zu Ihnen gekommen, um Ihnen mitzuteilen, dass heute Ihre Ausreise ...

Ohrenbetäubender Jubel von Christian Klar, der erst langsam verebbt.

Köhler: (triumphierend) ... noch lange auf sich warten lassen wird. Haha, der war gut, nicht wahr? Der alte Genscher-Spruch aus Prag, hahaha. Kleiner Scherz.

Klar: Sehr komisch, echt.

Köhler: Ja, nun, ich habe diesen Einstieg bewusst gewählt, um die Situation gewissermaßen, äh, zu entkrampfen. Es ist ja immer besser für ein konstruktives Gespräch, wenn man es mit einem Witz beginnt, das hab ich bei der Weltbank gelernt.

Klar: (murmelnd) Großkapitalistenschwein.

Köhler: Wie bitte?

Klar: Ich hab nix gesagt, ich sag nix.

Köhler: Herr Klar, ich komme natürlich nicht mit leeren Händen, wie Sie sich vielleicht denken können. Ich habe Ihnen nämlich ein Buch von mir selbst mitgebracht: «Offen will ich sein und notfalls unbequem», heißt es, und es liegt mit sieben Euro fünfundneunzig auch recht günstig. Es ist ein sehr gutes Buch, der Hugo Müller-Vogg hat's geschrieben, da können Sie ja vielleicht den einen oder anderen wertvollen Gedanken daraus ableiten, nicht wahr, Sie haben ja wohl in den kommenden Jahren noch ein bissle Zeit zum Lesen, haha.

Klar: Ich denke, ich komm jetzt endlich raus aus dem BRD-KZ?

Köhler: (konziliant) Immer langsam. No net hudla, wie wir hier in Schwaben sagen, gell. (lacht)

Klar: (unversöhnlich) Wir sind hier in Baden, Herr Bundespräsident.

Köhler: Um so schlimmer. Sie sind ja, soviel ich weiß, sogar in Freiburg geboren?

Klar: Stimmt.

Köhler: (murmelnd) Mithin geborener Badenser. Das macht die Sache nicht einfacher.

Klar: Wie bitte?

Köhler: Nix, nix. (sachlich) Herr Klar, Sie sitzen seit mehrfachen Jahren wegen vierundzwanzigfachen Mordes in Bruchsal, und wollen nun –

Klar: Nein, umgekehrt.

Köhler: (irritiert) Wie? Ich sitze wegen Mordes, und Sie wollen nun …? Aber das ist doch Unsinn, Herr Klar! Wenn Sie Gnade wollen, dann müssen Sie schon ein bissle bei den Fakten, äh …

Klar: (aufbrausend) Das ist doch eine arschklare imperialistische Tatsachenverdrehung, die Sie –

Köhler: Momentle, langsam. Jetzt mal ganz ruhig. Herr Klar, wenn ich Sie nauslasse soll, dann muss ich natürlich von Ihnen auch gewisse Anzeichen der Reue sehen, das ist ganz klar.

Klar: (drucksend) Na ja, des tut mir natürlich schon auch leid, dass ich diese Revanchistenschweine da über den Haufen geknallt hab.

Köhler: Sehr schön, perfekt. Und jetzt wollte ich Sie, Herr Klar, bevor ich eine endgültige Entscheidung fälle, zu einigen Themen befragen, zu denen ich gerne ein Meinungsbild von Ihnen hätte. Bitte vervollständigen Sie die folgenden Sätze: Deutschland ist ein Land, das ich …

Klar: … immer mit den Mitteln des antiimperialistischen Kampfes bekämpft habe.

Köhler: Falsch! Es muss heißen: «liebe». Nächster Satz: Die ständig zunehmende Globalisierung erfordert in unserem Land drastische …

Klar: Straßenkämpfe?

Köhler: Negativ.

Klar: Entführungen?

Köhler: Unsinn. Es muss natürlich heißen: «Reformen», nicht wahr. Sie hätten mein Buch lesen sollen.

Klar: Wann denn – ich hab's doch erst heute gekriegt.

Köhler: (einsichtig) Nun ja, da muss ich Ihnen recht geben. Und nun als Letztes: In Baden nennt man einen intelligenten Mann …

Klar: ?!

Köhler: Tourist – hahaha, der isch gut, gell?

Klar: Hören Sie mal, ich lass mich doch nicht von einem Schwaben beleidigen. Es heißt schließlich immer noch: «Schwaben schaffen, Badener denken.» So sieht's nämlich aus.

Köhler: (hilflos) Aber ich wollte doch nur die Situation entkrampfen.

Klar: (scharf) Ich will Ihnen mal was sagen: Ein Badener fährt mit der Bahn. Auf einmal fährt der Zug die Böschung runter, am Fluss entlang, die Böschung wieder hoch und zurück auf die Schienen. Fragt der Badener den Schaffner: «Hören Sie mal, der Zug ist grad die Böschung runter, am Fluss entlang, die Böschung wieder hoch und zurück auf die Schienen. Was war denn los?» – «Keine Ahnung», antwortet der, «fragen Sie mal den Zugführer!» Der Zugführer wird gefragt: «Entschuldigung, der Zug ist doch grad die Böschung runter, am Fluss entlang, die Böschung wieder hoch und zurück auf die Schienen. Was ist denn passiert?» Antwortet der Zugführer: «Da ist ein Schwab auf den Schienen gestanden.» – «Aber da fährt man doch einfach drüber», meint der Badener. «Ja, ja», sagt der Zugführer, «der ist aber dann die Böschung runter, am Fluß entlang, die Böschung wieder hoch und zurück auf die Schienen!»

Köhler (bleich): Also, das ist ja wirklich eine Frechheit. Das ist grob beleidigend! Wissen Sie, was der Unterschied ist zwischen einem Badenser und einem Terroristen? Der Terrorist hat wenigstens Sympathisanten!

Klar: Es heißt «Badener» und nicht «Badenser», Sie Sauschwob!

Köhler: Heidenei, des gibt's doch net! So eine Kreatur!

Klar: Sie bourgeoises Schwein!

Köhler: (springt auf) Gelbfüßler! Linker Gelbfüßler!

Klar: (springt auch auf) Faschist! Spätzlesfresser!

Köhler: Blödtyp!

Klar: Leck mich, Schwobasack!

Köhler: (im Hinausgehen) Sie brummen, bis Sie schwarz werden, Sie Badenserseggel, des garantier ich Ihnen! Niemals werd ich einen Badenser begnadigen! Niemals! (ab)

Klar: (ohne Reue) Typisch repressiver Staatsapparat. Aber der Kampf gegen Schwaben geht weiter!

Klar erhebt die linke Hand zur proletarischen Faust geballt.
Das Licht erlischt.

Hymne auf Oliver Maria Schmitt

Mit Schmackes um die Ecke biegen
Auf seinem geilen Kawa-Bock,
Mit Mutter an der Ostsee liegen,
Er brustfrei, sie im Morgenrock,

Mit seiner Perle baumarktgammeln
Bei Pommes weiß an Currywurst,
Sein Hobby: Rasenmäher sammeln
Und Himbeerkurzer gegen Durst,

Sein Traumjob: Feuerwehrorchester,
Sein Traumland: Bundesgartenschau,
Sein Credo: Kuckstu meine Schwester,
Verklopp ich dir die Augen blau,

Sein Lieblingswitz mit Hoyerswerda:
«Hallo, hier Hoyers! Und wer da?»,
Sein Lieblingsdichter: Tante Gerda
(«Der Nachtigal, ach, Tralalala»),

Sein Lieblingsmahl: dein Mittagessen.
Er wünscht sich «Guten Appetit»,
Und zack, schon hat er's aufgefressen.
That's Oliver Maria Schmitt.

Diese Telefonaktion mit Schweizer Banken war eine der teuersten überhaupt. Weniger weil es in den neunziger Jahren noch Geld kostete, wenn man ins Ausland telefonierte, sondern vielmehr weil die Gespräche mit den eher bedächtigen Schweizern sich unglaublich hinzogen. Lesen Sie hier eine gekürzte und um minutenlange Gesprächspausen bereinigte Abschrift.

«Ahhh, der ... der Holocauscht!»

Als sich herausstellte, dass auf Schweizer Bankkonten noch erhebliche Gelder des Nazi-Regimes liegen, haben wir sofort zu den Telefonen gegriffen; und versucht, den deutschen Nazis ihr Geld wiederzubeschaffen.

Bank: Bank Hoffmann, Zürich.

Sonneborn: (höflich) Ihren geschäftsführenden Direktor hätte ich gerne. Es geht um das Nazi-Gold.

Bank: (ungerührt) Moment, bitte. (Pause) Direktor Vetterli, Grüezi.

Sonneborn: Grüezi. Wir vertreten den «Weißen Arischen Widerstand». Das ist ein eingetragener Verein und der Rechtsnachfolger der NSDAP. Es geht um die Rückführung der Gelder, die wir in den Jahren 1939 bis 1945 bei Ihnen zwischengelagert haben. Wir möchten jetzt den Anspruch darauf anmelden.

Bank: (kategorisch) Ja, aber nicht telefonisch! Sie müssen uns schon mal genau schreiben, um welche Ansprüche es sich dabei handelt!

Sonneborn: Es geht um die Konten der Partei, die in den frühen vierziger Jahren eingerichtet wurden.

Bank: (abwehrend) Davon habe ich keine Ahnung, keine Ahnung! Ich war ja nicht dabei!

Sonneborn: Sie waren nicht dabei?

Bank: Nein! Negativ!

Sonneborn: (ironisch) Haben auch nichts mitbekommen, wie?

Bank: Nein! Keine Ahnung! Keine Ahnung!

Natürlich! Keine Ahnung. Nichts gesehen, nichts gehört. Und nicht mal dabei gewesen. Diese Sprüche kennt man doch zur Genüge. Also weiter mit der Assistentin des Direktors der Bank Austria, Zürich:

Sonneborn: ... wir hätten jetzt gern das Geld zurück, das wir seit 1939 bei Ihnen eingezahlt haben.

Bank: (zeternd) Wir bestehen doch noch gar nicht so lange! 1988 wurden wir erst gegründet! Also erst 1988!

Sonneborn: (ungläubig) Aber wohin gingen denn dann unsere ganzen Überweisungen in den vierziger Jahren?

Bank: (verstockt) Ja, wenn wir nicht existiert haben, dann können auch keine Überweisungen stattgefunden haben, od'r?

Sonneborn: Sagen Sie mir bitte mal Ihre Bankleitzahl!

Bank: (verwirrt) Unsere Bankleitzahl? Warum suchen Sie ausgerechnet bei uns?

Sonneborn: Ich nehme an, dass bei Ihnen noch etwas vorhanden ist. Sie haben doch Geld?!

Bank: Ja, schon, aber ...

Sonneborn: Und das soll doch jetzt auch bitte schön zurückgegeben werden!

Bank: Aber wir existieren doch erst seit ein paar Jahren, vorher war das die BSZ.

Sonneborn: Also eine Umgründung, um solche Ansprüche abzuwehren!

Bank: (kleinlaut) Das weiß ich nicht. Wann war das alles denn?

Sonneborn: In den Jahren 1940 bis '44 ungefähr.

Bank: (erleichtert) Ahhh, der ... der Holocauscht!

Sonneborn: (abwiegelnd) Ja, genau, aber das ist etwas anderes. Wir haben nur mit dem Geld zu tun.

Bank: Ja, da gebe ich Ihnen mal den Direktor, der kennt sich damit noch besser aus. (längere Pause) Hallo? Sind Sie noch da? Also, mein Chef hat gesagt, die Bank gibt es erst seit 1988, also ist das nicht möglich! Ich nehme an, dass das eher die größeren Banken haben.

Sonneborn: Also die Schweizerische Bankgesellschaft, der Schweizerische Bankverein?

Bank: Ja, genau diese.

Aha, die größeren Banken haben das Geld! Das hätten wir uns denken können. Aber leider will auch die große Schweizerische Bankgesellschaft nicht mal ihre Bankleitzahl herausrücken. Geschweige denn die Milliarden:

Sonneborn: ... nachweisen können wir das nicht, die Überweisungsscheine sind doch alle im Führerbunker verbrannt, seinerzeit!

Bank: (genießerisch) Da können wir nichts machen! Es gibt ja auch noch so was wie ein Bankgeheimnis!

Sonneborn: (drohend) Sie scheinen mir ein bisschen unkooperativ! Wissen Sie eigentlich, dass Hitler damals gesagt hat, die Schweiz könnte man mit der Konstanzer Feuerwehr nehmen? Ich hätte es übrigens ganz sinnvoll gefunden, wenn er das auch gemacht hätte. Dann hätten wir heute diese Probleme nicht.

Bank: (stocksauer) Ja, ja, Sie hätten diese Probleme nicht! Es ist aber auch besser, wenn wir jetzt das Gespräch hier abbrechen. Auf Wiederhören! (legt auf)

Etwas gesprächsbereiter bittet uns der Schweizerische Bankverein, doch direkt «die Zentrale in Basel anzurufen. Die sind das gewöhnt, solche Anfragen.»

Sonneborn: Wir rufen im Auftrag unseres Klienten an, des «Weißen Arischen Widerstands». Wir haben Informationen aus Bankkreisen, dass bei Ihnen Gelder gelandet sind.

Bank: (verzögernd) In ... diesen ... Jahren.

Sonneborn: In ... diesen ... Jahren, genau. Es geht also um Gelder, die entweder der SA, der SS oder direkt der NSDAP gehört haben.

Bank: (erleichtert) Also, da müssen Sie sich an den Ombudsmann der Schweizer Banken wenden, bei der «Anlaufstelle für die Suche nachrichtenloser Vermögenswerte bei Schweizer Banken». Die Adresse ist Schweizergasse 21, ja, haha, das ist lustig, hahaha, Schweizer-

gasse, haha. Postfach 8021 Zürich. Und dann stellen Sie bitte den «CH» voran.

Sonneborn: «CH», ja.

Bank: (schwärmerisch) Das sind also echt professionelle Leute dort am Werk, ich kenne den Verantwortlichen, Herrn Hans-Peter Henny, eine überaus integre Persönlichkeit ...

Sonneborn: Das ist ja ganz wichtig! Denn wir werden manchmal auch ein bisschen scheel angeschaut als Rechtsnachfolger einer ...

Bank: (verständnisvoll) Ja, natürlich, das kann ich mir vorstellen!

Sonneborn: (erklärend) Es gab ja auch unschöne Seiten am Zweiten Weltkrieg.

Bank: Ja, das kann man wohl sagen.

Sonneborn: Da ging auch nicht immer alles so, wie man das wollte ...

Bank: (sehr verständnisvoll) Was ging damals schon so, wie man das wollte, od'r!

Sonneborn: Und das ist ja auch ganz anders ausgegangen, als wir uns das gedacht hatten!

Bank: (servil) Ja, wem sagen Sie das?

Ja, dann wollen wir mal. Der Schweizerische Ombudsmann, letzte Chance für uns und Deutschlands Nazis:

Sonneborn: ... und wir wollen jetzt von Ihnen wissen, wie wir am besten weiter vorgehen.

Ombudsmann: (sachlich) Deutsche Vermögenswerte, die in der Schweiz lagen, wurden nach dem Krieg blockiert, dann wurden sie überprüft, und Nazi-Gelder wurden bei den Alliierten abgegeben. Ich denke, auch wenn man etwas finden würde, würde man das nicht ausliefern.

Sonneborn: (entrüstet) Sie würden das Geld einfach behalten?

Ombudsmann: Nein, das wird dann den Schweizer Behörden übergeben.

Sonneborn: Aha, verstehe.

Das hätten wir uns ja denken können, die Schweizer verweigern die Herausgabe des Geldes. Egal, wir können auch anders!

Feuerwehr: Hallo? Hier Feuerwehr Konstanz ...

Sonneborn: Hallo. Sind Sie in der Lage, morgen die Schweiz zu nehmen?

Feuerwehr: (verwirrt) Die Schweiz nehmen? Morgen? Wie jetzt?

Sonneborn: Na, einnehmen. Haben Sie genug Leute dazu?

Feuerwehr: Das sage ich Ihnen nicht. Ich seh da keinen Sinn drin ...

Keinen Sinn? Seit wann muss ein Uniformträger einen Sinn sehen, wenn er seinen Marschbefehl erhält? Wir haben jedenfalls getan, was wir konnten, ab jetzt muss die finanzklamme NPD übernehmen. Anfügen möchte ich noch, dass ich seinerzeit nicht wusste, dass Schweizer Banken gar nicht mit Bankleitzahlen arbeiten, sondern bestenfalls mit Clearingnummern. Die Weigerung, mir eine BLZ zu nennen, interpretierte ich damals schlichtweg als Schweizer Verstocktheit; und das war sie natürlich letztlich auch.

Große Deutsche mit kleinen Flaschen: der junge Kohl.

DER TRINKENDE

So wie ein Schwein in weichen warmen Ställen
Sich legt und grunzt und rund in sich versinkt,
Versinkt auch hier, geformt aus vielen Bällen,
Ein großes Rundes, das wie grunzend trinkt.
Man sieht ein ungeheuer großes Fühlen
In Fingern, deren jeder eine Wurst.
Der Trinkende ist heiß, sich abzukühlen.
So steht dies Bild uns, gleichnishaft, für Durst.

Doch auch für Haare, die wie heiße Asche
Weiß glühen auf der wutentbrannten Stirn
Des größten Deutschen mit der kleinsten Flasche
Um einen Halm, kaum schwerer als das Hirn
In diesem Monolithen, dessen Falten
Nichts als das eine knurren: Was ein Cheiß!

Viel kleines Kind ist in dem großen Alten,
Der seinen ersten Schluck als letzten weiß
Und darum halb verschmäht. Und mit dem Runden
Verzweifelt auch der Bildbetrachter schier
An dieser großen Wut aus tausend Wunden,
An diesem Körper zwischen Trotz und Gier,
Der beides will. Und innehält seit Stunden,
Sehr dilemmatisch, ratlos und sehr hohl.

So steht, gemalt aus ungezählten Pfunden,
Uns dieses Bild auch, gleichnishaft, für Kohl.

12. Mai

Thomas Gsella: Bin ganz vorne im Zug! 11:30

Martin Sonneborn: Respekt! Grüß den Fahrer! 11:31

Oliver Maria Schmitt: Wir haben's nicht so weit geschafft, sitzen in Wg. 27, voll in der Mitte. 11:32

Thomas Gsella: Soll ich Bescheid sagen, wenn ich den Zielbahnhof sehe? 11:34

Martin Sonneborn: Ja, aber bitte nur lautlose Benachrichtigung, kein Vibrationsalarm, das regt mich immer so auf ... 11:36

13. Mai

Thomas Gsella: Hallo Martin, wartest du am Bahnhof? Haben 30 Min. Verspätung, müsste aber klappen. 16:18

Oliver Maria Schmitt: Fahre 1. Klasse am Zuganfang und bin daher Sekunden früher da als Thomas. 16:29

Thomas Gsella: Ich kann aber schneller rennen. 16:31

Martin Sonneborn: Thomas, ich spendiere dir einen Gepäckträger ... Nimm einen jungen!!! 16:32

Thomas Gsella: Brauch keinen. Hab Koffer klauen lassen ... 16:36

Martin Sonneborn: Ah! Sehr gut! Dann jetzt ab auf die Zugtoilette ganz vorne ... 16:37

Oliver Maria Schmitt: Da bin ich schon. Mit einem jungen Gepäckträger ... 16:38

Thomas Gsella: Das bin ich! 16:39

14. Mai

Martin Sonneborn: Wer hat alles überlebt? 12:33

Thomas Gsella: Ich weiß noch nicht. Wann waren wir im Bett? 12:41

Oliver Maria Schmitt: Um vier. Du hast nicht mehr aufgehört zu spielen. Und immer seltsamere Mitsängerinnen bekommen. Siehe hier. 12:42

Martin Sonneborn: Du hast erst aufgehört zu spielen, als sie anfing, auf die Tasten zu speicheln. 12:44

Thomas Gsella: Ah, that's blues! Habt ihr ihre Kontaktdaten? Komme 14 Uhr an. 12:46

Oliver Maria Schmitt: Fahr dir im ICE hinterher und bin 14.08 da. Wartste uff mir? Dann fahrnwer geil zusammen Taxi. 12:48

Martin Sonneborn: Komme entspannt nach ... Gsella, heute mal RICHTIG TRINKEN? 12:51

Thomas Gsella: Bin schon dran. Läuft wieder tadellos rein! 12:53

Martin Sonneborn: Hoppla, das hätte ich ehrlich nicht gedacht ... 12:54

15. Mai

Oliver Maria Schmitt: Martin, schon im Hotel? 15:36

Martin Sonneborn: Gerade im Taxi ... 15:37

Oliver Maria Schmitt: Wir auch im Taxi. Im gleichen? 15:39

Martin Sonneborn: Ich sitze hinten links ... 15:40

Thomas Gsella: Nein, da sitze ich, ätsch. 15:41

Aus Schwerin flatterte diese hübsche Kolonialwerbekarte in meinen Briefkasten, und wie groß war meine Erleichterung, als ich erkannte, dass sie gar keine dreihundert Jahre alt war, sondern drei!

ZOO SCHWERIN

Von Stahl umzäunt, weil ihr Gebiss
Zu groß für kleine Menschen is',
Der Welt entrissen, stumm und bloß:
So stehn die Tiere in den Zoos.

Die Herzen krank, die Seelen stumm,
Der Leidenszug ums Maul herum,
Die Sinne trüb, die Lefzen schmoll,
Die Augen leer, die Schnauze voll:

Gesichter ohne Spaß und Freud –
Doch nun wird's lustig! Liebe Leut':
Nun können Sie im Zoo Schwerin
Mal andere Gesichter sehn!

Drei frohe Neger! Wunderbar!
Ganz wie's in Opas Zirkus war!
Zur Fütterung um kurz vor acht
Wird kunstgestückt und bummgemacht.

Der Ossi grölt, der Rhythmus treibt,
Der Ossi geht, der Neger bleibt:
Auf freie Artgenossen
Wird drüben gern geschossen.

Bestimmt wissen Sie Bescheid: Im Jahr 1972 wurde von der Generalkonferenz der UNESCO das «Übereinkommen zum Schutz des Kultur- und Naturerbes der Welt» verabschiedet. Ist ja eigentlich eine gute Idee: Mit der Unterzeichnung verpflichtet sich jedes Land, nationale Denkmäler von außergewöhnlicher, weltweiter Bedeutung zu schützen. Aber was hat die UNESCO daraus gemacht? Sie hat unansehnliche Gemäuer wie das Bauhaus in Dessau oder die Wartburg geschützt, zum Abriss bestimmte Städte wie Bamberg oder Quedlinburg unter Kuratel gestellt und verrostete Altmetallhalden wie die Völklinger Hütte zum Denkmal erklärt. Und dabei die wichtigsten Monumente übersehen! Ein absoluter Skandal! Deshalb erkläre ich Ihnen jetzt mal, was in Deutschland wirklich schützenswert ist.

Das wirklich wahre UNESCO-Welterbe in Deutschland

Synthese vom Feinsten

Dom und Diözesanmuseum von Paderborn

Seit fast einem Jahrtausend ist Paderborn das kulturelle Zentrum der Gegend um Paderborn. Schon im 13. Jahrhundert entstand hier der erste steinerne Dombau, der aber sofort nach Fertigstellung als unbefriedigend, als zu groß, zu steinern empfunden wurde. Keine siebenhundertfünfzig Jahre später schob sich das originalgetreu nach Architektenplänen gebaute, als schönster Betonkachelbau Paderborns bezeichnete Diözesanmuseum davor und bildet nun zusammen mit dem trostlosen gotischen Gemäuer eine gelungene Synthese aus Hoch- und Tiefbau. Eine abschließende großzügige Oberflächenversiegelung machte den alten Stadtkern zum imposanten Freilichtmuseum, dessen nostalgischer Rahmen vom geschäftigen Treiben der zwei Goldfische im Brunnen erfüllt ist. Heute kommen Menschen aus allen Kontinenten, um Paderborn weiträumig zu umfahren.

Inbegriff des Industriezeitalters

Der Winzerexpress von Rüdesheim

Mehr als dreißig Jahre ist er alt, der Rüdesheimer Winzerexpress. Er gilt als die am vollständigsten erhaltene Kleinspurbahn südlich des Taunus. In der Abgeschiedenheit des Rheintales haben Metallhandwerker und Lackierer aus Rüdesheim mit dem Bau des eigenwilligen Pulks begonnen und die Konstruktion nach den Bauregeln anderer Schmalspurbahnen (Fußgängerzone Bad Kissingen, Fußgängerzone Heilbronn) errichtet. Baugeschichtlich vereint der Winzerexpress mehrere Stilphasen industrieller Metallverarbeitungstechnik: vom strengen, eher gedrungenen romanischen Triebkopf bis hin zu den leichten, fast filigranen gotischen Wägelchen. Ein hervorragendes Beispiel dafür ist der um 1977 entstandene Wagen Nr. 3, der den anderen beiden Wagen traditionell hinterherfährt. Die Stimmung ist allerdings meistens in Wagen Nr. 1 am besten.

Rhöndorf – klein, aber sein

Das Schlafzimmer von Konrad Adenauer

Es war der nachmalige Altbundeskanzler Konrad Adenauer, der in den dreißiger Jahren dieses Jahrhunderts mit dem Bau eines repräsentativen Schlafzimmers seinen Traum vom «neuen Haus» verwirklichte. Mittelpunkt der kombinierten Schlaf- und Ruheanlage ist das Bett, die sogenannte «Falle», die als rechteckiger Zentralbau mit umlaufender Furnierung in Anlehnung an zahllose andere Betten errichtet wurde. Die Ade-nauer'sche Bettstatt ist der massivste deckenüberwölbte Holzbau nördlich der Alpen und wurde mindestens einmal im Monat frisch bezogen. Adenauers sprichwörtlicher Kunstsinn zeigt sich in einer Fülle einzigartiger Ausstattungsstücke aus der Ära des Gelsenkirchener Barock: Tisch, Stuhl, Lampe – alles da. Kein Wunder, dass der «Alte» dieses Zimmer letztmalig mit den Füßen voran verließ. Wer hier nicht stirbt, ist nicht totzukriegen.

Schwereloser Beton

Das Fußkäsedenkmal von Pirmasens

Wer an Pirmasens denkt, denkt meist an gar nichts – wenn überhaupt. Um dieser verheerenden Entwicklung entgegenzuwirken, verfügten die Stadtväter dieses irgendwo in der Pfalz liegenden Produktionszentrums günstiger Halbschuhe die Errichtung einer spektakulären Betonplastik. An einem sonnigen Tag Anfang der siebziger Jahre wurde sie im Rahmen einer Feierlichkeit mit Blaskapelle und Bratwurststand der Öffentlichkeit übergeben. Danach gerieten sowohl das Artefakt in Vergessenheit als auch die Antwort auf die Frage, ob dieses merkwürdige Ding da direkt vor der Messehalle ein augenzwinkernder Verweis auf die vielen Käsefüße ist, welche die Welt der Schuhstadt Pirmasens zu verdanken hat. Unbestreitbar eignet dem Fußkäsedenkmal jedenfalls eine schwerelose Leichtigkeit, die man fast schon als leichte Schwerelosigkeit bezeichnen könnte, wenn das nur irgendeinen Sinn ergäbe.

Rares Zeugnis der Durchlasskultur

Der zweistöckige Kiesberg-Autobahntunnel

Geschaffen wurde der zweistöckige Kiesberg-Autobahntunnel Ende der sechziger Jahre, er geriet dann aber mangels Verkehrsanbindung schnell in Vergessenheit. Wiederentdeckt wurde er 1970, als Verkehrsexperten in der Nähe von Wuppertal Erschließungsarbeiten am Kiesberg durchführten. Nach Abschluss der dreijährigen Grabungen stellten sie fest, dass sie einen komplett erhaltenen zweistöckigen Autobahntunnel freigelegt hatten, der genau vom einen bis zum anderen Ende reichte, und

das auch noch übereinander. Der sensationelle Fund wird täglich von bis zu achtunddreißigtausend Automobilisten besichtigt, die zumeist entweder in Richtung Wuppertal unterwegs sind oder von dorther kommen. Stets ist die Reaktion der Besucher die gleiche: Licht an, Licht aus, Vater holt den Dicken raus.

Offensive Gastlichkeit

Die Cafeteria im Kapitulationsmuseum

Wer hätte jemals gedacht, dass in einem Museum, das dem Gedenken eines so tragisch knapp verlorenen Krieges gewidmet ist, eine ansprechende gastronomische Einrichtung entstehen könnte? Vierzig Jahre haben die Betreiber des Deutsch-Russischen Kapitulationsmuseums in Berlin-Karlshorst von dieser wahnwitzigen Idee Abstand genommen. Dann kam die Wende – und mit ihr die Idee der freizeitwertigen Museumserlebnislandschaft. Ein zu allem entschlossenes Vorauskommando eroberte einen noch ungenutzten Kellerraum, durch die mutige Aufstellung eines Heißgetränkeautomaten und mehrerer günstig erworbener «Typ Vienna-Bistro-Ensembles» konnte ein sensationeller Sieg errungen werden. So kann ab sofort auch der geneigte Besucher die Grenzerfahrung einer bedingungslosen Kapitulation ganz gemütlich bei Heißgetränk und Dauergebäck nachvollziehen. Wer hier gastiert, hat alles aufgegeben.

Zentrum europäischer Kultur

Der Kreisverkehr am Ortsausgang von Zwenkau

In der Tieflandsbucht südlich von Leipzig, zwischen der kanalisierten Weißen Elster und dem Rückhaltebecken Stöhna, liegen die Flöze des Braunkohletagebaus Zwenkau. Im Herzen dieser einzigartigen Kulturlandschaft, umgeben von zahlreichen Umgehungsstraßen, liegt der Ort Zwenkau mit seinem historischen Mischgewerbegebiet und dem legendären Verkehrsrondell. Herausragende Landschaftsgestalter und Architekten wie Peter Joseph Lenné, Fürst Hermann von Pückler-Muskau und Karl Friedrich Schinkel ließen dieses Areal bewusst links liegen, bis sich schließlich der VEB «Braunkohlekombinate Süd» entschloss, den rätselhaftesten Kreisverkehr der Welt zu bauen. Als kultureller Mittelpunkt und als Faktor der Politik in der sozialistischen Neuzeit entfaltete er seine Wirksamkeit weit über den engen, regionalen Rahmen hinaus. Zahllose 1.-Mai-Demonstrationen und Funktionärskonvois blieben tage-, teils jahrelang darin hängen. Sinnbildlich steht der betont flache Radialbau für die untergegangene DDR: Wohin man sich auch wendet – es führt kein Weg hinaus.

Naturwunder der Superlative
Der Münchner Föhn

Berlin hat den «Langen Lulatsch», Frankfurt den «Fettigen Michel» und München den «Dicken Markwort». So nennt der Volksmund von Hubert Burda seinen dicken Markwort, das offizielle Maskottchen des Satiremagazins «Focus». Der auffällige Zentralbau mit seinen barocken Fettauskragungen gilt als schwerstes Kauwerk jenseits der Alpen. 1936 erstmals urkundlich erwähnt, gilt vor allem seine gewaltige Fönfrisurkuppel als beeindruckendes Meisterwerk moderner Haarfestigerkunst. Wie Hansi Müller-Wohlfahrt und Jürgen Drews entstammt auch Markwort der berühmten Münchner Toupetmanufaktur von Star-Coiffeur Gerhard Meir und seinem berüchtigten «Münchner Föhn». Alle schmückenden Details, das grinsende Portal, die Ohrenanbauten und der fleischige Gesichtserker dienen dem optischen Gesamteindruck, der selbst noch aus großer Entfernung verheerend ist. Ein Gang durch den bewohnten Monolithen kann bildend, unterhaltend und spannend sein – meistens ist er aber keins von dreien.

Plötzlich war es da

Das Kernkraftwerk von Königstein

Mit dem Namen Königstein verband sich schon immer eine Fülle von Vorstellungen, Eindrücken und Erwartungen, allerdings bleiben sie meist ziemlich vage. Erst mit der Eröffnung des als Kurbad getarnten Kernkraftwerks im Jahre 1973 machte die Ortschaft nahe der Ruine Königstein, die sinnbildlich für den ganzen Ort steht, von sich reden. Lokale Stromkonzerne suchten nach einer Möglichkeit, diskret in die umstrittene Nukleartechnik einzusteigen und zugleich das Überalterungsproblem des Vordertaunus zu lösen. Der überraschend offen gebaute Siedewasserreaktor gliedert sich in drei Teile: Im unteren sind die sogenannten «Duschen» und die sogenannten «Solebecken», in denen das hochbetagte Brennmaterial je nach Krankenkasse «abgekocht» wird, da nützt auch die beste Badekappe nichts; im mittleren Geschoss finden sich das freiliegende Abklingbecken und die Terrasse, auf der die ausgebrannten Elemente gelagert werden. Ganz oben ist die Zentrale, in der zahlreiche Schreibtischtäter auf Anfrage gerne beteuern, von alldem überhaupt nicht das Geringste gewusst zu haben.

Höhepunkt des Sackwaldes

Der Automobilsammelplatz auf dem Ahrensberg

Seit sich die Anwohner erinnern können, ist der Ahrensberg die höchste Erhebung des Sackwaldes, eines Naherholungsgebiets im südlichen Niedersachsen. An diesen Kulminationspunkt kommunaler Freizeitgestaltung, umgeben von den Dörfern Sack, Klump und Imsen, reist man, um zu parken und sich zu ergehen. Wie schon der Name Niedersachsen nahelegt, ist der Ahrensberg mit seinen bescheidenen 374 Metern Höhe gar kein richtiger Berg, höchstens eine bessere Kuppe. Dafür ist der Ahrensberg-Parkplatz aber ein richtiger Parkplatz. Das hat sich mittlerweile auch bei den seit jeher enttäuschten Ahrensberg-Besuchern herumgesprochen, die meist schon nach wenigen deprimierenden Minuten auf der Bergkuppe den Wiederabstieg wagen, um erneut das vertraute Parkplatzgelände zu besichtigen. Das Besondere an diesem Parkplatz ist, dass er nur ein Bild ist für sich selbst. Nichts an ihm ist Beispiel oder Metapher. Der Parkplatz von Ahrensberg ist reine, unverfälschte Poesie.

Höhepunkt aller Hochbauten

Der Wartturm von Bad Orb

Ausgerechnet in der als Mafiaversteck verschrienen hessischen Spessartmetropole Bad Orb findet sich ein historisches Baudenkmal, das schon aufgrund seiner Statik bis heute Architekten zum Staunen und Besucher zum Gähnen bringt: der Wartturm. Der nur sechzehn Meter hohe Monumentalbau fügt sich harmonisch in das von zahlreichen Bäumen geprägte Landschaftsbild des Spessartwaldes. Erst inmitten mächtiger Tannen und eindrucksvoller Eichen entfaltet der sparsam konzipierte Aussichtsturm samt feuerverzinkter Freitreppe seine Einzigartigkeit: Zwar ist er nicht so schief wie der Turm von Pisa, dafür aber wesentlich kleiner. So klein, dass man von oben – außer ein paar Baumspitzen – absolut nichts Interessantes erblicken kann. Wohin man sich auch wendet – es gibt nichts zu sehen. Nicht das Geringste. Was sollte es in Bad Orb auch schon zu sehen geben? Nicht zu fassen. Schnell runter, dann wieder hoch – immer noch nichts zu sehen. Nada. Niente. Muss man sich das bieten lassen? In Bad Orb schon.

Seit Ewigkeiten auf Tour mit zwei Herren, die körperlich, geistig und moralisch um so vieles jünger, unreifer, ja unwerter sind als ich: Sein hätte das nicht müssen! Doch gleich zu Anfang meiner, haha: Karriere vergab ich eine Superspitzenchance …

Das Geständnis

Es war einmal vor vielen, vielen Jahren, da erschien mein allererster satirischer Text. Er war eine Replik auf Helmut Kohls weltberühmten Goebbels-Gorbatschow-Vergleich und behauptete eine sexualpsychologische Beziehung zwischen dem Vergleich und einem gleichfalls unterstellten Kohl'schen Überdruss an seiner Ehefrau. Der Text war, aus heutiger Sicht, im Ganzen weniger ungeübt als vielmehr grob, billig, falsch, anbiedernd, wenn auch, und an nicht wenigen Stellen, klug gedacht, gut gemacht, seidenfein gesponnen und geschliffen, kurz: ein humoristisches Juwel des linken Widerstands gegen Imperialismus und Schweinesystem. Das aufgeklärte Ruhrgebietsveranstaltungsmagazin «Guckloch» sah's genauso, druckte ihn, zu Hause kippte ich ein Bier drauf, und hinein in meine Freude klingelte das Telefon.

«Hier Willner vom ‹Playboy Deutschland›. Das Herrenmagazin.»

Der «Playboy»-Redakteur bedauerte, dass ich den Kohltext nicht zuerst ihm angeboten hatte – aber ob ich nicht das «Guckloch» ab sofort links liegenlassen und «Playboy»-Kolumnist werden wolle?

Meine Reaktion können Sie sich vorstellen: Der Jungsatiriker und Kritiker als Hofnarr einer zutiefst frauenfeindlichen, zutiefst ausbeuterfreundlichen, zutiefst überteuerten Porno-Postille! Ich sagte, ach was, ich bellte in den Hörer:

«Na hören Sie, wie hoch ist denn Ihr Zeilenhonorar?»

«Fünf Mark. Für Ihren Kohltext hätten wir tausend gezahlt. Wie viel zahlt ‹Guckloch›?»

«Dreiundzwanzig. Worüber soll ich denn schreiben?»

Während der Redakteur was von «Erotik» plauderte und «aber locker frisch verpackt», kam ich ins Rechnen: Jeden Monat einen gottverdammten Riesen, das machte zwölf-, in guten Jahren dreizehntausend Mark. Bilder tauchten auf: von einem Flachdacheigenheim mit integrierter Finnensauna, von ausgiebigen Karibiktörns und rehbraun schlanken Spitzenweibern, zwei an jeder Playboykolumnistenschulter, ich natürlich in Spendierhosen ...

«Trauen Sie sich das zu?»

«Ohne weiteres. Geht klar.»

«Okay, wir schicken Ihnen ein paar Hefte.»

«Gibt's die in neutralem Umschlag?»

«Wenn Sie darauf bestehen. Natürlich müssten wir Sie testen. Einen ersten Themenvorschlag lege ich bei.»

«Alright. Tschüsiii!»

Zwei Tage später brachte mir die Post sechs pralle Magazine in einem Gegenwert von damals harten achtundvierzig Mark. Schon beim ersten Durchblättern zählte ich siebenundachtzig Darstellungen. Sechs waren zum Ausklappen gedacht. Trotzdem dauerte es lange, bis ich die Kolumne gefunden hatte; sie stand jeweils auf Seite eins und näherte sich dem Eros prosaisch vom Alltag her. Den Texten gemein war, dass sie ihr Thema in eine personalreiche Ich-Erzählung packten und also etwa so anfingen:

«Mein Gott, war Gaby durcheinander. Noch nie hatte sie zwischen zwei Männern gestanden, nun aber liebte sie außer ihrem festen Freund Stefan auch mich. ‹Hey, wo ist das Problem?›, fragte ich und schlang meine Arme um sie, als plötzlich Monika und Heiner ...»

Oder so was. Ich sollte, laut Willners Begleitbrief, doch einmal eine Geschichte über Männerbrusthaar schreiben. Dieses, so der Redakteur, sei nämlich derzeit out.

Noch am selben Abend setzte ich mich hin und begann mit dem Titel: «Frauenlust auf blanke Männerbrust». Das strich ich wieder durch und probierte es mit «Alles klar – ohne Brusthaar», denn schon damals reimte ich gern. Das strich ich auch wieder durch und ließ die Überschrift erst mal offen. Der Text ging dann so:

> *Seit einer geschlagenen Stunde hatten wir jetzt schon Blickkontakt, und es funkte gewaltig. Das waren aber auch zwei Funkenmariechen mir gegenüber an der Bartheke! Schnell hatte sich ein Flirt entsponnen. Jacqueline war schwarzhaarig, Helena goldblond, also für jeden Geschmack was dabei, und zusammen wohnen taten sie auch. Aber heute, das war mal klar, wollten die Häschen was erleben, waren auf*

der Suche nach Adventure pur – während ich für meinen Teil sechs, na, sagen wir ruhig sieben Biere intus hatte und entsprechend Kribbeln in den Shorts. Schnell saßen wir dann im Taxi hinten und befummelten uns. Und ich muss sagen, die Bienen waren tadellos. Der Taxifahrer wurde neidisch, dann hieß es aussteigen. Ihre Betten war noch durchwühlt, aber insgesamt war die Wohnung modern in Flötotto gehalten. Wir zogen uns gegenseitig aus, was uns sehr anmachte. Aber als die Reihe an mir war und mir Helena ausgesprochen hemmungslos Unterhemd und Rolli auszog, tauchten die Probleme auch schon auf.

«Iiih, guck mal, was der hat», schrie Helena perplex zu Jacqueline hinüber, und Jacqueline ekelte sich jetzt auch: «Das ist ja widerlich! Zieh dich sofort wieder an, du Mistsau!»

Helena hielt sich die Augen zu, und Jacqueline kotzte, glaub ich, ein bisschen auf den Flötotto-Flokati. Na, das schien ja eine schöne Nacht zu werden. Allmählich fragte ich mich schon, was denn an mir dran war, dass man sich übergeben musste vor Missgunst. Dann hatte ich eine Idee und schäkerte: «Helena, Jacqueline, hey, sagt mal: Liegt es an meinem Brusthaar, ihr Schnuckies?»

Wie auf ein Stichwort hörten die beiden mit dem Kotzen auf und versammelten sich um mich herum. Da wusste ich, was der Fall gewesen war. Ich bat die zwei, mir das Brusthaar abzuschneiden, und es wurde noch ein brodelnder Abend. Komisch, wie sich Vorlieben mit der Zeit verändern und wandeln. Was heute noch in ist, kann morgen schon out sein. ENDE.

Da hatte ich das Thema also gepackt, aber der Text wurde nicht genommen, überhaupt hörte ich rein gar nichts mehr vom «Playboy».

Kurz darauf musste ich zum Zivildienst, wo ich alten Menschen den Speicher putzte. Viele Nette waren dabei. Aber auch ein stockblöder Nazi, achtundneunzig Jahre und mit Darmausgang, den ich rasieren musste, er starb während meiner Amtszeit an «Herzkasper», hehe!

Und irgendwann kam halt dann dieser gottverdammte Anruf der TITANIC.

Wohin mit all dem Zeug, das zu kurz ist für lange Satire, zu unfotogen für einen Fotoroman, zu monologisch für Telefonterror und zu blöd für ein Gedicht? Bei der TITANIC landet es ruckzuck in der wahren und schönen Rubrik:

Vom Fachmann für Kenner

Zum Glück

Spaß macht es nicht, wenn man nachts von grasblöden Streifenbullen angehalten wird, feisten Youngstern mit stinkenden Schnäuzern und ungewaschener Dienstkleidung, die die Blutspuren eines ganzen Jahres versammelt; Spaß, sage ich, macht es nicht zu erfahren, dass der Wagen als gestohlen gemeldet ist, der eigene Führerschein samt Personalausweis sich aus heitrem Himmel als Fälschungen entpuppen und, kaum hat so ein gewaltbereiter Esel den Kofferraum geöffnet, er mit einem zischenden «Ogottogott» zurückschreckt und sich auf offener Szene erbricht, worauf seine nicht minder entmenschten Kollegen zwei Tote aus dem Kofferraum heben: der eine sichtlich Wolfgang Schäuble, die andere schon teils verwest, jedoch im Ganzen sehr an die von der Leyen gemahnend. Zum Glück ist mir so etwas noch nie passiert.

TG

Plasmawesen

«Guten Tag! Wissen Sie, bis wann Edeka heute geöffnet hat?»
«Is offn, wir sind grad noch dran vorbeigelaufn.»
«Ja. Und wissen Sie, bis wann es heute geöffnet hat?»
«Jaja, is offn, Tür war auf!»
«Gewiss. Doch wissen Sie, bis wann es geöffnet hat? Bis achtzehn oder zwanzig Uhr – zum Beispiel?»

«Jau. So wat, oder? Sechs oder acht. Pfümpf? Tür war jebmfalls auf grade.»
«Vielen Dank.»
Diese außerirdische Intelligenz ihrer Bewohner mag die Stadt Essen getrieben haben, sich um den Titel «Europäische Kulturhauptstadt 2010» zu bewerben. Welchen sie ja dann auch holte.

TG

Entstehungsgeschichte

Eine Theorie, wie Deutschland entstanden ist, geht so: In grauer Vorzeit, die Sonne war noch matt, trafen sich an einem trüben Novembertag drei Männer in einem Etap-Hotel am Rande eines Industrieentwicklungsparks in der Nähe von Kassel. Ein Mediengestalter, ein Fachangestellter für Bäderbetriebe und ein Kfz-Mechatroniker. Sie wurden Freunde, sie lachten und tanzten, sie oblagen dem Komasaufen. Als es gerade am schönsten war, schworen sie beim Leben ihrer Mütter: «Lasst uns für alle Deutschen einen userfreundlichen Staat mit hohem Freizeitwert errichten, begrenzt von Traumstränden pur, majestätischer Bergwelt zum Relaxen und attraktiven Hanglagen mit Hinterlandanbindung. Perfekte Infrastruktur sei uns Ehrensache, pulsierende Städte wollen wir schaffen, in denen voll alte Kirchen und multifunktionale Szene-Treffs prickelnde Synergieeffekte für Daddys und Kids zeitigen. Ein Land, das den Herausforderungen der Globalisierung mit einem coolen Lächeln begegnet!»
Doch es kam nicht dazu, denn schon eine halbe Stunde später hatten sich die Freunde zerstritten und im Wahn gegenseitig erwürgt. So kam es, dass Deutschland auf ganz, ganz andere Weise konzeptioniert und erschaffen wurde, nämlich von Kevin Haberer, einem sympathischen Zerspanungsmechaniker im dritten Lehrjahr aus Bebenhausen bei Tübingen.

OMS

Früher war alles nervöser

Ein Schuhanzieher ist hilfreich und gut, doch die größte Errungenschaft aller bisherigen Weltgeschichte liegt ohne Zweifel in der stetigen Verkleinerung der Tiermäuler samt sonstiger Angriffsorgane. Im Frankfurter Senckenbergmuseum steht neben allerlei markanten Dinos eine geiergroße Wespe, und der Lehrtext betont, dass die ersten Menschen zu ihren Zeitgenossen zählten. Das Wort von der Gnade der späten Geburt gilt als überzitiert, gewinnt aber neue Evidenz, sobald man sich die grundnervöse Aura damaliger Biergärten vor Augen führt; zumal derer mit Obstkuchenkarte.

TG

Es muss nicht immer ein Fest sein

«Prost», sagte Ursula und stieß ihr Pinnchen gegen meines. Auch ich sagte: «Prost»; in einem Zug genossen wir die tiefrote Wacholderbeere, den ersten Alkohol des Tages, ein feines, handaufgesetztes Tröpfchen aus der Hobbywerkstatt meines Onkels. Dann traten wir ans Hinterhoffenster und hörten erste Böller explodieren. Ich legte einen Arm um sie, leise knackte das Babyphon. «So ist es doch auch ganz gemütlich», sagte ich und küsste ihre Nase, «es muss nicht immer ein Fest sein.»

«Noch drei Minuten», sagte sie, dann rannte sie ins Badezimmer, kotzte sich die Eingeweide heraus und kehrte zurück.

«Was war denn?», fragte ich, rannte ins Badezimmer und kotzte mir die Eingeweide heraus.

Als ich zurückkehrte, stand Ursula am Spülbecken und kippte etwas in den Abfluss. Es war die Wacholderbeere. Wir beobachteten gemeinsam, wie ein Faulpilz herauskroch, ein etwa handgroßer in den Farben Grün, Tiefbraun und Umbra, stabil wie ein Wollsocken. Wir rannten ins Badezimmer und kotzten erneut. Dann war Neujahr. Es gab Magentee mit Knäckebrot.

TG

Arzthelfer

Hingelegt, geratzt, geträumt. Bela B. rief an, sie hätten morgen das ausverkaufte Ärzte-Konzert in der Köln-Arena, Farin Urlaub sei aber unheilbar an der Grippe erkrankt, er habe sich umgehört und meine Nummer bekommen – jetzt müsse ich halt einspringen.

Ich so: Biste verrückt, ich hab doch euer Programm überhaupt nicht drauf, hab seit fünfzehn Jahren nicht mehr live Gitarre gespielt.

Er so: Kein Problem, ist immer alles Vollplayback. Die Ansagen mach ich, du musst nur rumhüpfen und das Mundwerk bewegen, kann doch jeder.

Und ich so: Na ja, wennde meinst.

Und dann? Alles, wie es kommen musste: ein sensationeller Erfolg, vierzehntausend Fans in Ekstase und vier fette Zugaben. Wirklich eine feine Sache, dieses Vollplayback. Merkt keine Sau.

Dann ich so: Ist doch geil gelaufen, keiner hat den Urlaub vermisst. Machen wir zusammen weiter?

Bela B. nickt, schiebt mir die Verträge zum Unterschreiben hin, ich greife gerade zum Füller, will unterschreiben, da drehe ich mich rum und wache auf. Drei beschissene Sekunden zu früh.

OMS

TITANIC Star-Check!

FAN-FRAGEBOGEN THOMMY GSELLA

Thommy ist der Herzensbrecher der TBG, alle Girls sind verrückt nach ihm, egal ob jung, ob alt. Aber kennst du Thommy auch wirklich? Mach den Fan-Check und teste deine Thommy-Kenne:

1. Wann ist Thommy geboren?

- ☐ *Nach 1945.*
- ☐ *Vor 1945.*
- ☐ *1945.*

2. Hat Thommy eine Katze?

- ☐ *Kann sein.*
- ☐ *Vielleicht.*
- ☐ *Mir doch scheißegal, welche Viecher der Fettsack zu Hause hat.*

3. Welche Rolle spielt Thommy in der Band [TITANIC BoyGroup]?

- ☐ *Keine.*
- ☐ *Den Depp vom Dienst.*
- ☐ *Den lyrischen Feingeist mit Hang zum Kofferträger.*

4. Was ist Thommys Lieblingsessen?

- ☐ *Warm.*
- ☐ *Kalt.*
- ☐ *Leckmuscheln.*

5. Was machte Thommy, bevor er zur TBG stieß?

- ☐ *TGB – Die Thommy-Gsella-Band.*
- ☐ *TBC – kriegen und auskurieren.*
- ☐ *THC – inhalieren, aber nicht rauchen.*

6. Wie nennen ihn seine Bandkollegen liebevoll?

- ☐ *He, Sie da!*
- ☐ *Ruhrpott-Rilke!*
- ☐ *Wichser!*

7. Hat Thommy eine Freundin?

- ☐ *Nö.*
- ☐ *Nein, er hat doch Olly und Marty!*
- ☐ *Bis jetzt noch nicht.*

8. Was ist Thommys Lieblingsauto?

- ☐ *Renault Kangoo.*
- ☐ *VW Polo 2.0 TDI «Phil Collins Edition».*
- ☐ *Bobby-Car mit Anhänger.*

9. Welche Musik hört Thommy Tag und Nacht auf seinen megacoolen SONY-In-Ears

- ☐ *Barock für romantische Stunden Vol. 2.*
- ☐ *Cassette C90.*
- ☐ *Alles von TGB – Die Thommy-Gsella-Band.*

10. Wie heißt Thommys Lieblingsschriftsteller?

- ☐ *Thommy Mann.*
- ☐ *Thommy Gsella.*
- ☐ *Thomy Mayonnaise.*

Der Agenturjournalismus ist auch nicht mehr das, was er mal war. Jedenfalls nicht, wenn man dpa-Meldungen geringfügig umschreibt.

+++ Brandheiße TICKERMELDUNGEN, frisch aus dem Ticker +++

+++ Bombenstimmung im Zoo

Wie die Feuerwehr Niedersachsen mitteilt, mussten rund 700 Besucher den Zoo in Hannover verlassen, weil eine Bombe aus dem Zweiten Weltkrieg entschärft wurde. Die Tiere blieben alle da, denen wurde gesagt, es handele sich lediglich um eine Übung. +++

+++ Bumm, Bumm (1)

Das oberste israelische Gericht hat gezielte Tötungen in bestimmten Fällen gebilligt, so ein Sprecher von denen. Sie sollten, so der Sprecher auch noch, aber nicht wahllos und nicht bei jeder Kleinigkeit eingesetzt werden (Klavierlärm, Schulden unter 70 €, langsame Kellner, schlechte Laune). +++

+++ Bla bla bla bla ...

Der Zentralverband des Deutschen Friseurhandwerks hat in Köln die Frisuren- und Smalltalk-Trends für Herbst 2015 präsentiert. Rote Tön-Dauerwellen und Glatzen sind ab sofort «out», «in» sind Pagenköpfe, Gespräche über die Seehofer-Nachfolge, die Krähenfüße von Kate Moss (Größe 43) und alles, was mit «Haben Sie schon gehört ...? Das glauben Sie mir nie ...» beginnt. +++

+++ Al im All

Für den deutschen Astronauten Alexander Gerst, der fast ein halbes Jahr auf der ISS verbracht hat, gab es zum Abschied dickes Lob von seinen Bordkameraden: «Echte Stimmungskanone!»; «Nimmst du bitte den Abfall mit raus, wenn du gehst?»; «Wenn du mal wieder in der Gegend bist ...» +++

+++ Mecklenburg calls you, yes, you!

Der «Tourismusverein Mecklenburgische Seenplatte» will ab sofort verstärkt um Angel-Touristen werben. Wie der Verband mitteilte, überlege man, 100 so kleine grüne Kopierzettel («Der Fisch ruft Dich ...») kostenlos in einem Fischgeschäft bei Husum auszulegen. Außerdem sollen 1-Euro-Kräfte aus Mecklenburg-Vorpommern an bayerischen Autobahnraststätten gezielt Leute ansprechen, die gestresst aussehen. «Die könn' sich bei uns entspannen!» Um Nazis wolle man nicht mehr werben, davon habe man jetzt genug vor Ort, sagte jemand am Rande. +++

+++ Kranke Aktion in Leipzig

Unbekannte haben in Leipzig aus einem Firmenfahrzeug Ersatzteile für künstliche Gelenke im Wert von 20 000 Euro und eine Sonnenbrille gestohlen. Die Polizei fahndet jetzt in der ganzen komischen Stadt nach einem hinkenden Albino. +++

+++ Kalte Bauern

Wie der Präsident des Deutschen Bauernverbandes öffentlich beklagte, konnten die deutschen Landwirte im laufenden Wirtschaftsjahr ihr durchschnittliches Einkommen nicht erhöhen. Außerdem hätten die meisten von ihnen keine Frau, und die, die eine hätten, hätten nur so dicke, stämmige mit Kitteln abgekriegt. Beim letzten Satz war der Tonfall schon so jammerig, dass kaum noch jemand richtig hinhörte. +++

+++ Traritraraaa!

Betriebsräte der Post wollten eigentlich bei der SPD Hamburg ein großes «Wutpaket» (Wurstpaket?) abliefern, um gegen irgendwas zu demonstrieren. Leider wurde das Paket nicht rechtzeitig fertig, deswegen übergaben die Postler so eine orangerote Karte, mit der die SPD das Päckchen selbst beim nächsten Postamt abholen kann, heute jedoch nicht. +++

+++ Bumm, Bumm (2)

Die irische Nationalistenpartei Sinn Féin hat in einer historischen Abstimmung die Legitimität der nordirischen Polizei in Nordirland anerkannt. Ob das bedeutet, dass die IRA die Strafmandate für die ganzen im Parkverbot gesprengten und nicht abgeholten Autos bezahlen will, traute sich von den dpa-Leuten keiner zu fragen. Bedeutet es wahrscheinlich aber auch nicht. +++

+++ Bildungskatastrophe im Saarland?

«Junge Männer im saarländischen Homburg bei Einbruch in Bildungszentrum gefasst!» Allerdings standen die Einbrecher unter Drogeneinfluss, sodass sie wahrscheinlich gar nicht lernen wollten, sondern sich einfach nur vertan haben. +++

Niemals, wirklich niemals wollte ich mit Egon Bahr und Helene Fischer ein Riesen-Sudoku lösen – doch dann schrieb mir eines Tages Ulrich Wickert und berichtete von der armen Lina, und das Schlimme daran war: Sein Brief war ECHT!

Der Uli, die Lina, der Berny und ich

Ich warte darauf, dass das Telefon piepst – und jedes Mal, wenn es nicht piepst, bin ich erleichtert, ja froh. Ich konnte doch nicht ahnen, dass Ulrich Wickert mir schreiben würde. Und erst recht nicht, dass sich auch noch Berny bei mir melden würde. Damit konnte ja nicht mal Ulrich Wickert rechnen. Dennoch hatte ich sie beide am gleichen Tag im Briefkasten: einen Brief von Deutschlands unvergessenstem Nachrichtenonkel und eine Werbeinformation für Deutschlands unvergleichbarstes Geschmackserlebnis. Das war zu viel, und seitdem habe ich sonntagabends wieder frei.

Wickert hat einen ziemlich dicken Brief geschickt, in dem nicht nur Papier ist, sondern auch noch ein Foto und ein Tütchen. In dem Tütchen ist ein buntes Freundschaftsbändchen und auf dem Foto das arme Peruanermädchen Lina. Es schaut mich traurig an. In seinem Brief berichtet Wickert aufgewühlt von dem trostlosen Leben in Armut, das die kleine Lina führt, und das ist ja nun wirklich supertraurig. Deswegen unterstütze ich die Hilfsorganisation «Plan» auch schon lange, trotz Ulrich Wickert, trotz Mutter Beimer und anderer Patenmonster. Aber jetzt mal was ganz anderes:

Meine absolute Lieblingsfernsehsendung war bis vor kurzem die im Qualitätskanal VOX verstrahlte Koch-Dokusoap «Das perfekte Promi-Dinner». Sonntag für Sonntag war ich abends dabei, wenn vier mediokre Medienkasper sich reihum in ihre Privatwohnungen einluden, um dort für die jeweils anderen aufzukochen. Allein die Tatsache, endlich wieder oder vielleicht sogar erstmals als «Promi» gehandelt und ausgestellt zu werden, trieb sie mitunter zu Höchstleistungen an Peinlichkeit und Wahnsinn.

Das Erfolgsrezept ist dabei immer gleich: Man nehme einen zurechtgetackerten Schlageraltstar, eine völlig unbekannte Vorabendserienschauspielerin, einen verirrten Verwirrten aus dem Bereich der Trashkunst und eine farblose Figur, die irgendwas mit Sport, Tieren, Mode oder Medien oder alles zusammen gemacht hat. Wer beim Promi-Dinner gesehen wird, hat meist schon das Ticket fürs «Dschungelcamp» in der Tasche oder kommt gerade von dort her.

Während die gastgebende Person in der eigenen Küche rumort, dürfen die anderen in den Privaträumen herumschnüffeln und in Schubladen wühlen, wo zufällig alte Goldene Schallplatten, Sporttrophäen oder Fotos zusammen mit Frank Elstner herumliegen. Die kaputtoperierte Schauspielerin Anouschka Renzi hatte sogar ihr komplettes Bad mit Hunderten erotischer Fotos tapeziert, auf denen sie selbst zu sehen war. Andere Herrschaften hatten ihre Wohnräume geschmackvoll bordellartig gestaltet, mit einem laut plätschernden Zimmerspringbrunnen einen mediterranen Wohnalbtraum geschaffen oder aber einfach einen Container voll Schrott von Ikea in die Butze gekippt.

So verlebte ich viele wunderbare Abende, war zu Gast in Antje Kühnemanns überkandideltem Landhaus, in Gottlieb Wendehalsens Horrorsofa-Wohnzimmer oder im gespenstisch großen Loft des Kölner Müllkünstlers HA Schult, wo dieser für seine weiblichen Vegetarier-Gäste kiloschwere Koteletts in die Pfanne drosch, sie schwarz anbriet und dann als puristische Assemblage servierte: verkohlte Fleischklötze auf weißem Porzellan.

Wenn die Gäste zum Empfangstrunk zusammenkommen, sagt immer mindestens einer: «So, jetzt erst mal Schampus!» Und wenn die Teilnehmer anschließend das Verspeiste rezensieren, sei's Fisch, Fleisch, Kohlrabi oder Ei, erklingt immer mindestens einmal der Satz: «Also, meins isses nich.» Das ist so sicher wie das Ende der Sendung nach fast zweieinhalb zermürbenden Stunden.

Ja, ich hatte herrliche Abende. Und ich träumte immer häufiger davon, wie am helllichten Nachmittag mein Telefon klingelt und mir eine erotisch geräucherte Frauenstimme ins Ohr haucht: «Hallöchen, Herr Schmitt, wir haben Sie fürs nächste Promi-Dinner in Frankfurt ausgesucht und schon ein total tolles Team für Sie zusammengestellt. Sie sollen an vier lustigen Kochabenden mit Franz Alt und zwei der drei überlebenden Jacob Sisters kochen oder wahlweise mit dem Sänger der Böhsen Onkelz, mit Sigrid Löffler und mit Franziska Schenk.»

«Die Tochter von Heinz Schenk?»

«Nein, diese ehemalige Eisschnellläuferin, die heute im DDR-Fernsehen so Rentnershows macht.»

«Och. Ich weiß nicht. Könnte ich nicht lieber mit Stefan Mross, Stefanie Hertel und ... äääh ... Stefan Gärtner? Obwohl – ich heiße ja gar nicht Stefan, und Gärtner bin ich auch nicht. Und überhaupt: nur *eine* Frau, die dann auch noch an den einzigen Alkoholiker unter den Anwesenden vergeben ist ... Nee, das gibt kein schönes Spachtelklima.»

«Aber *Sie* haben doch diese Namen genannt, Herr Schmitt.»

«Na eben. Dann doch lieber mit ... mit ... sagen wir: mit der ollen Nena, dem noch olleren Egon Bahr und der hoffentlich bald auch ganz ollen Helene Fischer – und natürlich mit mir. Das könnte doch ein super Abend werden: Ich koche, Nena erzählt von der Arbeit an ihrem letzten ‹Luftballons›- oder ‹Nur geträumt›-Remix, Bahr, noch immer ganz erschöpft von der Arbeit an seinen legendären Ostverträgen, döst ein wenig auf seinem Stuhl, Helene versucht sich atemlos mit Riesen-Sudoku bei Laune zu halten, und ich koche irgendwas.»

«Was würden Sie denn kochen?»

«Weiß nicht. Irgendwas.»

«So geht das nicht, Herr Schmitt. Wenn Sie nicht wissen, was Sie kochen wollen, dann können wir Sie auch nicht einladen. Das ist leider so. Wiederhören.»

Scheiße, ich hab's versaut. Weil ich nicht wusste, was ich kochen sollte. Dabei war ich mir sicher, dass ich etwas verdammt Schmackhaftes für diese Leute kochen würde, irgendwas Ausgefallenes, Gesundes, was Gutes. Aber ich wusste nicht, was. Doch dann kam eines Tages Berny, und alles wurde anders.

Ich hatte Wickerts Brief gerade gelesen, da fiel mir das fleischfarbene Werbeblättchen auf, das auch noch in der Post lag: für Ihr perfektes «Dinner». Auf der Rückseite prangte die Lösung all meiner Probleme: «BERNY»-Backschinken – «Das große Essvergnügen». Na also! «Aus tagesfrischer Schlachtung, naturgesalzen und in feinsten Gewürzen mariniert – ein unvergleichbares Geschmackserlebnis!»

Ja, da werden meine Gäste staunen: ein Mörderbatzen Essvergnügen, groß und rund,

heiß und fettig und am Stück, so wie Gott ihn schuf. Faszinierenderweise gab es *zwei* Größen, da staunt der Backschinkenaficionado, und der Laie wundert sich: «I. ausreichend bis 8 Personen und II. ausreichend bis 15 Personen.» Da drängt sich doch sofort die Frage auf: Für fünfzehn? Warum nicht für sechzehn? Wo ist die fehlende Portion? Essen fünfzehn Fleischesser immer mindestens sechzehn Portionen? Oder können sich die EU-Normzuchtschweine von heute nur eine Fünfzehn-Personen-Arschbacke wachsen lassen?

Wie auch immer, Berny ist einfach der perfekte Fleischprügel für Ihr perfektes «Dinner». Vielleicht gefällt er mir ja deswegen so gut, weil «Dinner» in Anführungen gesetzt wurde. Genauso gut hätte man «perfektes» in Anführungszeichen setzen können, aber «Dinner» ist noch eine Spur besser. Das ansprechende Foto in phosphathaltigen Fettfarben verheimlicht nichts. Ein befreundeter Fotosammler hat in seinem Archiv einen Karton mit der Aufschrift «altes Essen». Dort findet man unappetitlich kolorierte Fotos von zahnbelagsgelben Mayonnaiseschnittchen, grünlich grauen Leberwurstpasteten, bleichen Käse-Igeln und klodeckelgroßen Zigeunerschnitzeln. Dieser Kiste scheint Berny entsprungen zu sein.

Berny ist keine Speise, kein kleines Steak, kein Kinderschnitzel, nein – Berny ist ein Statement. Hier ist der uralte Menschheitstraum von Fleisch, bis der Arzt kommt, portionierbare Wirklichkeit geworden. Berny ist auch genau der richtige Name für einen Fünfzehn-Personen-Backschinken. Gut, so ein Teil könnte natürlich auch Joschka heißen oder Sigmar oder Calli. Aber Berny hat auch was.

Schön, wir sind also zu viert. Berny schwitzt bereits vor sich hin. «Sie erhalten Ihre Schinken fix und fertig auf den Punkt genau gegart, heiß aus dem Backofen. Sie können zur gewünschten Zeit kurz krusten und servieren.» So soll es sein. Der punktgenau georderte und im Ofen seit Stunden vor sich hin krustende Acht-Personen-Schweinearsch ist fix und fertig ausgebacken. Und es ist genug für alle da. Denn «M. Schulz», Bernys geheimnisvoller Vorkocher, hat die Mindestfleischeinwaage großzügig bemessen: «Frischgewicht pro Person 400–500 gr». Das ist mehr als ein Quantum Trost.

Ich beginne zu rechnen. Früher bemaß man die Idealmenge Fleisch pro Gast auf rund zweihundert Gramm. Da wir nur zu viert sind und ich am nächsten Tag keine Reste essen will, werde ich den kompletten Schweinefleischbestand auf das Dreigangmenü verteilen müssen. Als Amuse-Gueule gibt's Crostini von der Fettkruste, als Anspeise grob gewolftes Schweinefleisch in einem Dialog mit Fleischklößchen *du porc,* als Hauptspeise natürlich Variationen vom Schweinebackschinken in seiner eigenen Sülze, als Abspeise geeistes Schweinebein mit einer weißen Mousse vom weichen Schweinefett. Herrlich.

Ich habe schon alles vorbereitet. Kaum haben meine Gäste geklingelt, die Wohnung unter kreischenden «Hallöööööchen»-Rufen betreten und sich unter meinem Tisch und hinter meinem Sofa umgeschaut und den Begrüßungsdrink «Schinkenhäger on the pigs» eingefahren, kann ich schon das Essen servieren. Ich latsche, mühsam vier Teller balancierend, aus der Küche. Dann plötzlich voll der Schock: Es sind ganz andere Gäste! Gar nicht Nena, Egon und die Gräfin. Nein, an meinem Esstisch sitzen: Ulrich Wickert, das peruanische Mädchen Lina und Berny, der Backschinken.

Das kleine Peruanermädchen schaut mich aus großen Knopfaugen an. Lina ist traurig. Weil Ulrich Wickert ihr das Freundschaftsbändchen weggenommen hat, um es mir zu schicken. Aber auch Wickert äugt mich traurig an. Er ist verbittert, weil er als ehemaliger Top-Nachrichtenonkel in einer Trashsendung gelandet ist und nicht weiß, wie er aus der Nummer wieder rauskommt. Und Berny ist sogar verzweifelt, weil er und seinesgleichen immer nur mariniert, gebacken und aufgegessen werden. Das ist doch kein Leben!

Und seit diesem Tag, seit ich ahne, ja weiß, dass bald das Telefon piepst und man mich zusammen mit Uli, Lina und Berny zum «Promi-Dinner» einladen wird – seitdem kann ich diesen perfekten Promi-Dinner-Scheißdreck einfach nicht mehr mit ansehen. Ich schaue auch schon ein bisschen wie Lina, traurig und verstört. Ich habe Angst.

Wer gereimte Berufsbeschreibungen veröffentlicht, lernt nicht nur, dass Ironiefähigkeit und Abitur baumdicke Kumpel sind. Er lernt auch, dass da draußen vieleviele Mit- und sogar Gegendichter herumlaufen; und was will man denn mehr!

Berufsberatung (2)

Dichtung und Wahrheit heute

Der Lehrer geht um sieben raus
Und ruft vier Stunden: «Leiser!»
Um kurz nach eins ist er zu Haus:
Nicht ärmer, aber heiser.

Bis vier fläzt er im Kanapee
Mit Sekt und Stör und Brötchen.
Dann nimmt er's Taxi hin zum See,
Dort steht sein Segelbötchen.

Er legt sich rein und gibt sich hin
Und schaukelt bis zum Morgen.
So ist sein Leben frei von Sinn,
Von Arbeit und von Sorgen.

Der Zahnarzt ist nicht arm wie du.
Er ist ein reicher Räuber.
Drum wählt er gern die CDU
Und wählte gern den Stoiber.

Er ähnelt nicht dem zarten Reh,
Er ähnelt der Hyäne.
Mit Freuden tut er Kindern weh
Und zieht gesunde Zähne.

Er bohrt hinein mit solcher Wut,
Da bleibt uns nur das Beten.
Der Zahnarzt ist ein Tunichtgut
Mit viel zu viel Moneten.

Nach diesem Gedicht wurde es ernst. Die heilige Wut der Zahnärzte zerriss alle Verse, es hagelte gewöhnlichste Protestprosa, und viele Ärzte luden mich in ihre Paxis ein, wo ich «mal richtige Schmerzen» kennenlernen würde; und ein Gedicht gab's aber doch. Ein schwerbewaffneter Zahnarztanwalt drohte, die berufliche Ständevertretung der deutschen Zahnärzte einzuschalten für den Fall, dass sein Gedicht nicht abgedruckt werde. Urplötzlich ging's um Leben und Tod, und so blieb der TITANIC nichts anderes übrig, als sich der brutalen Erpressung zu fügen:

Sehr geehrte Damen und Herren!
Von Ingmar W., Anwalt

Ich vertrete den Zahnarzt Dr. X in Y. In Ihrem Gedicht wird der Berufsstand der Zahnärzte pauschal beschimpft und als betrügerisch geldgierig bezeichnet und auch noch, dass der Zahnarzt Kindern wehtue. Das ist eine massive Beleidigung eines ganzen Berufsstandes, und so was können Sie nicht bringen. Im Folgenden ein Gedicht von mir, das ich Sie bitte als Gegendarstellung zu bringen. Falls nicht, würde ich über den Vorgang die berufsständische Vertretung der Zahnärzte in Deutschland informieren, aber das muss nicht sein. Also bringen Sie bitte meine folgende Gegendarstellung:

Der Zahnarzt hat in meinem Leben
Mir Hilfe, Heilung, Kraft gegeben.
Besiegt den Schmerz aus Wurzels Tiefe
Und bietet auch Alternative.
Zum unvollkommenen Schöpferwerke
Dank Ideen aus eigener Stärke
Verhilft er Gottes Ebenbild
Zu Haifischzähnen hart + wild
Zu Babys Zähnen klein und mild
Dem Krokodil aus Floridanien
Und Dracula aus Transsylvanien.
Dass er dafür auch Geld erhält,
Ist ganz normal in dieser Welt.
Jedenfalls ehrlicher als der Zaster,
Als Bezüge der Politikaster
Oder eines Schmutzpoeten,
Der populär und für Proleten
In nur 12 Zeilen ungebeten
Den Arzt beschimpft wegen Moneten.
Die er lieber selbst gern hätte,
Wenn er mal was leisten täte.

Stimmt haargenau! Und wie erfreulich, dass es so viele saugute Reimer gibt!

Manch einer fragt sich, wo all die Milliarden geblieben sind, die der reiche Westen in den ewig nassauernden Osten gepumpt hat. Antwort: Sie sind auf dem Rückweg. Größtenteils vollzählig, der Rest kommt bestimmt bald nach. Manch einer fragt mich, woher ich das weiß. Antwort: Wir waren auf Tour und haben im Osten Rast gemacht – da haben wir die Rückpumper gesehen.

Unter Geiern

Wir sind und sitzen in Altenburg, der Stadt des Deutschen Skatgerichts, auf der Terrasse des Hotels am Rossplan, über der Fußgängerzone. Gsella, Sonneborn und ich, wir verabreichen uns Klöße. Am Nebentisch sitzen zwei Herren, die unserem Essen recht ähnlich sehen. Ein blasser Grauer, vom Leben und einem schlechten Schneider gezeichnet, den Bauchriemen zieren ein Handy und ein Schlüsselbund. Sein Kumpan ist deutlich jünger und aufgequollener, er trägt am Leibe FDP (dunkler Dreiteiler, blaues Hemd, gelbe Krawatte) und Wet-Gel überm Stiernacken, blättert schnaufend in dicken Ordnern und grunzt in sein Handy. Zahlen, Prozente, Abschlüsse.

Je leerer unsere Teller, desto voller der Nebentisch. Nach und nach treffen sie ein: seltsam kompakte, wie verschalte Menschen zumeist männlichen Geschlechts, die ihre Körper in uniforme Dreiteiler oder bunte Schlagersängerjacketts gezwängt haben, was sie in ihrem Glauben bestärkt, gut angezogen zu sein. Wer ankommt, muss melden.

«Und?», fragt der Stiernacken.

«Zwo Callya und ein Classic!»

Der Stiernacken notiert, der Graue nickt. Ein anderer hat drei Callya und zwei Fun: «Da staunste, Olli, ne?» Der Stiernacken staunt aber nicht. Er ist der Olli, und Olli grunzt und notiert und sagt: «Mensch, bis fuffzähn Uhr muss gemeldet wärn. Wo sinnen die ondärn?» Es ist Freitag, vierzehn Uhr, und in einer Stunde müssen die Wochenwerte an die Zentrale durchgegeben sein. Ollis Leute klopfen Verträge. Sie reisen über Land

und schwatzen den Ossis, die es zu weit zum nächsten Handyshop haben, Zweijahresverträge auf. Fun, Classic, Premium, Flat und Super-Flat. Wie sie's brauchen.

Ein Twingo schwirrt an und entleert eine Frau in Rot. «Ah, die Mandy!» Olli will die Werte, sofort. Aber Mandy hat nix. Nüscht. Es hat nicht geklappt. «Mensch, haste schon wieder den Vertroch versaut», nimmt Olli aufrichtig Anteil und macht ihr klar, was Sache ist: «Du und der Ingo, ihr seid jetzt vierzig Punkte auseinander. Das konnste noch packen, wennde dich nächste Woche ronhältst!» Zum Vergnügen aller muss sich Mandy vor der Rotte noch einmal ausführlich selbst demütigen. Wie sie es geschafft hat, den Vertrag zu versauen.

Stimmung kommt auf. Ingo strahlt, und sein Nachbar berichtet geiernd, wie er gestern von einem Opfer vom Hof gejagt wurde. «Der hat bei mirn Classic geschrieben und dann erst gemerkt, dass das was anderes is, dass er jetzt nochn Handy hat. Zusätzlich zu seim Prepaid!» Bruaaa-hua-hua-hua! Was ein Idiot!

Ingo telefoniert und weiß dann Bescheid: «Der Marco kommt gleich, der ist gerade dabei, zwei Flat und ein Classic zu schreiben.» Olli grunzt gefällig und notiert. So muss es laufen. «Mit den Flats sinns fümmndreißich, Herr Gillhaus!», meldet er stolz dem Grauen. Das ist der Gebietsleiter. Er lenkt die Brut und ist's zufrieden. Lächelt. So schöpft man die Gewinne wieder ab, die die Ossis mit der Einheit gemacht haben. Dafür kriegen sie Handys, mit denen sie sich zum Superflat-Tarif die Pegelstände ihrer Verschuldung durchgeben können.

Pausenlos piepsen nun Handys, und wie immer, wenn sie Botokuden gehören: in Melodien. Autos rollen an. Jeeps und Kombis. Je mehr kommen, desto auffälliger, wie sich die deutschen Dealer ähneln. Gülden blitzt der Binder, Gel ist Ehrensache, die Schuppen gibt's gratis. Das meinte die Merkel, als sie von Markt und Menschen sprach. Gewieher und Gelächter, Schulterklopfen, dass die Schuppen nur so vom Kragen fallen. Bruaaa-hua-hua-hua! Wieder zwei rumgekriegt, die erst nicht wollten. Die sind soooo doof, hua-hahaha!

Ein Audi TT quietscht um die Ecke und erbricht einen weiteren FDP-Dreiteiler. Aber der ist nicht gut drauf. «Nullrunde!», meldet er und feuert die Kippe altenburgabwärts. Uuuuah-ha-ha, der Maik! Typisch. «Einer hatte schon ausgefüllt, aber nicht unterschrieben, der Arsch!» – «Tja, Maik, deine Punkte konnste heften», feixt Olli. Da kann sich der Maik mal mit der Mandy drüber unterhalten.

Fünfzehn Uhr, Olli gibt die Zahlen durch: «Ja, Gebiet 22! Siebzähn Fun, sieben Flat und ölf Classic! Wie?! Ölf! Öööölf Classic!» Kein Zweifel – Olli ist aus'm Osten, denn er kann die Zahl zwischen zehn und zwölf nicht aussprechen. Die Drecksarbeit sollen die Ossis gefälligst selbst machen. Dafür eignen sich die eigenen Landsleute immer noch am besten. Denen vertraut man. Sind ja Ossis. Unsrige. Keine arroganten Besserwessis. Öööölf!

Dann rumpelt es, Stühle werden geschoben und Körper erhoben. Der Graue nickt. «Ich glaube, das war für uns eine jute Woche», fasst Gebietsdirektor Gillhaus die Woche zusammen und nestelt am Schlüsselbund. Selbstverständlich spricht er rheinisch, alles andere wäre ja noch schöner. «Und nun, meine Herrschaften, jehnmer mal rein und schaun mal, wo wir nächste Woche aktiv werden.» Sie schwärmen nach drinnen, der Spuk ist vorbei.

Die Geier ziehen weiter.

Das Vorführen von Bundestagsabgeordneten in kurzen Einspielfilmen hat bei TITANIC-Lesungen Tradition, seitdem wir in den neunziger Jahren den CSU-Rechtsausleger Norbert Geis als Hauptdarsteller für die legendäre Serie «Hinterbänkler heute» gewinnen konnten. Ein hervorragender Vertreter dieser Spezies ist auch der Bundestagsabgeordnete und ehemalige Geschäftsführer der FDP-Fraktion Joachim Günther. Anfang 2012 hat dieser eine geniale Idee: Weil die Medien seine sympathische Kleinpartei immer so unsympathisch darstellen, ruft der erzliberale Sachse öffentlich zu einem Medienboykott auf. Als wir ihn um ein Interview zu diesem neuen, hochinteressanten Ansatz in der Mediendemokratie bitten, sagt er sofort zu. Wir treffen Herrn Günther in seinem Berliner Büro im Bundestag.

«Ich denke an die Vorfeldorganisation»

Wie die FDP einmal erfolgreich die Medien boykottierte

Joachim Günther (FDP) im Vorfeld des Interviews.

Sonneborn: So, erst mal müssen wir Bild und Ton einrichten, Herr Günther.

Günther: (lächelt nervös)

Sonneborn: Eine Sekunde ... (greift in die Innentasche und holt einen weißen Hotelzimmerbilligplastikkamm heraus) Das kann ich noch ein bisschen ... (zieht den Kamm zwei-, dreimal durch den schwarzen Haarschopf des überraschten Freidemokraten) besser ...

Günther: (erstarrt dabei regungslos und senkt die Augen, bedankt sich dann artig mit einem Nicken)

Sonneborn: Herr Günther, was sind positive Botschaften für die FDP, die man derzeit in die Medien bringen könnte?

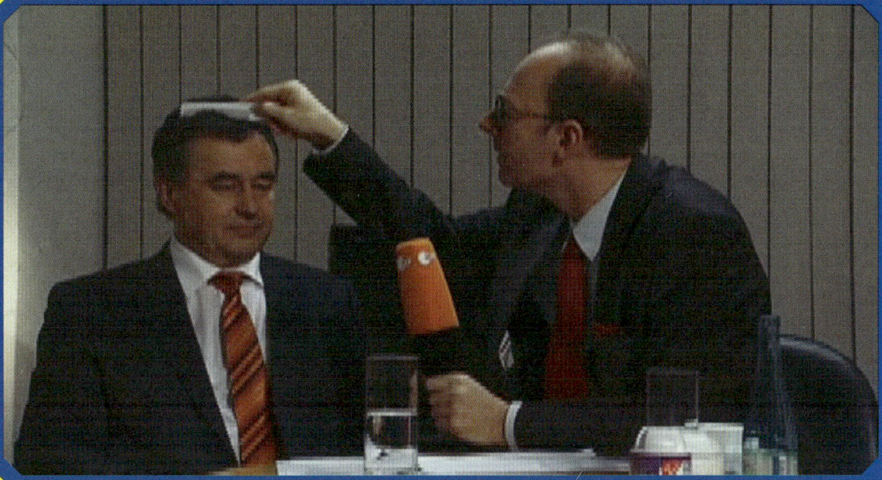

Nichts gegen schwarze Haare, aber gepflegt müssen sie sein!

Günther: (wie aufgezogen) Dass wir kontinuierlich versuchen, im Sachbereich voranzukommen. In meinem Bereich, ich bin in der wirtschaftlichen Zusammenarbeit tätig, ist uns die größte Vorfeldorganisation im BMZ-Bereich gelungen seit fünfzig Jahren ...

Sonneborn: (unterbricht) Das ... ist ein bisschen ... kompliziert. Ihnen ist gelungen, eine Vorfeldorganisation zusammenzufassen ...?

Günther: Ja, das kann man wohl so sagen. Es gab bisher sehr viele einzelne Organisationen, die für Deutschland in der Welt tätig waren. Und da kam es zu Situationen ...

Sonneborn: (wendet den Blick ab, nimmt genüsslich einen Schluck Kaffee, starrt abwesend ins Leere)

Günther: ... dass zum Beispiel in Schina sich zwei völlig voneinander unabhängige Organisationen getroffen haben und in einem Abstand von wenigen Kilometern einen Brunnen gebohrt haben.

Sonneborn: (desinteressiert) Also wird jetzt statt zwei Brunnen in China nur noch ein Brunnen gebohrt.

Günther: (verwirrt) Nein! Einer!

Sonneborn: (auch verwirrt) Aber sind nicht, ist nicht ein Brunnen auch nur die Hälfte von zwei Brunnen, die früher gebohrt ... worden wären?

Günther: Nein, wenn zwei Brunnen genauso gebohrt werden, mit einem

Beim nächsten Gespräch würde ich dann gerne die Spitzen schneiden ...

Bohrgerät, was nur fünf Kilometer weitergesetzt wird, dann ist das eine Top-Erleichterung!

Sonneborn: (mäßig beeindruckt) Und ist das jetzt ein FPD-Verdienst, diese Vorfeldorganisation, die sich dafür einsetzt, dass nur noch ein Brunnen gebohrt wird, wo früher zwei parallel gebohrt worden sind?

Günther: Ja, ich würde ganz klar sagen, dass unter der Leitung von Dirk Niebel im Ministerium wesentliche Fortschritte in diesem Gebiet erreicht wurden ...

Sonneborn: (unterbricht) Sie denken an die Vorfeldorganisation?

Günther: Ich denke an die Vorfeldorganisation.

Sonneborn: Das haben Sie jetzt der Tonfrau sehr schön gesagt ...

Günther: (lächelt stolz)

Sonneborn: Können Sie das noch mal in die Kamera sagen, sodass auch der Zuschauer ...

Tonfrau Müller: Moment! (springt hinzu, pudert dem überraschten Vogtländer fix die Nase)

Sonneborn: Ups! (zieht den Hotelzimmerbilligplastikkamm hervor. Günther neigt kooperationsbereit seinen Kopf, lässt sich sechs-, siebenmal über das liberale Haupt fahren) So ist es gut, oder? (verunsichert) Oder ist das ein Mittelscheitel?

Günther: (rührt sich nicht)

Sonneborn: Ist kein Mittelscheitel, oder?

Günther: (angewidert von der Vorstellung) Nöööööö!

... sowie Nasen-, Ohrenhaare und Krawatte abflammen.

Sonneborn: Die Vorfeldorganisation! Warum ist das kein Thema, das man dem Bürger näherbringen kann? Ist das zu komplex?

Günther: Nein, das ist nicht zu komplex, aber der Bürger spürt davon relativ wenig.

Sonneborn: (mitfühlend) Wie könnte man auch diese FDP-Erfolge besser vermitteln in den Medien?

Günther: Davon liest man auch in den Zeitungen, aber davon liest man eben zehn Zeilen.

Sonneborn: Könnte man so ein Vorfelddings nicht auch in Deutschland machen?

Günther: (abweisend) Nein.

Sonneborn: Herr Günther, wie viel könnte die FDP haben, wenn die Medien sie nicht wie einen räudigen Hund durch die Titelseiten der Zeitungen hetzen würden?

Günther: (rafft sich auf) Wenn wir uns selbst wieder aufraffen, wenn wir das Positive nach außen stellen, bin ich optimistisch, dass wir zwischen sieben und acht Prozent in nächster Zeit wieder landen werden. Und das wird ein Ziel sein, das wir angehen!

Sonneborn: Herr Günther, wir bedanken uns vielmals für dieses Gespräch.

Günther: (leicht gequält) Gerne geschehen.

Gerne geschehen? Von wegen. Als ich diesen Film einmal auf dem Darß zeigte, kam eine kleine Dame auf mich zu und stellte sich als «die Nr. 2 der Landesliste der FDP Sachsen» vor. Herr Günther habe direkt nach dem Interview zu ihr gesagt, «das sei irgendwie komisch gelaufen – aber er sei da nicht mehr rausgekommen». Jetzt ist er rausgekommen und seine ganze Partei mit ihm.

TITANIC Star-Check!

FAN-FRAGEBOGEN MARTY SONNEBORN

Marty ist der selbsternannte Schwiegermutterschwarm der TBG. Aber auch die jungen Girls sind verrückt nach ihm, genau wie nach Thommy oder Olly (vgl. S. 98/99 und 212/213). Aber kennst du deinen Lieblingsstar wirklich? Surf rein in diese Fun-Facts über Marty, «The Smarty».

1. Wie kam Marty in die Band?

- ☐ *Zu Fuß.*
- ☐ *Durch Zufall.*
- ☐ *Initiativbewerbung.*

2. Wo verbringt er seine Abende am liebsten?

- ☐ *Zu Hause vorm Fernseher.*
- ☐ *Bei Freunden vorm Fernseher.*
- ☐ *In der Dortmunder Innenstadt.*

3. Was sind Martys Hobbys?

- ☐ *Kaffee und Kuchen.*
- ☐ *PARTEI und Politik.*
- ☐ *Angeln und Zahnfleischbluten.*

4. Welche Rolle spielt Marty in der Band?

- ☐ Fahrer.
- ☐ Dokumentation und Faktencheck.
- ☐ Warm-upper und Warm-downer.

5. Welche Webseiten gefallen ihm am besten?

- ☐ www.zahnfleischbluten.de.
- ☐ www.wetter.com.
- ☐ www.focus.de/Gesundheit/check/Zahnfleischbluten.

6. Welche Frau findet er am schönsten?

- ☐ Agatha Christie.
- ☐ Andrea Nahles.
- ☐ Annemarie Renger (als sie noch lebte).

7. Was ist Martys Beauty-Geheimnis?

- ☐ Wenig Ingwer-Zitronen-Tee, kaum Nudeln, kein Spiegel.
- ☐ Spachtelmasse, Maske, Labello.
- ☐ Schönheitszäpfchen.

8. Welche Obstsorten kann Marty empfehlen?

- ☐ Steinobst.
- ☐ Fallobst.
- ☐ Kirschen.

9. Wer sind die wichtigsten Menschen in Martys Leben?

- ☐ Thommy und Olly.
- ☐ Barack und Michelle Obama.
- ☐ Engels und Völkers.

10. Was macht ihn so gewöhnlich?

- ☐ Seine Ausstrahlung.
- ☐ Seine durchschnittliche Ausstrahlung.
- ☐ Seine unterdurchschnittliche Ausstrahlung.

Wie geil war das denn: als Mitglied einer exquisiten Hauptjury zum «Erfurter Poesiefestival» geladen zu werden, um den/die beste/n Dichter/in Thüringens zu kröne/n!

Als Lyrikjuror in Erfurt

«Denn dass in diesem Staat nur das Stumpfsinnige und die Mittellosigkeit und der Dilettantismus geschützt sind und immer wieder gefördert werden und dass in diesem Staat nur in das Stümperhafte und in das Überflüssige alle Mittel gestopft werden, ist klar.»

THOMAS BERNHARD

Natürlich war es meiner in Dummheit mündenden Eitelkeit geschuldet, die sich in meinem Falle mischt mit zuweilen absoluter Gedankenferne und Hirnverdunklung einerseits und verachtenswertester Geldgier andererseits, dass ich die Einladung einer im ostdeutschen Erfurt wirksamen und bei Gott fürchterlichst wirksamen sogenannten «Literaturwerkstatt Schafstor» annahm, wobei mir damals, zum Zeitpunkt der Annahme der Einladung, sofort auffiel, dass ja sowohl das Wort «Schaf» als auch und noch entschiedener das Wort «Tor» das ganze Blödige, Landmännisch-Inzestuöse und elementar Beschränkte dieses urostdeutschen Literaturhauses und Literaturirrenhauses bereits in gewollt schamloser Weise demonstriert; dass mich damals in meiner damaligen und übrigens noch heutigen finanziellen und steuerlichen Situation allerdings sogar eine «Literaturwerkstatt Eseldummkopf» zur quasi automatischen Annahme der Einladung veranlasst hätte, muss ich ebenso eingestehen wie den in meinen Augen noch viel ekelhafteren

Umstand, dass ich über den Titel der mich als «Hauptjuror» ladenden Veranstaltung ja durchaus und pünktlichst informiert worden war: Es ging dann unerträgliche sechs Stunden lang und begleitet beziehungsweise zum Glück doch halbwegs regelmäßig unterbrochen vom bei derlei provinziellen Kollektivmasturbationen längst obligaten Pausenklavierspieldesaster, jenen abscheulichen Darbietungen zehntelpianistischen Bauerngedudels und Verbrechens am Instrument, die immer peinlich darauf achten, um kein Jota virtuoser und überhaupt geistnäher zu agieren als das namengebende sogenannte Textprogramm – «der/die PoesiekönigIn Thüringens» sollte also im Rahmen des «9. Erfurter Poesiefestivals» mit unter anderem meiner, Zitat: «Hilfe und Fachkompetenz» ermittelt werden, ausgerechnet, wie ich bereits zur Minute der Brieföffnung und -lektüre sehr deutlich empfunden hatte, meiner Hilfe und Fachkompetenz, denn weder bin ich ein ausgewiesener Freund und Fürsprecher moderner Lyrik, noch kenne ich mich überhaupt irgend aus auf diesem bis in die Fundamente verderbten und verfaulten Tummelplatz grotesk missratener Postabiturienten und unglücklichster Junggesellen einerseits und aufstapelnder Gauner, Sinnhuber und verrückt gewordener Ministerialdirektorgattinnen andererseits, die ihre verlehmte Seele im Vers verewigen zu müssen glauben, in einer sogenannten Verskunst und in meinen Augen grotesken Mistschreiberei und letzten Endes Versscheiße –

Adorno ad surdum

Machen / Wachen / Lachen
Adorno / Ad surdum
Malen / Zahlen / Qualen

Adorno / Um zorno
Aufhören / Anfangen

Gen i tief
Phila / Philo / Viel i

Kunst / Kann / Kochen
Adorno / Fortissimo / A und O
*Nach wie vor / Adorno / Adorno**

* Die hier zitierten Gedichte wurden von ihren Schöpfern wie abgedruckt verlesen im Rahmen eines durchaus angesehenen ostdeutschen Lyrikwettbewerbs, zu dem ich, wie geschrieben, als Hauptjuror geladen war.

– auf dem Felde moderner Lyrik also mich als Stümper zu bezeichnen ist die reine Untertreibung, ich wusste und weiß da definitiv gar nichts und hatte im Gegenteil und wiederum aus monetären Erwägungen wohl zweidrei Sammlungen witziger Reimchen hingeschludert, welche mit moderner Lyrik nicht das Geringste gemein haben und allein dem Zweck dienten, die deprimierend teuren Reit-, Ballett- und anderweitigen Hüpfkurse meiner absolut sinnlosen Töchter gegenzufinanzieren, woraufhin mich die «FAZ» damals völlig zu Recht als «blassen und extrem nichtssagenden Reimer» abqualifizierte und beruflich vernichtete, weshalb ich ja erst gezwungen bin, Einladungen wie dieser unbedingte Folge zu leisten –

rohlingHome

matrosen, die sind roh
sind romantisch sowieso
sie schlürfen mit niveau
cointreau und bordeaux
vorm klo dort irgendwo in soho

der moses, der ist neu
ist neurotisch und recht scheu
im teuren freudenhaus
von shangheu, voller reu'
häuft er die heuer treu seinem boy
(...)
piraten haben mut
mutation in fleisch und blut
der tut der wut recht gut
dieser brut von robin hood
die glut ist ein tribut an fast food

– und da saß ich nun, einen auch entsetzlich unbeheizten Abend lang, etwa vier Meter entfernt von der von einer lokal gehobenen Vorjury ausgesuchten und also zu uns durchgelassenen lyrisch-künstlerischen Crème dieses vor trostloser Dummheit und Kunstferne regelrecht platzenden Bundeslandes Thüringen, und bis heute frage ich mich, ob diese mit kaum dreißig Bewerbern konfrontierte Vorjury bloß an einer seltenen Extremform von Wahnsinn litt oder im planerischen Vorhinein dieser skandalösen Veranstaltung denn doch ein wenig Witz bewiesen haben mochte, indem sie uns, der Hauptjury, mit voller Absicht die sechs Unbegabtesten, ja Unwilligsten und also seelisch Abstoßendsten dieses auch sittlich unfasslich versumpften Landstrichs zugeschustert hatte im Wissen oder zumindest in der Vermutung, dass die ungleich großzügiger honorierte und also verhasste Hauptjury vorwiegend aus dem eh stark beneideten Westdeutschland kommen dürfte und übrigens auch tatsächlich kam. Aber natürlich konnte diese Vorjury, diese regionale Spitze eines allumfassenden Eisberges an Idiotie und Gemeinheit, nicht wissen, was sich auch mir erst im Abendverlauf offenbarte: dass nämlich genau genommen auch sämtliche Hauptjuroren von moder-

ner Lyrik nicht die geringste Kenntnis und, so mein Nebensitzer mehrmals wörtlich, «Kenne» hatten; diese ganze Lyrik- und Lirum-Larum-Löffelstiel-Pest sei nämlich im Wesentlichen überflüssigster Quatsch und vollkommener Superscheißdreck, so wiederum wortwörtlich der unsere sogenannte Jury anführende und tyrannisierende Franz-Xaver Kampfnagel, seines Zeichens Stuttgarter Assistenzprofessor für Straßentiefbau und vergleichendes Ingenieurwesen. Im Wortlaut dann praktisch identisch äußerten die drei übrigen Juroren, namentlich der bayerische Dartlandesmeister Robin Klampowski, Katharina Friese von der Bremerhavener DKP sowie der schon vor Lesungs- und also auch Torturbeginn fast tödlich angetrunkene und katastrophal stinkende Dortmunder Rentner Hans Magnus von Wilhelmi, ein ehemalig überzeugter und aber, wie er mir mehrmals versicherte, längst konvertierter Aufseher im Konzentrationslager Buchenwald –

SCHWARZ

HERR SCHWARZ / ARBEITET SCHWARZ
ER WIRFT SCHATTEN / SCHATTENSCHWARZ
MIT LEHM / AN DIE WAND

HARTER LEHM (ALT) / LEHM WEICH
ERST DUNKEL / SPÄTER HELL
DER LEHM / HERR SCHWARZ

ALTER LEHM / JETZT NEUER LEHM
SPÄTER HELL / FRÜHER HELL
JETZT DUNKEL

GLÄTTET DEN LEHM / GLÄTTET SEINEN SCHATTEN
EIN STÜCK WAND

– welcher just erwähnte ehemalige KZ-Aufseher und Schwerstalkoholiker von Wilhelmi dann aber sogar, mitten im Vortrag des letzten und zweifellos erschütterndsten und geistesstumpfesten Kandidaten, die vor ihm liegenden Manuskriptkopien mit einer hastigen Bewegung zusammenrollte, von seinem Stuhl aufsprang und dem Vortragenden mit praktisch dessen eigenen und fürwahr widerwärtigsten Lyrik-Schandtaten eins runterhaute, was, so der bayerische Landesdartmeister Klampowski, ohne Zweifel höchste Zeit gewesen sei, da er, Klampowski, selbigen Dichter sonst «ungespitzt in den Boden gewemst hätte», so der Sportler aufgewühlt. Ob aber, so daraufhin fragend der Professor Kampfnagel, eine entsetzliche Tat, die eine bei weitem entsetzlichere verhindere, nicht eine lobenswertere und sogar im Sinne der Bibel gerechtere Tat darstelle als beispielsweise das Verfassen solcherart moderner Lyrik, interessiere ihn, Kampfnagel, nun kaum mehr, insofern nämlich er, so der nun ebenfalls stocktrunkene Akademiker, seit zwanzig Minuten extrem pissen müsse, und wenn «der Arsch da vorne nicht augenblicklich seine Sachen packt», so Kampfnagel dann plötzlich sehr laut und gewiss im gesamten Saal vernehmlich, «dann seh ich superschwarz!», so der immer unerträglicher werdende Juryvorsitzende weiter. Urinieren ging indes die in diesem Moment überhaupt erstmalig auffällige Bremerhavener Kommunistin Katharina Friese und kam dann einfach gar nicht wieder; das letzte und vermutlich schurkigste Gedicht des Abends entging ihr damit ebenso wie der diese verkommene Gesamtveranstaltung gewissermaßen krönende und endgültig ins Reich des Abscheulichen verbannende Bordellbesuch der Hauptjury; welcher aber vom Erfurter Amt für Kultur und Denkmalpflege nicht nur vollständig übernommen werde, sondern praktisch schon bezahlt sei, so stolz dröhnend und offenbar wahrheitsgemäß der pünklich dazustoßende Vertreter der Sparkasse Erfurt, des Hauptsponsors dieses ungeheuerlichen Abends.

AN DER MAUER / SO WIRD'S GEMACHT
ÜBERGIBT MIR / DIE KELLE

DIE KELLER MIR / IN DIE HAND
DASS ICH NUN WERFE / WERFE DEN LEHM

WERF MEINE SCHATTEN / UND – WEHE!
MEIN SCHATTEN / SCHATTENSCHWARZ

WIE DER SCHATTEN / VON HERRN SCHWARZ

Aus dem Tour-Fotoalbum

995–2015

Kein
Sitzplatz

Titanic Boy Group
dashaus
MI 22.02 20 Uhr

Andenken

BABYLON
LIVE TITANIC BOYGROUP

Willkommen
OTRUM
Herrn Titanic Boygr
Wir freuen uns Sie begrüßen zu dürfen im
InterCity Hotel
Rostock
Wählen Sie OK auf Ihrer Fernbedienung
OTRUM Technology

Rauchen verboten!

SCHWALM BRÄU
Titanic
-
Lesung
Heute

Titanic

Am meisten Spaß haben Telefonaktionen eigentlich gebracht, wenn man nicht selbst aktiv zum Telefon greifen musste. Beziehungsweise erst dann, wenn es schon klingelte. Zum Beispiel weil wir wieder mal eine Kleinanzeige in die «taz» und ins «Neue Deutschland» gesetzt hatten.

TITANIC-Telefon-Terror

TITANIC jagt den Senf-Erpresser!

Unser Igel-Team bringt Ihren Garten auf Vordermann.
IGEL TEAM Gartengestaltung gebührenfrei anrufen 0130 840654

TENNIS WINTER '97/'98
Sa. + So. noch Stunden frei
Buchen bei:
TENNIS-THIEL
Heusenstamm · 061 04/28 73

201 Verschiedenes

Kennen Sie die Stimme?
Der Senf-Erpresser am Telefon:
☎ 069 / 707 903 91
Hilfe ist Bürgerpflicht.

Dach- u. Fassadenarbeiten, F.S. Bedachung GmbH 06061/2956, 0171/2624549

Teppich- u. Polsterreinigung

Prämie DM 80,-
Marktforschungsinstitut sucht Besitzer

Fälle Bäume usw. Tel. 0 69 / 540 772

Suche regelmäßige Mitfahrgelegenheit von Frankfurt nach Zürich für 1 Pers.,

Uhr: Bean; 15.00, 17.3
Alle sagen: I love you;
20.30, 23.00 Uhr: Chasing
ree im Cinema: 22.44 Uhr:
teilten (7,- DM).
Drive In – Autokino Graven
Telefon 0 61 02 / /55 00 – 21.
Das fünfte Element.
EDEN – Telefon 28 52 05 –
12.30, 15.15, 18.00, 20.45, 23.15
Speed 2 – Cruise Control.
ELDORADO – Telefon 28 13 48 –
18.15, 20.30 Uhr: Alle sagen:
you.
ELITE – Telefon 28 52 05 –
12.30, 14.30, 16.30, 18.30,
22.30 Uhr: Gridlock'd.
ELYSEE 1 – Telefon 28 71 57 –
12.15, 15.00, 17.45, 20.30, 23.15
Vergessene Welt – Jurassic Pa
23.00 Uhr: Überraschungsfilm
DM).
ELYSEE 2 – Telefon 28 71 57 –
12.15, 14.15, 16.15, 18.15,
22.15 Uhr: Jackie Chan's First
– Erstschlag.
ESPLANADE 1 – Telefon 28 57

Monatelang verbreitete er Furcht und Schrecken in deutschen Supermärkten: der geheimnisvolle «Thomy-Erpresser» («FAZ»). Erst erweiterte er das offizielle Senfangebot um die Geschmacksrichtung «Zyanid», dann verlangte er auch noch fünfundzwanzig Millionen von Nestlé, damit diese nicht in größerem Umfang in den Handel gelangte. Und weil beim Kontakttelefon der Polizei von «rund 70 000 Anrufern lediglich 15 000 durchkamen» («Bild»), schalteten wir ebenfalls eine Hotline.* Und eine Anzeige.

* Wie viele andere Telefonaktionen ist auch diese zusammen mit Benjamin Schiffner entstanden.

«Noch nie gehört.»

TITANIC: Schönen guten Tag, hier ist die Senf-Erpresser-Hotline. Das Bandgerät ist zurzeit defekt. Soll ich Ihnen die Erpresserstimme einfach mal vorsprechen?

Anrufer: Ja.

TITANIC: (drohend) Der Garten meines Bruders ist kleiner als das Loch in der Tasche meines Onkels. (wieder normal) Kommt Ihnen das bekannt vor?

Anrufer: (zweifelnd) Aber das ist doch jetzt Ihre Stimme gewesen, oder?

TITANIC: Ja, ich hab das doch nachgemacht.

Anrufer: (nachdenklich) Ich kenne die nicht! Sagt mir gar nichts!

TITANIC: Na, denken Sie doch mal daran, dass die verstellt gewesen sein könnte. Stellen Sie sich die mal ganz anders vor!

Anrufer: (entschieden) Nee, dazu fällt mir nichts ein. So was hab ich hier noch nie gehört!

TITANIC: Woher rufen Sie denn an?

Anrufer: Aus Berlin-Steglitz.

TITANIC: Kann man sagen, dass der Erpresser da nicht herkommt?

Anrufer: (überzeugt) Ja. Nicht von hier.

Ein erster, schöner Erfolg! Zwar wissen wir noch nicht genau, woher der Erpresser kommt, aber wir wissen genau, woher er nicht kommt. Ob wir den Mann weiter einkreisen können?

«Das war wohl keiner von uns!»

TITANIC: Hallo? Ist da jemand? Möchten Sie die Stimme hören?

Anrufer: (zaghaft) Ja, bitte.

TITANIC: Das geht zurzeit leider nicht. Die Geräte sind überlastet, ich kann es Ihnen aber vorsprechen.

Anrufer: Ja, bitte. Ja.

TITANIC: (mit Erpresserstimme) Deponieren Sie das Geld an einem Ort Ihrer Wahl! Keine Polizei! (wieder normal) So ungefähr hat das geklungen.

Anrufer: (enttäuscht) Ah, das ist alles?

TITANIC: Ja, kommt Ihnen das bekannt vor?

Anrufer: Nee, leider nicht, leider nicht! Kann ich nicht helfen, nee.

TITANIC: Und wenn man sich die Stimme anders vorstellt?

Anrufer: (bereitwillig) Versuche ich schon, ja, aber beim besten Willen nicht!

TITANIC: Soll ich es noch mal anders sprechen, höher vielleicht?

Anrufer: Ja, sind Sie so nett?

TITANIC: (mit viel höherer Erpresserstimme) Deponieren Sie das Geld an einem Ort Ihrer Wahl! Keine Polizei! (wieder normal) Kommt Ihnen das bekannter vor?

Anrufer: Nein, auch nicht. (zur Seite) Hast du auch nicht gehört, ne? Nee, meine Frau auch nicht! (stolz) Wir haben einen Lautsprecher angemacht, wir haben da so einiges Zubehör. Aber die kennt das auch nicht.

TITANIC: Darf ich fragen, woher Sie anrufen?

Anrufer: Aus dem Kreis Bitterfeld!

TITANIC: Na, das ist doch auch schön, dann können wir sagen, aus Bitterfeld war es niemand.

Anrufer: Ach so, nach der Stimme, nach dem Klang? Nein, das würde ich überwiegend ausschließen!

TITANIC: Wir hatten nämlich schon überlegt, ob das ein Erpresser aus dem Osten sein könnte. Wegen dieser ganzen Wiedervereinigungsproblematik. Und weil eine Westfirma erpresst wird.

Anrufer: (zaghaft) So. Hm, hm. Man weiß es nicht! Aber da muss man doch vorsichtig sein! Man täuscht sich häufig!

TITANIC: Also das können Sie nicht bestätigen?

Anrufer: (haucht) Nein, das war wohl keiner von uns ...

Auch der Raum Bitterfeld kann überwiegend als abgehakt gelten. Damit läuft die Ringfahndung erfolgversprechend weiter. Langsam zieht sich unser feinmaschiges Netz zu.

«Das war der Typ?»

TITANIC: (Kaufhausmusik) Hallo und guten Tag. Schön, dass Sie bei uns angerufen haben, hier ist die Erpresser-Hotline.

Anrufer: Hallo, guten Tag, ich wollt mal die Stimme da hören. Von dem Senf-Erpresser.

TITANIC: Vom Senf-Erpresser? Der ist gerade mal raus. Haben Sie einen Moment Zeit?

Anrufer: (verwirrt) Der ist raus? Wie ist der raus?!

TITANIC: Der ist gerade mal aus dem Raum gegangen. Haben Sie irgendwelche Beobachtungen gemacht? Beim Senfkauf zum Beispiel?

Anrufer: Eigentlich nit, nee.

TITANIC: Ah, da ist er ja wieder. (Redakteur Stefan Gärtner kommt kauend in die Telefonzentrale) So, ich übergebe. (Er liest mit vollem Mund vom Spickzettel) Senf ist vergiftet. Holen Sie nicht die Polizei, Koffer-, was? Kofferraum.

Anrufer: Das soll er gewesen sein? Das war der Typ? Mach noch mal!

TITANIC: (spricht dasselbe noch mal) Kommt Ihnen das bekannt vor?

Anrufer: Nee, das ist schwierig, das ist eine echte Allerweltsstimme. Aber da ist so was, das hört sich so an, als ob er was kauen würde! Könn' Sie das noch einmal machen?

TITANIC: Natürlich! (nochmals mit vollem Mund)

Anrufer: (aufgeregt) Ich glaub, ich glaub: Der isst was dazwischen rein! Ja, der isst was, damit seine Stimme verstellt ist!

TITANIC: Ach, das wär ja raffiniert!

Anrufer: Und dadurch ist das so verdammt schwer!

Natürlich, alter Erpressertrick: am Telefon einfach mit vollem Mund sprechen! Aber genau genommen sind wir nicht schlauer als zuvor. Um Bewegung in die Sache zu bringen, beschließen wir, erst mal ein paar besonders verdächtige Personen zu überprüfen. Beziehungsweise Leute, deren Stimmen wir zufällig im Archiv haben. Den Anfang macht Dieter Hildebrandt; Kabarettisten ist schließlich alles zuzutrauen.

«Der dritte Mann oder so!»

TITANIC: Ja, ich kann Ihnen das mal vorspielen. (Hildebrandt:) «Mit dem Tage, an dem ich – aber das kann sich sowieso jeder denken!»

Anrufer: (sinnierend) Das erinnert mich an, an einen Spielfilm! So ein Sechziger-Jahre-Spielfilm! Und zwar was Synchronisiertes!

TITANIC: Dann war es also keiner von den Schauspielern?

Anrufer: Nein, das müsste 'ne Synchronstimme sein.

TITANIC: Aber Sie wissen nicht, ob das ein Kriegsfilm oder ein Unterhaltungsfilm ...

Anrufer: Nee, eher etwas Ernstes. «Der dritte Mann» oder so. Ich weiß nicht genau.

TITANIC: Ach. Sie meinen, dass jemand eine Stimme von damals benutzt?

Einfach aus dem Film herausgeschnitten, zusammengeschnitten und dann ...

Anrufer: (begeistert) Genau! Genau!

TITANIC: Dieser Möglichkeit sind wir noch gar nicht nachgegangen! Waren Sie denn in letzter Zeit im Kino?

Anrufer: Ja, in «Reservoir Dogs», in «Smoke» und in «Der englische Patient». Das war aber aus keinem dieser Filme, das hätte ich erkannt.

TITANIC: Und das ist auch ganz sicher, dass das nicht etwa ein Arbeitskollege von Ihnen ...

Anrufer: (abwehrend) Ich bin Student, ich hab gar keine Arbeitskollegen. Und dann müsste der ja technisch versiert sein, wenn er sich in so 'n Film reinschneidet. Aber was mich so stutzig macht, ist dieses Hintergrundrauschen. Das kenn ich nämlich aus den Kinofilmen der sechziger Jahre. Vielleicht einfach die Filme aus der Zeit mal angucken, ob man das irgendwo wiedererkennt. Und zwar die anspruchsvolleren Filme, die ein intellektuelles Niveau haben. Vielleicht ein Krimi, etwas anspruchsvoller, etwas nachdenklicher. Dokumentarfilm, kein Bums- und Ballerfilm. Und ich würd sagen: aus dem nichtdeutschsprachigen Ausland. Vielleicht wäre es sinnvoll, die Synchronsprecher zu überprüfen! Und wenn das einer ist: Über die Belohnung sprechen wir dann! Nein, halt, das war jetzt nur ein Witz.

TITANIC: Ja, geben Sie einfach Ihre Nummer an, und dann ...

Anrufer: (entschuldigend) Nein, nein, das war jetzt nur ein Scherz, falls es was geben sollte. Aber ich brauche auch nichts, ich mach das gerne! Na ja, vorsichtshalber. Ich arbeite an der Uni Köln als wissenschaftlicher Mitarbeiter am politikwissenschaftlichen Institut ...

Das war aufschlussreich. Jetzt müssten wir nur noch prüfen, ob Dieter Hildebrandt ein Alibi hat. Für den 2. Dezember und die sechziger Jahre. Aber auf unserer Verdächtigenliste rückt jemand anders ganz nach oben: Der DDR-Talkmaster Wolfgang Lippert! Hat der nicht neulich erst im Baumarkt eine Zange mitgehen lassen? Zum Glück gibt es noch ein altes Telefonat mit ihm im TITANIC-Stimmenarchiv.

«... dunkelblond mit Schnäuzer.»

TITANIC: So, da kommt die Stimme: (Lippert:) «Also dann, melden Sie sich einfach noch mal!» Kennen Sie die?

Anrufer: Das geht so ein bisschen in die Berliner Richtung, ich hab da zwölf Jahre mit meinem Mann gelebt. Ich stelle mir jemanden vor, so um die vierzig, dunkelblond mit Schnäuzer.

TITANIC: Mit runder Brille?

Anrufer: Nein, ohne Brille. (begeistert) Das ist ja eklig, was Sie da alles fragen, aber gut, schließlich ist das Bürgerpflicht. Also ich stelle mir den so vor ... Aber ich arbeite im Vertrieb und hab sehr viel Kontakt mit Leuten am Telefon. Ich vertue mich manchmal schon, aber nicht oft. Und ich würde mir jemanden vorstellen, dunkelblond, noch mit ziemlich viel Haaren, mit Schnäuzer und so zwischen 1,75 und 1,80, nicht ganz schlank, keine Brille, der hätte schon nicht die billigsten Klamotten an. Das ist kein topgepflegter Mann. Intellekt so gerade über dem Durchschnitt.

TITANIC: Also eher so: bauernschlau?

Anrufer: Genau, keiner, der so richtig gebildet ist!

TITANIC: Könnte er schon mal aufgefallen sein durch Vorstrafen, Talkshows, kleinere Ladendiebstähle?

Anrufer: (überzeugt) Also so, wie der sich anhört, hält er sich jedenfalls für ziemlich smart, der meint schon, dass er den Durchblick hat!

TITANIC: (erstaunt) Das ist ja erstaunlich, was Sie aus so einer Stimme alles heraushören!

Anrufer: Ja, wie gesagt, weil ich doch sehr viel am Telefon mache.

TITANIC: Aber glauben Sie, dass das ein Ersttäter ist? Oder könnten Sie sich kleinere Baumarktdiebstähle schon vorstellen?

Anrufer: Doch, ich denk schon, dass der schon mal straffällig geworden ist. Aber das heißt ja nicht, dass der schon mal geschnappt worden ist!

Schnäuzer? Blonde Haare? Nach Baumarktdiebstählen noch nie gefasst? Die Beschreibung passt auf eine Menge Leute – aber nicht auf Wolfgang Lippert!

Wen können wir denn sonst noch bieten? Ah, Minister Wolfgang Bötsch, dessen voluminöses Organ wir aus der Aktion «Minister telefonieren mit ‹Amerika›» haben.

«Noch mal, bitte!»

TITANIC: (mit typischer Tonbandstimme) Hallo und guten Tag! Schön, dass Sie die Erpresser-Hotline angerufen haben. Wenn Sie die Erpresserstimme hören wollen, antworten Sie nach dem Piepton mit: «Ja.» Wenn Sie die Erpresserstimme nicht hören wollen, antworten Sie nach dem Piepton mit: «Nein.» Wenn Sie die Erpresserstimme vielleicht hören wollen, antworten Sie nach dem Piepton mit: «Vielleicht.» Piiiiiii-iep!

Anrufer: Ja!

TITANIC: (Bötsch:) «Ouh, ouh, das ist viel Geld, hehehe!»

Anrufer: Noch mal!

TITANIC: Kam Ihnen die Stimme bekannt vor? Dann antworten Sie ...

Anrufer: (nachdrücklich) Noch mal bitte!

TITANIC: ... mit: «Ja, Stimme bekannt.»

Anrufer: (verärgert) Noch mal!

TITANIC: War das Ihre eigene Stimme, dann antworten Sie mit: «Eigene Stimme.»

Anrufer: (fassungslos) Waaaas?!

TITANIC: Wenn Sie die Aussage verweigern wollen, dann antworten Sie mit: «Aussage verweigern.» Anschließend hinterlassen Sie Adresse, Telefonnummer und einen Terminvorschlag ...

Anrufer: (brüllt) Das ist doch ... (legt auf)

Eins ist uns mittlerweile klar geworden: Die 55000 Anrufer wissen auch nicht, was sie eigentlich wollen. Oder wer der Erpresser ist. Folglich bringt es auch nichts, ihnen irgendwelche Stimmen vorzuspielen. Die Minister Wissmann und Bötsch werden genauso wenig erkannt wie Wolfgang Lippert oder Dieter Hildebrandt. Wahrscheinlich würden die Leute, die eine Erpresser-Hotline anrufen, noch nicht einmal den Führer selbst erkennen! Aber wozu haben wir denn die Aufnahme mit den Reichsparteitagsreden?

«Man muss vorsichtig sein!»

TITANIC: So, jetzt geht's los. (Hitler:) «Die Forrtführung der Operration in der allgemeinen Rrichtung der Schweizer Grrenze ...» Kam Ihnen das bekannt vor?

Anrufer: (nachdenklich) Ich will mich nicht ganz festlegen, aber ich hab da so einen leichten Verdacht. Ich lass das mal auf mich wirken, und dann ruf ich noch mal an!

TITANIC: Ja. Aber war das jemand, den Sie kennen?

Anrufer: (flüsternd) Nein, das war im Urlaub! An einem Zeitungskiosk.

TITANIC: Das ist ja hochinteressant! Wo waren Sie denn? Österreich?

Anrufer: Ich war hier, in Norddeutschland. Ich möchte mich jetzt nicht festlegen, will das noch mal auf mich wirken lassen.

TITANIC: Ich kann es auch jetzt direkt noch einmal einspielen. Moment, das dauert etwas mit dieser Technik: «... die grroße Anzahl weiterer Generrale und Offiziere, die sich bei dieser Operration auszeichneten.»

Anrufer: (stockend) Also ich, ich ähm, man muss natürlich sehr vorsichtig sein! Deswegen möchte ich jetzt auch nicht ...

TITANIC: Sagen Sie mir wenigstens mal die Gegend, in der das war, und dann denken Sie noch mal in Ruhe über alles nach!

Anrufer: Ja, das war da oben, Schleswig-Holstein. Eher westlich.

TITANIC: In Küstennähe?

Anrufer: Ja, genau. Ich lass es dann noch mal auf mich wirken, und dann melde ich mich wieder!

Ermittlungsergebnis:

Den Senf-Erpresser haben wir leider nicht geschnappt. Aber immerhin doch ziemlich weit eingekreist. Und nebenbei den Kollegen von der «SoKo Senf» knapp zwei Dutzend erschöpfende Telefongespräche erspart. Außerdem haben wir eine andere Frage endlich geklärt: Der Führer lebt! Er führt einen Zeitungskiosk in Schleswig-Holstein. Wer hätte das vor unserer Telefonaktion auch nur zu vermuten gewagt?! Doch wohl niemand!

28. Juni

Oliver Maria Schmitt: Martin, ich soll nächste Woche mit CSU-Söder bei Lanz sein. Hast du nicht mal gesagt, der sei TITANIC-Leser? 17:04

Martin Sonneborn: Glaub ich nicht ... Hau aber auf jeden Fall einen Tisch kaputt! 17:05

Oliver Maria Schmitt: Ja, mit Beil. Lanz hat aber keine Tische. 17:06

Martin Sonneborn: Fuck! 17:07

Thomas Gsella: Dann eben den Lanz! 17:08

Oliver Maria Schmitt: Der hat aber kein Beil. 17:09

Martin Sonneborn: Heute übrigens Premiere: Wir alle drei haben am gleichen Tag Soloauftritte! 17:10

Thomas Gsella: Ich hatte gestern schon einen. Wisst ihr zufällig, wo? 17:10

Oliver Maria Schmitt: In Stuttgart, Merlin. Mit schöner Künstlerwohnung. Da bin ich heute. 17:11

29. Juni

Martin Sonneborn: bei mir gestern 600 Leute, aber knapp 2000 Euro draufgelegt, PARTEI-Veranstaltung – und bei euch? 16:20

Oliver Maria Schmitt: Weniger, aber mehr – ein Wunder! Thomas, du hast mein Bett nicht neu bezogen, und die Klopapierrolle hing falsch rum drin – was war da los? 16:22

Thomas Gsella: Entschuldige. Mir war nach Verwüstung. 16:23

Thomas Gsella: Regen in Nürnberg über der Kulturkneipe «Hemdendienst». Muss drinnen statt im Hof lesen, geht eigentlich gar nicht. 19:03

Oliver Maria Schmitt: Ja, da war ich letzte Woche, ist eng da. Mach dich dünne! 19:22

Thomas Gsella: Zu spät, Nachtisch schon da:

19:22

Martin Sonneborn: Ah, lecker Brechobst frisch aus der Dose! 19:23

Oliver Maria Schmitt: Ätsch, mein Kotzefladen ist am Stück!

19:25

Martin Sonneborn:

19:26

Oliver Maria Schmitt: Vorspeise, Hauptgang, Nachtisch. Sauber. 19:27

Thomas Gsella: Macht wenigstens nicht dick. 19:28

Oliver Maria Schmitt: Der liebe Vincent Klink hat uns vor der nächsten Stuttgart-Lesung in seine Wielandshöhe geladen, da machen wir uns alle 3 dick. 19:31

8. September

TITANIC BoyGroup:

Lieber Vince!

Danke, dass du uns so schön dick gemacht hast.

Deine TITANIC BauchfettGroup

14:12

Als Kunstbotschafter der TBG treibe ich mich gern herum bei den Damen und Herren «Kollegen»; und musste aber feststellen, dass gerade gegenüber den schönsten Künsten immer noch hässlichste Vorurteile blühen!

Blau unter Schwarzen

Ich schloss meinen Briefkasten auf, nahm eine Faltpostkarte heraus und las: «Ausstellungseröffnung: Wachsende Ungeduld der Dimensionen – Bilder und Objekte von Edgar H. Harr. Sie und Ihre Freunde sind herzlich eingeladen. Café Kulturbühne, Sonntag, 11.00 Uhr.»

Es nieselte, als ich mich an jenem Sonntagmorgen zum Café aufmachte. Aber weil der Weg kurz war, mein Gang mannhaft und stark, stand ich nach kaum zwei Minuten im Foyer der Kulturbühne und nahm ein Gläschen Sekt entgegen: Mumm.

«Der soll wohl Mumm machen, was?», schäkerte ich in Richtung Begrüßungsdame, die dann etwas blöd zurückgrunzte, aber vernieselte Sonntagmorgende erwecken in mir immer wieder diese Lust auf kreuzdumme und ganz abscheuliche Wortspiele. Ich trank in einem Zug leer und hob mich weit über den als Theke dienenden Tisch. «Bitte, Ma'am, mehr Mumm!»

«Das ist aber dann das letzte», raunte sie, Künstlers Ehefrau wahrscheinlich und also für Haushalt und Kalkulation verantwortlich.

«Das ist sowieso das Letzte!», wortspielte ich zurück. «Aber egal. Vollmachen, dalli!»

Als sie gehorchte, lächelte ich charmant auf: «Bin doch selbst Künstler, wissen Sie ...»

«Ach ja? Auch – Bilder und Objekte?»

«Jawohl. Bilder, Objekte, alles. Wenn Sie gestatten» – mit einer Verbeugung nahm ich die Pudelmütze ab – «Gsella. Öl, Pressspann, Alteisen.»

Dann trat ich, trinkend, ins Caféinnere, tauschte mein erneut leeres Glas gegen ein volles und fragte mich, wer denn hier gestorben sei.

Die Krisis der modernen Kunst, ihr geradezu konstitutiver Nihilismus, wird oft zur Erklärung der Tatsache herangezogen, dass 99,7 Prozent unserer Künstler und -freunde Schwarze sind: schwarz die Schuhe, schwarz die Buchs, schwarz das Hemd, Schal, Mantel, Hut, Brille, alles schwarz. Aber das hat mit Krisis nichts zu tun, sondern ich vermute, bei Schwarz kann man nichts falsch machen und sich außerdem erholen. Wer täglich mit allen Farben des Regenbogens hantiert, hat ja irgendwann die Faxen dicke; der weiß zudem auch, wie ekelhaft zum Beispiel ein grüner Pulli auf orangefarbenem Hemd aussieht, und was läge da näher, als sich in der Freizeit flächendeckend in die deutlich unbunteste und kompatibelste aller Nichtfarben einzuwickeln, eben das Nachtschwarz.

Dies ging mir nach den ersten drei Gläsern durch den Kopf. Nach den ersten drei Gläsern war ich noch halbwegs beieinander.

Ich schluckte aber weiter drauflos an jenem Sonntagmorgen und sah mich um. Bis auf den Koch, der völlig weiß war: Schwarz. Ein Gruppenbild wie aus alten Fotoalben. Die linke Hand unter den angelegten rechten Oberarm gepresst, ein Gläschen in der rechten Hand, standen sie, Spielbein Standbein, in Grüppchen vor dem Œuvre H. Harrs und redeten über Kinder, Schnupfen und Urlaub. Ich schlenderte umher und soff. Über mal kantigen, mal kugeligen Ton- und Gipsprojekten mit Namen wie «Ohne Titel» oder «Ohne Titel» hingen unifarbene Rechtecke verschiedener Größe – und offenbar auch Haltbarkeit: Ein kleines blaues kostete eintausenddreihundert Euro, ein gelbes hingegen, kaum größer, zweitausend.

«Ich k-kauf das! – Das da!»

Bis heute weiß ich nicht, wie es dazu kommen konnte. Zwar stimmt, dass ich zuzeiten, und verstärkt auch unter Alkoholbedingungen, einem recht derben Konsumismus huldige, doch entspricht es nicht meiner Art, einen kompletten Quartalssold für viereckige Negermythen herzugeben. Aber sei's drum: Kaum war mein Aufruf gefallen, wandten sich die Schwarzen zu mir hin, die Gespräche verstummten, einen Kauf schien hier niemand erwartet zu haben; retrospektiv möchte ich behaupten, dass sogar die Jazzband in ihren Standards einhielt. Es wurde, mit anderen Worten, sehr, sehr still im Raum.

Ich stand da, ein fiebriges Gefühl in den Augen, und wusste nichts anderes, als mit der linken Hand nachzukippen und mit der rechten starr auf das gelbe Rechteck zu zeigen.

«Das da, jawohl. Bitte p-packen Sie's ein. Und das blaue daneben gleich mit! Macht vier vier, na prima. Überhaupt kein Problem.»

Mir wurde schlecht. Aber gerade albtraumhafte Situationen sind ja oft sehr stabil. Trotzdem verbiss ich mich in die Hoffnung, es sei hier gar nichts wahr und ich zu Hause oder vielleicht auch in Italien, und sog stramm am Sekt.

Da kam etwas auf mich zu, ergriff meine Hand und schüttelte sie. «Harr. Guten Tag.» Aha, der K-Künstler! Ich sah von ihm nur Mund und Ohren.

«Meine Bilder gefallen Ihnen?»

«Se-sehr ...», stammelte ich. «Sie haben so was ... hihi ... Farbiges ... Viereckiges ...»

«Wie wahr, Freund, wie wahr!» Mit einem Ruck zog Harr mich ganz nah an das blaue Bild heran. «Schauen Sie nur hin! Dieses Blau: Ist es nicht warm und doch kalt? Hell und doch dunkel? Eros und Thanatos? Freude und Leid?»

«Himmel und Hö-Hölle! Prost!» Ein stürmische Dreifaltigkeit aus Sympathie, messerscharfem Kunstverstand und Alkohol fegte mich hinweg: «Krieg und F-Frieden! Auf- und Abrüstung! Sekt oder Selters!»

«Vorschau und Hauptfilm!» Harr schrie jetzt, und er war mir so nah. «Hund und Katze! Ehe und Familie! Gott und die Welt!» Er fiel mir in die Arme.

«Nadel und Faden!» Ich begann zu weinen. «Hä-Hänsel und Gretel! Götze und Lewandowski!» Als Harr unter mir wegsackte, fiel mein Blick auf das zweite Bild. «Und er-erst dieses Gelb! Harr! Aufschwung und Krise! Adel und Klerus! Kartoffeln mit Nudeln! Heinrich der Achte!»

Harr war zusammengebrochen. Er wand sich am Boden, schluchzend und keuchend: «Aufzucht und Pflege ... Mama und Papa ...»

«Hase und Igel! M-Mensch, Harr ...» Bei diesen Worten sackte ich ab und auf ihn drauf. «Ich kaufe alles, Harr. A-Alles!»

Ich spürte noch, wie Harr mich brüsk wegstieß, dann – nur noch Schwarz ...

Als ich wieder zu mir kam, lag ich, grad unterhalb des gelben Œuvres, auf einem Tisch. Das Café war fast leer. Nur die Begrüßungsdame huschte, Sektgläser sammelnd, durch die Bestuhlung.

«Wo ist Harr?», fragte ich.

Sie antwortete, ohne ihre Arbeit zu unterbrechen. «Sie sollten ihn vergessen. Er verkauft Ihnen nichts. Mit Hase und Igel, sagt er, haben seine Bilder nichts zu tun.»

«Hm.» Ich brummte.

Aber hatte Harr nicht recht? Wortlos schleppte ich mich aus dem Café, trat draußen noch gegen eine Cola-Dose und ging schlafen.

Tragik der sozialen Kälte und Isolation in unserem Lande: Immer wieder kommt es zu grässlichen Leichenfunden! Diesmal aber nicht in Hamburg, wo kürzlich gleich zwei Männer entdeckt wurden, die jahrelang in ihren Wohnungen vor laufendem Fernseher herumgegammelt hatten, nein – diesmal ist alles viel schlimmer. Der Fundort liegt im Herzen der Demokratie.

Quo vadis, Politikverdrossenheit?

Die schlechten Nachrichten aus FDP-Kreisen reißen nicht ab. Erst die historische Wahlschlappe, dann die fristlose Kündigung für die FDP-Fraktion des Bundestags – nun auch noch ein grässlicher Leichenfund! Er ereignete sich bei den jährlichen Räumungsarbeiten im Zentrum unserer Legislative.

Nach Polizeiangaben fand heute Morgen ein Saaldiener auf dem Sitzplatz 422 in der Ostkurve des Berliner Reichstags einen ehemaligen FDP-Abgeordneten. Die völlig verweste Leiche lag zusammengesunken unter einem meterhohen Stapel von Mitgliederbeitragsmahnungen und Dringlichkeitsanträgen. Die Todesursache ist noch unklar, Archäologen vermuten aber, dass ein Diätenversagen der Grund sein könnte.

Die Überprüfung älterer Bundestagshandbücher legt nahe, dass es sich bei dem Fundstück womöglich um den Abgeordneten Johann Petzner handelt, der dem Bundestag seit 1994 angehörte. Wie er dorthin gelangte, wird derzeit noch überprüft. Man vermutet aber, dass ein «sicherer Platz auf einer Landesliste» dahintersteckt.

Nachdem Petzner aber 2005 den Wiedereinzug ins Parlament nicht schaffte, muss seine Leiche seit mindestens zehn Jahren in der FDP-Hinterbank geruht haben. Über zwei volle Legislaturperioden hinweg nahm der wortkarge Liberale an ausnahmslos allen Sitzungen des 16. und 17. Deutschen Bundestags teil. «Das ist ein Rekord, auf den wir stolz sind, der uns aber auch nachdenklich macht», erklärte der ehemalige Fraktionschef Rainer Brüderle gestern Nachmittag beim Sichten älterer Tanzkarten in der Bundestagskantine.

Mit Wut und Trauer reagierte die FDP-Abgeordnete Gisela Frick, die jahrelang neben dem sichtlich angeschlagenen Parlamentarier in einer Abgeordnetenbank gesessen hatte. «Es ist doch Wahnsinn, dass man so voneinander entfremdet lebt, obwohl man der gleichen Partei angehört.» Dass Petzner weder durch Zwischenrufe noch bei Abstimmungen auffiel, ist für Frick kein Indiz – aus einer Stimmenthaltung könne man schließlich «niemandem einen Strick drehen». Das gehöre zum liberalen Freiheitsbegriff. Auch der unerträgliche Verwesungsgeruch habe sie nicht verunsichert: «Ich dachte immer, das ist der Brüderle, der saß ja direkt vor mir.»

Nun herrschen Rätselraten und Aufregung in der kleinen Berliner Parlamentariergemeinde. Seit der tragischen Austreibung der Liberalen aus dem Diätenparadies ist der Zusammenhalt in den anderen Parteien gewachsen. CDU-Fraktionschef Volker Kauder zeigt sich regelrecht erleichtert: «Ich habe bei uns sofort durchzählen lassen – sind alle noch da!»

Der langjährige Bundestagspräsident Norbert Lammert, der die Sitzungen mit Petzner leitete, weist jede Verantwortung entschieden von sich. «Für ihre politische Arbeit ist jede Fraktion selbst verantwortlich», schnarrt er hinter seinem Brillendrahtverhau hervor, «außerdem sind viele Sitzungen derart schlecht besucht, da ist man über jeden Anwesenden froh – ganz gleich, in welchem Zustand er sich befindet.»

Bevor er Petzner nun endgültig des Saales verweist, will Lammert aber erst noch untersuchen lassen, wie Petzner überhaupt den Umzug nach Berlin bewerkstelligen konnte. «In meinen Kartons», lacht der gelernte Christdemokrat, «war er jedenfalls nicht.»

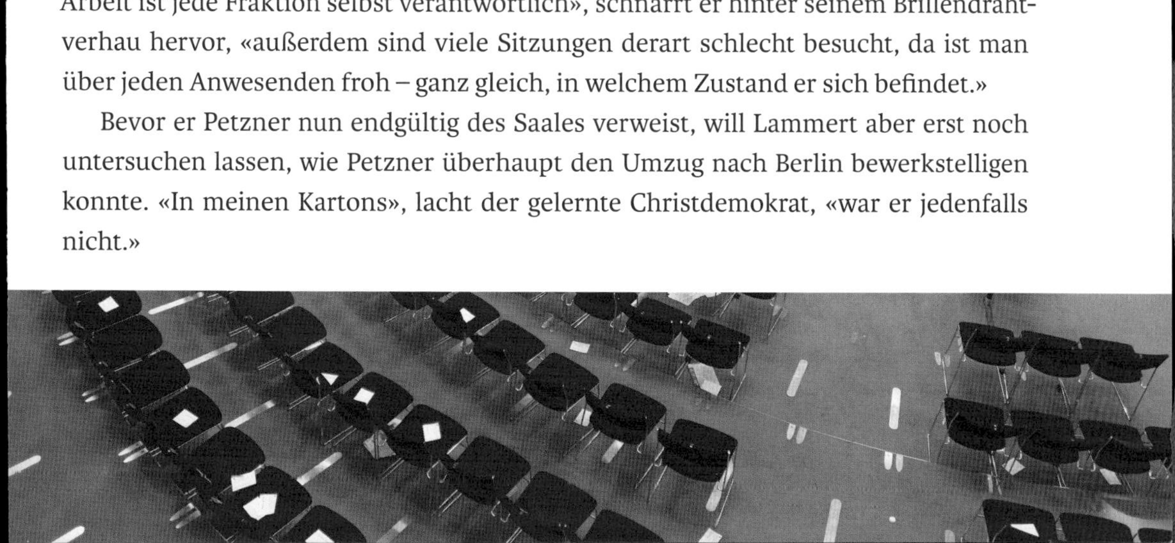

Wenn die Kamera über die Versammlung des Bundestags schwenkt, sieht man viele Abgeordnete mit ihren iPads hantieren. Sie spielen nicht, sie twittern. Und schuld daran sind wir, denn wir haben das Twittern in der Politik hoffähig gemacht ...

«Kleiner Bierdurst im Anmarsch!»

Wie wir einmal die SPD-Dauerhoffnung Thorsten Schäfer-Gümbel (fast) zum Ministerpräsidenten von Hessen twitterten

Wenige Wochen vor der Hessenwahl 2009 richtete Thorsten Schäfer-Gümbel (SPD) als erster deutscher Spitzenpolitiker einen Twitter-Account ein: unter dem Kürzel «TSGHESSEN». Acht Stunden später richteten wir ebenfalls einen Twitter-Account ein, der abwechselnd durch die Redaktion und das TITANIC-Hauptstadtbüro befüllt wurde: unter «TSGHESSENSPD». Schäfer-Gümbel hatte sich gleich zu Beginn auf das Thema «Kaffeetrinken» kapriziert («Der Kaffee war gut, heute Morgen hätte ich am liebsten eine ganze Plantage getrunken»), sodass für uns eigentlich nur das Thema «Biertrinken» blieb. Schnell hatten beide Accounts mehrere tausend Follower. Viele hielten TSGHESSENSPD für echt, viele leider auch TSGHESSEN. Und ganz Ausgefuchste folgten sogar beiden Twitterern ...

Neu bei Twitter? Registrieren

Twitter durchsuchen

Hast du einen Account? Anmelden

Folgen

T. Schäfer-Gümbel
@tsghessenspd

TWEETS	FOLGE ICH	FOLLOWER	FAVORITEN
928	2.349	4.838	31

Erster Eintrag:

Jetzt geht's los! Habe mich gerade hier angemeldet und muss sagen: Ich freue mich, dabei zu sein!

Fünf Minuten später:

Bin jetzt etwa 5 Minuten dabei, und es gefällt mir immer noch gut, dieses Twitter!!!

Zehn Minuten später:

Jetzt, wo ich «drin» bin, ist natürlich die Zeit gekommen, über Inhalte zu sprechen. Und da steht natürlich zur Zeit besonders ein Thema zur

Der Tweet bricht ab, 140 Zeichen sind voll.

Eine Stunde später:

Oh, ich habe festgestellt, dass es nur ein begrenztes Zeichenreservoir für die Formulierung meiner Anliegen gibt. Ärgerlich, aber zugleich a

Der Tweet bricht ab, 140 Zeichen sind voll.

Diesmal geht es etwas schneller weiter:

uch eine Herausforderung, die zu meistern ich gerne wage! Ähnliches gilt natürlich auch für den Wahlkampf hier in Hessen.

Am frühen Abend:

Bin doch noch mal aufgestanden ... konnte nicht schlafen. Trinke noch ein kleines Bier. – Dem Koch werd ich's morgen geben ...

Letzter Eintrag des Tages:

Finde es schade, dass es jetzt so kalt wird. Kein schöner Zug von den Russen, uns einfach so das Klima abzudrehen. Was haltet ihr davon?

Es kommt absolut keine Reaktion auf diese Frage, obwohl es bereits ein paar tausend Follower gibt.

Ahh, endlich morgen! Konnte es kaum erwarten, war ja stundenlang «offline» – und offline ist wie Luftanhalten!!!

Die zweite Hälfte dieses Tweets ist geklaut, aber im Netz sieht man das nicht so eng, Smiley! Eigentlich stammt er von Sascha Lobo, der diese Klage twitterte, als er mal im ICE zwischen Stuttgart und Frankfurt kein Netz hatte.

2tes Arbeitsfrühstück mit der Sekretärin. Gespräch üb. Wetter. Spüre den Kontakt zu diesem einfachen Menschen. Kleiner Bierdurst im Anmarsch.

Kajo (Wasserhöfel) stellt gerade unser neues SPD-Logo vor, einen Würfel, «weil die SPD Ecken und Kanten hat». Ob er da an meine Brille dachte?

Mitteilung von Follower Raimund B.:

Tsghessenspd ist die beste kampagne von der spd bisher ... Selbstironie ist in diesen Zeiten die beste Wahlkampfstrategie!

Muss gerade an Merckle denken, den Unternehmer, der tot auf den Gleisen lag. Eigentlich untypisch, dass Milliardäre den Zug nehmen

Seltsamer Schmerz in der Bauchhöhle. Bin erst ratlos. Dann Hinweis von Sekr.: Mittagessen vergessen! Befreites Gelächter. Jetzt aber los!

Denke an Kollegen Althaus. Vielleicht wäre es besser, in Zukunft immer öffentlich bekannt zu geben, wo er Ski fährt, Aushänge oder so!

Mitteilung von Follower Basti:

Der tweet «althaus» ist echt für die tonne ... zeigt mal wieder das alle politiker scheisse sind – auch du!

Freudige Nachricht mitten im Wahlkampf: Sekr. schwanger! Haben darauf «angestoßen». Hoffentl. nicht allzu bürgerlich, der neue Erdenbürger.

Ups, hoppla, der Sekt ist mir nicht bekommen – schnell ein kleines Bier als Unterlage hinterher!

Tweet von I.T.:

Zweifle langsam daran, dass tsghessenspd überhaupt ein echter TSG-Account ist. Irgendwie sind mir diese tweets suspekt

Tweet von Professor B.:

Perfekt! Habe den zarten Dadaismus von @tsghessen immer als feine Satire gelesen und ihn tatsächlich mit @tsghessenspd verwechselt. #spd

1. Tweet von Joerg:

Man kann sicherlich auf eine gute Art und Weise twittern. Nur das, was Schäfer-Gümbel vor sich hintwittert, ist total lächerlich. Man kann

2. Tweet von Joerg:

sich nie so recht entscheiden, ob es nicht doch von Titanic ist, aber die achten wenigstens auf Rechtschreibung.

Tweet von CharlesW.:

@tsghessen Bist du der Echte? Oder ist das ein Fake-Profil. Ich habe nämlich ein anderes gesehen, das heißt TSGHessenSPD. Komisch

Jetzt allmählich begreift auch Thorsten Schäfer-Gümbel, dass er im Netz parodiert wird. Er twittert:

Liebe TITANIC, nur Gutes wird kopiert!

Ab sofort führt er den Stempel «Das Original» im Profilbild.

tsghessen

Acht Minuten später twittern wir:

Unerfreulichen Nachahmer entdeckt: twitter.com/tgshessen. Ziemlich würdelos, der Auftritt. Aber: Viel Feind, viel Wahlerfolg.

Ab sofort führen wir den Stempel «Der Echte» im Profilbild.

Verdammt, 68% der Hessen halten SPD nicht mehr für glaubwürdig. Was tun – die Partei umbenennen???

Sekr. schweigsam, das «Morgen» nicht so herzl, wie sonst. Schreibe ihr Essiggurken und Sahne auf d. Einkaufsliste, soll sich mal was Gutes tun.

Es kommt zu Diskussionen im Netz, Tenor: Schäfer-Gümbel würde «so komische Dinge schreiben».

Überlege, was ich nach dem 19. Januar machen könnte ... Ob ich in die Opposition gehe? Aber da bin ich doch schon!? Wozu also dieser Aufwand?

Missverständnis: Habe Mutter gerade erzählt, dass ich öffentlich twittere und bis zu 3000 Leute zuschauen – Ohrfeige erhalten!

Mitteilung von Follower kopflast:

Was machen Sie in den langweiligen Sitzungen?

Antwort:

Es gibt keine langweiligen Sitzungen, es gibt nur trockene Sitzungen. Prost!

Ärgerlich: Sekr. immer noch schwanger. Kann sich angeblich über Monate hinziehen! Sollte mal zum Arzt deswegen ... 1stes Beruhigungsbierchen

Ein Bierchen später:

Ah, fühle mich gestärkt! Plane übrigens einen neuen Twitter-Eintrag, bleibt dran, Freunde!!!

Sektfrühstück mit einer Stammwählerin. Leider CDU. Kleines Malheur: Terminkalender zu voll! Plane Anschaffung eines neuen am Wochenende.

Grüble weiter über Althaus – die Sache ist passiert, weil ein CDU-Politiker links abbog. Was heißt das für SPD-Politiker, Linke?

Tweet von Raimund B.:

Amüsieren über tsghessenspd. Nicht immer nur in der Defensive … Heil im Angriff …

Morgen Deutschland! Gerade mit Sekretärin geknobelt, wer aufsteht und Kaffee kocht. Verloren. Kann die SPD denn gar nichts mehr gewinnen?!!

Es gibt wieder Diskussionen im Netz: Thorsten und seine Sekretärin – läuft da was?

Am sehr frühen Abend:

Suche jetzt mein Haarnetz und gehe schlafen, morgen ist ja auch noch ein Twitter – quatsch: Tag! Gute Nacht da draußen an den Geräten!

Mittags:

Guten Morgen, Deutschland! Hatte nachts einen furchtbaren Albtraum: Lag eingeklemmt zwischen Tarek Al-Dschazira und Lügenkoch – uaaaargh

Samstagnachmittag:

Wahlkampf kennt kein Wochenende. Habe Mutter angerufen, ihr (noch mal) die Vorzüge einer SPD-Regierung erklärt. Die Menschen vergessen rasch

Freue mich auf einen gemütlichen Fernsehabend mit H. Potter und einem «Flüssigsnack». – Hat übrigens noch jemand Ideen bzgl. Hessenwahl?

Im Netz bricht erneut eine Diskussion los. Auf der einen Seite zollt man Schäfer-Gümbel viel Anerkennung dafür, dass er so etwas fragt. Aber es gibt auch viel Kritik: Thorsten Schäfer-Gümbel trinkt zu viel!

Endlich morgen! Hatte Albträume: Tarek Al-Dschazira hat mir das Haarnetz geklaut, Lügenkoch die Brille – tappte blind u. unbeholfen herum.

Telefonwahlkampf! Unterstützerteam (Mutter) und ich rufen ALLE Schäfer-Gümbels in GANZ HESSEN an, schließen die Reihen. Es geht um 7 Stimmen!

Frau Althaus in Lügen-BILD: «Mein Mann ist über den Berg!» Ja, denke ich, und zwar etwas zu schnell, kein Wunder, dass es geknallt hat :)

Gerade am Kiosk gewesen: YPS mit Gimmick ausverkauft! Verkäufer meinte, die Spaßbrille hätte ich doch schon … Frustkauf: Sixpack (klein) …

Gut.Mor. Deutschl.! Hatte Wahl-Albtraum, Tarek Al-Dschazira 100%, Lügenkoch 100%, ich 20%. Musste es als Erfolg verkaufen. Sekr. schnarcht!

Lerne von Israel. Berufe Reserve ein (Mutter) und eröffne 3. Phase des Wahlkampfs (Häuserkampf): Klingeln, «Scheiß-CDU» brüllen und weglaufen

Morgens um 8 Uhr:

Hab über Nacht zwei Bierchen auf dem Balkon gelassen. Zukunftsweisende Weichenstellung – sind nämlich jetzt schön kühl!

Sofort anschließend:

Ups, nicht nur kühl, sondern sogar – Fuck! – geplatzt! Wohl doch keine so gute Idee.

Eine Stunde später:

Hat eine ganze Stunde gedauert, die Scherben wieder zwischen den Zähnen rauszukriegen. War wohl aber auch zu gierig beim ersten Schluck.

Am nächsten Morgen, kurz vor der Wahl:

Guten Morgen, Deutschland: It's Wahlkampftime! Raus aus den Federn, der Sekretärin einen «Guten Morgen» gewünscht und: ab ins Büro!

Im Netz flammt die Sekretärinnen-Diskussion sofort wieder auf: «Zuerst ‹Guten Morgen›, dann (!) ins Büro? WAS LÄUFT DENN DA?! Potenzial für einen Skandal à la ‹Oral Office›?»
Das eskaliert so weit, dass Oliver Zeisberger, der Internetbeauftragte der SPD, öffentlich erklärt: «Thorsten Schäfer-Gümbel hat weder eine Sekretärin noch ein Alkoholproblem!»

Selbstverständlich lassen wir das nicht unkommentiert:

Mein Internetfreak Oli Zeisberger schreibt, ich hätte weder Sekretärin noch Alkoholproblem. Frage meine Sekretärin danach: großer Lacher!

Darauf einen Dujardin. Und zwei kleine Biere!

Ein paar Tage später verliert Schäfer-Gümbel zuerst die Wahl in Hessen und dann auch noch die Beherrschung. Ich hatte aus Spaß noch ein bisschen weitergetwittert. Und nach dem Besuch des israelischen Premiers Netanjahu in Berlin, bei dem ihm der «Bild»-Chefredakteur Kai Diekmann Original-Baupläne vom KZ in Auschwitz übergeben hat, geschrieben:

Ich habe ein ungutes Gefühl, wenn Bild-Schmierlappen Kai Diekmann heute KZ-Baupläne an Netanjahu übergibt. Arme Palästinenser!

Zwei Stunden später rief Thorsten Schäfer-Gümbel mich an und brüllte, dass das nun aber zu weit gehe. Ich fand das nicht, und wir einigten uns darauf, dass ich zwei Wochen lang nichts Anstößiges bei Twitter einstelle. Aber wenn ich es recht bedenke, sind die zwei Wochen jetzt auch schon wieder ziemlich um ...

Mit diesem Plakat warb Ikea für seine «läcker svenska Almondy Mandeltorta». Warum genau ich da hinguckte, habe ich vergessen, kriegte aber immerhin raus, wie und warum solche Fotos entstehen ...

AN EINEM TAG IM MÄRZ

Dies ist Laureen. Sie wohnt im Örtchen Leinen.
Die Eltern sind Doktoren der Physik.
Sie taten alles für das Wohl der Kleinen
Und weinten, wie wohl alle Eltern weinen,
Als Laureen sprach: «Adieu! Ich mach mein Glück!»

Ihr Herz schlug für die Kunst. Sie spielte Flöte
Wie nie ein Mensch zuvor. Die Welt stand kopf.
In ihrer Freizeit las sie Pound und Goethe,
Und beider Verse malten eine Röte
Auf blasse Wangen unter blondem Schopf.

Dann dieser Tag im März. Es war der vierte
Des kalten Winters zweitausendunddrei.
Das Land gefror (in neuem Deutsch: gefrierte),
Und es war glatt, als das Malheur passierte:
Ihr Auto brach an einem Baum entzwei.

Sie war nicht angeschnallt und schoss wie eine
Kanonenkugel aus dem Wrack hinaus.
Im Innern blieben abgerissne Beine.
Sichtbare Kopfverletzung gab es keine,
Doch mit dem Musizieren war es aus.

Da sitzt sie nun, von Koryphäen beäugt,
Und weiß nichts mehr: Zerstört war die Aorta.
Ihr Hirnkoma ist chefärztlich bezeugt.
Sie sitzt im Rollstuhl, leicht nach vorn gebeugt:
Ein Glücksfall für Almondy Mandeltorta.

So kurz vor der Pause mal unter uns gefragt: Haben Sie eigentlich Freunde? Wohl kaum, sonst würden Sie ja jetzt mit denen was Geiles unternehmen, anstatt in diesem Buch herumzublättern. Nun, ich will ja nicht protzen, aber ich habe Freunde. Über 2800 Stück! Und manche von denen kenne ich sogar persönlich. Facebook-Freunde natürlich.

Einer davon heißt Kai und arbeitet für eine große Zeitung. Neulich postete er ein lustiges Foto. Da fragte ich ihn, was denn da am Tisch so gesprochen worden sei. Es kam aber keine Antwort – obwohl wir doch Freunde sind! Na egal, da fragte ich eben meine anderen Freunde, die von der NSA … und schwupp! – hatte ich das Gesprächsprotokoll auf dem Tisch.

Weltexklusiv: Schlussakt in Berlin

Das letzte Abendmahl mit «Bild»-Kai, Titten-Maike und Alt-Kohl

An einem herrlich milden Abend in Berlin. Maike Kohl-Richter rollt ihren Gatten in sein Lieblingsrestaurant. Weil es dort lecker Valensina aus der Literpackung gibt und angebranntes Brot für alle. «Bild»-Chef Kai Diekmann hat bereits am Tisch Platz genommen, die Bestellung wurde aufgegeben. Jetzt noch schnell dem «Bild»-Fotografen zugrienen, das Foto wird auf Facebook hochgeladen – dann legt Kohls Trauzeuge auch schon los:

Diekmann: Wie Sie ja bestimmt überall lesen konnten, habe ich in letzter Zeit einen langen Hipsterbart getragen, um zu zeigen, dass ich privat ein ganz lockerer Typ bin, obwohl ich mein Geld mit einer leider nicht wirklich angesehenen Boulevardzeitung verdiene. Aber mir sind meine Kritiker egal. Die sind nur zu feige, sich einen Bart wachsen zu lassen. Außerdem sind sie neidisch, dass ich immer die krassesten Exklusivberichte habe, davon können die nur träumen, hehehe.

Kohl: Wrssnds?

Diekmann: Wie bitte?

Maike: Er fragt: «Wer ist denn das?» Ich kann Helmut einwandfrei verstehen, seine Aussprache ist ja nach den Schlaganfällen schon viel besser geworden. Ich kann sowieso seine Gedanken lesen, wir sind immer auf einer Wellenlänge. Nicht wahr, Helmi?

Kohl: Pfft.

Diekmann: Herr Dr. Kohl! Helmut! Ich bin's doch: Ihr Trauzeuge. Als Sie und Maike ... wissen Sie noch? Der andere war Leo Kirch, der ist jetzt tot. Und ich bin der Kai! Der Titten-Kai, wie Sie immer gesagt haben, haha. Ich sehe jetzt anders aus, weil ich mich untenrum totalrasiert habe, also ums Kinn, hehehe. Ich komme jetzt insgesamt sympathischer rüber! Das sagen alle.

Kohl: Wrrzhlt?

Maike: Er will wissen, wer heute Abend zahlt.

Diekmann: Ich natürlich. Also Springer, und ich bin ja Springer, nicht wahr, haha. Maike, Helmut, Sie haben das bestimmt mitbekommen: Wir von «Bild» retten jetzt den Qualitätsjournalismus. Irgendjemand muss es ja tun. Deswegen haben wir im Internet die Bezahlschranke eingeführt. Die ganzen Schnorrer und Spanner, die täglich unseren Quali-Content für lau abgegriffen haben, die müssen jetzt blechen. Ich will Ihnen ein Beispiel nennen: Wenn Sie jetzt sofort das exklusive «BILDplus Premium»-Angebot buchen, dann kriegen Sie umgehend auf alle Ihre Endgeräte total exklusive Inhalte und verwackelte Videos von Autounfall-Gaffern, die andere nicht haben. Und jetzt halten Sie sich fest: Das kostet im ersten Monat nur 99 Cent! Und danach nur 9,99 pro Monat, mit monatlicher Kündigungsfrist, versteht sich. Das ist 'ne richtig geile Geschichte, ich sag's Ihnen.

Kohl: Bldsnn. Sntz mssfreisnn.

Diekmann: Was?

Maike: Er sagt, das Internet müsse frei sein. (vertraulich zu Diekmann) Na ja, er surft halt viel. Mit mir. Er gibt mit der Zunge die Cursorrichtung vor, und ich bin dann sein «Mäuschen», hihihi.

Diekmann: Klingt krass. Das ist genau, worauf ich hinauswill – auf die Exklusiv-Home-Story: Das Ehepaar Kohl – wie lebt und liebt es wirklich? Das interessiert die Menschen. (verschwörerisch) Maike, wollen wir zusammen nicht mal wieder so 'ne richtig geile Kohl-Nummer drehen? Wo Sie beide superauthentisch menschlich rüberkommen?

Maike: Ach ... ich weiß nicht. Der Helmi will das glaubich nicht.

Kohl: Aff garknfll.

Maike: Die ganzen Medien sind doch zur Zeit total gegen uns. Überall immer nur Walter und Peter und diese schlimmen Geschichten mit seiner ersten Frau und ihrer Lichtallergie.

Diekmann: Ja, diese Sachen hat man uns natürlich auch angeboten. Wirklich ekelhaft, aber wahrscheinlich müssen wir das drucken.

Kohl: Lggn! Allz Lggn!

Diekmann: Dabei könnte doch eine schöne Human-Touch-Kiste die Wahrheit über Sie beide erzählen. Die erste wirkliche Homestory von Helmut und Maike! Nicht so was Langweiliges wie im «Stern», sondern richtig geil mit Appeal und Drive, also voll emomäßig. Zum Beispiel, wie Sie beide in der Sauna sitzen und noch mal das Fotoalbum von Ihrer Hochzeit anschauen.

Kohl: Nhmm! Hmmstry, nnnmls! Nnnnmls!

Maike: Issjagut, Helmi. Trink schön dein Safti.

Diekmann: Nun, wir haben ja auch diese ganzen schockierenden Geschichten gehört von Walter Kohl und Peter Kohl über ihren Vater, Maike. Und da kommen Sie wirklich nicht gut weg. Stalkerin und so. Und dann die ganzen Sex-Vorwürfe …

Maike: (entsetzt) Sex?

Kohl: Sx?

Diekmann: Ja, wirklich ekelhaft. Leider müssen wir das drucken, die Gesetze des Qualitätsjournalismus zwingen uns dazu. Aber vielleicht wollen Sie beide ja gar nicht, dass wir das drucken. Kein Problem – wir würden ja auch viel lieber die erste True-Love-Story des Ehepaares Kohl-Richter bringen. «‹Bild› exklusiv im Liebesnest des Altkanzlers» oder so ähnlich. «Heißes Liebesglück in Oggersheim», was weiß ich. Das wäre für uns 'ne tolle Sache. Sie wissen ja, das Grundgesetz bei «Bild» heißt: Exklusivität.

Maike: Aber Helmut ist doch für eine Homestory viel zu alt! Das wollen Ihre Leser nicht.

Diekmann: (lachend) Aber ich bitte Sie, Maike, Sie sind doch nur halb so alt wie Helmut. Sie sind doch noch, wenn ich mal so sagen darf, leidlich knackig. Ich könnte mir da schon auch ein schönes Foto vorstellen: Wie Sie aus der Dusche kommen und der Herr Altkanzler Sie mit seiner Zunge väterlich abtupft, hehehe.

Kohl: Schwnrrei! Nmls, chrkwzt!

Diekmann: Die scharfen Stellen selbstverständlich geschwärzt. Also gepixelt. Von mir persönlich, höhö. Bisschen Titten müssen schon sein, aber alles geschmackvoll, nich? Dass ich dafür der richtige Mann bin, muss ich Ihnen ja nicht erzählen, Maike. Ich hab Ihrem Mann das schöne Buch «Ich wollte Deutschlands Einheit» geschrieben. Da hatte ich auch freie Hand.

Maike: Ich weiß nicht …

Diekmann: (kumpelhaft) Kommen Sie, Maike. Wir machen da so 'ne richtig intime Homestory, «Pflegestufe Kohl» oder so ähnlich. Mit gaaanz tollen Fotos von euch zwei Süßen.

Maike: Hmmm, das klingt ja eigentlich ganz aufregend. Helmi, wär das nicht toll?

Kohl: Vrrckt gwrdn! Vllg vrrrckt. Chrzz!

Diekmann: Wir bezahlen das natürlich ganz ordentlich, und zwar direkt an Sie, Maike. Und jetzt kommt der Clou: Ein ganzes Jahr freien Zugang zu «BILDplus Premium» legen wir auch noch drauf. Na, ist das nichts?

Kohl: (außer sich) Nxx! Dss nxx! Schwlljtzthmm! Hmmmm!

Diekmann: Helmut! Herr Kohl! Ich bin's doch nur: der Kai!

Kohl: (erhebt sich langsam, sehr langsam aus seinem Rollstuhl) Aaaarghchtl! Chrchrgrtlbrmpft! Hrrrrzzzz!

Maike: Helmi! Um Gottes willen, Helmi!

Diekmann: (springt auf) Meine Fresse! Ein Notfall! Fotograf! Schnell! Ruft einen Fotografen!

Kohl: Hrgch rgch rgch! Aaargh!

Maike: O Gott, Helmi! Schau mich an! Ich bin's doch: deine Hannelore!

Diekmann: Er stirbt! Fuckfuckfuck, das glaub ich ja nicht! (macht Handyfotos) Hallo! Herr Kohl! Bitte mal hierher schauen!

Kohl: (zusammensinkend) Chtrrrr. Hrrzlfrm. Pfffffffffffffffffffffffffffffffff...

Maike: (verzweifelt) Helmi! Oh! My! God!

Diekmann: (ins Handy brüllend) Alle Maschinen stop! Weltexklusive Megameldung: Kohl stirbt! Der Abgang des Altkanzlers – verwackeltes Leser-Reporter-Video aufgetaucht! Im Orkus von Oggersheim – Helmut Kohl hat sich neu erfunden: als Toter! Maikes Schock-Geständnis: Ich bin die wahre Hannelore! Wollte sie zum Film? Exklusiv-Post von Wagner an Walter und Peter: Das habt ihr jetzt davon! Sein Trauzeuge Kai Diekmann: Hurra, ich lebe noch! Fragen nach Kohls Tod – Wer zahlt seine Zeche? Was hat ein totalrasierter Bart damit zu tun? Exklusiver Premium-Content für die Leser von «BILDplus» und «BILDplus Premium»! Nur 99 Cent! Jetzt neu: mit «BILDplus-Rubbel-Bingo», exklusiv präsentiert von Busen-Maike! Bestellen Sie jetzt!!

Blackout.

Titanic
BoyGroup
Pause

Hoher Besuch im Backstage! Nicht alle Tage wird man vom König des Boulevards, von Paul Sahner persönlich, gefragt, ob man in einer Auftrittspause zu einem Interview bereit wäre. Der Sahner? Echt? Das alte Klatschgeschütz? Wahnsinn! Der lebt noch? Klar machen wir das! So rief es aus uns heraus, als wir in der Pause im Greenroom Platz nahmen, wo ER schon auf uns wartete …

Das große Paul-Sahner-Interview

mit der TITANIC BoyGroup

Paul Sahner: Ich bin vor ein paar Monaten quasi gestorben, und jetzt soll ich hier den Affen machen und mit euch das ganz große Super-Promi-Interview führen – findet ihr das nicht 'ne ganz schön abgeschmackte Idee?

Oliver Maria Schmitt: Wir wussten natürlich, dass die Nachricht von Ihrem Tod eine gezielte Falschmeldung war.

Paul Sahner: (triumphal) Haben aber auch wirklich alle gedruckt, hij-aha-ha. Sind sie schön drauf reingefallen.

Martin Sonneborn: Nur wir nicht. Wir glauben nie, was in der Lügenpresse steht. Außer es sind Falschmeldungen, die wir selbst verbreitet haben.

Thomas Gsella: So wie die, dass Dieter Thomas Heck als Kind nach einem Bombenangriff onanierend unter einer Kellertreppe gefunden wurde. Das stand zumindest in Wikipedia.

Martin Sonneborn: Ja, weil wir's da reingeschrieben haben. Es wurde aber immer wieder von Wikipedia gelöscht.

Paul Sahner: Hij-aha-ha, der Heck. Das sieht ihm ähnlich, haha.

Oliver Maria Schmitt: (wichtigtuerisch) Am Telefon hab ich Sie jedenfalls gleich an der Stimme erkannt, Herr Sahner.

Paul Sahner: (verwirrt) Äh, kennen wir uns etwa?

Oliver Maria Schmitt: Nur vom Telefon, wie gesagt. Anfang der Neunziger, da war ich gerade Praktikant bei TITANIC und abends als Einziger in der Redaktion, weil ich da übernachtete. Da riefen Sie manchmal spät an. Nach ein paar Feierabendbierchen. Ich hab dann immer behauptet, ich wär der Chef, damit Sie nicht gleich auflegen.

Paul Sahner: Hija-hö-ha, erinnere mich, stimmt. Und? Hab ich was erzählt?

Oliver Maria Schmitt: Weiß ich nicht mehr so genau, es ging Ihnen irgendwie um eine Allianz, ums «In-die-Pfanne-Hauen», und dass wir doch letztlich am gleichen Projekt arbeiten, der Boulevard und die Satire. So Zeugs halt.

Paul Sahner: Ja, ich sag immer: Die besten Journalisten sind Straßenköter. Weil die unterwegs sind, recherchieren, teilnehmen, bellen, nicht im Elfenbeinturm abhängen. Ich will draußen sein.

Martin Sonneborn: Wir bleiben lieber drin und denken uns die Sachen aus, wie Sie auch, aber Sie behaupten dann ja, sie wären nicht ausgedacht.

Thomas Gsella: Apropos «drin» – wir haben noch genau sechzehn Minuten, Herrschaften, dann müssen wir wieder raus zur zweiten Halbzeit, mehr ist leider nicht drin. Wollen wir nicht besser mal mit dem Interview anfangen?

Paul Sahner: Gut, dann stelle ich jetzt meine erste Frage. Die erste Frage muss immer verblüffen. Die Leute müssen denken: So eine Frage

hat mir noch nie einer gestellt. Daher stelle ich die erste Frage bewusst in die Runde, an alle drei: Wie kann man einen Deppen warten lassen?

Oliver Maria Schmitt: Keine Ahnung.

Thomas Gsella: Wie denn?

Martin Sonneborn: Wie lang denn?

Paul Sahner: Ich sag's euch später. Hiiijaaa-ha-ha-haa, der war gut, was? Aber jetzt mal zur Sache: Was ist grün und blau und hat keine Lust auf Sex?

Thomas Gsella: Sie?

Paul Sahner: Falsch. Neuzugang im Frauenhaus. (außer sich) Haaa-hijha-ha, das ist ein Brecher, nicht wahr? Würdet ihr so was auf der Bühne erzählen?

Oliver Maria Schmitt: Den erzähl ich gleich.

Martin Sonneborn: Unser Publikum ist Kummer gewohnt. Wenn wir den Leuten erzählen, dass wir sie für Sodomiten halten, dann lachen die.

Paul Sahner: Was erwartet ihr von eurem Publikum?

Thomas Gsella: Gepflegtes Desinteresse und ein dickes Fell. Wie man's von TITANIC-Fans eben gewohnt ist.

Paul Sahner: Ihr behauptet, ihr seid «drei gescheiterte Existenzen». Woran seid ihr gescheitert?

Oliver Maria Schmitt: Am Leben selbst. Keiner von uns konnte sich lange als TITANIC-Chefredakteur halten, danach rutschen wir immer weiter ab. Thomas Gsella muss sich heute von Literatur- und Lyrikpreisen ernähren, ich kann mich seit dem Rücktritt Papst Ratzingers in keiner Kirche mehr blicken lassen, und Martin Sonneborn ist Europa-Abgeordneter in Brüssel. Tiefer können Menschen nicht sinken.

Martin Sonneborn: Sogar unsere Abschiedstournee ist gescheitert – und dabei war der Abschied völlig ernst gemeint! Ich wollte endlich wieder Freizeit und Lebensqualität. Es ist nun mal so: Wir hatten uns auseinandergelebt, genau genommen trieb uns nur noch der gegenseitige Hass. Nach fast zwanzig Tourjahren und gut tausend ausverkauften Auftritten konnten wir uns einfach nicht mehr riechen. Zuletzt reisten wir mit drei verschiedenen Limousinen zu unseren Gigs und betraten die Auftrittsorte durch drei verschiedene Eingänge – ein paarmal musste man dafür zwei zusätzliche Löcher in die Außenwand stemmen. Auf der Bühne ignorierten wir uns dann völlig. Am schlimmsten war es, als wir herausfanden, dass wir jahrelang alle mit der gleichen Frau verheiratet waren. Das steckt man nicht so leicht weg.

Paul Sahner: Verstehe. Was waren eure Highlights, was eure Tiefpunkte bei den Auftritten der vergangenen zwanzig Jahre?

Thomas Gsella: Ein einsamer Höhepunkt war bestimmt, als nach einer Stuttgarter Lesung ganz überraschend ein bekannter Trainer in unserer Umkleidekabine auftauchte und uns zur Aftershow-Clubsause in das offizielle VfB-Bordell einlud. Danach ging es allerdings mit dem Trainer und seinem Verein völlig bergab. Aber es gab auch schöne Momente, etwa als Schmitt versehentlich zu einer Lesung in der Grugahalle in Essen nicht erschien und ich hinterher die Gage mit Sonneborn nur durch zwei teilen musste.

Oliver Maria Schmitt: Ihr Schweine, das vergess ich euch nie!

Paul Sahner: Wie aktuell ist euer Programm?

Oliver Maria Schmitt: Da es ein Querschnitt durch unsere Showhöhepunkte der letzten zwanzig Jahre ist, ist es zu gleichen Teilen uralt und

brandaktuell. Letztlich gibt es ja nur zwei gute Witze: den mit der Bananenschale und den anderen, aber den verrate ich jetzt noch nicht.

Paul Sahner: Ich kenn den schon: Woran erkennt man, ob ein Neugeborenes mit Viagra gezeugt wurde? Klarer Fall: Es kann nach der Geburt sofort stehen, hiijaa-ha-ha-ha! Und da sind wir auch schon beim Thema: Sex. Jetzt mal ehrlich, die Herren: Was ist mit Weibergeschichten? Drei Männer auf Tour, und das jahrzehntelang … Backstagepartys, Schampus, Koks – da muss es doch Geschichten geben ohne Ende.

Martin Sonneborn: Das stimmt, eine peinlicher als die andere.

Thomas Gsella: Früher haben uns die Fans Kuscheltiere auf die Bühne geworfen. Jetzt, im Alter, werfen sie gebrauchte Gebisse, Potenzmittel und Inkontinenzwindeln auf die Bühne. Aber egal – Hauptsache, es kommt von Herzen.

Paul Sahner: Wer hatte denn von euch die meisten Groupies?

Oliver Maria Schmitt: Ich?

Martin Sonneborn: Eindeutig Gsella. Wenn er im Zugabenteil seinen weißen Bademantel öffnet und den mächtig behaarten Silberrücken entblößt, dann gibt's in den ersten Reihen kein Halten mehr.

Thomas Gsella: Echt? Warum hat mir das nie jemand erzählt?

Paul Sahner: Genug der Rückblicke, was erwartet den Zuschauer jetzt bei eurer Comeback-Tournee?

Oliver Maria Schmitt: Die totale Hölle: Wir bieten zweihundertvierzig Minuten Spaß, Spiel, Spannung, Zauberei, Jonglage, Illusionskunst, bodenständigen Rock vom Feinsten, Emotion pur und jede Menge Knülleranbgebote, die andere nicht haben. Und dazwischen kann es sogar

zu gezielten Beleidigungen von Bundeskanzlerinnen kommen, zu infamen Unterstellungen, Tatsachenverdrehungen und natürlich zu Witzen auf Kosten Dritter, da sind die Hitler-, Gauck- und Helene-Fischer-Witze noch gar nicht mitgerechnet.

Martin Sonneborn: Und ich lese dann auch noch ein bisschen was vor.

Thomas Gsella: Klingt ja total aufregend. Vielleicht hör ich doch noch mal rein.

Paul Sahner: Fachfrage: Welche deutsche Region zeichnet sich in Sachen Satire-Kompatibilität besonders aus? Gibt's da Unterschiede? Konntet ihr die Satirekompetenz der Deutschen erhöhen?

Thomas Gsella: Ich glaube, auch da sind wir gescheitert, wir haben die Satirekompetenz der Deutschen kein Stück vorangebracht. Nach fünfzehn Jahren lachen sie immer noch über die gleichen Witze.

Paul Sahner: Vielleicht solltet ihr euch einfach mal neue ausdenken?

Martin Sonneborn: Jetzt mal nicht frech werden, guter Mann! Wir sind doch erst ganz am Anfang unserer Aufklärungsarbeit. Schließlich ist der nahe Osten Deutschlands, also das Beitrittsgebiet, ein Schwerpunkt unserer Indoktrination. Dafür haben wir ja eigens Die PARTEI gegründet, um die Ostgebiete durch eine noch zu errichtende Mauer baulich vom Westen abzutrennen und den Soli-Transfer in den Osten zu stoppen. Damit wollen wir prekäre Elendsgebiete im Westen sanieren. Dass die Leute sich dort von Hartz IV und vom Klebstoffschnüffeln ernähren, das muss endlich aufhören.

Paul Sahner: Und wie geht's weiter? Touren bis zum Umfallen, bis man euch tot von der Bühne zieht?

Oliver Maria Schmitt: Derzeit ist völlig offen, ob wir überhaupt noch weitertouren können. Da wir die Ticketpreise volkstümlich klein halten,

legen wir bei jedem Auftritt drauf. Unser Angebot an die Daimler AG, die «TITANIC BoyGroup» gegen die einmalige Zahlung von hundertvierundzwanzig Millionen Euro in «TITANIC-Daimler Automotive Satire & Fun Joke Manufacturing Fulfilment Incentive Group» umzubenennen, wurde von Daimler völlig ignoriert.

Martin Sonneborn: Der Zetsche hat offenbar, außer für seinen lächerlichen Bart, keine Visionen. Leider fehlen uns dadurch wirtschaftliche Mittel, um erfolgreich weitertouren zu können. So eine Lesungstour ist technisch irrsinnig aufwendig: Mikrophone, drei Stühle, ein Tisch – Wahnsinn, was man da alles braucht. Wir legen da tatsächlich nur drauf.

Thomas Gsella: Ich habe ausgerechnet, dass es für mich wesentlich kostengünstiger wäre, wenn ich allein als «TITANIC BoyGroup» auf Lesetour gehen würde. Dadurch würden die Reisekosten drastisch sinken, und mit drei Gagen würde ich sogar ein bisschen was verdienen.

Oliver Maria Schmitt: Deswegen haben wir Sonneborn auch erfolgreich ins Ausland abgeschoben, damit er für Gsella und mich in Brüssel Millionen einsackt. In Brüssel sitzen ja keine wirklich mächtigen Männer, sondern nur wirklich mächtige Abkassierer. Sobald Sonneborn in die Kommission vorgerückt ist, holt er uns nach. Dann gibt's fett Kilometerpauschale und Pendlerzulage!

Thomas Gsella: Seit kurzem will er übrigens, dass wir ihn mit «Herr Sonneborn» anreden. So ein Posten, so ein Titel, verändert den Menschen, aber das muss ich Ihnen ja nicht sagen, Herr Sahner.

Paul Sahner: Unsinn. Mich muss niemand mit «Herr Sonneborn» anreden, aber wenn Sie damit auf meine blendenden Kontakte zu den höchsten Machtspitzen anspielen wollen ...

Martin Sonneborn: O nein, bitte nicht!

Paul Sahner: O doch! Ich habe nämlich in meinem langen Reporterleben eine wichtige Erfahrung gemacht: Man soll mit diesen Leuten nicht immer nur ins Bett gehen. Sondern ruhig auch mal ins Casino. Das entkrampft! Apropos Bett: Natürlich brauch ich für die Bebilderung dieses Interviews auch geile Fotos. Nacktfotos, am besten kostenlos, also rechte- und textilfrei sozusagen, hiiijaha-ha-ha-ha-ha!

Oliver Maria Schmitt: (plötzlich hellhörig) Haben Sie da welche? Wir wären interessiert!

Thomas Gsella: Spinnt ihr?! Vor dreißig Jahren musste ich meiner Mutter versprechen, dass ich niemals untenrum in der Zeitung ...

Martin Sonneborn: Keine Sorge, Gsella, das wird verpixelt, und dann erkennt das keiner wieder.

Oliver Maria Schmitt: Vorausgesetzt natürlich, es gibt überhaupt so lange Pixel, haaaha ...

Paul Sahner: ... hiiiiija-ha-ha-haaaaaa-hähää! Ich sage immer: Auf Teufel komm raus Skandalgeschichten rauszuhauen geht gar nicht – auch die Nacktstrecken müssen stimmen.

Oliver Maria Schmitt: Dann nehmen wir doch diese krassen Whirlpool-Pics aus dem Nobelhotel in Göttingen. Die sehen super dement aus – obwohl ich nur auf dem mit Bademantel drauf bin!

Thomas Gsella: Denkst du!

Martin Sonneborn: Deine Mutter möchte man sein ...

Paul Sahner: Jungs, Herr Sonneborn, Butter bei die Fische: Drückt ihr nach derlei Orgien dann die fälligen Minibartausender ab, oder lasst ihr so wie ich auch im Bundeskanzleramt anschreiben, mjahaha! He?

Thomas Gsella: Jetzt werden Sie aber sehr persönlich.

Martin Sonneborn: Hotels lesen mit, mehr möchte ich dazu nicht sagen.

Oliver Maria Schmitt: Ich lese nicht mehr mit, die Pause ist jetzt zu Ende.

Martin Sonneborn: Wir müssen wieder.

Thomas Gsella: Ich muss auch mal.

Paul Sahner: Ist gut, ich werd mich mal wieder aufmachen. Meine Herren, ich danke mir für dieses Gespräch.

Ein großes Unternehmen wie TITANIC braucht natürlich auch einen eigenen Shop, um hochpreisige Lagerräumungsware direkt an seine anspruchsvollen Leser weiterzuverscherbeln. Und was wäre eine große Pause ohne eine echte Werbeunterbrechung. Hier eine Auswahl unserer langjährigen Dauerseller – bestellen Sie bitte JETZT!

TITANI FACTUM.

Es gibt sie noch, die guten Dinge

Wir möchten Ihnen einen ungewöhnlichen Versandhauskatalog vorstellen. Ungewöhnlich sind die Dinge darin: kein einziges elektronisches Gerät (dafür aber viele mechanische Alternativen), keine Dinge aus Holz oder anderen verrottungsanfälligen Materialien, dafür solche aus Plastik, Blech und hochpolymerisierten Kunststoffen. Exklusive Rohstoffe, die es nicht mehr überall gibt. Dabei verzichten wir konsequent auf den Import aus Hochlohnländern und beziehen nur von Herstellern, die ohne Umschweife in riesigen Stückzahlen liefern können. Ungewöhnlich ist auch die Darstellung: eine sachliche, auf die Dinge bezogene Fotografie und einfühlsame Texte. Lesen Sie einfach jeden Satz langsam und laut vor, mit jedem Wort haben Sie wieder eines mehr gelesen, und bald ist der Satz auch schon zu Ende. Aber da kommt schon der nächste. Das Wunder des Lesens beginnt.

Silentium mechanicum
Die letzten stummen Dinge

Von jeder Kuckucksuhr, jedem Telefon, jedem Dampfkessel hat man heute nervtötende, unangenehme Töne und Geräusche zu gewärtigen. Der Mensch-Maschine-Dialog wird alltagsmächtig, und es ist abzusehen, wie er enden wird: eine entfesselt surrende, klingelnde, tickende und pfeifende Geräteschaft auf der einen, eine finanziell und nervlich gebeutelte Menschheit auf der anderen Seite. Wir halten dagegen: die letzten schweigsamen Geräte.

Super Sitting, U.S.A.
Die Super Sitting Company Inc. wurde 1989 im südlichen Louisiana gegründet, einer Gegend, in der seit dem 18. Jahrhundert leidenschaftlich viel herumgesessen wurde. Wenn schon arbeitslos vorm Saloon oder im Trailerpark abhängen, dann aber unbedingt in einem Mobile Chair. So viel Luxus muss sein. Super Sitting unterhält einen eigenen Betrieb, in dem kurzfristig angelernte Hilfskräfte dieses einzigartige Sitzmöbel herstellen. In Vietnam gefertigte Kunststoffrohlinge und einige Meter Walzblechrohr werden in Windeseile zusammengesteckt und verklebt, mit naturtoxischem Color-Lack bespritzt, fertig. Das berühmteste Super-Sitting-Modell ist der Stuhl 08/15, ein imposantes Sitzmöbel mit Wipplehnmechanik, dessen ehrfurchterweckende Wirkung sich sogar das amerikanische Gerichtswesen zunutze gemacht hat: Das Publikum und die Angeklagten nehmen traditionell darauf Platz. Aufgrund des verwendeten Materials ist der Stuhl hervorragend für den Indoor-Einsatz zu gebrauchen.

Mobile Chair 08/15
Wenn er umfällt, geht er nur manchmal kaputt. Rückenlehne, Verstrebungen. Wippmechanik und Sitzfläche sind auf beeindruckende Weise anspruchslos modelliert. Der Mobile 08/15 besteht aus massivem, gesägtem, gebogenem und lackiertem Blechrohr und blickdichten Polyesterharzen. Die Sitzhöhe ist von Fachleuten vorjustiert, die Sitzfläche abwaschbar, vorne, hinten und an beiden Seiten 42 cm breit, breiter wird's nicht. Und falls Sie zu Ihrem neuen Sitzmöbel einen passenden Stuhl suchen, tragen Sie auf der Bestellkarte bei «Anzahl» lediglich eine 2 statt einer 1 ein.
Bestell-Nr. 128861
Euro 1.950,00

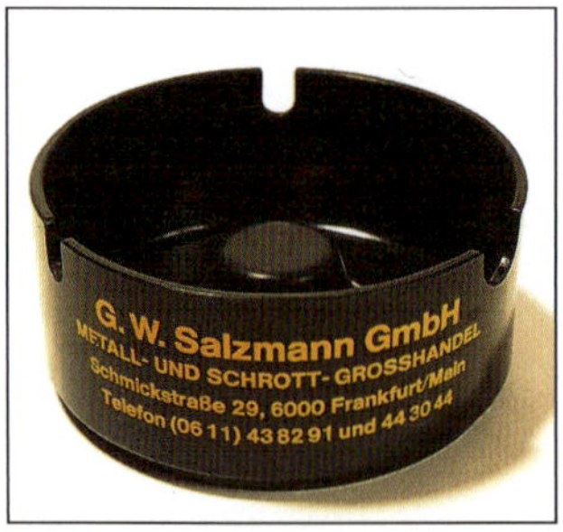

Aus Hessen
Rückstandsreservoir
Zum Genuss des Rauchens gehört das Bewahren und Sammeln der wertvollen Verbrennungsrückstände («Asche»). Sammler aus aller Welt vertrauen auf Geräte dieser oder ähnlicher Bauart. In einem einzigen Arbeitsgang erfasst und speichert diese Konstruktion aus schwarzem, duroplastischem Fake-Bakelit die Rückstände Ihrer hochwertigen Rauchwaren bzw. Angehörigen. Der historische, individuelle Prägedruck («G. W. Salzmann GmbH») verleiht dem schmucken Reservoir den unverwechselbaren Charakter.
Bestell-Nr. 8818888
Euro 135,00

PicPac-Präzisions-umhängetasche

Der Entwurf für diese Umhängetasche stammt aus den achtziger Jahren des letzten Jahrhunderts. Das Außengehäuse ist aus schweißfestem Nylon, der Innenraum bietet ausreichend Platz für alles, was man als Tourist gerne vor den Genitalien hängen hat. Dezent aufeinander abgestimmte Signalfarben machen den PicPac auch im Dunkeln zu einem erschütternden Erlebnis. Ein präzises Sicherheitsschließsystem erlaubt zwei verschiedene Einstellungen: 1. geöffnet, 2. geschlossen. Eine dritte ist noch in Planung, wir halten Sie auf dem Laufenden.

Bestell-Nr. 282376 Euro 36,50

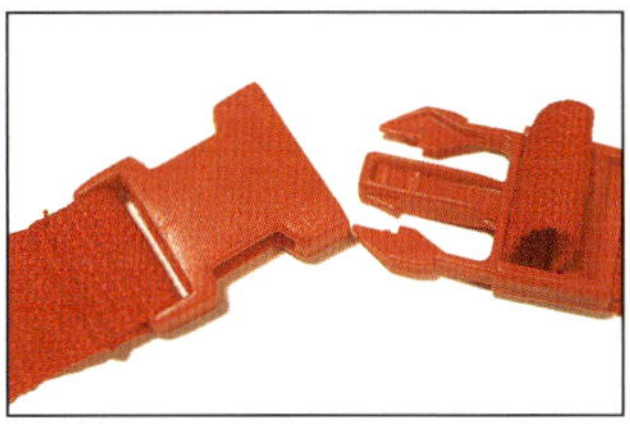

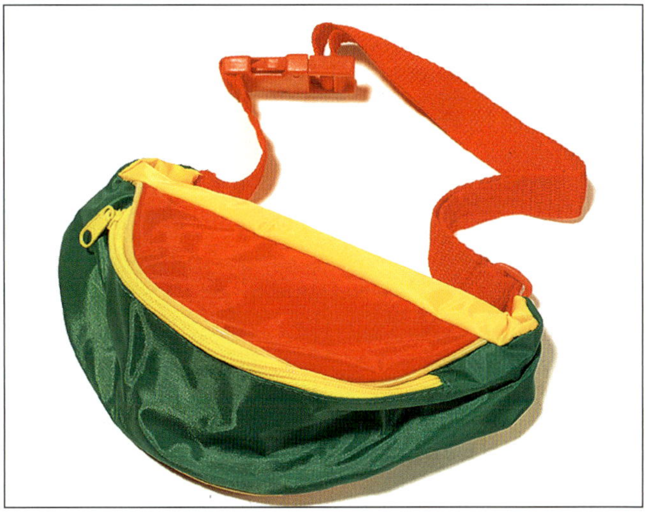

Aus Rumänien
Gourmet-Kochbesteck 5-tlg.

Im historisch längst vergangenen «Ostblock» hatte sich während der letzten Jahrzehnte eine eigenwillige Produktkultur entwickelt. Jetzt, da sich die Rumänen endlich Besseres aus Fernost leisten können, überschwemmen diese Produkte den deutschen Markt. Die Kochbestecke sind aus schwach verchromtem Dünnblech gezogen, mit einer großzügigen Kunststoffbeimischung versehen und aufgrund ihrer «organischen Form» bequem sogar in der Hosentasche zu tragen. Sie sind unzerstörbar, und falls doch mal eins kaputtgeht, haben Sie immer noch vier übrig.

Bestell-Nr. 12345
Euro 248,00

Von Reinhold Grün
aus Grimma
Duroplast-Etui

Dieses Etui für bunte Kammgarn-Schnürsenkel ist statt mit dem sonst üblichen «Tiefziehspritzdruckverfahren» lediglich im Backofen heißverklebt worden. Das macht die Produktion für Reinhold Grün wesentlich kostengünstiger, außerdem kennt er sich mit diesem Tiefziehspritzdingsdascheiß sowieso nicht aus. Der wetterfeste Duroplast-Schuh lässt sich in zwei Hälften teilen und danach nicht wieder zusammensetzen. Also lässt man ihn eben so, wie er ist. Die Schnürsenkel reisen eh bei der ersten Gelegenheit. Ein pfiffiger und dabei noch handlicher Raumverbraucher.

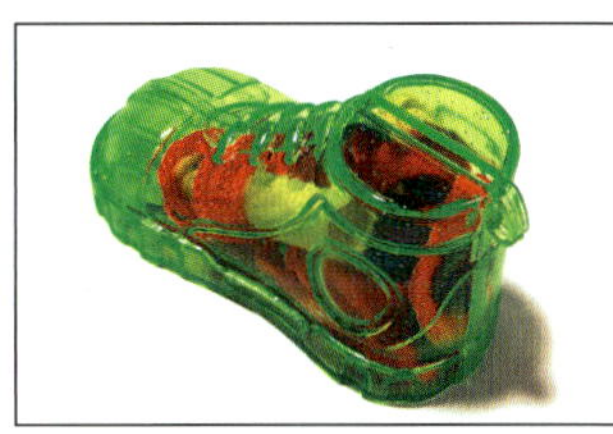

Bestell-Nr. 007006
Euro 22,00

Nur bei Titanifactum: die Kittelschürze von BASF
Aus der berühmten BASF-Großmanufaktur in Ludwigshafen kommen neben zahllosen Neuerungen im Bereich der Rheinwasserfauna auch unzählige textiltechnische Großtaten. Unter anderem auch jene sagenhaft unzerstörbaren Synthetikgewebe wie Diolen oder Trevira, die in ihrer fertigen Form vor allem unter der Bezeichnung «Kittelschürze» bzw. «Putzfrauennerz» bekannt wurden, wegen ihrer Strapazierfähigkeit berühmt und bis vor etwa dreißig Jahren, als minderqualitative Billigwollstoffe den Markt überschwemmten, überall verbreitet waren.

«Meisterin Proper» – die Letzte von vielen
Diolenstoffe gibt's ja noch, und seit einigen Jahren genießen sie sogar wieder die Gunst der Modemacher, bei denen sie lange Zeit verpönt und gänzlich «out» waren. Aber was da mit seinem seidigen Glanz und seinen geschmackvollen Mustern nur entfernt an Diolen erinnert, ist zumeist gekämmtes Satin und hat jenes Schicksal erlitten, das heute kaum einem für Bekleidungszwecke in Frage kommenden Gewebe erspart bleibt: Es wurde mit Naturfarben und fraglichen handwerklichen Methoden so lange traktiert, bis auch der letzte Rest an unverwüstlichem Charakter und knitterfreier Eigenart daraus entwichen war. Hier kommt die echte alte Diolen-Kittelschürze von BASF, tatsächlich einem der letzten Polyesterhersteller in gigantischem Ausmaß. Das Unternehmen verfügt über modernste Textilspritzanlagen und möchte diese, wenn möglich, noch mehr auslasten.

Polymer Super Fun Diolen
Der Stoff, aus dem Hausfrauenträume sind, wird selbstverständlich nicht auf eine der oben genannten Weisen «gewebt». Es ist vielmehr eine am Stück gezogene, leichte Ornamentmusterfolie (70 g/qm) mit zwei riesigen Löchern für die Oberarmstümpfe. Sämtliche Spezifikationen des «Super Fun Diolen» stammen aus dem späten 20. Jahrhundert. Heraus kommt eine Textilfolie, wie sie sein soll: Am Anfang etwas hart auf der aromaversiegelten Haut, wird sie im Laufe ihrer langen Lebenszeit immer unzerstörbarer und hellblauer, ist öl-, benzin- und putzwasserresistent, wasserdicht bis hundert Meter und trägt schon nach kurzer Zeit das typisch speckige Schimmern bewohnter Arbeitskleidung. Vor allem unter den Achseln. Dort sorgen speziell eingearbeitete säurefeste Kevlarfasern für speckigen Glanz ohne Abtrocknen.

Primark
In der beschriebenen Art und Weise lassen wir dann bei Primark, einem der bekanntesten Massenkonfektionsschneider der Welt, eine klassische Kittelschürze großzügigen Schnitts fertigen, die Sie nur bei uns bekommen oder bei anderen. Der ohnehin für seine Detailversessenheit bekannte Zuschneideautomat hat hier alles aufgeboten, was die moderne Formenspritztechnik noch kennt: Speziell vorgebeulte Handytaschen erleichtern den Handeinstieg und bieten ein Fassungsvermögen von bis zu sechs Litern im Stand-by-Betrieb und die von außen verschließbare Tripel-Knopfleiste als die optisch befriedigendste Lösung. Innenfutter aus dem unverwechselbaren Außenmaterial, Signalornament in blickdichter Ausführung, hartschaumverstärkte Schulterpolster als Zusatzausstattung. Halbautomatischer Körpereinzug, der Kittel ist von unten zwangsbelüftet. Waschbar bis 195 °C. Alle Größen in regulärer Übergröße bis zwei Tonnen.

Kittelschürze «Meisterin Proper»
Domestosblau
Bestell-Nr. 767897
Euro 249,00
BASF-Blau
Bestell-Nr. 767898
Euro 249,00
Sternhagelblau
Bestell-Nr. 767899
Euro 249,00

Aus dem Ruhrgebiet
Zwei-Phasen-Schirm

Bei Liebhabern mechanischer Klimaanlagen hat das Ruhrgebiet einen guten Klang. Dort lebt seit langen Jahren Heinz-Jürgen

Schnabelewopsky, der sein Geld als Zwischenhändler verdient. Zurzeit macht er in Schirmen. Dieser transportable Mikroklimaregulator ist in seiner Zwei-Phasen-Ausstattung besonders beliebt. In der Ruhepause bleibt er zugespannt, und falls es mal regnet, bekommt man ihn mit viel Rütteln und etwas gutem Willen in die Arbeitsphase. Besonderen Wert legt der Hersteller auf einen zuverlässigen Diebstahlschutz. Egal, wo Sie den Schönwetterschirm stehen lassen – mitnehmen wird ihn niemand. Dafür ist er einfach zu hässlich.
Bestell-Nr. 33838
Euro 165,00

Für die eigene Moral
Serie 4711 aus Köln

4711 gibt es seit Millionen von Jahren, und Millionen von Frauen fielen immer wieder darauf rein. Nun wollen wir neuen Käuferinnenschichten dieses Erlebnis bieten. Einer Frau kommt es bekanntlich bei der Benutzung des Duftwassers nicht darauf an, die Moral eines reichen Mannes zu erschüttern, sondern darauf, die eigene Moral zu stärken. Die durchdringende, schrille Kopfnote von 4711 aus Köln wird nur noch durch die kernseifige Basisnote die-

ses berühmten Kölner Abwassers übertroffen.
Bestell-Nr 47494911 5 ml
Euro 77,50

Aus Taiwan
Utility-Manager

Er trägt die internationale Seriennummer 6.055.122.824. 245.097.000 und ist tatsächlich ein beeindruckendes Exempel

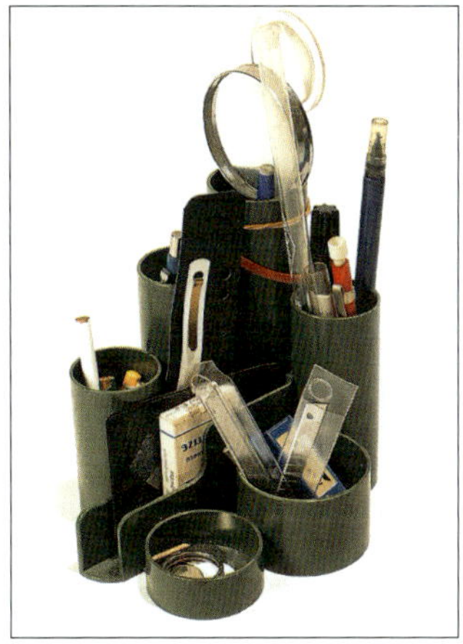

asiatischen Feinwerkbaus. Sechs verschieden lange Frühlingsrollen aus gehärtetem Tigerknet vereinen sich zu einer einzigartigen Raumskulptur, zum Denkmal des unbekannten Schreibtischtäters. Die leicht handhabbare Konstruktion ist antimagnetisch und wasserdicht.
Bestell-Nr. 33838
Sonderpreis Euro 35,00

HouseMaster Wear

Auch Nyltest oder «Blockwartsleder» ist ein sehr selten gewordener, schwerer Stoff, der mit äußerst starken Langkettgarnen und einer extremen Dichtigkeit gewebt wird. Das geht nur auf ewiggestrigen Webstühlen, die heute z. T. sogar verboten sind. In zwölf pedantischen Arbeits- und Kontrollgängen werden auch kleinste Vergehen gegen die HouseMaster-Webordnung aufgedeckt und unnachsichtig geahndet. Das fertige Tuch wird dann stundenlang an Hausecken gescheuert und mit Meterstäben gewalkt, um jene unnachahmliche Griffigkeit zu erreichen, für die echte HouseMaster-Kittel so berühmt sind. Der überkorrekte Schnitt verleiht sofort natür-

liche Autorität. Nach 20 Uhr kann der Kittel von innen abgeschlossen werden. Farbe Feldgrau, Größen S oder SS.
Bestell-Nr. 193345
Euro 149,00

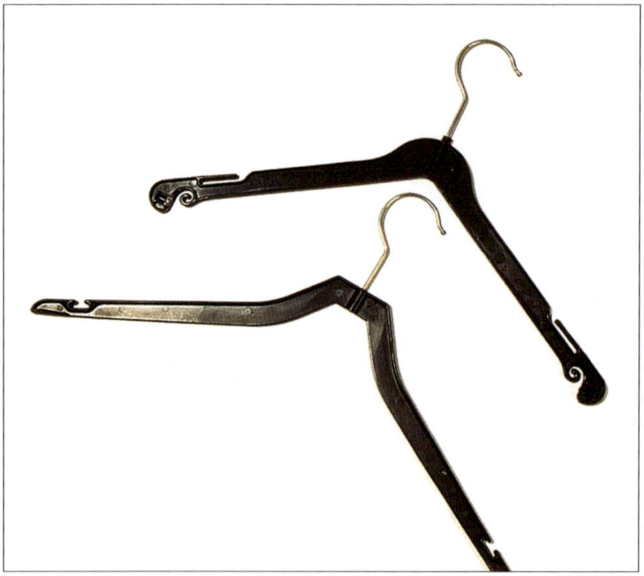

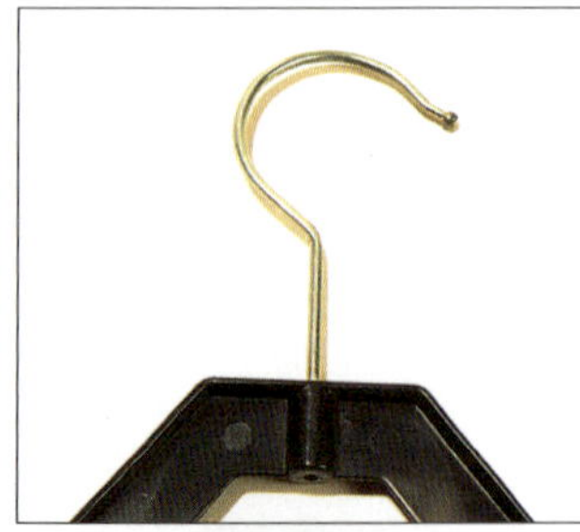

Der Lemperle-Bügel
Aus Untergruppenbach
Nur bei uns

Untergruppenbach in Baden-Württemberg war schon immer ein Zentrum des Kleiderbügelbaus. Bereits seit 1987 ist dort die Firma Eugen Lemperle ansässig. Heute wie damals ist der Traditionsbetrieb spezialisiert auf die Herstellung hochwertiger Inneneinrichtungsgegenstände wie Eierbecher, Türstopper oder Kleiderbügel. Anlässlich des siebzehnjährigen Firmenjubiläums legt Lemperle einen mechanischen Jacken- und Hemdenhalter wieder auf, der fast in Vergessenheit geraten wäre, wenn sich Lemperle nicht in letzter Minute daran erinnert hätte. Die wiederaufladbare Hängevorrichtung wird mit einer riesigen Maschine hergestellt, die sowohl Eierbecher als auch Türstopper und Kleiderbügel herstellen kann. Ein Knopfdruck genügt. Die Grundform dieser weltberühmten Trikotagenhalterung wurde von Eugen Lemperle selbst entwickelt, nachdem er zufällig eine baugleiche Vorlage in einem offenen Karton vor einer Herrenboutique in Künzelsau gefunden hatte. So gelangte das Rezept in seine Hände. Der Korpus ist aus rostfreien, leicht entflammbaren Chemiefasern gefertigt, die über weitverzweigte Makromolekülketten miteinander verbunden sind. Vermittels einer kompliziert gebogenen Anhängerkupplung, die passgenau in das Zentrum der Haltekonstruktion eingenippelt wurde, kann der Bügel mit einem einfachen Handgriff an waagerechte Haltestangen gehängt werden. Natürlich ist der Metalladapter vernickelt, verlötet, versteift, gekreuzigt, gestorben und begraben. Mühelos trotzt dieser Bügel der Schwerkraft, jahrelang hält er Pullunder, Viskoseblusen und sogar Feinrippunterhemden auf der vorgewählten Höhe über dem Erdboden. Die Flügelenden des Bügels wurden von arbeitslosen Glasbläsern bei Raumtemperatur im Windkanal nachgefräst, daher ist das Verfallsdatum praktisch unbegrenzt haltbar. Ausgestattet ist der Lemperle-Traditionsbügel mit Seitenaufprallschutz, vier Rubinen und polizeilichem Führungszeugnis. Antihaftbeschichtung serienmäßig.

Lemperle Traditionsbügel
Kunststoff erhitzt und geformt, Schweizer Präzisions-Anhängekupplung, Rundschliff, Kaliber 123. Höhe 173 mm. Gewicht 3800 Karat, komplett mit Wegfallsperre und ohne Batterien.
Bestell-Nr. 001002003
Euro 85,00 / Stck.

Aus NRW
FIXOGUM

Direkt vom Abfüller konnten wir eine seltene Kostprobe des berühmten Büroklebers ergattern. Der mittlerweile legendär gewordene Jahrgang 2004 überzeugt durch honigfarbene Transparenz und seine betont körperhafte Note. Die Flasche hat oben ein Loch zur Leimentnahme und ist unten waagerecht abgeflacht, damit sie nicht dauernd umfällt. Flaschengärung.
Bestell-Nr. 46509
Sonderpreis Euro 39,00

Hong Kong made
Stress Express

1990 tat sich der Produktdesigner Ching Chang Chung mit einigen Gleichgepolten zusammen, um wieder mechanische Stressabbauprodukte zu bauen. Die Gestalt des «Stresshelikopters» geht auf einen Entwurf aus den siebziger Jahren zurück und unterstreicht nicht nur überragende technische, sondern auch erhebliche ästhetische Kompetenz. Ein Fingerdruck auf die farblich kühn hervorgehobene weiße Acryltaste (auf geschliffenes Saphirglas wurde hier bewusst verzichtet), und schon hebt der Helikopter dank «intelligenter Technik» ab. Stress ade, Sorgen tschau. Das kann jeder, das macht Spaß. Und beweist vor allem eines: die Tradition des Stresshubschrauber-Bauhandwerks in Fernost.

Bestell-Nr. 488380
Euro 275,00

Aus der DDR
Pin-Nadel-Sortiment

In einem ehemaligen Schwermaschinenbau-Kombinat bei Jena werden seit einigen Monaten diese leichten, fast filigranen Meisterwerke moderner Büroverfahrenstechnik montiert – jedes einzelne in Handarbeit. Der Pin-Mechanismus ist wartungsfrei und arbeitet absolut geräuscharm. Jede Nadel hat eine individuelle vierstellige Pin-Nummer, die Ihnen separat in einem versiegelten Umschlag zugestellt wird.
Bestell-Nr. 22203
Euro 6,90 / Pin

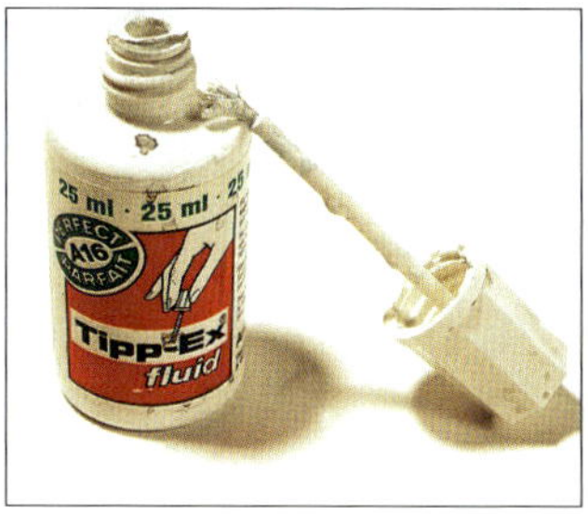

Aus Liebe zum Detail
OfficeMilk «Tipp-Ex»

Die «Tipp-Ex»-OfficeMilk ist enorm schwer zu bekommen, vor allem aus der Flasche. Kein Wunder also, dass wir diese direktgepresste Fehlerlotion gerne an Sie weitergeben möchten. Sie tropft nicht und hält praktisch ewig. Kenner lagern sie meistens gleich im Keller ein, denn zum Wegschmeißen ist «Tipp-Ex» bei dem Preis einfach zu schade. Gegenanzeigen sind nicht bekannt.
Bestell-Nr. 5163, Originalabfüllung
Euro 40,00

Titanic
BoyGroup
2. Hälfte

Herrlich, so eine Pause! Jetzt sind wir tiefenentspannt, Marty ist gekämmt, Olly frisch geduscht, und Thommy wundert sich über den Kleiderbügel an seiner Jackentasche. Ready for Teil II der ältesten Rubrik der Welt.

Briefe an die Leser

Ein Brief an die gewiss einzige deutsche, vielleicht weltweit einzige Satirekonkurrenz der TITANIC:

Huhu, «Focus»!

Da wir Dein Titelblatt immerhin fast 1,4 Sekunden angucken mussten, um die darauf befindliche Frage zu lesen: «Test: Gehen Sie intelligent mit Ihrer Zeit um?»: offenbar nö.

Untröstlich:

TITANIC BoyGroup

Attention please, Professor Armin Burkhardt!

Als bestallter Germanist der Universität Magdeburg verfügen Sie über einen wachen Verstand und selbstredend auch viel, viel Zeit, in der Sie, anstatt Ihren Pisa-Studenten guten Deutsch beizubringen, lieber Aufrufe verfassen – namentlich in Ihrer Eigenschaft als Vorstand der Arbeitsgemeinschaft «Sprache in der Politik e. V.». Aus Protest gegen den von Ihnen untersuchten völkerrechtswidrigen Irak-Krieg, der ja «in der Hauptsache von den englischsprachigen Ländern» veranstaltet wurde, fordern Sie nun «alle Deutschsprachigen» dazu auf, englische Lehnwörter im Deutschen konsequent durch ihre französischen Pendants zu ersetzen: also statt «Abstract» wieder «Resümee» zu sagen, statt «Ticket» wieder «Billett», statt «Team» lieber «Equipe», statt «Public opinion» doch «Opinion publique», statt «T-Shirt» «Trikot» und statt «Computer» endlich auch «Ordinateur» zu sagen und zu schreiben.

Vous êtes raison, chér professeur,

aus Solidarität zu den Froschfressern machen wir naturelement jeden Quatsch mit – aber nur, Burkhardt, wenn dann umgekehrt auch die Franzmänner sich mit uns solidarisieren und beim Resümieren fürderhin laut und deutlich «Ssüsammfassüng» sagen, am Kartenschalter ein «Öntrittskarrt» verlangen, wenn sie ein Spiel der deutschen «Mohnschaff» sehen wollen, und stets die «öffennntlisch Mähnüng» zitieren, wenn sie im «Ünter'emmt» vor der «Rösschönmaschinn» sitzen.

Bis dahin allerdings, Mr. Burkhardt, verbleiben wir mit einem freundlichen «Kiss ass» und «lèchez-nous au cul»!

TITANIQUE GarçonGroupe

Sie, lieber Professor Norbert Herrmann,

forschen an der Universität Hannover im Bereich der höheren Mathematik und haben dabei – theoretisch – die Frage geklärt, wie leer Bierdosen sein müssen, damit sie beim Picknick auf der Wiese nicht umfallen: «Wissenschaftlich gesehen besteht die geringste Gefahr, dass eine Dose umkippt, wenn man sie gleich mit dem ersten Zug zu etwa zwei Dritteln austrinkt.»

Wir, lieber Professor Hermann, haben uns zufällig gerade mit genau der gleichen Fragestellung beschäftigt – praktisch natürlich, beim Picknick auf der Wiese. Und wissen Sie, was rauskam? Die größte Gefahr, dass eine Dose umkippt, besteht, wenn man sie gleich mit dem ersten Zug etwa komplett austrinkt. Das macht einem dann aber nix mehr!

Kollegial grüßt:

TITANIC BoyGroup

Schade, Bwana Helmuth Klinger,

aber für den ersten Platz reicht das wohl nicht! Zwar hatten Sie als Sprecher der Wiesbadener Polizei, einem Bericht der in diesen Dingen stets aufmerksamen «Frankfurter Rundschau» zufolge, eine Täterbeschreibung eigenhändig präzisiert, um die Ermittlungen auch wirklich ins Schwarze laufen zu lassen: Nachdem nämlich zwei ausgeraubte Jugendliche die Täter als «Schwarze» beschrieben hatten, verbesserten Sie, Klinger, die Täterbeschreibung in «männlich, Afrikaner/Neger», und dies mit der originellen Begründung, Sie hätten nach einer Formulierung gesucht, «bei der die Bevölkerung sofort weiß, wer gemeint ist».

Gut gesucht, Klinger, ist jedoch nur halb gefunden. Denn viel besser wäre die Wiesbadener Negerjägeröffentlich-

keit doch informiert gewesen, wenn statt der missverständlichen Bezeichnung «Afrikaner» (der ja auch ein weißer Bure oder wer sein kann) ein unmissverständlicher Fachbegriff wie Mohr, Bimbo, Kohlensack oder Treets mit Ohren in Ansatz gekommen wäre.

Dafür gibt's in den TITANIC-Negercharts leider nur einen guten zweiten Platz – nämlich direkt hinter unserem aktuellen Top-Favoriten, dem Rastatter Oberbürgermeister Klaus-Eckhard Walker («SPD»), dem wir seit dem 27. Juli die nicht ganz tautologieferne Forderung verdanken, die Asylbewerber seiner Stadt mögen «zurück in den Kongo gehen, wo sie ums Feuer tanzen können, bis sie schwarz werden, was sie aber schon sind».

Es gratuliert trotzdem:

TITANIC BoyGroup

Liebes Ordnungsamt Potsdam!

Gerade wollten wir auf Deiner Homepage für den nächsten Zonen-Urlaub in Brandenburg einen Jagdschein beantragen, und jetzt bereitet uns schon die erste Frage des offiziellen Formblattes Kopfzerbrechen: Entscheiden wir uns für

a) einen Falknerjagdschein,

b) einen Tagesjagdschein für Inländer,

c) einen Jahresjagdschein für Inländer

oder lieber für

d) einen Ausländerjagdschein?

Ach, wissen Sie was? Wir gehen erst mal auf Inländer. Davon gibt's mehr, und die rechnen ja auch nicht damit.

Horrido!

TITANIC BoyGroup

Liebe Karen Decker!

Sie leben in Leipzig, sind fünfundzwanzig Jahre alt und studieren Ägyptologie. Klar, da kann frau schon mal auf gute Gedanken kommen. Vor allem wenn man, wie Sie, bislang erfolglos versucht hat, Mitglied einer schlagenden Verbindung zu werden. «Mich reizte schon immer der Gemeinschaftsgeist bei den Verbindungen, und als ich nach Leipzig kam, habe ich überall rumgefragt, ob es so etwas nicht auch für Mädchen gibt», erzählten Sie brühwarm der «Welt am Sonntag» und konnten es gar nicht fassen, dass schmierige Schmissträger beim Saufen und Säbelschwingen lieber unter sich bleiben wollen und Mädchen doof finden.

Gut, doof finden wir Sie ja auch, denn Sie gaben so lange keine Ruhe, bis Sie in den Kommilitoninnen Babett Linder (25), Saskia Fenske (25) und Liane Goergen (35!!!) endlich Gleichdoofe trafen und gemeinsam mit ihnen «Zenobia» gründeten, «die erste fakultativ schlagende Damenverbindung Deutschlands».

Darauf einen doppelten Salamander! Und abschließend noch die Bemerkung, dass wir Langzeitstudenten der Neuen Frankfurter Klippschule zwar grundsätzlich gewaltfrei saufen, aber Euch, liebe «Zenobia»-Frauen, würden wir dann doch ganz gerne mal fixieren und schlagen – und das bestimmt nicht nur fakultativ.

Es grüßen die Alten Herren von der
TITANIC BoyGroup

Sie, Anja Steinbruch und Jürgen Hoffmann,

hatten höchstwahrscheinlich gute Eltern, die Ihnen eine gute Ausbildung bezahlten und sich freuten, als Sie Journalist wurden und so die Möglichkeit bekamen, Ihre Stimme zu erheben gegen Lüge und Verbrechen, Gier und Gewalt, gegen Unmenschlichkeit in all ihren Formen. Und als Sie dann gar für den «Spiegel» schreiben durften, ließen Ihre guten Eltern fünfe grade sein und machten einen teuren Sekt auf und waren stolz auf ihre guten Kinder, denn sie lasen: «Auf vielen Ägäisinseln ist von der Krise im fernen Athen wenig zu spüren – außer, dass die Ferienhäuser mittlerweile konkurrenzlos billig sind. Einst wohlhabende Griechen sind mittlerweile klamm und müssen ihre Zweitwohnsitze verscherbeln. Ihre Villen sind oftmals erst ein oder zwei Jahre alt.»

Und Ihre guten Eltern dachten an diese Griechen und die noch viel ärmeren, die keinen Lohn und keine Rente mehr erhalten und ihre kranken Eltern und Kinder in den überfüllten Notaufnahmen ungeheizter Krankenhäuser abgeben, weil die Arztpraxen und Apotheken längst geschlossen oder unbezahlbar sind; und dann dachten sie an die deutsche Politik und die deutschen Geldinstitute, die am Bankenüberfall auf Griechenland beide fein verdienen, und Ihre guten Eltern waren stolz auf ihre Kinder, und sie lasen weiter: «Nicht nur die griechischen Preise sind im europäischen Vergleich attraktiv, auch die Rahmenbedingungen für die Käufer sind gut. Und die Preise könnten durchaus noch weiter fallen.»

Und da weinten Ihre guten Eltern bitterlich und lasen bei Freud noch einmal die Stelle über den Zusammenhang von Dummheit und Schamlosigkeit, bevor sie ihre alte Pumpgun aus dem Keller holten und sich die Birne wegschossen. – War es so?

Hofft ganz und gar nicht:
TITANIC BoyGroup

Eines dürfen wir unserem ehemaligen Führer und Reichskanzler A. Hitler nie vergessen: Ohne ihn sähe die deutsche Film-, Fernseh- und Titelblätterindustrie von «Stern» bis «Spiegel» ganz schön alt und unbraun aus. Mein ganz persönlich allerschönster Hitlermoment aber war eindeutig die Reichs-«Bambi»-Preisverleihung des Jahres 2004.

Dann wird Hitler (Ganz) Kohl

Es war absolut zum Reinhauen, zum Niederknien schön, das hat's noch nie gegeben: Glücklich und total gerührt nahm unser Führer Adolf Hitler aus den Händen von Helmut Kohl das güldene «Bambi» entgegen, auf das er sich schon so sehr gefreut hatte. Die glanzvolle «Bambi»-Verleihungs-Megaveranstaltung fand am 18. November im Hamburger «Theater am Hafen» statt. Hitler war da, sein Amtsnachfolger Helmut Kohl, außerdem «Bambi»-Stifter Hubert Burda, «Bunte»-Chefin Patricia Riekel, ihr Lover Helmut «Focus» Markwort und viele, viele andere sympathische Novemberverbrecher, die immer gerne am Start sind, wenn Fotografen Hochglanzbilder schießen und es hinterher was Schönes zum Spachteln gibt.

In einer mehrstündigen Rede dankte Adolf Hitler dem deutschen Volk für den sensationellen Erfolg seines Films «Der Untergang», der bislang von über 4,5 Millionen begeisterten Zuschauern gesehen wurde, von aufgeschlossenen Menschen, die sich einfach mal ganz unvoreingenommen über den für ihn, Hitler, so tragischen Ausgang des Zweiten Weltkriegs informieren wollten. Der Führer versprach Helmut Kohl persönlich, die hohe Auszeichnung in Ehren zu halten und nicht in der S-Bahn liegen zu lassen. Ein Wort der Entschuldigung war allerdings nicht zu hören.

Der weltberühmte Führer und Reichskanzler wurde zur Freude aller durch den genialen Schweizer Schauspieler Bruno Ganz mit der ihm eigenen fanatischen Hingabe an den Stoff ganz großartig verkörpert. Wenn man endlich Hitler sieht, wie er wirklich war, wie er weinte, wie er lachte, wie er Gemüsegrütze löffelte und den Russen eins auswischte, dann ist es zwar immer Bruno Ganz, der ja den Bogen so was von raushat, aber letztlich gibt es keine Gewähr, dass der Hitler, den man in Deutschland vor siebzig Jahren sah, der echte Hitler war. Viele Historiker, und Dr. Kohl ist ja auch einer, fragen sich bereits jetzt, wie Hitler überhaupt jemals ohne Bruno Ganz dargestellt werden konnte und von wem.

Gut, die Reihe der Hitler-Darsteller ist lang und besteht praktisch zu sechsund-

«Wahnsinn, dieser Ganz – dagegen verblasse ich ja völlig», scheint der Mann im Hintergrund zu denken.

neunzig Prozent aus großen Namen, angefangen von Adolf Schicklgruber aus Braunau am Inn («Triumph des Willens», 1934) bis hin zu Tobias Moretti, der in der Architekten-Klamotte «Speer und er» den GröFaz gab. Gewonnen hat er gegen das Original, gegen Bruno Ganz, natürlich nicht, das wäre ja noch schöner, wenn die Itaker uns jetzt noch den im Ausland bekanntesten Deutschen kaputtimprovisieren. War das von Kohl überhaupt abgesegnet? Und was ist «Speer und er» überhaupt für ein beknackter Filmtitel? Warum nicht «Heß und es»? Warum nicht «Heydrich und ich»?

Aber wir schweifen ab, deshalb schweifen wir sofort wieder zurück zum Hauptthema: Mit seinem durch und durch echten und authentischen Hitler hat Bruno Ganz alle Hitler-Darsteller vor ihm, während ihm und nach ihm sowohl mimisch als auch politisch ein für alle Mal erledigt. Hurra!

Außerdem hat der Führer durch die glanzvolle «Bambi»-Preis-Entgegennahme eindeutig signalisiert, dass ihm daran gelegen ist, seinen angeschlagenen Ruf wieder aufzubessern. Auszeichnungen sind da genau der richtige Weg. Die Goldene Kamera hat Hitler längst im Sack, demnächst soll die Ehrendoktorwürde der Fernuniversität Hagen verliehen werden, die Laudatio hält Hitlers politischer Ziehsohn Bernd Lucke, dann geht es Schlag auf Schlag wie aus einer gut geölten Stalinorgel: Goldenes Lenkrad, Goldene Henne, Goldene Stimmgabel, Goldzähne sowieso, Wiederherstellung sämtlicher Ehrenbürgerschaften von Aachen bis Zwickau, Echo-Award in den Kategorien «Comeback» und «bestes Bühnenoutfit», Bundesverdienstkreuz am Bande mit Perlen, Eichenlaub und Arschgeweih, Ehrenvorsitzender von DVU, NPD und AfD, Ehrenchefredakteur der «Jungen Freiheit», Ehreninspekteur der Luftwaffe und aller angeschlossenen Kampfverbände und am Sonntagabend Ehrengast bei «Günther Jauch».

Ganz ist Hitler, und Hitler ist ganz ... gut getroffen, das muss man einfach so sehen. «Der Zuschauer begreift, dass es Hitler mit seinem Wahn und seiner Barbarei tatsächlich gab», erklärte in seinem eigenen, strukturell verwandten Wahn der Politiker Dr. Kohl, der freilich nun seinerseits hofft, später, wenn seine Autobiographie von Bernd Eichinger verfilmt wird, ebenfalls von Bruno Ganz verkörpert zu werden. Dann wird Hitler (Ganz) Kohl. Technisch kein Problem, der Ganz kann's. Er hat den Faust gespielt, er hat Hitler ein menschliches Antlitz verliehen, da reißt er Kohl auf einer Arschbacke ab.

Ganz, der einzige lebende Träger des Iffland-Rings, hat sich mit seiner Rolle derart intensiv beschäftigt, dass man es alleine praktisch nicht mehr fassen kann. Der Schweizer Zeitschrift «Weltwoche» erklärte er bei vollem Bewusstsein: «Hitler war ja keine brutal-dümmliche SS-Charge, sondern ein Mann, der eine ganze Welt umgekrempelt hat. Und das sind schon mal mächtige Daten für ein interessantes Leben.» Da hat er recht, der große Mime bringt eine gesunde Neugier für den auch menschlich hochinteressanten Hitler mit, anders geht's ja gar nicht, da sind sich alle einig. Völlig klar, dass Emotionen da nicht ausbleiben, dass man gerührt ist, wenn man sieht, wie der arme Führer von einer Pechsträhne in die nächste schlittert. Das lässt keinen kalt, am wenigsten den großen Schauspieler Bruno Adolf Ganz, der auch privat sehr gerne den «Untergang» sieht: «Es rührt mich an, was ich von mir sehe. Ich wusste schon während der Dreharbeiten, dass es gut läuft.» (a. a. O.)

Der von Thomas Mann für Hitler bereits 1933 geforderte «Untergang in Schanden» wurde nun endlich zu einem verdienten Triumph des Filmgestaltungswillens. «Niemand ist der Beschäftigung mit seiner trüben Figur überhoben», seufzte ewig uneinsichtig abermals Mann in seinem Aufsatz «Bruder Hitler», der zu dem damals wie heute voreiligen Schluss kommt, Hitler gehe «einem auf die Nerven». Das ist natürlich eine grundfalsche Einschätzung. Hitler nervt nicht, er ist vielmehr wieder voll da, denn 4,5 Millionen Deutsche mit Dr. Kohl an der Spitze können nicht irren.

Abgesehen von den ca. 10,4 Millionen schon existierenden Hitlerbüchern, Hitlerdoktorarbeiten und Hitlerfernsehfolgen sind die neuerlichen Standardwerke «Homo Hitler» (Manfred Koch-Hillebrecht, 644 g, 14 Euro), «Hitlers Geheimnis» (Lothar Machtan, 752 g, 22,90 Euro), «Der Untergang» und «Der Untergang – Das Filmbuch» allzeit gern gesehene Stapelware auf deutschen Gabentischen. Da dürfte es niemanden wundern, wenn Hitler demnächst auf der Rangliste der beliebtesten Politiker sogar noch an Joachim Gauck vorbei auf den verdienten ersten Platz vorstieße. Was er ja dann auch spielend schaffte, nämlich mit Timur Vermes' Rückkehrerklamotte «Er ist wieder da».

Hitler oder Bambi? Das ist hier die Frage.

Verzweiflung und blankes Entsetzen herrschen nun allerdings beim Reichshistorienbeauftragten des ZDF, bei «Prof.» Guido Hitler, pardon: Knopp. Die für ihn quasi naturgesetzlich verbriefte Deutungshoheit über die von Bruno Ganz so unvergesslich dargestellte Hitlerei scheint ins Wanken geraten: Nach «Hitlers Helfer», «Hitlers Krieger», «Hitlers Kinder», «Hitlers Frauen» und «Hitlers Manager» warten wir bislang vergeblich auf ca. sechs Millionen Folgen von «Hitlers Opfer», auf zwei Folgen von «Hitlers Hunde», auf eine Folge von «Hitlers Bart» und, je nach Forschungslage, auf ein bis drei Folgen von «Hitlers Eier».

Um seine Dokusoaps optisch ansprechender zu gestalten, wird Guido Knopp in allen nun folgenden Hitler-Spin-offs die Titelrolle selbst übernehmen. Denn Ganz kann nicht, der hat selber Aufträge en masse abzuarbeiten, da gibt's wahrlich noch genug Filmstoff runterzukurbeln: Wir denken an «The Landsberg Diaries», an «Hitler allein zu Haus», «Das Wunder von Berlin», «7 Nazi-Zwerge – Männer allein im Bunker», «Der Diktator ohne Perlenohrring» und, auch das muss leider sein: «Adi Hitler und der Bunker des Schreckens». Da kann man nur sagen: Heil – uns Hitlergeschädigten!

Achtung, Durchsage: Alle meine Berichte aus Brüssel sind natürlich mit Vorsicht zu genießen. Sie sind gefördert aus Mitteln der Europäischen Union und stellen möglicherweise ein verzerrtes Bild derselben dar …

Mr. Sonneborn Goes To Brussels

Liebe Leser, Sie sind doch verrückt! Einen bekennenden EU-Kritiker und «Politclown» («Süddeutsche Zeitung») nach Brüssel zu wählen, das ist kein Spaß. Mit anderen Worten: Die Grenzen der Satire sind weit überschritten, wenn Typen wie Bernd Lucke, Udo Voigt (NPD) und ich plötzlich Typen wie Sie von Brüssel aus regieren müssen.

Sachdienlicher Hinweis der «Zeit»:

Die Satire-Partei «Die PARTEI» hat bei der Europawahl einen Sitz im Parlament bekommen. Parteichef Martin Sonneborn ist der gewählte Abgeordnete, will aber schon nach einem Monat sein Amt wieder abgeben. «Ich werde mich vier Wochen lang intensiv auf meinen Rücktritt vorbereiten», sagte er. Damit will der frühere Chefredakteur der «Titanic» eine Rotation einleiten. Der Plan: Die Parteimitglieder sollen monatlich zurücktreten, um 60 Kollegen «durchzuschleusen durch das EU-Parlament», vor allem wegen des Geldes. «Wir melken also die EU wie ein kleiner südeuropäischer Staat.»

Sachdienlicher Hinweis der «Süddeutschen Zeitung»:
Frank-Walter Steinmeier regt das auf: «Parteien, die sich am Tag nach der Wahl einen Spaß daraus machen, sich publikumswirksam zurückziehen, leisten keinen Beitrag zur Demokratie, eher das Gegenteil.»

Anmerkung der PARTEI:
Steinmeier sollte am Aufbaukurs «Grammatik für Außenminister» teilnehmen. Und darüber nachdenken, ob nicht die SPD mit einem publikumswirksamen Rückzug einen Beitrag zur Demokratie leisten sollte.

Sachdienlicher Hinweis des NDR:
Diese politikparodistische Spaßguerilla verhöhnt die Menschen in nichtdemokratischen Ländern. Was sollen eigentlich die Wählerinnen und Wähler in der Ukraine denken, die nicht ins Wahllokal gelassen wurden?

Anmerkung der PARTEI:
Ja, was sollen sie wohl denken? Z.B. «Verdammter Wodka, hab ich hier etwa auch Lokalverbot?»

Natürlich ist meine Situation ungleich dramatischer als die der Kollegen Voigt und Lucke. Schließlich wurde ich brutal herausgerissen aus dem halbwegs seriösen Umfeld von TITANIC, BoyGroup und «heute-show» und hineingeworfen mitten in ein Brüsseler «Spaßparlament» (BVerfG, kein wörtliches Zitat).

Nachdem der Staatsrechtler von Arnim in der «Legal Tribune»* meinen angekündigten Rücktritt und die geplante monatliche Rotation von sechzig PARTEI-Freunden als «Verächtlichmachung des Parlamentes» charakterisiert hat, «gegen das die Geschäftsordnung ausreichend Sanktionsmittel zur Verfügung» stelle, stehe ich in der Verantwortung, vor den 184709 PARTEI-Wählern** und vor Europa: «Gäbe Sonneborn

* Vgl. Internet, Seite 337 ff.: «Legal Tribune», «Die PARTEI im EU-Parlament: ‹Wir werden uns vor allem bereichern›»

** 0,62 Prozent erzielte Die PARTEI in der Europawahl: Das ist unser bestes Ergebnis seit Kriegsende und bedeutet 0,62 Sitze, die vom Bundestag freundlicherweise auf einen Sitz aufgerundet werden.

Am. 1. Juli 2014 tritt das neugewählte EU-Parlament erstmals zusammen. Die Deutschen haben wie üblich die besten Plätze reserviert.

sein Mandat faktisch auf, könnten andere Listenbewerber der PARTEI nicht nachrücken.»

Ich kann natürlich nicht versprechen, dass ich für die komplette Legislaturperiode von fünf Jahren für diesen – gut dotierten* – Irrsinn zur Verfügung stehe. Ich kann aber versprechen, dass alle sechzig Führungskader auf der EU-Liste der PARTEI ebenfalls für einen Monat nach Brüssel müssen, sei es als Büroleiter, als Praktikanten oder als EU-Kommissionspräsidenten. Schon damit es stets genügend Neider gibt – mein neuer, luxuriöser Lebensstil fällt in Brüssel nicht sonderlich auf, so mein erster, relativ junger Eindruck.

Brüssel, EU-Parlament

Lässig nehme ich die letzten Stufen zum Parlamentsgebäude, schlendere auf die Einlasskontrollen in der Haupthalle zu. Ein interessantes Gefühl, zum ersten Mal seit Jahren ist mein Ausweis nicht gefälscht. Obwohl er dadurch weit weniger eindrucksvoll wirkt, versucht niemand mich aufzuhalten, im Gegenteil, die Wachmänner grüßen höflich. Sie haben eine eingebaute natürliche Gesichtserkennung, die es ihnen ermöglicht, die meisten der 751 Mitglieder des Europäischen Parlaments (MEPs), rund die Hälfte von ihnen neu gewählt, freundlich durchzuwinken.

Das Hochgefühl vergeht schlagartig, als mir eine osteuropäisch konturierte Dame-

* Zur Vergütung von EU-Abgeordneten vgl. Wikipedia oder von Arnim in der «Legal Tribune» vom 16.5.2014: Diäten, steuerfreie Spesenpauschale, Tagegeld, diverse Pauschalen, Kilometergeld (ca. 0,5 €), Freifahrten, -bier, -büros und -flüge, andere Pauschalen, Mehrwertsteuernachlass, Rentenansprüche etc. Wir in der PARTEI sprechen intern von «Hartz 33».

resolut den Weg verstellt. Sie erweist sich als Assistentin der fraktionslosen Parlamentarier, zu denen ich gehöre, hebt den Finger und fixiert mich streng: «Haben Sie sich eingetragen?» Schuldbewusst verneine ich. «Das müssen Sie jeden Tag tun! Das ist das Allerallerwichtigste, was Sie hier im Parlament tun können! Wenn Sie sich nicht eintragen, bekommen Sie kein Tagegeld.»

Vorsichtshalber nimmt sie mich in eine Art Polizeigriff und führt mich ab, Richtung Zentralregister. Nachdem ich mich hier unter den gelangweilten Blicken eines EU-Beamten in das schmucklose Anwesenheitsbuch eingetragen habe, kontrolliere ich, wer so alles da ist, und erlebe eine Überraschung. Marine Le Pen hat unterzeichnet, ihr alter Herr nicht. Warum hat sie nicht schnell für ihn mitunterschrieben: Ist sie ehrlich? Oder hasst sie ihn einfach nur?

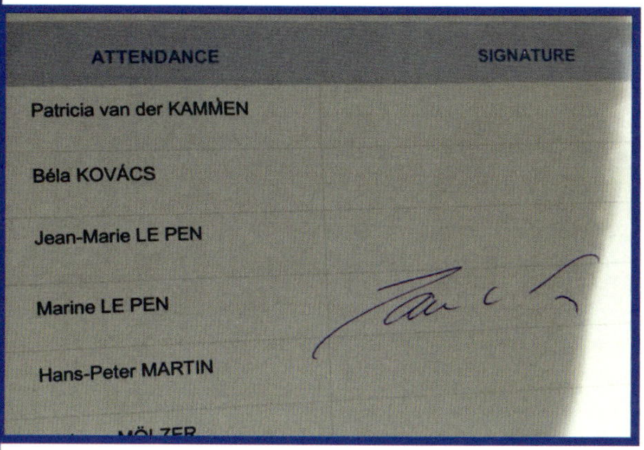

Undurchsichtige Verhältnisse bei Familie Le Peng.

Im Büro öffnen Büroleiter Dustin Hoffmann *(real name)* und ich eine Kiste Rotwein – Geschenk aus Marokko an die MEPs – und erarbeiten eine politische Agenda. Nach ein paar Gläsern beschließen wir, einen amazonfreien Mittwoch einzuführen. Aus Gründen. Außerdem werde ich versuchen, Europa umzustrukturieren – in ein Kern-Europa mit sechsundzwanzig bis siebenundzwanzig Satellitenstaaten. Diese naheliegende Idee wird in späteren Sondierungsgesprächen von Ausländern immer sofort begriffen. Deutsche Journalisten tun sich schwerer damit.

Sachdienlicher Hinweis der «FAZ»:

FAZ: Wie meinen Sie das, wer ist denn das Kern-Europa?

M.S.: Gehen Sie mal in Ihre Wirtschaftsredaktion und fragen Sie dort.

Dann schlägt Hoffmann vor, die legendäre EU-Gurkenkrümmungsverordnung, die 2009 abgeschafft wurde, weil zu viele Bürger darüber gelacht haben, wieder einzuführen – für Exportwaffen. Eine ausgezeichnete Idee! Zwar verfügt das Parlament über keinerlei Initiativrecht – und darf somit eher als demokratisches Feigenblatt für die EU gelten –, aber wenn ich neununddreißig Abgeordnete finde, die einen entsprechenden Antrag mitunterzeichnen, muss die EU-Kommission sich zumindest ernsthaft mit diesem Thema auseinandersetzen …

Sachdienlicher Hinweis des «Economist»:

As a member of the European Parliament Mr Sonneborn plans to revive the EU's infamous cucumber-curvature law (scrapped, after much ridicule, in 2009). But now it will apply to weapons exports and will promote curviness rather than discouraging it: every 10cm of gun or tank barrel will have to curve by 2cm.

Kommentar von Leser Ohio:

Lord, I pray that you will protect (and distance) me from Germans trying to be funny.

Kommentar von Leser N. Zillatron:

I am one of those .62%. Well, what other choices were there? His presence in the Parliament represents my raised middle finger to all those self-righteous, pompous wights that consider ordinary citizens bothersome pests.

Brüssel, Speckgürtel

Eine Gelegenheit, mit Vertretern der Waffenlobby Kontakt aufzunehmen, ergibt sich recht schnell. Schon eine Woche später treffe ich für einen letzten «heute-show»-Beitrag zwanzig Kilometer außerhalb der belgischen Hauptstadt den Waffenlobbyisten Giles Merritt. Er ist Chairman der Security & Defense Agenda, eines einflussreichen Thinktanks mit zwei weiteren politischen Schwergewichten an der Spitze: Javier Solana, vormals Hoher Vertreter der EU für die gemeinsame Außen- und Sicherheitspolitik, und Jaap de Hoop Scheffer, ehemaliger NATO-Generalsekretär. Leider verläuft unser Gespräch nicht ganz auf dem Niveau, das dem Thema eigentlich angemessen wäre.

Auszug aus dem Gespräch

M.S.: Mr. Merritt, wir treffen Lobbyisten auch aus anderen Bereichen, lassen uns von denen einladen und bekommen tolles Essen bezahlt, Champagner und Muscheln. Würden Sie uns auch einladen?

Merritt: Sehr gerne, aber ich habe heute Abend schon hundertfünfzig Gäste.

M.S.: Einige Verteidigungsminister und Generäle darunter?

Merritt: Ja, sogar der russische Konsul.

M.S.: Gute Güte, ist das nicht gefährlich?

Merritt: Nein, überhaupt nicht. Er ist eine Pussycat.

M.S.: Der russische Botschafter ist eine Pussycat? Ist Putin auch eine Pussy?

Es wird viel geredet in Brüssel. V. l. n. r.: Waffenlobbyist, MdEP, Pussy (nicht im Bild).

Merritt: Ja, absolut. Er ist sehr simpel. Ich glaube nicht, dass er begriffen hat, welche Auswirkungen die Ukraine-Krise auf die russische Wirtschaft hat.

M.S.: Glauben Sie, wenn Engländer, Deutsche und Franzosen zusammenhalten, können wir den Russen plattmachen?

Merritt: Ja, sicherlich ...

M.S.: (zeigt auf eine Katze, die an der Balkontür auftaucht) Da ist eine Pussy auf dem Balkon.

Merritt: Was zum Teufel geht hier vor, in meinem Haus?

Brüssel, Büro

Das Büro der Fraktionslosen ruft an: ob ich den designierten deutschen EU-Kommissar Oettinger bei seiner Anhörung im Parlament offiziell befragen wolle. Bevor die komplette EU-Kommission vom EU-Parlament verabredungsgemäß und en block bestätigt wird, darf jeder angehende Kommissar auf Herz und Nieren geprüft werden. Die Sprechzeit eines Abgeordneten beträgt dabei exakt sechzig Sekunden, der Kommissar erhält ein bis zwei Minuten für seine ausweichende Antwort, Nachfragen sind nicht gestattet. Praktischerweise gilt die Gepflogenheit, dass auch bei uns Fraktionslosen jemand eine Frage in der Muttersprache des Kommissars stellt. Selbst wenn es sich um eine reine Show-Veranstaltung handelt, sage ich sofort zu. Schließlich beherrschen die FPÖ-Kollegen kein Deutsch, und Udo Voigt will hier niemand sehen.

Die Zeit läuft ab für Oettinger, digital und unerbittlich …

Über die Anhörung des sogenannten «Digital-Kommissars» Oettinger haben die Medien bereits über Gebühr berichtet. Eigentlich wollte ich ihm die Frage stellen, die mir mein depressiver Redenschreiber (vormals TITANIC-Redakteur) mit auf den Weg gegeben hatte: «Lieber Dr. Oetker, was ist der Vorteil von digital gegenüber analog, und wie kann die EU davon profitieren?»

Aber das erscheint mir doch zu komplex angesichts eines sechzigjährigen Herrn, der sich das Internet nach eigener Aussage von seinem Sohn (vermutlich um die vierzig Jahre alt) erklären lässt und nicht von seinem Enkel (bestenfalls gerade in der Pubertät und damit auf dem aktuellsten Kenntnisstand). Deshalb entscheide ich mich für eine eher persönliche Frage:

«Herr Oettinger, werden Sie sich in Ihrer Funktion als Digitalkommissar für das Recht auf Vergessen im Internet einsetzen und, wenn ja, wie wollen Sie verhindern, dass etwa folgende Informationen aus Versehen gelöscht werden: Ihre Ausführungen zur Nazi-Vergangenheit von Hans Filbinger; Ihr Vorschlag, das Motorradfahren auf öffentlichen Straßen komplett zu verbieten; dass Ihre Freundin ein Einkaufscenter auf dem Gelände von Stuttgart 21 errichten will; Ihr legendärer Tübinger Ausspruch, Zitat: ‹Das Blöde ist, es kommt kein Krieg mehr!›; dass Sie schwäbische, mittelalterliche Inkunabeln verhökern wollten. Was ist das überhaupt? Und dass Sie den Führerschein mit 1,4 Promille abgeben mussten. Wie wollen Sie verhindern, dass das alles aus dem Internet verschwindet? (kurze Pause) Können Sie die Frage bitte auf Englisch beantworten?»

Nach einer sekundenlangen Verzögerung, die der Übersetzung meiner Worte in vierundzwanzig Sprachen geschuldet ist, beginnen größere Teile des Plenums zu lachen. Typisch Spaßparlament!*

Straßburg, Plenum

Mein erster Arbeitstag in Frankreich und gleich: peng, Plenarsitzung! Morgens um 10 Uhr! Ein älterer Herr mit wildwuchernden Augenbrauen sitzt schon im schwarzen Mercedes des Fahrdienstes, der mich ins Parlament bringen soll. Der neue Arbeitskollege stellt sich als Ungar vor. Auf die Frage, wie es um die Demokratie in seinem Land stehe, beruhigt er mich, es sei alles in Ordnung: Seine Partei habe bei den letzten Wahlen zweiundfünfzig Prozent erhalten, die Presse sei frei, und die Linken könnten sich im Internet äußern. Der Rest der Fahrt verläuft schweigend.

Auf dem Weg ins Plenum laufe ich einigen Journalisten in die Arme. Ich erkläre in mehrere Kameras, dass ich hier sei, um den Laden mal so richtig umzukrempeln, dann suche ich im Plenarsaal den Platz, von dem aus ich die Weltgeschicke in Zukunft bestimmen soll.

Sachdienlicher Hinweis der «Jungen Welt»:

J.W.: Mit 184 709 Stimmen sind Sie ins Europaparlament eingezogen. Die Plenarsitzungen begannen am 1. Juli. Haben Sie sich schon eingelebt?

M.S.: Die Plenarsitzungen in Straßburg sind tatsächlich etwas bizarr. Direkt links von mir sitzen krachlederne FPÖ-Typen in kurzen Hosen,

* Die Antwort auf diesen Fragekomplex – inklusive Oettingers Ausführung «Inkunabeln sind historische Gegenstände ...» – finden Sie bei Youtube oder auf meiner Homepage.

rechts die unrasierte «Alternative für Deutschland», links vor mir Marine Le Pen vom französischen Front National, auch unrasiert, und links hinter mir Udo Voigt von der NPD. Ich ducke mich immer schnell weg, wenn die Parlamentskamera filmt, wegen Rufschädigung und so.

Die Arbeit selbst ist nicht der Rede wert: Der Vorarbeiter, ein auf den ersten Blick nicht gänzlich unsympathischer Kerl mit Glatzkopf und Kinnbart, erklärt uns unter komplettem Verzicht auf Wörter mit der Buchstabenkombination SCH, wie man das kleine Arbeitsgerät mit den drei Knöpfen für «Ja», «Nein» und «Meinetwegen, mir ist sowieso alles egal» auf dem Tisch bedient. Ich passe schön auf, damit ich im kommenden Abstimmungsmarathon das Europaprogramm der PARTEI («JA zu Europa, NEIN zu Europa!») auch präzis umsetzen kann: mit streng abwechselnden JA- und NEIN-Stimmen zu diesem und jenem.

Sachdienlicher Hinweis meines Friseurs:

«Was wollen EU? Was machen EU? Nichts hören von EU! Nur Haufen dumme Gesetze!»

Ein Probelauf, dann noch einer, und dann bedankt sich der Mann vorne überschwänglich, dass wir ihn zum Parlamentspräsidenten gewählt haben. Es folgt die wohl ausge-

Plenum. Rechts von mir: FPÖ.

Auch rechts von mir: AfD.

feilteste SCH-freie Ansprache, die ich je gehört habe, aber weil der Chef die Situation für historisch befindet, will er sie auch so bezeichnen: als historich. Herzlichen Glückwunch, Herr Chulz!

Donnerstagmorgen, endlich Wochenende! Aber vorher noch mal: Plenum. Die Abstimmungen sollen wieder um 10 Uhr beginnen, damit sich die Heimreise nicht unnötig verzögert. Der Fahrdienst hat Probleme, um 9.50 Uhr ist der Wagen endlich am Hotel. Um 10.05 Uhr stürme ich ins Plenum (nicht ohne im Vorübereilen eine Art Unterschrift im Anwesenheitsbuch zu platzieren). Massen von gutgelaunten Europäern kommen mir entgegen, jemand winkt, ruft: «Schon alles vorbei!» Eine deutsche Parlamentarierin begegnet mir, ich frage: «Was haben Sie gemacht?» – «Ich glaube, wir haben abgestimmt!» – «Ah, das ist gut, worum ging es?» – «Weiß nicht, aber es war per Handzeichen und ging mit großer Mehrheit durch!»

Im Fahrstuhl ist die Stimmung ausgelassen, die Atmosphäre erinnert an den letzten Schultag. Hektisch werden Assistentinnen angewiesen, die 15-Uhr-Flüge umzubuchen, man könne die Maschine davor noch erreichen. Auf den Fluren ist der Schlenderschritt, der in Brüssel und Straßburg von Montagabend bis Donnerstagmorgen vorherrscht, auf einmal einem schnellen, präzisen Laufstil gewichen, die Rollkoffergeschwindigkeit hat sich verdreifacht. Ich leere in meinem Büro noch eine Flasche Gewürztraminer – Begrüßungsgeschenk der Stadt Straßburg an die MEPs – und nehme den nächsten Zug nach Berlin. Die EU-Sommerferien haben begonnen.

Sachdienlicher Hinweis von «Mannheim 24»:

Prominenter Besuch beehrt Mannheim an diesem sonnigen Abend: EU-Kommissar Günther Oettinger. Am Rand der Bühne sind während seiner Rede Mitglieder von «Die PARTEI» mit Plakaten zu sehen, auf denen «Oettinger stürzen» steht. Oettinger lässt es sich nicht nehmen, von der Bühne aus augenzwinkernd das Wort an sie zu richten: «Ich sehe hier auch Mitglieder von ‹Die PARTEI› stehen. Ich kenne Martin Sonneborn gut. Er ist pfiffig und witzig. Doch eure Plakate stimmen nicht. In Mannheim stürzt man kein Oettinger – sondern Eichbaum.»

Mit Wissen kennt sich kein Mensch meines Namens besser aus als ich, Thomas Gsella. Und wie alle korrekten Enzyklopädisten sichte und notiere ich, schreibe auf, halte die Globalessentials fest.

Aus Forschung und Wissenschaft

Amerikanische Wissenschaftler haben herausgefunden, dass amerikanische Wissenschaftler, die täglich zwei Flaschen Rotwein trinken, deutlich mehr herausfinden als welche, die täglich zwei Kilo rohe Buschwurzeln fressen. Die Experten in ihrem neuesten Buch: «Angeblich gab's da mal einen uralten veganen Supertrottel irgendwo in Kanada, der überhaupt nie irgendwas gefunden hat, geschweige denn heraus. Hat sich dann auch total verlaufen in seinem Scheißwald und ist ruckzuck vereinsamt und verhungert», so die studierten Geistesgrößen im letzten Abschnitt «Fazit».

Immer mehr australische Mütter schmeißen ihre Säuglinge statt in die Babyklappen in die Beutel herumhüpfender Kängurus, weinen noch ein bisschen beim Winken, fertig. Ein Regierungsforscher vor Journalisten: «Wir suchen noch nach Gegenargumenten, finden aber bis auf die Gefahr von hüpfbedingtem leichten Kopfweh keines. Im Gegenteil: Die Kinder kommen rum, kriegen Nahrung, und im Winter krabbeln sie zurück in die Beutel. Von uns also keinerlei Beanstandung.» Jetzt überlegt UNICEF, das mit allen Kindern so zu machen.

Laut einem finnischen Privatdozenten sehen vier Augen in der Nacht häufig weniger als zwei. Beweis: angeblich er, Jurää Hääkkinään, höchstselber. Hintergrund: Nach vierzehn Strohrum hatte der Geologe zwar allerlei doppelt gesehen, war aber trotzdem vollspack gegen die Hausfrau gebumst – aua. Jetzt will er sie aushängen.*

«Ameisenbisse tun weher als Löwenpisse, aber Löwenbisse tun weher als Ameisenpisse»: Mit dieser Klarstellung beendete ein afrikanischer Logiker jetzt eine jahrhundertealte Auseinandersetzung zwischen den Universitäten Oxford und Krefeld, die am Ende fast schon zur Glaubensfrage mutiert war. Nun versprachen beide, sich eine andere Streitfrage zu suchen, zum Beispiel was letztlich gefährlicher ist für junge Heringe, Orcas oder Ork*ane*.

Vielleicht die Sensation des Jahres: Nachtaktive Tiere gibt es gar nicht. So ein Typ vom Osloer Institut für Schlafforschung: «Also wenn Sie mich fragen, gehen diese Katzen, Uhus oder Köter abends ganz normal um zehn Uhr schlafen, aber dann rücken halt nachts die Forscher an mit ihrem Getrappel und Kameragerümpel und wecken sie auf. Und kaum hauen die Tiere genervt ab, heißt es: ‹Aha, aha, na guckt, voll nacktaktiv! Hoho! Wie wir gesagt haben!› Dabei legen sich die armen Viecher doch nur ein, zwei Büsche weiter wieder hin!» Jetzt soll eine Konferenz vermitteln.

* In unserer letzten Meldung haben wir versehentlich «Hausfrau» und «aushängen» geschrieben. Korrekt muss es natürlich «Haus*tür*» oder wenigstens «*auf*hängen» heißen! Wir bitten um Verständnis.

Wissen heißt Erfinden. So entwickelten ich und Google die sogenannte «Google-Brille», mit der man viel schneller erkennt, ob noch was drin ist.

Atomhaut, Atomfüllstoff, Atomkern mit ostpreußischem Gutshof, dazu billige Stallknechte, Molkelüle, DNA, Higgs-Boson, alles in frustfreier Verpackung: Immer mehr namhafte Teilchenphysiker zweifeln am neuesten Atommodell der Tröglitzer Pegida, doch deren Chefdenker kennt die Gründe nur zu gut: «Erstens wird die Wissenschaft von russischen Juden beherrscht, und dann hört sich unser Modell ja vielleicht wirklich ein bisschen komisch an. Aber wie sagte schon Galileo Galileo: Heil Hitler!» Gut gegeben ...

In einer handelsüblichen Popcornmaschine platzen eingerollte Kellerasseln um bis zu dreißig Prozent spektakulärer als Maiskörner, und sie sind auch deutlich nahrhafter. Zu diesem Ergebnis kommt eine vom Bundesministerium für Rummel und Kirchmess in Auftrag gegebene Studie der Konrad-Adenauer-Stiftung. Ob die erzürnte Popcornmafia nun eine Zeitlang massenmorden will, stand zur Auslieferung dieses Buches noch nicht fest. (Aber jetzt: ja ...)

Laut neuesten Untersuchungen der Vergleichenden Psychologie werden bei Menschen, die Querflöte spielen können, seelische Verstimmungen und Depressionen signifikant häufiger beobachtet als bei japanischen Riesenkrabben, die keine Querflöte spielen können und es vielleicht auch gar nicht möchten. Grund: Die Tiere leben in einer Tiefe von bis zu neuntausend Metern in solcher Dunkelheit, dass sie ihre Flöten andauernd verlegen würden, so Professor Dong aus Saigon, der zähneknirschend zugibt: «Und selbst *wenn* die Tiere deswegen total mies drauf *wären*, könnten wir es unmöglich sehen! Da bringen nicht mal U-Boot-Scheinwerfer was, weil dieses Scheißmeer die Tränen halt blitzschnell fortspült.» Nun will er es mit fränkischem Rotwild versuchen.

Berufspendler, die statt mit dem Auto oder öffentlichen Verkehrsmitteln mit dem Fahrrad zur Arbeit fahren, vermeiden den täglichen Staustress, bewegen sich deutlich mehr, leben gesünder, schonen Umwelt und Geldbeutel, kommen im Schnitt vier Stunden zu spät, müssen viel weniger arbeiten, werden viel häufiger gefeuert und können dann viel häufiger ausschlafen als ihre bekloppten Kollegen, so eine aktuelle Studie der Bremer Arbeitsloseninitiative «Mit dem Bike ins Bett!». Kommentar DGB: «Kein Kommentar.»

Viele Berggorillas, sagt die bekannte amerikanische Affenforscherin Evelyn Brawnbell, könnten wie wir Menschen häkeln und stricken, wenn sie nicht so superplumpe Finger und Gehirne hätten. Dreißig Jahre lebte und arbeitete Brawnbell mit einem zwölfköpfigen Rudel in den unzugänglichen Hochwäldern Borneos, jetzt reiste sei total entnervt ab. «Ich hab mir echt den Arsch aufgerissen», verriet sie der «New York Times». «Die hatten tonnenweise Stricknadeln, Wolle und Garn, ich hab die besten Coaches bezahlt, und was kam über all die Jahre heraus? Drei eirige Unterlegdeckchen! Und auf den Tupperpartys gingen praktisch nie mehr als sieben Dollar über den Tisch!» Jetzt will sie den lokalen Wilderern mal einen «heißen Tipp» geben.

Eine völlig neue Chronologie europäischer Kulturepochen postuliert der Bochumer Historiker Knut Müller. Zuerst kam nämlich Anything Goes, gleich danach Mittelalter, dann Höhlenmalerei, Neuzeit, Antike, Barock, Gothic, Pop-Art, African Style, Winterschlussverkauf und schließlich Renaissance (Knut Müller: «Wie das alles wirklich gewesen ist!», Selbstverlag, anderthalb Seiten, 39 Cent).

Die weitaus meisten Hamburger möchten lieber von einem seelisch gesunden und optimistisch-freundlichen Serienkiller umgebracht werden als von einem psychisch kranken. Das ergab eine Repräsentativ-Umfrage des Hamburger Instituts für Forensische Psychiatrie. Etwa drei Prozent wollen lieber gar nicht umgebracht werden, aber wenn doch, dann gern von einem vertrauten Einzeltäter, möglichst im Affekt. Hier votiert eine klare Mehrheit für den Ehepartner, mit großem Abstand folgen enge Verwandte, Nachbarn, Arbeitskollegen und der eigene «treue Vierbeiner».

Als Junge wollte er ein Professor Doktor werden oder zumindestens einen verhauen, gereicht hat es zum Bierholer der Essener Hells Angels, doch ein unbändiger Wissensdrang bricht bei Kalle «Pimmel» Kowalewski immer wieder durch. «Dauernt bring ich den Schef die falschen Kästen», schrieb er nun in seinem Weblog «1000 geile Kawasakis», «aber woher soll ich denn wisen, wo bei die Scheißpullen die beschissenen Namen draufstehn?!?» Kleiner Mann ganz groß ...

Neben Amerika und der griechischen Tragödie wurden auch die Glühlampe und das Gold von Muslimen erfunden, so der Vorsitzende der «Trans- und Homosexuellen in der PKK» Recep Tayyip Erdoğan erst neulich wieder in der Zeitung!

(Bonn, dpa) Jahrzehntelang hieß es: Zwei Gläser Obstsaft täglich schützen vor Mittelohrentzündung, nun kriegte derselbe Professor heraus: Wer täglich zwei Gläser Obstsaft trinkt, erkrankt etwa vier Milliarden Mal häufiger an Mittelohrentzündung, wird höchstwahrscheinlich qualvoll daran sterben. Der Vierundachtzigjährige auf Twitter: «Tja, so kann man sich #täuschen, hihi!» Jetzt ist der Hallodri abgetaucht – angeblich Richtung China ...

Wie die sprachwissenschaftliche Fakultät der Universität Münster bekanntgab, muss man vom Dauerhören der Worte «Schäuble», «Dirk Niebel» und «Dobrindt» sich unterschiedlich häufig übergeben. Zwei perverse Linguisten hatten zehntausend Studenten in eine Halle gesperrt und ihnen die drei Namen jeweils eine Minute lang über Lautsprecher vorgesprochen. Ergebnis in Tonnen Kotze: Dobrindt 340, Schäuble 1283, Dirk Niebel 2,6 Millionen – Platz eins!

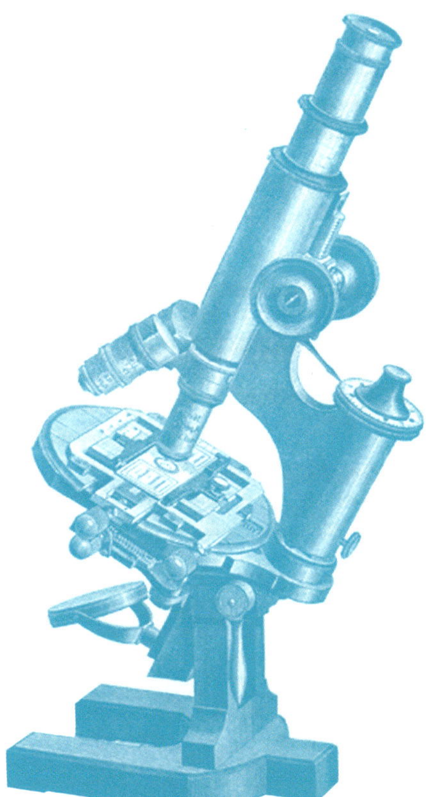

27. Oktober

Thomas Gsella: Mainz Bhf Ausgang West. Dann halblinks das runde graue Inter-City-Hotel, man sieht's recht spät ... 16:53

Oliver Maria Schmitt: Die haben's extra klein-geschrieben ... 16:55

Martin Sonneborn: Bin ich jetzt im falschen? 17:10

Thomas Gsella: Mainz? 17:12

Oliver Maria Schmitt: Wiesbaden? 17:13

Martin Sonneborn: Mainz an der Oder ... 17:13

Thomas Gsella: Ist richtig. 17:14

Oliver Maria Schmitt: In meiner S-Bahn wird gerade ein Mann mit Narrenkappe verhaftet. 17:15

Martin Sonneborn: Zu recht! 17:21

Thomas Gsella: Zu Recht. Großes R! 17:22

Thomas Gsella: Warum bist du in der S-Bahn? 17:23

Oliver Maria Schmitt: Der Mann bin ich. Weil S-Bahn-Surfen mein zweiter Vorname ist. 17:23

28. Oktober

Oliver Maria Schmitt: Gibt's noch Frühstück? 10:54

Martin Sonneborn: Jetzt nicht mehr, hab das Buffet geleert: die letzte Käsesemmel. Geht jemand in 5 min zu Fuß zum Bahnhof? 11:22

Thomas Gsella: Bin schon da. 11:23

Martin Sonneborn: FUCK! 11:23

Martin Sonneborn: Welches Gleis? 11:29

Thomas Gsella: 15. 11:30

Thomas Gsella: Abfahrt 11.58. 11.32

Martin Sonneborn: Danke. Stehe inzwischen neben dir. 11:47

Oliver Maria Schmitt: Schaff ich nicht, bin raus aus der Nummer. Ich kündige. 11:48

Thomas Gsella: Überleg's dir. Stuttgart ist ausverkauft. 11:52

Oliver Maria Schmitt: Ich mach wieder mit. Nehmt ihr mich wieder auf? 11:53

Martin Sonneborn: Zu spät. Wir ham die Faxen dicke. 11:54

29. Oktober

Martin Sonneborn: Guten Morgen, Abfahrt um 12 Uhr genehm? 10:47

Thomas Gsella: Ich sitz unten. Is jemand wach? 11:05

Oliver Maria Schmitt: Jetzt ja. Aua. Abfahrt 12? Gut. Und dann ein McDo zum Katerfrühstück? Wär voll geil. 11:15

Thomas Gsella: Oder willste so was?

11:23

Oliver Maria Schmitt: Hurps. Würg. Steht das da unten rum? 11:26

Thomas Gsella: So'n Back-Depot inner Nähe. 11:27

Martin Sonneborn: Lekker smakkelig! 11:34

Oliver Maria Schmitt: Du verstehst zu leben! 11:35

Thomas Gsella: 1a-Markenspinattaschen. 11:35

Thomas Gsella: Bei wem darf ich kacken? Die haben hier kein Klo ... 11:41

Oliver Maria Schmitt: Bei mir wär jetzt frei, ich checke aus. Zimmer 14. 11:58

Thomas Gsella: Hat sich erledigt. 12:01

Martin Sonneborn: Welch eine Wendung durch Gottes Fügung! Gsella, du bist gestern Nacht mit dieser Blonden abgehauen ... 12:05

Oliver Maria Schmitt: Dann hast du das auch gesehen, Martin? Ich dachte, ich träume. Gsella, gab es Sex? 12:06

Martin Sonneborn: Das ist dieses komische Zeugs von ganz ganz früher ... 12:06

Thomas Gsella: Das war meine Schwester, ihr Säuglinge. 12:07

30. Oktober

Martin Sonneborn: Tschüss alle! Bis bald ... 11:06

Oliver Maria Schmitt: Helau! 11:07

Thomas Gsella: Ihr Ficker, ich krieg für so Naturgedichte ein Jahr lang Stipendium vom Deutschen Literaturfonds, und wenn ihr mich fragt: voll zu recht. 12:00

Martin Sonneborn: Zu Recht. Mit großem R. Aber herzl. Glückw. von Gleis 3!!! Steht es schon in deinem Desktop-Ordner «Preise und Stipendien»? 12:10

Oliver Maria Schmitt: Schade um das schöne Geld. Wie schön hätte man damit einen uninteressanten Roman eines hoffnungslosen Autors fördern können. 13:45

Nie wurde Deutschland schöner, glamouröser, eleganter und extravaganter im Ausland vertreten als während der Amtszeit des Ehepaares von, zu und bei Guttenberg. Während ER für Sicherheit und akademische Grundwerte sorgte, brachte SIE endlich so unsexy Themen wie Außen- und Verteidigungspolitik in die Frauenzeitschriften. Damit endlich auch die Frauen verstehen konnten, wie aufregend moderne Sicherheitspolitik sein kann.

Wüstentreff mit Guttensteph

Es war *ihr* Auftritt schlechthin auf dem internationalen Society-Parkett: Top-Ministergattin Baronesse Stephanie zu und von Guttenberg (34) lud zum Surprise-Event in Kundus – und alle, alle kamen. «Das ist kein spaßiger Ausflug, das ist bitterer Ernst», sagte die gutaussehende Lady Steph, und alle, alle lachten. Granatenwitz! Stippvisite im Sand, Etappencheck vom Feinsten, da ist die Promi-Dichte maximal.

Mit dabei im exklusiven Bundeswehr-Jet: Johannes B. Kerner (Sat.1) und jede Menge gut getarnter Party-People. An Exklusivität ist das Urlaubsland Afghanistan ja kaum zu übertreffen, schon jetzt gilt der staubige Extremistentreff unter Fun- und Minensuchern als *der* Trendplace weltweit international. Natürlich reiste «Guttensteph», die dezent geschminkte Stil-Ikone, gemeinsam mit ihrem Mann, Top-Minister Klaus-Theodor zu und mit Guttenberg (38). Der wartete nach der Landung ungeduldig auf die Fotografen und zupfte seiner Süßen das tailliert geschnittene Schutz-Top zurecht. «Sie trug die Splitterschutzweste anmutig wie ein Kaschmirjäckchen.» («Bunte»)

Dann düste der rund um die Uhr bedrohte Baron mit getrenntem Bundeswehr-Heli

weiter. «Aus Sicherheitsgründen», wie der stahlhart gegelte Polit-Star schmunzelnd anmerkte. Das Risiko, dass sein Reisebuddy Johannes B. Kerner von muslimistischen Kopfwindelträgern abgeschossen werden könnte, war dem Verteidigungsminister einfach zu groß.

Stilgerecht betrat die Society-Lady also erstmals afghanischen Geröllboden, trug zu topmodischen Ugg-Boots (Deichmann, 199 €) nur eine «blaue Daunenjacke mit Fellkragen» («Das Goldene Blatt»). Begeistert wurde sie von der Task-Force Kundus begrüßt, die Truppe war außer sich vor Freude. «Ausziehn, ausziehn!», schrien die verdienten Freedom-Fighters, doch dafür blieb «Lady Guttensteph» keine Zeit. Sie hatte alle Hände voll zu tun, die dichtgepackte Event-Agenda abzuarbeiten. «Ich möchte mir als Bürgerin, als Gattin, als Frau und Mutter von süßen Kindern und nicht zuletzt als Kinderschänderschreck selbst ein Bild von der Arbeit unserer Schutzstaffel machen», hauchte die Schöne den versammelten Medienvertretern in die Mikrofone, schnappte sich «den teuren Leder-Weekender» («Gala») und entschwand. Termine, Termine.

Der goldene Sand des Hindukusch harmonierte vorzüglich mit dem Teint der feschen Freifrau, die sich sodann umgehend nach Strich und Fadenkreuz informierte. Von einem gutgebauten Obergefreiten ließ sie sich die verschiedenen Waffengattungen erklären, die man für einen so gefährlichen Auslandseinsatz unbedingt braucht. «Das hier ist ein kleines, grünes Gerät, und dieses hier ein sehr teures Schwarzes, was sehr laut Bumm macht», erläuterte der Hilfserleutnant, der nach dieser gekonnten Präsentation von Stephanie spontan zum «GröFaZ ehrenhalber» ernannt wurde.

Dann plötzlich der gefährlichste Moment des Blitzbesuches! Für ein Foto mit einer weiteren Frau drauf stellte sich die «mutigste Baronin Deutschlands» («Bild der Frau») neben eine etwas kleinere uniformierte Kampfschnecke und machte mit den Armen weit ausladende Chefbewegungen, wie sie es sich bei ihrem Mann (38) abgeschaut hatte. Null Problem für die noch nicht geliftete Ururenkelin von Fürst

Otto von Bismarck (1870/71). Nur die Bundeswehrfrau war sauer, weil sie nichts sagen durfte. Zickenalarm total.

Derweil traf sich ihr Göttergatte, Top-Minister zu und nach Guttenberg, mit Nicht-mehr-ganz-so-top-Moderator Johannes «B.» Kerner. Die beiden mediengestählten Arschgranaten waren sich auf Anhieb voll sympathisch. «Schade, dass wir nicht schwul sind», lachte der Superminister und versprach dem Noch-Moderator, mit ihm vor versammelter Truppenkulisse eine wenig beachtete Labershow fürs Fernsehen aufzuzeichnen. In den Werbepausen wurde von einem Sondereinsatzkommando der Schleim von den Linsen gewischt.

Vor der Show weihte Freiherr zu und mit Guttenberg seinen Fernsehkumpel in die Geheimnisse Afghanistans ein: «Pass auf», sagte er, «Afghanistan ist ein von Vegetation völlig unberührt gebliebenes Kampfsportareal, in welchem heldenhafte Männer mit Kaffeewärmermützen auf alles schießen, was sich nicht mehr bewegt. Am liebsten aber ballern sie auf Berge, denn die sind größer und noch leichter zu treffen. Jeder getroffene Berg bringt einen Punkt, wer hundert Punkte hat, darf die Seiten wechseln und wieder von vorne anfangen. Außerdem ist Afghanistan auch ein beliebtes Reiseland, allerdings nicht bei Touristen, sondern bei den Einwohnern, die wegen der ständigen Schießereien versuchen, in die Nachbarstaaten auszureisen. Autos werden bei roten Ampelphasen gesprengt und bei grünen entführt. Falls du aber mit der Bahn anreisen möchtest, solltest du eigene Gleise und Lokomotiven mitbringen. Der berühmteste Afghane ist der schwarze, den du in ganzen Vielfachen eines Gramms überall bei der Truppe kaufen kannst.

Hauptversorgungsgrundlage der afghanischen Bevölkerung ist der Islam. Der Islam ist eine sehr friedliche Religion und geht davon aus, dass alle Männer, die keine Rübenbärte tragen, totale Arschlöcher sind. Der Islam verachtet das Judentum, weswegen wir Deutsche ihn respektieren. Außerdem hat die islamische Kultur der Welt unermessliche Schätze geschenkt: Tausendundeine Nacht, die Blaue Moschee von Istanbul, die Granada in Alhambra, die Fatwa gegen Heinrich Böll und den Papst, den Damenbart, den Sarotti-Mohr, den Döner mit viel Scharrf, den Brautschleier, den autofreien Sonntag und Yusuf Islam alias Cat Stevens und Naddel abd el Farrag alias Ralph Siegel.

Regiert wird das Land vom IS und den Taliban, bei ihnen steht Spaß an erster Stelle:

in der Wüste herumballern, Frauen verhauen und fünfmal am Tag in Richtung Mekka schiffen – schöner hätte sich's Gott nicht träumen können, und Mohammed ist sein Prophet.

Sehr gerne lachen die Taliban und erzählen sich Witze, am liebsten welche mit Bart. Früher mal wurden alle Afghanen von Osama bin Laden regiert und von seinem schwulen Bruder bin Hinterladen. Ihre Verbündeten hießen Ali ibn Hadschi, Ali ibn Halef, Ali ibn Omar, ibn Saud, ibn Totalversaud und Ali ibn ibn ibn sonst lernst du's nie. Mehr ist über Afghanistan nicht bekannt, Johannes!»

Zum Abschluss der Truppenbesichtigung fanden Lady Guttensteph und ihr Gatte «The Gutt» nach langer Trennung endlich wieder zusammen, sie turtelten verliebt wie am ersten Tag, küssten und befummelten sich gierig, danach lauschte man gemeinsam den stinklangweiligen Geschichten verdienter Frontkämpfer. «Ihr Mitgefühl war echt.» («in-starmagazin») Im Rahmen eines lustigen Suchspiels wurde schließlich nach dem größten Trottel der Kompanie gesucht. Schnell ward er gefunden: beim Befehl «Absoluter Vollkoffer Hand hoch!» hob Hauptgefreiter Michael Anderegg als Erster die rechte Onanierzange. Freudig erregt durfte er einem Frontberichterstatter ins Mikrofon flüstern: «Der Truppenbesuch ist wichtig. Der Minister hat es nicht nötig, sich medienwirksam zu inszenieren.» («Bild»)

Auf Antrag der versammelten Fotografen absolvierte das sympathische Power-Paar noch schnell ein gemeinsames Schaulaufen. Die rundum Schöne machte neben ihrem Gutti-Gatten eine supertolle Figur, sah in ihren sandfarbenen Jeans einfach umwerfend aus, wackelte keck mit dem Arsch und blinzelte den stahlhart samenstauenden Soldaten verführerisch zu. Zärtliches Zwacken der Gattenbacke und kleiner Zapfenstreich Ehrensache. Applaus und Salutgeböller, Kundus-Kitzel pur, und weil Waffenspielereien an diesem schönen Tag verboten waren, gab es weder Tote noch Verwundete.

TITANIC Star-Check!

FAN-FRAGEBOGEN OLLY MARIA SCHMIT

Olly ist das cholerische Nesthäkchen der TBG. Alle Girls sind verrückt nach ihm, egal ob blond, ob braun, ob Männer oder Fraun. Aber kennst du Olly auch wirklich? Groove rein in den Olly-Check und mach die Analyse.

1. Was will Olly in fünf Jahren machen?

- ☐ *Führerschein.*
- ☐ *Fahrzeugschein.*
- ☐ *Geschieden sein und zwei behinderte Kinder haben.*

2. Hat Olly versteckte Schwächen?

- ☐ *Wer noch mal genau?*
- ☐ *Ja, Schogetten Classic.*
- ☐ *Keine versteckten, Smiley.*

3. Welche Rolle spielt Olly in der Band?

- ☐ *Die vierte Geige.*
- ☐ *Das fünfte Rad.*
- ☐ *Den charmanten Conférencier mit Mumps und feuchter Aussprache.*

4. Welche Tiere findet er am besten?

- ☐ *Säugetiere.*
- ☐ *Satiere (von ihm selber).*
- ☐ *Hodenkrebs (bei anderen).*

5. Wie heißt Ollys Bruder?

- ☐ *Bro.*
- ☐ *Adolf.*
- ☐ *Bro-Adolf.*

6. Was ist Ollys größter Wunsch?

- ☐ *Endlich so cool zu sein wie Thommy.*
- ☐ *Endlich wieder beliebt zu sein.*
- ☐ *Dass Marty und Thommy vor ihm sterben.*

7. Was trägt Olly am liebsten?

- ☐ *Kleidung.*
- ☐ *Altglas zum Container.*
- ☐ *Den Mahagoni-Analstöpsel von Karl Lagerfeld.*

8. Welche Gedichte kann er auswendig aufsagen?

- ☐ *Eck-schneck-weg!*
- ☐ *Wanderers Nachtlied.*
- ☐ *Alles von Helene Fischer.*

9. Wie sieht Ollys Zimmer aus?

- ☐ *Alles voller Poster von 'N Sync, Tic Tac Toe, NKTB, BSB, SPD.*
- ☐ *Alles voller seltener Bierdosen aus aller Welt, z.B. «Beck's», «Henninger», «Astra».*
- ☐ *Farblich abgesetzte Strukturtapete in Apricot mit verspielten Shabby-Chic-Elementen und passender Deckenrosette.*

10. Wie heißt Ollys größter Romanerfolg?

- ☐ *Der beste Roman aller Zeiten.*
- ☐ *Der schlechteste Roman aller Zeiten.*
- ☐ *Romane sind nicht sein Ding.*

Ein Mann meines Aussehens hat naturgemäß eine Frau. Meine kriegt seit ein paar Jahren Kinder, die wie alle Kinder nichts wissen, aber alles wissen wollen. Und dank der Mendelschen Vererbungsdings reimen sie noch schlechter als ich!

Papa?
Ja, mein Kind?

Wenn der Herr zur Arbeit läutet
Und er Magd wie Knecht ausbeutet,
Just indem er Mehrwert presst;

Wenn das Volk dann revoltieret
Und all die, die es pressieret,
An Laternen hängen lässt:

Ist's nicht unsre hehre Pflicht
Mitzuknüpfen? Ist es nicht?

Mach du erst mal deine Grundschule zu Ende!

Papa?
Ja, mein Kind?

Wenn von frühlingsgrünen Zweigen
Zitternd sich zur Sonne neigen
Zarte junge Frühlingsrosen;

Wenn statt grauer Winterlüfte
Frühlingsbunte Frühlingsdüfte
Streichelnd unsre Sinne kosen –

Steckt anstelle Herbst und Winter
Da vielleicht der Frühling hinter?

Kannst du die Frage noch mal wiederholen?

Papa?
Ja, mein Kind?

Wenn in schwarzen Augenblicken
Pech sich mit zwei Ungeschicken
Zur Tragödie verplombt;

Wenn ein Mädchen in der Blüte
Erster Jugend ohne Tüte
Auf dem Nachbarsjungen kommt –

Stimmt's, dass sich auch so die Welt
Unsrer Gattung Mensch erhält?

Auf wem, sagst du?!

Papa?
Ja, mein Kind?

Wenn im Glauben, dass ich penne,
Ihr euch nachts wie Hahn und Henne
Lauthals durch die Federn vogelt;

Wenn ihr dann … wie soll ich sagen …
Euch am Morgen wie erschlagen
Schluffelnd durch die Wohnung mogelt,

Saft- und kraftlos, zwei Gerippe –
Ist sie das? Die Vogelgrippe?

Klatschklatsch!

Papa?
Ja, mein Kind?

Wenn die Menschheit dann verreckt ist
Und von Winden zugedeckt ist
Und in Sand und Zeit versinkt;

Wenn dann wirklich kluge Wesen
Uns aus den Gesteinen lesen
Und es ihnen gar gelingt,

Dein Genom zu isolieren –
Also ich tät' mich genieren!

Häh?

Papa?
Ja, mein Kind?

Wenn zur ersten Mondesstunde
Jemand dunklen Wein zum Munde
Führet und dann immerdar;

Wenn er bis zur herzensroten
Morgensonne seine Pfoten
– Spitz die Ohren, du Clochard! –

Nicht von Glas noch Flasche trennt:
Ist der, was man Vater nennt?

Sch-schon mal w-was von
Enterbung gehört?

Berlin hat's noch nie leicht gehabt – und jetzt fällt auch noch die Szenepresse über Deutschlands einzige Szenehauptstadt her. Der Internetblog «Gawker» konstatierte: «Berlin is over», die «New York Times» mutmaßte, dass Berlin bestenfalls noch so aufregend sei wie das muffige Künstlerbiotop Brooklyn, die «Süddeutsche» feierte bereits «das Ende des Berlin-Hypes» – sodass sogar die «Berliner Zeitung» zugeben musste: «Die Coolness ist weg.» Und jetzt?

Berlin kaputt, am Arsch, perdu?

Die krasse Nachricht kam – wie immer – aus Amerika: Deutschlands langjährige Szenehauptstadt Nr. 1 ist angeschlagen, ausgezählt, ja hinterrücks entthront. Die Berliner Luft ist raus, die coolen Tage sind vorbei. Tatsächlich gilt die in der Nähe von Polen gelegene Großgemeinde längst als gescheiterte Stadt. «Hier war doch zum letzten Mal was los, als die Russen kamen und zum Sound der Stalinorgeln die Stadt in Schutt und Asche rockten», schreibt ein Szeneblogger. Derweil seine Kameraden von der Heuschreckenarmee der Hipster bereits die spacigen Stoffbeutel packen – weiter geht die Reise in die boomenden Trendmetropolen Murmansk, Ulan-Bator und Fukushima; oder einfach nur ins ultrahippe Leipzig, das in Insiderkreisen längst «Hypezig» heißt.

Eine lebensbedrohliche Situation für eine Stadt wie Berlin, in der die Touristen die einzig ausbeutbare Geldquelle sind. Weil Hartmut Mehdorns Großflughafen noch immer nicht aus der Luft erreichbar ist, reisen die Touristen mühsam auf dem Landweg an, rattern stadteinwärts auf den eigenen Rollkoffern. Immer wieder bleiben sie in den schmalen Zwischenräumen der Holocaustdenkmalstelen stecken. Logische Folge: Staus und Verstopfungen beim Gedenken an den Massenmord und die Zeit, als Berlin noch Reichsszenehauptstadt war.

Dabei tobte hier, im «Havel-Athen», mal alljährlich die weltberühmte Loveparade Millionen kamen, um den einzigartigen People-Mix aus druffen Ravern, verstrahlten Prolls und Abgeh-Atzen von der jungen Union zu bestaunen. Doch die magische

Mischung aus schnellen Drogen, billigem Techno und lautem Sex zieht nicht mehr, die Blasenteegeschäfte gehen schlecht, die ersten Sojamilchschaumläden geben auf. Vor dem Berghain parken die Reisebusse aus Detmold, Dülmen und Donaueschingen und entladen ihre Fracht – proseccobefeuerte Rentnergeschwader, die zur Happy Hour auf den Dancefloors der superkultigen It-Disco frivol die morschen Kackstelzen schwingen. Derweil sitzen im St. Oberholz am Rosenthaler Platz die Hoodie-Journalisten vor erloschenen Bildschirmen, umzingelt von Billighostels, und beten inständig, von der nächsten Entlassungswelle verschont zu werden.

Die Gentrifizierung ist nicht mehr aufzuhalten: In Neukölln beschimpfen einen verwirrte Jungtürken bereits auf Deutsch, und bei Konnopke an der Schönhauser gibt's zur kultigen Cur-

rywurst (ohne Darm) sogar ein kleines Holzspießchen – freilich nur leihweise und gegen Pfand. Am schlimmsten traf es das vormalige Trendsetterviertel Prenzlauer Berg. Wo einst kahlgeschorene Studenten stolz den «geilen Verfall» abwohnten, hausen heute Thomas Gottschalk und Uwe Ochsenknecht in *gated communities* – tiefer kann ein Stadtteil nicht sinken.

Doch Berlin wäre nicht Berlin, wäre nicht dieses unglaubliche, immer wieder sich selbst neu erfindende Berlin, diese Stadt der Gegensätze, der Gegenteile, ja der Gegenden, in die man besser nicht geht, wenn es jetzt den Schwanz einzöge und auf- und klein beigäbe. Im Gegenteil! Man rückt näher zusammen, schließt die Reihen im Kiez oder an der Schlange bei Netto. Die Frontstadt Berlin gibt nicht auf!

«Was in der Zeitung steht, ist doch scheißegal», sagt der inzwischen irgendwo im Szene-Darkroom verdeckt «Regierende» Ex-Kultbürgermeister Knut Wowereit («SPD») in seiner sympathisch flapsigen Art. «Die Berliner lesen doch bestenfalls die wöchentliche Prospektlieferung von Netto, Aldi, KiK & Co.» Von einer Szenekrise will der Szenebürgermeister daher gar nichts wissen: «Wir kriegen dit locker in den Griff, wir verkoofen die Flughafenbaustelle einfach als Eventruine mit Schrebergärten – wie Tempelhof, haha!» Die seit je als sozialdemokratische Stimmungskanone reüssierende Politschwuchtel will das Ruder wieder eiskalt rumreißen, will in der Festung Berlin noch mal zum Angriff blasen und die Mauerstadt mit den zwei Zentren wieder flottmachen.

«Und dann werden wir eine neue Mauer bauen», ruft Wowereit und reißt uns alle mit, «eine Mauer rund um Berlin – dann kann keena mehr abhauen und uns hier in der Scheiße sitzen lassen!» Daher werde der Mauerbau unverzüglich und sofort beginnen, sobald die Großflughafenruine verschachert sei. Und bis dahin heiße es eben: einigeln und die Krise aussitzen. Wie schon seit sechzig Jahren.

Vorerst hat der Senat einen «10-Punkte-Szenehilfsplan» verabschiedet, der allerdings noch nicht ganz fertig geworden ist und deswegen bislang nur vier Punkte enthält.

Punkt eins: «Wir holen die Loveparade wieder in die Stadt», dröhnt Wowereit voller Inbrunst, Koks und Crystal, «aber wir machen das nicht mehr so groß. Keine Millionen mehr, die den Tiergarten bis zum Überlaufen vollpissen – höchstens 'ne halbe Million und ein paar Zerquetschte, so wie damals in Duisburg.» Einen erfahrenen Eventberater aus Duisburg hat er vor Ort bereits verpflichtet, der Name Adolf Sauerland hat in Partykreisen noch immer einen guten Klang.

Zweitens soll der Megatrend-Event «Grüne Woche» versuchsweise auf das gesamte Jahr ausgedehnt werden. «Coole Landwirte – kommt in die Hauptstadt!», fordert Wowereit. «Kalte Bauern nach Berlin!» Schließlich war die Stadt an der Krummen Lanke schon immer topprovinziell, zahlenmäßig ist Berlin sogar die größte Dorftrottel-Community Deutschlands: Fünf von sechs Berliner Szenefreaks sind Zugereiste vom platten Land, aus Schwaben, Hessen und den Elendsgebieten rund um Köln.

Drittens will man in der Hauptstadt endlich auch kulinarisch an die Weltspitze vordringen. Die stadtbekannte Gastronomiedarstellerin Sarah Wiener rührt schon mächtig in den Töpfen. «Ich werde für unsere trendbewussten Gäste ein urbanes Lifestyle-Wellnessgericht kreieren, natürlich typisch Berliner Art», lacht die breitkiefrige Kaltmamsell und wühlt mit ihrem Pürierstab derart hingebungsvoll in einem kruden Mix aus Eisbein, Döner, Currywurst und Buletten, dass einem schon vom bloßen Zuschauen das Wasser in den Augen zusammenläuft.

Und zu allerbester Letzt will die Stadt künftig viel mehr coole Künstler zu Botschaftern Berlins machen. Die Gräber von Hildegard Knef, Harald Juhnke und Marlene Dietrich sollen endlich ausgehoben, geplündert und der Öffentlichkeit zugänglich gemacht werden. «Natürlich gegen ordentlich Eintritt», lacht Partyschreck Wowereit und legt sich aus Scheiß schon mal selbst in die Grube. Außerdem soll Bushido zusammen mit Gregor Gysi und Hans-Christian Ströbele einen Berlinsong einspielen, in dem ausnahmslos das Wort «ficken» vorkommt, Arbeitstitel «Fuck, Mama fuck-fuck, Berlin, ey, fuck, Alder, ey». Kurt Krömer macht dazu sein lustiges Gesicht, und alle zusammen treten mindestens einmal in der Woche bei Mario Barth im ausverkauften Olympiastadion auf. Dann ist Berlin spätestens 2017, 2019 oder 2025 oder spätestens beim Flughafenrückbau wieder Trendplace number one. Wowi & Mehdorn sei Dank!

Vorarbeiten zu einer Hymne auf Martin Sonneborn

1. O Zeus! Odin! O Sonneborn!
Beim Aussehn bist du ganz weit «vorn»!
(Wobei die Gänsefüßchen
Relativiern ein «bisschen»,
Und das ist freundlich ausgedrückt
In Wahrheit

2. Wer kennt seine Verwandten nicht
Und kaut mit vierten Zähnen?
Wer wäscht sich seine Quanten nicht
Und duftet wie Hyänen?

Wer haut mit seinem Eierkopf
Andauernd voll wo gegen?
Wer pullert in den Römertopf
Und singt: «Ein warmer Regen!»?

Wer gilt als aktueller Stern
Im Rülpsen und im Furzen?
Wer hätte, ach! den Längsten gern
Und hat allerdings nun mal leider einen grotesk

3. ~~Die Mächtigen kriegen ein Horn~~
~~Im Angesicht Sonneborn(s)~~
Denen da oben ein Gerstenkorn
Im Auge ist MdEP (MEP EU) Sonneb

4. «Mit gelben Birnen hänget
Und voll mit wilden Rosen
Das Land in den See»?
Mit gelber Birne hänget
Und voll mit Astra-Dosen
Der Spacko im Schnee!!

Seitdem in Deutschland der Strommarkt privatisiert wurde, kämpfen Energieanbieter verstärkt um Kunden. Klar, dass wir da mitmischen wollen. Und klar auch, dass nicht jeder Anbieter seriös arbeitet; am wenigsten wohl die Frankfurter Firma PowerPlus, eine hundertprozentige Tochter der Firma TITANIC.

PowerPlus – Die Power aus der Dose

Der Strommarkt ist in Aufruhr. Zumindest ein bisschen, in einem Einfamilienhaus in Kleinpötzschau, irgendwo hinter Leipzig. Denn dort hat jemand die Kleinanzeige gelesen, die auf unsere Kosten in der Rubrik «Vermischtes» der «Leipziger Rundschau» erschienen ist.

Gegen 11 Uhr klingelt in der Redaktion das rote Aktionstelefon.

«Wäschetrockner ist kein Problem?»

TITANIC: PowerPlus – die Power aus der Dose, Sonneborn am Apparat, schönen guten Tag?

Schmidt: Ja, hier ist Schmidt aus Pötzschau, erst mal schönen guten Tag. Ich hab Ihre Anzeige gelesen, in der «Leipziger Rundschau»: Energie ist billig wie nie!

TITANIC: Genau, und es ist ja so, dass es viele schwarze Schafe gibt in unserer Branche. Deshalb ist es besser, wenn Sie gleich zu uns kommen! PowerPlus ist eine hundertprozentige Tochter der Firma

Stromboli und hat somit einen guten Namen.

Schmidt: (beeindruckt) Ach so!

TITANIC: Wir sind billiger als die Elektrizitätswerke. Bei uns können Sie nämlich über den Verbrauch selbst den Preis bestimmen. Und zusätzlich noch unter verschiedenen Tarifen wählen.

Schmidt: Ach ja?

TITANIC: Im Moment bezahlen Sie für eine Elementarladung rund 15 Cent. Wir haben einen Luxus-Tarif mit 380 Volt, der preislich etwas darüber liegt, wir haben den Ökostrom-Tarif «NaturPur», der basiert auf Windmühlen, Fahrrädern, Solarkonduktoren. Der ist noch etwas teurer, aber wenn Sie ökologisch eingestellt sind ...

Schmidt: No jo, öko hin und öko her, mir geht's hauptsächlich, dass es billiger wird als jetzt. Billiger wäre besser!

TITANIC: Haben wir alles! Wir importieren zum Beispiel billigen Polenstrom, der kostet also 10 Cent pro Kilowattstunde ...

Schmidt: Ah so, (vor Begeisterung unverständlich sächselnd) das ist ja schon enorm, 10 Cent!

TITANIC: Wie bitte? Ich habe kein Wort verstanden!

Schmidt: (genauso unverständlich, aber doppelt so laut) Das ist ja schon enorm, 10 Cent!

TITANIC: Ja, sehr enorm. Der allerdings hält die Spannung nicht immer so ganz hundertprozentig, der hat manchmal auch nur 110 Volt, weil der von drüben importiert wird. Da brennen die Birnen manchmal nicht ganz so hell, also ist das mehr so ein Sommertarif. Oder haben Sie eine sehr helle Wohnung?

Schmidt: (bedauernd) No jo, also hell ist die nicht.

TITANIC: Oha! Aber wir haben da noch einen Knauser-Tarif, das ist der etwas langsamere Kriechstrom. Der ist billig!

Schmidt: (interessiert) Ja, das wär interessant!

TITANIC: Da bezahlen Sie lediglich 8 Cent pro Kilowattstunde. Allerdings mit der Einschränkung, dass Sie kurz durchrufen müssen, bevor Sie größere Geräte anschließen. Dass wir dann ordentlich was ins Netz pumpen. (beruhigend) Das gilt aber nur für größere Geräte über 125 Watt, also ich weiß nicht, was für Maschinen Sie zu Hause stehen haben ...

Schmidt: Ja, Kompression und die Heizung.

TITANIC: (entsetzt) Die Heizung? Mit Strom?

Schmidt: Ja, das ist praktisch 'ne Ölheizung, die über Strom geht. Also das ist minimal, was die braucht an Strom.

TITANIC: Ach so, dann empfehle ich Ihnen doch den Tarif «Warschau». 10 Cent pro Kilowattstunde, und die hat auch bei uns 60 Minuten!

Schmidt: Das ist nicht teuer, den könnt ich mir vorstellen.

TITANIC: Wollen wir den mal ausprobieren? Wir schicken Ihnen einfach mal eine Testladung Polenstrom. Da müssen wir nur einen Termin ausmachen, wann wir das da reinpumpen ins Netz. Dann kriegen Sie mal 10 Minuten unseren Strom, damit Sie nicht die Katze im Sack kaufen.

Schmidt: Und Wäschetrockner ist da kein Problem?

TITANIC: (triumphierend) Überhaupt nicht, deshalb lassen wir die Leute ja testen. Da können Sie mal alles aufdrehen, und wir stellen Ihnen das nicht mal in Rechnung!

Schmidt: Ja, dann ...

TITANIC: Sollen wir jetzt so verbleiben, dass wir Ihnen heute Nachmittag mal eine Probelieferung schicken? Passt Ihnen 16 Uhr?

Schmidt: Ja! Das könn' wir machen. Um 16 Uhr? Ja, das machen wir, gut, verbleiben wir so.

TITANIC: Okay, sagen Sie mir bitte mal Ihre Adresse, damit das auch beim Richtigen ankommt!

Schmidt: Das ist Kleinpötzschau, Haus-Nr. ...

Hoffentlich haben wir uns da nicht übernommen! Aber schließlich arbeitet die Konkurrenz doch genau so: erst mal Kunden akquirieren, und dann Strom zusammenkaufen. Und wir haben ja noch gut vier Stunden Zeit, für Herrn Schmidt irgendwo zehn Minuten Polenstrom aufzutreiben ... Da unser Stromtelefon fortan eisern schweigt, gehen wir nebenbei selbst in die Offensive und rufen wahllos in Sachsen an. Schließlich sind wir in der jüngsten und unkonventionellsten Branche der Welt!

«Meine Frau schimpft schon!»

Wulf: (männliche Stimme) Wulf.

TITANIC: Sonneborn von der Stromindustrie, guten Tag. Haben Sie unsere Anzeige in der «Bild»-Zeitung gesehen? Eine ganze Seite: «Ständig unter Strom»?

Wulf: (übergibt kommentarlos an seine Frau) Ja?

TITANIC: Guten Tag, das Ohm'sche Gesetz ist ja gerade geändert worden zum 1. August, und ich wollte wissen, wie zufrieden Sie mit Ihrem Stromanbieter sind.

Wulf: (abweisend) Wir können nicht klagen. Nö.

TITANIC: Alles ganz okay, was aus den Dosen kommt bei Ihnen? Ganz sauberer Strom?

Wulf: Ja, doch.

TITANIC: Wunderbar. Wir haben nämlich genau denselben, aber billiger. Zum Beispiel mit unserem Drehstromtarif, bei dem wir den Strom so durch die Leitung drehen, dass er weniger Platz wegnimmt und dadurch ein Drittel billiger wird.

Wulf: (verwirrt) Ach Gott, da müsste ich mich erst mal mit den Männern unterhalten.

TITANIC: Ist denn einer von den Männern da?

Wulf: Ja, mein Mann, Moment. (übergibt den Hörer)

TITANIC: Noch mal die Stromindustrie. Wir haben gerade festgestellt, dass Strom Männersache ist, weil Männer besser verstehen, was da vor sich geht, in den Leitungen.

Wulf: (nuschelt) Mmh, ja, das kann man sagen.

TITANIC: Wir sind ein privater Stromanbieter und möchten mit Ihnen ins Geschäft kommen ...

Wulf: Nee, wir fahren weg, für länger ... (Schimpfen im Hintergrund) Meine Frau sagt, am Strom sind wir nicht interessiert!

TITANIC: (überrascht) Nicht interessiert?

Wulf: (leiser) Nee! Die schimpft schon ... (legt auf)

Herr Wulf hat von Strom offenbar weniger Ahnung, als er – und seine Frau! – denkt: Strom wird doch nicht schlecht, der bleibt doch in der Dose frisch bis dorthinaus! Egal, es wird ja wohl in Sachsen noch Leute geben, die sich für unser Angebot mehr interessieren. Rufen wir einfach Fam. Franke an:

«Was is'n das für Strom?»

TITANIC: (überschwenglich) ... Sie haben sicher unsere Anzeigen verfolgt in letzter Zeit: «Direkt-Saft aus der Dose!»

Franke: Nee, ich les leider keine Zeitungen.

TITANIC: (enttäuscht) Das ist aber schade, wir hatten da extra eine ziemlich teure Anzeige geschaltet!

Franke: (schuldbewusst) Hm, ja. Aber was is'n das für Strom? Nicht mehr, hier, Kohle oder was?

TITANIC: Das kommt drauf an, wir beziehen Polenstrom etwas billiger, da weiß ich natürlich nicht, wie die Polen das herstellen ...

Franke: (kritisch) Sehn Sie!

TITANIC: Aber wir mischen das mit gutem Atomstrom! Das ist ein ganz gesunder, hochwertiger Energiemix.

Franke: (nachdenklich) Na gut, interessant wäre das schon. Wenn das finanziell was ausmacht.

TITANIC: Ich kann Ihnen ja mal Preise nennen. Das geht von 20 Cent – das ist unser Luxus-Tarif mit vollen 380 Volt, bei dem alle Geräte etwas schneller laufen – bis runter zu 4 Cent beim billigen Polenstrom.

Und der Elektronenanteil bleibt gleich, sodass sich für den Endverbraucher nicht viel ändern würde.

Franke: Ich meine, interessant ist das schon. Ich weiß ja auch schon, dass der Strommarkt freigegeben wird, ich beobachte das schon! Wie würde das denn laufen? Bauen Sie einen anderen Verteiler rein, oder wie?

TITANIC: Nein, wir speisen hier Strom ins Netz, und der geht dann durch die Stromleitung durch, durch ganz Deutschland, kommt bei Ihnen in der Wand an, und wenn Sie jetzt etwas brauchen, stecken Sie einen Stecker in die Steckdose ...

Franke: (energisch) Ja, ja, ist ja schon klar! Da sind also keine größeren Veränderungen nötig?

TITANIC: Überhaupt nicht. Wissen Sie denn eigentlich, wie Strom funktioniert?

Franke: (kleinlaut) Ja, das wird durchgeleitet durch die Leitung ... (Schweigen)

TITANIC: (streng) Und dann?

Franke: In jedes einzelne Haus ... Und, und nach 'nem Vierteljahr wird's abgelesen.

TITANIC: Genau. Und wenn Sie unseren Kriechstrom nehmen, müssen Sie vorher noch kurz Bescheid sagen, wenn Sie mehrere Geräte einschalten.

Franke: Wir sind eigentlich nur ein Zwei-Personen-Haushalt.

TITANIC: Dann müssten Sie praktisch eigentlich nur kurz durchrufen, wenn Sie zwei Föne einschalten oder wenn einer Musik hört und der andere fönt. Dann erhöhen wir die Spannung, und dann geht das völlig problemlos in Ordnung.

Franke: (störrisch) Aber ich kann mir das noch nicht so praktisch vorstellen.

TITANIC: Na, Sie bekommen die Telefonnummer 0180 1234000, und wenn Sie ein Gerät einschalten wollen, rufen Sie kurz an und sagen: «Hier Franke. Ich stehe im Badezimmer und mache gleich den Fön an.» Dann pumpen wir hier volle Kanne was ins Netz.

Franke: Ja, wir denken mal drüber nach, ich hab da auch schon mal was gelesen ... Und ich weiß da auch Bescheid, weil ich da früher schon mal drinne war in dem großen Kraftwerk. In Espenhain, Kraftwerk II, wo sie jetzt am Wochenende die letzten Essen weggesprengt haben.

TITANIC: (anerkennend) Ah ja. Dann kennen Sie sich ja doch aus mit Strom!

Franke: Ja, ja, ich kenn ungefähr die Richtung ...

Hoppla, das war die falsche Telefonnummer, die nämlich aus einer RWE-Anzeige. Hoffentlich heizen Herrn Frankes Anrufe den überhitzten Strommarkt nicht noch weiter auf. Wir brauchen nämlich jetzt, Punkt 16 Uhr, sämtliche verfügbaren Elementarladungen für Herrn Schmidt.

«Geht alles tadellos!»

TITANIC: Sonneborn von PowerPlus, die Power aus der Dose. Wie sieht es aus? Haben Sie alles an?

Schmidt: (zufrieden) Ja, alles an, und ich konnte keine Unregelmäßigkeiten feststellen.

TITANIC: Das ist gut, das ist jetzt noch der Wechselstrom-Tarif.

Schmidt: Ah, der Wechselstrom!

TITANIC: Und was haben Sie an, was für Geräte?

Schmidt: (eifrig) Ich hab den Trockner angemacht, die Waschmaschine angemacht, alles, was im Hause ist, hab ich angemacht. Licht und alles. Einwandfrei, alles.

TITANIC: Gut, dann schalten wir jetzt mal auf den billigen Polenstrom um. Drei – zwei – eins – jetzt. So, wenn Sie jetzt mal durch die Wohnung gehen? Haben Sie ein transportables Telefon?

Schmidt: Ich hab ein transportables Telefon, ich kann überall hingehen.

TITANIC: Dann beschreiben Sie mal, was Sie da sehen.

Schmidt: (zufrieden) Also absolut keine Veränderung, ich kann nichts feststellen! Ich lauf gerade aus der Küche, jetzt ins Bad, bin bei der Waschmaschine. Die ist an, hab die Heizung voll aufgedreht, auf 90 Grad hier, also da ist nichts, das läuft tadellos!

TITANIC: Und die Birnen, wenn Sie da mal ganz nah rangehen?

Schmidt: (begeistert) Ich bin jetzt dran, und keine Unregelmäßigkeiten, flackert nichts, ganz ruhig! Normalerweise ist ganz empfindlich bei mir in der Stube die T-Box fürs Fernsehen. Wenn da was ist, schaltet die sofort ab, aber die geht, tadellos! (schaltet herum) Nee, geht auch tadellos.

TITANIC: Sehr gut. Dann gehen Sie bitte mal in die Küche.

Schmidt: Jaha.

TITANIC: Was für einen Kühlschrank haben Sie?

Schmidt: Ein ganz normaler ist das, (stolz) 170 Liter!

TITANIC: Machen Sie mal auf, Licht ist an?

Schmidt: (überschwenglich) Licht ist an, geht!

TITANIC: (skeptisch) Fassen Sie mal rein: Kühlt der auch?

Schmidt: Der ist gerade an, ist kalt innen.

TITANIC: Gut. Haben Sie ein Mixgerät? Dass Sie einen Topf mit Wasser nehmen und das einmal kurz reinhalten?

Schmidt: (jubelnd) Ja! Und den Küchenherd kann ich auch noch anmachen, alle vier Platten, Ceranfelder.

TITANIC: Ja? Haben Sie an?

Schmidt: Jetzt mach ich gerade an. (Pause) Geht alles tadellos! (dreht fast durch vor Freude) Sind ja sofort da, sieht man tadellos! Vier Stück! Und den Backofen mach in auch noch an!

TITANIC: Gut, dann brauchen wir nur noch den Mixer ...

Schmidt: Mikrowelle kann ich auch anmachen!

TITANIC: Okay, aber den Mixer ...

Schmidt: (triumphierend) Mikrowelle geht! Alles tadellos! (Mix-Geräusche) Und (wie im Rausch) der Mixer auch! Läuft tadellos, gibt's kein Problem!

TITANIC: Sehr gut, dann sehen Sie nur mal, ob der sich richtig rum dreht!

Schmidt: (erschöpft) Ja, der hat die richtige Laufrichtung.

TITANIC: Na, wunderbar, Sie sind ein Glückspilz, bei Ihnen gibt's keine Probleme! Was wär denn jetzt der interessanteste Tarif für Sie, der robuste Polenstrom oder der Wechselstrom?

Schmidt: Ja! Ha! Der Polenstrom vielleicht, was? Ist vielleicht der beste, oder?

TITANIC: (anerkennend) Sie haben eine Nase für Strom!

Schmidt: Gut, dann können Sie uns mal was schicken, dann kann ich das mal 'n bisschen populär machen hier. So bei Nachbarn und auf der Straße.

TITANIC: Sehr gut! Wenn wir den ganzen Ort versorgen, könnten wir eine Leitung für Sie alle zusammenlegen, damit nicht so viele Kabel in der Landschaft herumliegen ...

Wunderbar! Die Schlacht ist geschlagen, der Kuchen verteilt, der Strommarkt fest in zwei Händen: Pötzschau wird von PowerPlus versorgt, der Rest Deutschlands von RWE & Co.

Und dann, Folks, hatte ich irgendwann die Schnauze voll von diesem Leben und Sterben auf Tour, diesem «Saufen auf Rädern», wie wir Rocker sagen, und tat, was ein Mann tut, wenn er was tut: Ich gründete was. Aus Versehen eine Detektei.

Mord in der «Rue Morgue»

Seit drei Stunden hing «Detektei Gsella» an der Hauswand, ein schweres, schwarzgoldenes Keramikschild, das was hermachte, und mir blieb nichts zu tun, als eine Benson nach der anderen in die kochend heiße Luft zu blasen und auf den ersten Kunden zu warten. Der Ventilator drehte sich das Fett aus den Kugellagern, trotzdem lief mir die Brühe den Rücken hinunter; so mussten sich Katzen fühlen, wenn irgendwelche psychotischen Sadisten sie in der Wanne ertränkten.

Mit einem müden Schwung ließ ich die Füße vom Tisch fallen und zog den Bourbon aus der Schublade. Die Sprechanlage knackte.

«Mr. Gsella?»

«Yeah.»

«Eine Miss Klopowski.»

Die Sekretärin hatte ich in einer Bar am Hafen aufgegabelt, eine süße blonde Mieze mit mehr Figur als Grips, und tippen konnte sie auch. Wenn Sie «Mr.» sagte, war es wie Fellatio.

«Soll reinkommen.»

Ich hatte schon viele Frauen über Flure gehen hören, aber so eine noch nie. Wenn diese Frau hielt, was ihr lasziver, fast schlurfender Gang versprach, dann war sie eine Königin, eine von denen, die wissen, dass sie Königinnen sind. Den Bourbon setzte ich erst ab, als die Türklinke runterging. Dann stand ich auf und trat ihr entgegen.

«Herr Gsella, helfen Sie mir!»

«Reden Sie keinen Unsinn», sagte ich und gab ihr die Hand. Ihr Griff war fest und kurz, wie der von Frauen, die sich über ihre Leidenschaften im Klaren sind. Händchenhalten gehörte hier nicht unbedingt dazu. «Und hallo erst mal.»

«Jaja, Tach!»

Sie war umwerfend; eine frappante Aufforderung, Babys zu machen. Große graue Augen, eine rouge Knollennase und Lippen, die dazu geschaffen waren, einen Mann zu verschlucken.

«Solche wie Sie», sagte ich, «helfen sich am besten selber. Und wenn Ihr Ferrari weg ist, sind Sie bei den Bullen besser aufgehoben.»

Wortlos sah sie sich um. Ich schob ihr einen Stuhl hin, lehnte mich rücklings an den Schreibtisch und fingerte eine Benson aus der Schachtel. «Bourbon?»

«Hä?! Herr Gsella, Sie ... müssen ihn totmachen!» Ihre mondfahlen, an den Schläfen lose hängenden Haare waren obendrauf zu einem wackeligen Dutt verpackt; von der Stirn hingen ein paar Strähnen leger über der gelbgrün gesprenkelten Hornbrille. Ihre Hand zitterte, als sie sich zwei himmelblaue Kugeln Bubblegum einwarf.

«Ja, totmachen! Am besten sofort jetzt!»

Mit ihren karierten Hauslatschen trampelte sie auf den Boden. Nun schienen mir auch die Lippen eher blau, wie atemlos von ihrem Dauerkampf gegen den dickborstigen Oberlippenbart. «Sie kommen mit, ich zeige drauf, und Sie ballern ihn um, bumm!»

«Hören Sie, Lady, Sie verwechseln da was. Ich kläre Morde. Begehen müssen sie schon andere.»

Sie öffnete den braunen Filzmantel und ruckelte an ihrem zitronenfarbenen Frotteekostüm. Der mittlere Knopf sprang weg. «Sie kriegen auch fünfzehn Euro – brutto!»

«Werfen Sie immer so mit Geld rum?»

«Mr. Gsella?» Schon wieder die Sprechanlage.

«Yeah.»

«Ein Herbert Klopowski.»

«Soll reinkommen. Ma'am», sagte ich und goss mir Bourbon nach, «fürchte, Ihr Arsch ist im Anmann, äh quatsch, Ihr –»

«Hääh? Wie?!»

«Ihr Mann ist im Anmarsch.»

Mit einem fiepsigen Schrei sprang sie auf.

Herbert?!»

«Else?!»

Die beiden standen sich gegenüber, ihre Kiefer machten mümmelnde Bewegungen. Der Mann war ohne Zweifel ein Politischer. Auf seinem Oberhemd, dessen graue Grundtönung von grellbunten Tupfern aufgepeppt war, prangte in großen Lettern das Parteiabzeichen der Freien Demokraten. Das Hemd war sehr lang, zu lang für ein Hemd, mehr wie ein Kittel. Es war ein Kittel, und auf seiner Brust stand der Vers «Tisch oder Bänke, eckig oder rund – mit Klopowski wird alles schön bunt».

«Tachchen», sagte der Mann. «Herbert Klopowski, Lacke und Farben, von gegenüber. Hier haben Sie drei Euro. Und jetzt erschießen Sie die Olle da.»

«Hören Sie, ich –»

«Arschkopp!», bellte die Lady. «Ich war ja wohl zuerst hier! Nun ballern Sie schon!»

Wenn Eheleute meinten, dass ein Schlusspunkt nötig war, dann war das ihr Bier. Ich schnappte mir Hut und Mantel, lächelte der Tippse zu und stand wenige Sekunden später auf der Straße – jener Straße, die ich in meinen privaten Überlegungen in «Rue Morgue» umgetauft hatte. Erst im Taxi wurde mir klar, dass mein Maschinengewehr noch im Büro lag. Ich stieß den Fahrer an. «Folgen Sie dem Wagen da.»

Mit quietschenden Reifen fuhr er los und stoppte wieder.

«Welchem Wagen?», fragte er. Irgendwo fielen neununddreißig Schüsse. «Ich sehe keinen.»

Der Fahrer hatte recht, die Straße war leer. «Wir warten, bis ein Auto kommt», entschied ich und zog an meiner Bourbon. Sie schmeckte verdächtig nach Whiskey. Ich schmiss sie aus dem Fenster, und es machte klirr.

«Können Sie Ihre Kippen nicht woanders hinschmeißen?», schnauzte eine vorbeigehende Omi. «Überall Scherben! Und die Hunde treten dann drauf!»

Mir wurde schwindelig. «Und wie heißen Sie?», fragte ich. Der Fahrer drehte sich um. «Wie werden sie schon heißen? Bello, Axel, Schnippi ... Kommt ganz auf den Geschmack des Halters an.»

Jetzt war aber Schluss. Ich presste ihm meinen Mittelfinger an den Hals und fauchte: «Haben Sie schon mal jemanden gemordet und sind nicht gefangen worden? Gestehen Sie, oder ich drücke ab.»

Statt einer Antwort kotzte er mir den Ärmel voll. Logisch. Ich hatte ihm den Finger in den Hals gesteckt – statt an. Er hätte ihn für eine Pistole halten sollen. Aber so hatte er den Finger schnell erkannt, und ihm war schlecht geworden.

Als ich wenige Minuten später mein Büro aufschloss, stolperte ich über zwei Personen. Es waren die Klopowskis; meine Sekretärin hatte die neununddreißig Schüsse leider nicht gehört. Resigniert griff ich zum Telefon. «Detektei Gsella, den Sergeant bitte.»

«Pizza-Service Nord. Was wünschen Sie?»

«Schicken Sie einen Wagen vorbei. Aber einen gebrauchten; zwei Jahre TÜV, nicht über drei fünf.»

«Wir sind in zehn Minuten da. Haben Sie den Salat?»

«Und ob ich den habe», knurrte ich, deckte den Tisch und knallte den Hörer auf die Gabel. Zwei Zacken knickten ab. So ein Mist. Die Sprechanlage knackte. «Mr. Gsella?»

«Yeah.»

«Ein fliegender Besteckhändler.»

«Soll reinsegeln.»

Draußen wurde es langsam wieder hell.

{ENDE}

Wie herrlich, wenn er heraufzieht,
der Duft des Sommers:

Veilchen, Rosen, Linden,
Gras und Hyazinthen,
alles duftet, alles chillt
im Park, bis dann der Erste – grillt.

Triumph des Grillens

Komm in den totgesagten Park und schau
Im Schummer schmauchend rauchender Gestelle:
Die marinierten Reste von Ochse Kuh und Sau
Zwischen Grillanzünder Ketchupflasche Frikadelle.

Komm in den Park da sind Männer!
Bärtig und glatt mit Zangen und Säcken sie grillen
Sie grillen abends und mittags sie stinken
Ein Mann steht im Grün der spielt mit dem Feuer der raucht
Der raucht und qualmt dass es dunkelt in Deutschland
Dein goldenes Bier für die Fete
Dein aschender Glutstalagmit.

Hier diese Reihe sind Schweinenackenhälse
Und diese Reihe ist zerfallene Brust
Grill stinkt bei Grill. Fauchend blasen die Bälger.
Komm, schmeiß die leere Fleischpackung weg!
Sieh dieser Klumpen Fett und faule Säfte
Kein Koch befördert's kunstvoll zum Gericht
Hier gärt nur Rausch und gart Heimat.

Kalter Rauch der Frühe wir trinken dich abends
Wir trinken dich mittags und morgens wir trinken dich nachts
Wir trinken und trinken
Wir riechen das Fett in den Lüften das riecht manchmal streng
Ein Mann wohnt im Park der hat hundert Pro Grillspaß
Er pfeift seine Kiddies herbei
Der kocht mit Esbit der fackelt nicht lang
Dein goldenes Bier für die Fete
Dein aschender Glutstalagmit.

Nahrung wird schmatzend verzehrt nur. Reiß auf die
Dose von Tupper mit Nudelsalat mit Mayo mit Kraut.
Spritze die Soße schmiere den Dip quetsche die Flasche ganz leer
Scheiß auf Besteck leck von der Pappe gibt's keine Fleischreste mehr?

Muselman und Christ in kokelnder Eintracht
Beschicken die Öfen des Abendlands.
Verbrennt und kremiert nur! Grillt immer weiter!
Auf Verkehrsinseln Grünstreifen Wegen
Grillt und kremiert alle Rösser und Reiter!

Schwarzes Fleisch der Kühe sie nagen dich nachts
Sie nagen dich mittags der Grill ist ein Meister aus Deutschland
So stinken sie abends und morgens und stinken und stinken
Der Tod ist ein Griller aus Deutschland sein Auge ist blau
Er serviert dir mit Zange und Schürze die kokelnde zischende Sau
Ein Mann wohnt im Park der facht an das Feuer er grillt
Er hetzt seine Kiddies auf uns er schenkt uns ein goldenes Bier für die Fete
Er spielt mit dem Feuer der Ofen muss rauchen in Deutschland!

Komm in den Park und grill alles verbrenn es!
Jetzt grill den Henssler den Rach und den Schuhbeck
Grill auch den Lafer und vorher auch bitte Horst Lichter!

Er ruft legt Fleisch nach und Kohlen ihr einen ihr andern schreibt WhatsApps
und trinkt
Er greift nach der Zange im Gurt er schwitzt sein Auge ist blau
Stecht tief in die Würste ihr einen ihr anderen postet und simst wenn es stinkt
Dein goldenes Bier für die Fete
Dein aschender Glutstalagmit.

Weh mir wo nehm ich wenn es Sommer ist
Die Blumen und wo den Sonnenschein und Schatten der Erde?
Die Grillroste glühn
Fettig und heiß
Im Winde
Klirren die Rauchfahnen.

Diesen meinen Beitrag zum World Press Photo 2015 hat die erneut hochkorrupte Jury weder zum Sieger erklärt noch überhaupt erhalten – ein Skandal!

Thailänder Glaubenskampf

In Zeiten eines machthungrigen Islams bleibt auch die Christenheit nicht untätig. Wie hier auf Ko Samui sieht man auf den von Moslems begehrten buddhistischen Inseln Südthailands immer öfter afrikanische Kardinäle beim demonstrativen Morgengebet.

Und hier noch mehr von dem Zeug, das zu kurz, zu wortkarg und zu blöd ist für lange Satire, entlarvende Filme und scheißkluge Lyrik – noch mehr aus der wahren und schönen TITANIC-Rubrik:

Vom Fachmann für Kenner

Puh

Auf einer Lkw-Heckplane las ich neulich die schönen Worte «Wir wünschen Ihnen einen guten Tag! Möbel Hausmann, Ihr freundlicher Möbelhändler»: ein wahrer Balsam nach all diesen eher unfreundlichen Firmen und Lkw-Grüßen wie «'n Abend, Sie Penner! Schmitz Gartenbedarf» oder «Arschlecken und Rasieren. Ihr Aldi Süd».

TG

Leicht daneben

Mit Weihnachten hab ich so meine Probleme. Spätestens seit ich mal geträumt habe, ich wäre zu spät zur Bescherung aufgewacht: hastig in die Klamotten gestiegen, die Treppe runtergesprungen, ins Wohnzimmer, wo die Familie schon andächtig um den Baum versammelt war. Vorwurfsvoll schaute mein Vater mich an. Das alberne Osterhasenkostüm, das ich da anhätte, das sei absolut unpassend, schrie er, und meine Mutter begann zu weinen. Dabei sah Vater in seinem elektrisch blinkenden und buntgetupften Clownskostüm mit dem Propellerhut auch nicht wirklich super aus. Von Mutter mit ihrer Nilpferdpeitsche und ihrer SM-Lederkluft ganz zu schweigen. Seitdem meide ich Weihnachtsfeiern. Lieber lese ich eins von den guten Büchern, die ich von Zeit zu Zeit hinter meinen niedlichen Löffeln finde.

OMS

Haushaltstipp

Bewegt man die Maus blitzschnell von unten nach oben, so schnell, dass der Pfeil volle Kanne gegen den Bildschirmrand pfeffert, fix wieder runter mit der Maus, Anlauf nehmen, erneut mit Karacho gegen den Bildrand, wieder und wieder und wieder, fünf Stunden lang, dann kriegt der Pfeil zwar furchtbare Kopfschmerzen, aber sein Schreien hören wir nicht. Pfeile schreien im Ultraschallbereich, daher sollte man sie mit Fledermäusen zusammenbringen, die sehen den Pfeil zwar nicht, umfliegen ihn aber weiträumig. Vorteil: Der Bildschirm bliebe unbeschädigt. Das Wunderbare ist: Es funktioniert auch andersherum. Sind also Fledermäuse im Zimmer, muss man nur den Pfeil zum Schreien bringen, dann kann dem Bildschirm nichts passieren.

TG

Früher Sartre

Kürzlich im Frankfurter, nein, Aschaffenburger Hauptbahnhof, Entschuldigung, Fußballstadion: ein Kind, zwei Jahre, drei Reihen unter mir und überwältigt von einer wie erstmals hellwach durchlebten Gasausscheidung: «Papa, ich ... bin gefurzt!» Lustig, aber: überhaupt nicht lustig. Denn sind wir's nicht alle?

TG

Idee für einen Tatort

Im Straßengraben der B 264 wird eine männliche Leiche gefunden – tot. Es handelt sich um den ekelhaften Handballer Gustav Meierlein. Kommissar Oskar Meierlein übernimmt die Ermittlungen. Friedhelm, Bruder des Toten und vorbestrafter Brudermörder, hat ein Alibi, das in sich zusammenbricht, als er zugibt, dass er der Mörder ist – schon wieder. Grund: Er fand auch Gustav blöd. Rechtsverdreher Werner Meierlein, Bruder des Opfers und Täters, will ihn raushauen, muss aber von Rechts wegen auf erneuten Brudermord plädieren. Darüber sind die Geschworenen Peter und Klaus Meierlein sehr wütend und knallen Werner über den Haufen. Im selben Augenblick klingelt Oskar, erschießt Klaus und Peter und will mit Friedhelm nach Argentinien fliehen, als sein Handy klingelt: Ulrike Meierlein, Mutter der Saubande, hat gerade Papa erstochen, jetzt will sie wissen, wie man Salzsäure macht. Plötzlich – ein Schuss! Die Mutter fällt um, schreit: «Gustav?! Du?!» Dann stirbt sie. Oskar versteht: Gustav war gar nicht tot, dafür aber jetzt Ulrike, Peter, Klaus und Werner. Erst freut er sich, dann weint er. Traurige Musik, Ende.

TG

Wiehnachtsgeschichte

Ich war in Wien, um den dortigen Weihnachtsmarkt zu besuchen. Mein Gastgeber wohnte im vierten Bezirk und erklärte mir, dass die Besonderheit am Wiener Weihnachtsmarkt sei, dass die Wiener ihn nicht Weihnachtsmarkt, sondern «Wiehnachtsmarkt» nannten, weil Wien nun mal eben so schön sei und der Weihnachtsmarkt, pardon, Wiehnachtsmarkt dadurch sogar noch schöner werde. Wir gingen hin, es war alles genau so wie überall anders auch, nur der Glühwein war noch tödlicher, süßer, widerwärtiger – das reine verflüssigte Kopfweh.

Anschließend gingen wir – eher aus Versehen – in eine Lesben-Bar, sie hieß «Chez la Frisöse». Die Wirtin, eine kahlrasierte Chilenin, bot mir Spanierwein an und gratis dazu einen Lesbenhaarschnitt. Ich erbat Bedenkzeit, dann musste ich wohin. Klug genug gewesen, nicht nach der Herrentoilette zu fragen, sondern gleich aufs Lesbenklo zu verschwinden. An den Wänden natürlich Lesbenkloinschriften: «Für Lesben geh ich meilenweit», «Lesbenpower every hour» und «Jung, dynamisch und aktiv, weil SIE nur mit Frauen schlief». Sofort das «nur» durchgestrichen und durch «nie» ersetzt. Und gut lesbar darunter-geschrieben: «Dauergeiler Angestellter (48) kann alle Lesben wieder rumdrehen, anschließend Glühweinsause auf dem Wiehnachtsmarkt. Täglich außer sonntags.» Mit der Telefonnummer meines Wiener Gastgebers. Seitdem nie wieder was von ihm gehört. Verdächtig. Ob er viel zu tun hat? Gerade jetzt, zur Wiehnachtszeit?

OMS

Aus der Bibel

Um die gleiche Zeit aber erkannte Abraham eine Magd mit Namen Mimi. Sie gebar ihm Simran, Jokschan, Medan, Midian, Jischbak und Schuach. Als Abraham das sah, sprach er zu seinem Weib: «Ich bin alt, unser Land ist steinig und die Arbeit schwer. Selig der Schoß, den Gott wahrhaft öffnet.» Nach diesen Worten begab sich Ketura zum Brunnen und gebar Ismael, Nebajot, Kedar, Adbeel und Mibsam, ferner Mischma, Duma und Massa; gegen Abend gebar sie Rebekka, Betuel, Laban, Sara, Pischol und Abimelech. Als Abraham das sah, sprach er zu seinem Weib: «Siehe, wie viel kommen denn da noch? Gehe hin und lass gut sein.» Aber noch in derselben Nacht gebar sie Uz, Bechel, Aram, Kesed, Bus und Reinhild.

TG

Tausend deutsche Bühnen verwandelte die TITANIC BoyGroup in brodelnde Hexenkessel, tausend deutsche Metropolen ließ sie verwüstet zurück. Und welche Juwelen darunter! Hier alle echten Sahnestücke auf einem Haufen.

Deutschlands schönste Städte

Vor vielen hundert Jahren schon,
Da sprach ein Mann zu seinem Sohn:
«Ich hab das Leben, ach, so satt;
Wohlan, wir gründen eine Stadt.»

Der Sohn war wie der Vater toll
Vor Menschenhass und Lebensgroll
Und sprach: «Sie soll auf Erden
Ganz einzigartig werden!»

So bauten sie. Bald war vollbracht,
Was Ekel, Zorn und Wut erdacht.
Und also kam auf diese Welt
Der Teufel namens Bielefeld.

Das Leben ist nicht wunderbar,
Und hier ist es unsäglich.
Hier sagt man «Frohes neues Jahr»
Vor lauter Unglück täglich.

Im Winter darben Mensch und Schwein
Mit Pommes und Polenta.
Im Sommer fallen Spinner ein
Und machen documenta.

Die City wie aus Hass gerührt,
Der Bahnhof ein Schlamassel.
Leb' du zur Not in Ulm und Fürth,
Doch nie, niemals in Kassel.

Die Häuserzeilen prangen bunt
Wie Prismen in der Sonne
Und spinnen reine Schönheit rund
Um Menschen voller Wonne.

Gebildet, ohne Hochmut stolz
Und nur von besten Sitten
Die Herren und mit reichlich Holz
Die Damen vor der Hütten.

Das Leben süß wie dies Poem,
Da Milch und Honig fließen.
Als Gegenstück zu alledem
Und widerlich gilt Gießen.

Es braucht nicht immer Wein zum Fisch.
Man darbt auch ohne Schinken.
Man kann auch ohne Stuhl und Tisch
Aus Regenpfützen trinken.

Es braucht nicht immer Glück statt Frust.
Man kann auch schluchzend leben.
Man kann auch ohne Lebenslust
Nach Gram und Trübsal streben.

Es braucht nicht immer's große Los.
Man kann's auch hintertreiben.
Man kann auch aller Hoffnung bloß
Im Ruhrpott wohnen bleiben.

Hier sitzt ja nun nicht irgendwer.
Hier sitzen Medienhäschen
Von RTL und WDR
Um Kölsche Kindergläschen.

Pro Runde gibt's zwei Tropfen Bier,
Die äußerst gut verschalt sind.
Auch die von n-tv sind hier
Mit News, die gut bezahlt sind,

Und Super RTL und Vox,
Weil niemand sie entfernt hat
Und halt das ganze Köln-Gesox
Nix Richtiges gelernt hat.

Wie man's von schlimmsten Taten kennt,
Fehlt diesem schlimmsten Orte
Das sprachliche Äquivalent:
Dem Grauen fehln die Worte.

So müssen neue Wörter her,
Die schlagen und nicht schleimen.
Kommt, spucken wir ins Wörtermeer
Zwei neue (eins zum Reimen):

Das erste Wort heißt katastroph,
Gesteigert: katastropher.
Am katastrophsten und saudoph
Ist demgemäß Hannover.

Wenn Klunkerkuh mit Aktiensack
Und Vollidiot und Hippe
Und das Polit- und Medienpack
Mit plastikdicker Lippe

Samt Gräfin Rotz und Arsch von Stenz
Und reichgefickten Gören
In einem Sud aus Prominenz
Und Scheiße Wagner hören,

Dann mag, nicht wahr, ich bitte Sie,
Der Teufel hocherfreut sein.
Doch kann es also nimmer nie
Im göttlichen Bayreuth sein.

Sie sagen ick und mir statt mich
Und wichsen ihre Glatzen.
Sie flezen sich in Kiez und Strich
Auf siffigen Matratzen.

Sie können nichts und wissen nichts
Und sind zu dumm zum Siezen.
Sie hoffen nichts und missen nichts
Und schimmeln in den Kiezen

Und sind, dem Herrgott sei's geklagt,
Zu blöd zum Brötchenholen.
Wer Hauptstadt der Versager sagt,
Der meint Berlin (bei Polen).

Die Frauenkirche zu zerhaun,
Um mit den freien Steinen
Die Mauer wiederaufzubaun
Und so das Land zu einen,

Indem man wieder atmen lässt
Den Osden und den Wesden,
Das kann man nicht in jedem Nest,

Wo scheißt die Sau ins Marmorklo?
Wo trägt man hohe Häuser
Und noch beim Lieben Anzug? Wo
Hält jeder Duck sich Mäuser?

Wo pflegt die Macht mit gutem Geld
Die guten alten Sitten?
Wo saugt der Abschaum erster Welt
Das Leben aus der dritten?

Wo sich die Säcke, Sack an Sack,
Bedienen und entlausen.
Es muss das Börser-Bänkerpack
Zu Recht in Frankfurt hausen.

Arschgesichter ziehn per pedes
Durch die Arschgesichterstadt.
Arschgesichter im Mercedes
Fahren Arschgesichter platt.

Arschgesichter tragen Tüten
In ihr Arschgesichterhaus.
Alte Arschgesichter brüten
Neue Arschgesichter aus.

Ach, es bündelt Arschgesichter
Prismagleich dies Arscheloch!
Leider reimt, so klagt der Dichter,
Es sich nicht auf Offeboch.

nichtung von allerlei CDU-Kassenbüchern auffällig wurde, kann er sich den Sachverhalt «überhaupt nicht erklären» und bittet dringend um das Zufaxen irgendwelcher «Unterlagen».

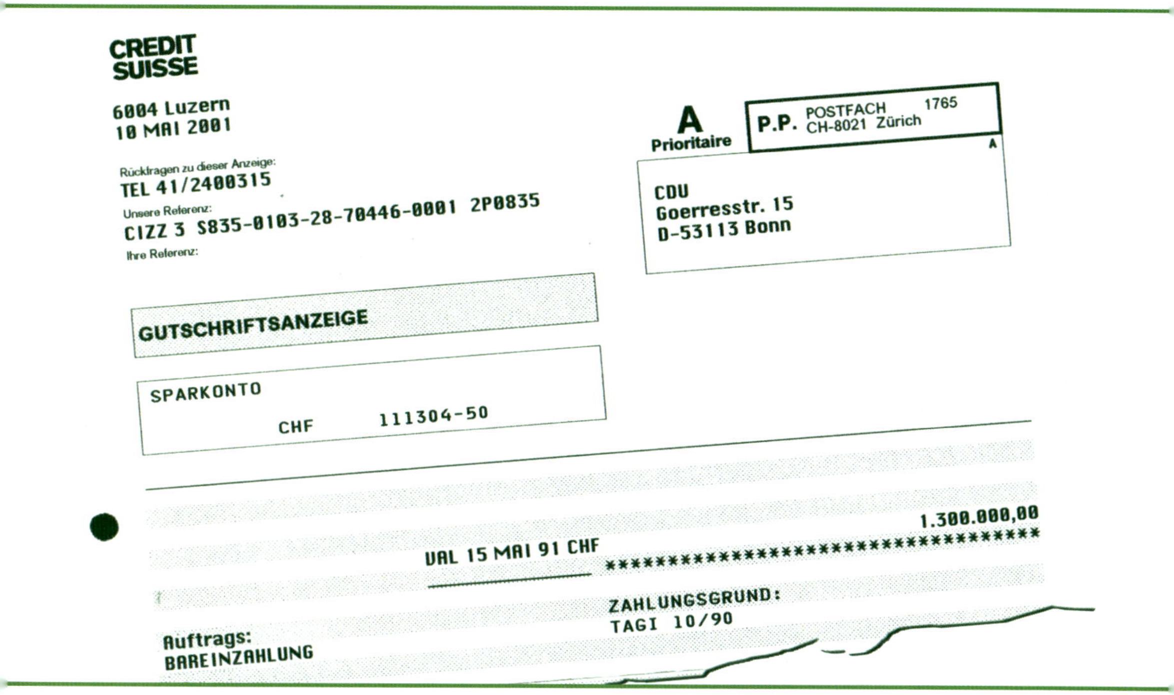

CREDIT SUISSE

6004 Luzern
10 MAI 2001

Rückfragen zu dieser Anzeige:
TEL 41/2400315
Unsere Referenz:
CIZZ 3 S835-0103-28-70446-0001 2P0835
Ihre Referenz:

A Prioritaire

P.P. POSTFACH 1765 CH-8021 Zürich

CDU
Goerresstr. 15
D-53113 Bonn

GUTSCHRIFTSANZEIGE

SPARKONTO
CHF 111304-50

VAL 15 MAI 91 CHF 1.300.000,00 **********************************

ZAHLUNGSGRUND:
TAGI 10/90

Auftrags:
BAREINZAHLUNG

Subkontoauszug mit diversen unsichtbaren Beträgen.

13.35 Uhr: Frankfurt

Die kann er bekommen: Der Kontoauszug geht auf die Reise, eine Stunde später klingelt das Telefon. Ein Angestellter der «Credit Suisse» in Zürich ruft an, um Herrn Widmer zu erklären, dass er ihn gar nicht kenne: «Hier am Telefon fragt ein Herr Ahrens nach Ihnen. Sie stehen aber gar nicht in unsrer Personalliste drin, die Telefonnummer, die er mir sagt, auch nicht!» Widmers schwer zu widerlegende Ausrede «Ja, dann ist das irgendwie nicht gut grade!» überzeugt ihn jedoch, und er bittet, den in der Warteschleife hängenden Herrn Ahrens nach Luzern durchstellen zu dürfen. Er darf. Ahrens ist immerhin der Leiter der CDU-Innenrevision und hochgradig nervös, vielleicht auch deshalb, weil er den frisierten Kontoauszug überhaupt nicht zuordnen kann. Um ihn etwas aufzumuntern, erklärt ihm Widmer auf Nachfragen, wer das Konto vor zehn Jahren eröffnet hat: «Das ist ein Herr, ein Herr … ah, da steht es: Leisler Kiep.»

Ahrens atmet mehrfach durch, sammelt sich aber schnell wieder und insistiert, ob es da «noch weitere Konten gibt, nicht dass wir danach noch andere Laufzeiten haben oder andere Konten in diesem Zusammenhang. Nicht, dass wir dann in vierzehn Tagen noch mal anfangen, weil da ein anderes Festgeld ausläuft!»

Der Schweizer verspricht Nachforschung; auch was das Kürzel «Tagi» angeht, das Widmer nicht erklären kann. Der freundliche Kollege von «Credit Suisse» Zürich aber wird in späteren CDU-Pressemitteilungen als «Maulwurf» der TITANIC angefeindet. Seit wie vielen Jahren das Satiremagazin einen Mann in der Züricher Bank hat, wird nicht mitgeteilt.

15.40 Uhr: Frankfurt/Berlin

In der Redaktion klingelt das Telefon. Merkwürdig ist das schon: Die CDU führt Auslandsgespräche über Luzern, um mit TITANIC-Redakteuren in Frankfurt ins Gespräch zu kommen!

Widmer: (behäbig) Credit Suisse Luzern, Widmer.

CDU: (nervös) Ja, Ahrens noch mal, Herr Widmer. Herr Widmer, haben Sie schon etwas herausgefunden?

Widmer: (langsam) Ja, ich bin da dran. Es gibt da so … Also, es gibt sicher zwei Subkonten mit Zahlungseingängen.

CDU: (bedrückt) Zwei weitere?

Widmer: (verschlafen) Ja, die eigentlich dieselbe Nummer haben, aber hinten einen A und einen B.

CDU: Das sind aber zwei weitere Konten?

Widmer: (sehr bedächtig) Ja, aber die sind wie … Die haben die gleiche Kontonummer.

CDU: Ach, die gleiche Kontonummer. Im Grunde genommen sind das dann aber weitere Beträge?

Widmer: (nicht direkt hektisch) Das sind weitere Beträge, die aber nicht sichtbar werden.

CDU: (holt tief Luft) Also kann man sagen, da ist das eine Konto mit 1,3 Millionen Franken …

Widmer: (gedehnt) Das ist nur 91er Eingang, das dürfte jetzt schon einiges mehr sein.

CDU: (resigniert) Jaja, der 91er. Und zuzüglich der zwei Subkonten.

Widmer: (Wort für Wort) Ja, also wir sind noch dran, vielleicht gibt es nochmals eines.

CDU: Ach so. Dann ruf ich morgen Vormittag noch mal an. Okay, bis dann.

Widmer: (gähnend) Schönen Abend noch, auf Wiederhören.

Subkonten? Beträge, die nicht sichtbar werden? Was für Laien nach Vollidiotie klingt, ist für den Geld-Fachmann Ahrens keine Überraschung!

16.37 Uhr: London/Frankfurt

Ein neuer Anruf: Eine Dame aus London behauptet, unter dieser Nummer wäre ihr Freund aus Luzern zu erreichen, kein Schalterbeamter. Statt stundenlang die technischen Details einer Rufumleitung zu erklären, wird sie gebeten, am Freitagabend wieder anzurufen.

17.48 Uhr: Berlin/Frankfurt

Obwohl noch nicht ganz der nächste Vormittag ist, ruft Herr Ahrens wieder an. «Tagi», ob man schon wisse ...? Nein. Um ihm eine Freude zu machen, hat Widmer aber immerhin zwei weitere Subkonten gefunden, C und D, «wahrscheinlich geht das immer so weiter jetzt ...». Auf die Beträge angesprochen, verweist ihn der Schweizer auf das Bankgeheimnis, rückt aber schlussendlich doch mit den Kontoständen raus: «Also A hat 1,25 und B, Moment, da ist 890 000 Franken, und die zwei neuen, 1 361 000, das ist also ungrad, und das letzte ist 1,56 Millionen.» Hauptgewinn! Mit Zins und Zinseszins insgesamt nur knappe zehn Millionen Franken. Herr Ahrens lässt sich auf seinen Sitz fallen und fragt, ob er in einer Stunde noch einmal anrufen dürfe. Er darf.

18.23 Uhr: Berlin/Frankfurt

Ahrens ist verschlissen. Statt seiner beim nächsten Anruf am Apparat: Eckart von Klaeden, parlamentarischer Geschäftsführer seiner Partei. Er möchte mehr Informationen und bekommt sie prompt: Widmer berichtet ihm leicht vorwurfsvoll, dass der «Spiegel» in Deutschland wohl Wind bekommen habe von den Konten und es inzwischen auch um den Ruf der Bank gehe. Klaeden räumt ein, den Bundesgeschäftsführer der CDU, Willi Hausmann, und den Fraktionsvorsitzenden Friedrich Merz informiert zu haben, glaubt jedoch nicht, dass einer von ihnen der Presse einen Tipp gegeben hat. Dann überlegt er, am nächsten Tag persönlich nach Luzern zu kommen, und fragt, ob er sich dort von allen Unterlagen Kopien machen dürfe. Widmer fragt zurück, ob er auch Kopien vom neu aufgetauchten Subkonto E haben will. Klaedens Vermutung, «Tagi» stehe vielleicht für Tagegeld, wird von Bankseite brüsk zurückgewiesen.

19.13 Uhr: Berlin/Frankfurt

Von Klaeden ruft an, fragt, ob man schon wisse, was wohl «Tagi» bedeute, und bittet um einen Besuchstermin für zwei Leute: «Was müssen wir denn mitbringen? Personalausweis?» Widmer rät zu, weil man ohne diesen nicht in die Schweiz einreisen darf. Da die Lufthansa streikt, plant Klaeden für den Fall, dass man keine Flüge bekommt, zu zweit noch in der Nacht mit dem Wagen aus Berlin anzureisen. Widmer freut sich insgeheim über die Vorstellung und fragt, was das eigentlich bedeute: CDU? Klaeden demonstriert politische Sachkenntnis: «Eine Partei! Eine politische Partei in Deutschland!» Ausnahmsweise erhält diese von Widmer einen Besuchstermin für den nächsten Tag: «Ist schon dringend, oder? Kommen Sie um 11 Uhr und fragen Sie nach mir oder Herrn Direktor Weber!»

19.18 Uhr: Frankfurt

Redaktionsassistentin Staniewski besorgt den Redakteuren Nagel, Rürup und Sonneborn einen schnellen Wagen, eine Kanne Kaffee, einen Reiseplan, eine Liste mit Wünschen der restlichen Redaktion («Kuhglocken», «Schweizer Franken», «Schokostäbli», «Tagi» etc.) und stellt einen Wecker auf 4 Uhr.

Freitag, 11. Mai

9.00 Uhr: Luzern

Ein herrlicher Sommertag in der Schweiz. Die Redakteure stellen den Wagen ab, spazieren ein wenig an See und Altstadt herum und dann zur «Credit Suisse», Schwanenplatz 8. Fotoreporter Nagel drückt sich mit seiner Kamera konspirativ in eine dunkle Ecke, Rürup kauft sich zur Tarnung ein paar Kilo Toblerone und lungert so unauffällig, wie es ihm mit seinen zwei Metern und fünf roten Bärten möglich ist, auf dem Platz herum, Sonneborn sitzt mit zwei leeren Schwarzgeld-Aktenordnern demonstrativ auf einer Bank vor der Bank und hält Ausschau. Der verrückte Plan der drei: Wenn Klaeden und Ahrens wirklich auftauchen, soll Sonneborn mit den Ordnern auf die CDU-Abordnung zuspringen, Nagel und Rürup das Ganze fürs TITANIC-Fotoalbum fotografisch dokumentieren. Während sie warten, mehren sich Fragen und Zweifel: Sollte der Vollblutnachwuchspolitiker Klaeden wirklich extra von Berlin nach Luzern brettern, um sich zwei leere Leitz-Ordner in die Hand drücken zu lassen? Wenn er die wirklich will, warum fährt er dann nicht einfach nach Frankfurt? Und: Kommt er bei Sonneborn mit seinem Personalausweis überhaupt durch?

10.55 Uhr: Luzern

Das Warten und Zweifeln hat ein Ende: Drei Männer gehen in die Bank. Sonneborn glaubt, Klaeden erkannt zu haben, ist sich jedoch nicht sicher: Er ist viel kleiner als auf Bildern! Aber neben ihm, der Mann mit dem zerknautschten Gesicht, ist das nicht Willi Hausmann? Der Bundesgeschäftsführer der CDU, der einiger Lügen in der Spendenaffäre verdächtigt wird und im März versucht hat, aufgeflogene parteieigene Schwarzgelder den Herren Weihrauch, Kiep und Lüthje unter-

Unauffälligkeit hat zwei Namen: Rürup, Nagel.

zuschieben? Er sieht ganz so aus! Schnell berät sich der TITANIC-Chefredakteur mit seinen Kollegen und spurtet dann allein in die Bank, um sich zu vergewissern. Als ihn eine Empfangsdame nach seinem Namen fragt, sucht er sämtliche Schweizer Sprachkenntnisse zusammen und antwortet: «Widmer!» Freundlich und ein wenig vorwurfsvoll wird ihm entgegnet, man erwarte ihn bereits im ersten Stock, wo er denn bleibe? Der Neu-Banker fährt mit dem Fahrstuhl nach oben, wird von einer Assistentin der Geschäftsführung in Empfang genommen, hört sich selber zum zweiten Mal an diesem Tag «Widmer» murmeln und wird dann mit einem herzlichen «Schön, dass Sie da sind!» zu den drei Wartenden geführt.

11.03 Uhr: Luzern

Eine nicht ganz unproblematische Situation: Zu dunkel zum Fotografieren, und Sonneborn kann kein Wort Dialekt! Zum Glück arbeitet sein Hirn unter Druck am besten, und im letzten Moment kommt er auf eine brillante Lösung: Er behauptet einfach, ein ganz anderer Widmer zu sein! Als die CDU-Politiker in geheimer Mission diese glaubwürdige Geschichte in bestem Hochdeutsch hören, reagieren sie sehr unterschiedlich: Von Klaeden rauscht sekundenschnell in einen Nebenraum, Hausmann drückt sich noch tiefer in seinen Sessel und vergräbt das Gesicht in den Händen, Ahrens geht in die Offensive und fragt, was hier eigentlich vorgehe. Der falsche Widmer behauptet, keine Ahnung zu haben, stattdessen aber einen Termin mit Dr. Hürlimann. Er geht auf die Sekretärin zu und flüstert hinter vorgehaltener Hand: «Bitte rufen Sie Dr. Hürlimann an, aber so, dass diese drei Herren es nicht hören! Bankgeheimnis! Nummernkonto! Ich warte unten. Guten Tagi!» Dann verlässt er die Bank und drei extrem verstörte Herren.

12.35 Uhr: Luzern

Über neunzig Minuten bleiben die Spitzenpolitiker in der Bank. Kein Wunder eigentlich: Da steht der Bundesgeschäftsführer der CDU mit zwei Parteikollegen und einem schlecht gefälschten Kontoauszug in einer bis dahin angesehenen Schweizer Bank und will einen Direktor sprechen, den es nicht gibt, um knappe drei Millionen Franken abzuholen, die nur in seiner Vorstellung existieren! Und möglicherweise ist darüber hinaus noch Klärungsbedarf vorhanden, denn seit 1999 sitzt Helmut Kohl im Beirat der «Credit Suisse».

Anschließend geht alles ganz schnell: Durch den Lieferanteneingang verlässt die CDU das Haus, ohne zu ahnen, dass ihnen fünf rote Bärte mit Toblerone-Tüten unauffällig folgen. Über Handy werden in einer kurzen Schnitzeljagd Nagel und Sonneborn herangeführt, und kurz nachdem Klaeden, Hausmann und Ahrens sich zur Beratung in einem nahegelegenen Restaurant niedergelassen haben, sind auch

Durch den Lieferanteneingang mit leeren Geldkoffern nach Hause: CDU.

Nagel und Rürup mit ihren Fotoapparaten gut positioniert. Als Sonneborn mit den zwei CDU-Ordnern um die Ecke biegt, ist das Foto fürs Erinnerungsalbum nur noch Formsache. Dass Klaeden sich vor Schreck sein Bierglas über Tisch und Hose kippt, ist eine kurze Randnotiz der Weltgeschichte; ohne zu murren bringt der Ober ein neues Tischtuch. Während die TITANIC-Redakteure Platz nehmen, verschwindet Hausmann, um per Handy den Rest der Partei zu informieren.

Epilog

12.45 Uhr: Luzern

Trotz des herrlichen Wetters will keine richtige Feierstimmung aufkommen. Die Parteifreunde sind gezeichnet von den letzten vierundzwanzig Stunden, und es ist schwer zu sagen, welche Gefühle bei ihnen überwiegen: die Erleichterung, keine zehn Millionen Franken verschwinden lassen zu müssen, oder der Ärger, sich nach allen vorangegangenen Ereignissen plötzlich auch noch mit TITANIC-Redakteuren an einem Tisch wiederzufinden.

Auf jeden Fall ist Letzteres eine schöne Gelegenheit, noch einige freundliche Gehässigkeiten auszutauschen. Und weil die feixenden Redakteure wohl nicht lange auszuhalten sind, ziehen die griesgrämigen Politiker auch bald von dannen. Allerdings erst nachdem von Klaeden, der die TITANIC nach eigenen Angaben kennt und schätzt, betont hat, wie stolz er darauf ist, dass er «von Anfang an misstrauisch gewesen» sei. Sonneborn bedankt sich höflich, dass die CDU die beschwerliche Reise trotzdem nicht gescheut hat, dann geht jeder seiner Wege. Vor der Grenze erwerben die Redakteure zum Andenken noch einen Züricher «Tages-Anzeiger»; eine Zeitung, die der Schweizer schon mal liebevoll «Tagi» nennt. Mitunter auch auf der Überweisung, mit der er sein Abo bezahlt.

Diesen Augenblick wird der derzeitige Leiter der Abteilung Politik und Außenbeziehungen der Daimler AG niemals vergessen ...

Sind kaputte Kokain-Kids wirklich die Schlimmsten? Oder sind es crackrauchende Krokodil-User mit ihren Kindern, den flippigen Flakka-Flegeln? Von wegen! Jetzt gibt es Raver und Druffis, die sind noch viel krasser drauf – sie schlucken die …

Modedroge Maggi

Ein brodelnder Live-Bericht aus dem heißesten Kochstudio der Republik

In den partyseligen Neunzigern glaubte man, die härteste Club- und Drogenszene Deutschlands träfe sich im «Omen» in Frankfurt. Heute ist der übelriechende Partybunker in der Frankfurter Innenstadt, wo sich DJ-Gott Sven Väth mit vollgepumpten Ecstasy-Ravern durch die Nächte feierte, längst Geschichte. Inzwischen gilt die Berliner Großdisco «Berghain» als der abgefahrenste Tanzbunker Deutschlands mit Spiegeldrehkugel, Dreikanal-Lichtorgel und der «härtesten Tür Berlins». Doch das ist alles Kinderkacke und Schnee von gestern. Denn jetzt haben Trendscouts eine völlig neue Szene entdeckt – sie ist wieder in Frankfurt aktiv und gilt schon jetzt als die härteste Szene der westlichen Welt: die Maggi-Szene.

Immer mehr Glückssuchende sind magisch von ihr angezogen. Vor allem gelangweilte Altjugendliche sind es, die in dieser Szene den letzten, den allerultimativsten Kick suchen: dicke Hausfrauen, die seit Jahren am Topf hängen, ausgemergelte Single-Yuppies, die nicht richtig kochen können, die nicht mal wissen, wie man Kaffeewasser richtig einfriert. Sie suchen Wärme und Geborgenheit, sind gierig auf das Glückspulver aus der bunten Packung. Sie alle kommen nach Feierabend hierher, in die unwirtliche Frankfurter Innenstadt. Denn dort, zwischen Kaufkirche und Paulshof, dort, in der Neuen Kräme 27, dort steht es: das bislang einzige Maggi-Kochstudio der Welt.

Türsteher gibt es hier nicht. Stattdessen ragt am Eingang ein verknoteter Löffel in die Luft. Er ist das unverzichtbare Besteck der Maggi-User. Sie haben immer einen Teelöffel dabei, mit dem sie sich ihren Stoff reinziehen. Der Knoten soll sie daran erinnern, die tägliche Ration der Designerdroge Maggi zu sich zu nehmen.

Zwei, drei, vier, fünf Löffel!

Nur einige Tropfen aus der szenetypischen Flasche. dann verschwinden Angstzustände, Hühneraugen und eingewachsene Zehennägel wie von selbst. Ganz harte Junkies haben sogar ein ganz hartgekochtes Ei dabei, das sie vor dem Verzehr mit einer doppelten Überdosis Maggi pur beträufeln. Megakick! Lange hält das Glück der Konsumenten jedoch nicht an. Bei regelmäßigem Missbrauch entsteht, wie bei allen Rauschgiften, die gefürchtete Toleranz. Ein Löffel Maggi reicht dann nicht mehr, zwei Löffel müssen her, drei, vier, bald eine ganze Flasche noch vor dem Aufstehen. Die absolut Fertigen lutschen sogar rohe Suppenwürfel und glotzen einen danach aus glasigen Fettaugen an.

Nach der Einnahme von ca. zweitausend Milligramm reinem Würfel zeigen sich die ersten Wirkungen: Es sträuben sich einem die Nackenhaare, die Körpersäfte gerinnen, man lacht und kotet sich unmerklich ein, doch wegen des anhaltenden Kohldampfs muss der Berauschte ständig weiterlöffeln und schlucken. Das Herz rast, man kann nur noch verschwommen riechen.

Im Maggi-Kochstudio finden die Junkfood-Raver den Flash gleich tellerweise. Ihr Blick ist starr auf die psychoaktive Substanz gerichtet, die vor ihnen auf der Anrichte bereitliegt: fertig abgepackte Briefchen mit Hühnerbrühe. Verführerisch glänzt das Stanniolpapier. Natürlich muss der hochreine Stoff mit Sellerie, Petersilie, Zwiebeln und ganz viel Wasser gestreckt werden, sonst haut es einen rückwärts aus den Stützstrümpfen. Anbraten, ablöschen, mit Rauschpfeffer, Tollkirsche und Fliegenpilz nachwürzen – fertig.

Die dicken Hausfrauen ächzen über den dampfenden Fissler-Töpfen. Große, gelbe Schürzen sind ihr geheimes Erkennungszeichen, mit dem sie sich unter Millionen gegenseitig ausmachen können. «Maggi ist Penicillin für die Seele», keuchen sie und klappern mit den Schneebesen. Drogenwahnsinn im Quadrat.

Tim Mälzer voll auf Glutamat

Allein in Deutschland gibt es schätzungsweise dreißig Millionen regelmäßige Maggi-Konsumenten. Der Spaß ist billig – ein Päckchen «Riesenappetit-Suppe» in der szeneüblichen Zwei-Teller-Dosierung kostet nicht mal zwei Euro –, und er ist überall zu kriegen: «Kartoffelgratin-Mix», «Texicana-Salsa» und sogar der hochkonzentrierte Aromastoff «Fondor» sind längst auf Druck der Brühwürfel-Barone legalisiert, für jedermann frei erhältlich. Nicht einmal Kinder sind mehr sicher, greifen schon im Vorschulalter zur Riesentüte mit «KIDS Klare Buchstabensuppe», obwohl sie noch nicht mal lesen können.

Die Hersteller und Verkäufer von Würzprodukten machen viel Geld, die Hobbykochszene hat sich rasend schnell kommerzialisiert, prominente Abhängige wie Tim Mälzer oder Johann Lafer sind in Wahrheit glutamatbetriebene Androiden, die bei Suppen-Raves und Kochsendungen den Kontakt zur Szene herstellen sollen.

Im Maggi-Kochstudio in Frankfurt herrscht jetzt Totenstille. Essenszeit. Nur ganz leise klappern die Löffel. Schlabber, schlabber, schluck, schluck. Hin und wieder hört man Sätze in geheimen Szenecodes, wie etwa: «Da muss noch was Salz ran.» Oder: «Huiii, das werd ich mal meinem Mann kochen.» Noch sind sie entspannt und gut drauf, die Maggi-Freaks.

Aber ihnen wird das Lachen schon noch vergehen. Garantiert. Denn spätestens am nächsten Tag droht jedem Kochstudio-Raver das, was im Rausch so gerne verdrängt wird: der gefürchtete Abwasch.

Nach so viel hartem Stoff schnell ein paar kurzstreckige Stopper mit Tieren und geiler Belehrung!

Am Morgen fiel mit lautem Schrei'n
Ein Nager in das Elsass ein
Und schrie mit Blick auf seine Uhr:
«Ab sieben herrscht hier Diktatur!»
Moral: Er hat was falsch gemacht,
Denn Diktatur kommt stets um acht!

Geblendet sprach ein Leguan
Die wunderschöne Seekuh an:
«Ich hab noch guten Scotch im Schrank;
Wir äh ... Was hältst du ...» – und ertrank.
Moral: Ein jeder Flirt misslingt,
Sobald der Flirtende ertrinkt!

In Bombay am Touristenstrand
Gab ein verliebter Elefant
Frau Ilse K. aus H. die Hand
Und ist dann ganz schnell weggerannt.
Moral: Hier eben sahen wir
Die Liebe zwischen Mensch und Tier!

Im Kongo glänzte ein Skorpion
Am Bongo wie am Xylophon,
Doch leider nur in seinem Bau.
Ihn kennt bis heute keine Sau.
Moral: Es schadet dem Insekt,
Wenn es sich allzu sehr versteckt!

Ach ja, o weh, das «liebe» Geld:
Ein Nacktmull ging nach Bielefeld,
Zu finden Weisheit, Reichtum, Ruhm
Und starb recht spät, ja fast posthum.
Moral: Sie bleibt, was sehr erschreckt,
In diesem Falle unentdeckt –

Ein Nashorn oder nein: ein Reh
Flog wiehernd übern Baikalsee.
Erst nach der Landung wurd ihm klar,
Dass es kein Haubentaucher war.
Moral: Die Ich-Identität
Entdeckt so mancher erst recht spät!

Die Biene sprang im Drogenwahn
Den honigsatten Grizzly an,
Schlug mehrfach viehisch brüllend drauf
Und fraß es dann in toto auf.
Moral: Es schützt den Grizzly nicht
Allein die Größe und Gewicht!

Einst alterte mit jedem Tag
Ein einstmals junger Kakerlak.
Und später lag er, vormals jung,
Verstorben in der Umgebung.
Moral: Wer sähe da nicht rot –
Erst ist man jung, dann alt, dann tot!

Die Runkelrübe fraß aus Zorn
Zwei Gemsen Marke Matterhorn
Und sprach alsdann: «Was tu ich hier
In diesen Fabeln? Bin ich Tier?»
Moral: Na gut. Im Grunde nicht.
Doch ist nicht Tier, wer so schön spricht?

Ein Buckelwal, der schwamm im Meer
Den ganzen Tag lang hin und her.
Erst schwamm er hin, das dumme Stück,
Und dann zum Ausgangspunkt zurück.
Moral: Wahrhaftig ein Skandal!
Was für ein Arsch von Buckelwal!

Wir BoyGroup-Boys, die wir seit Jahrzehnten durch die Säle der Republik touren, sind natürlich nur die Nachhut und die Erben der besten, gefühlvollsten und schönsten Boygroup, die Deutschland jemals hervorgebracht hat – der Flippers. Sie wurden zu Symbolfiguren eines Lebensgefühls und sind bis heute unvergessen. Schalten wir doch mal eben rein in eines ihrer letzten Livekonzerte in der ausverkauften Frankfurter Festhalle.

The Boys of '86 – Die good old Flippers auf Flippertournee

Es ist kalt, kalt, kalt an diesem grauen Samstag im Herzen unserer Republik. Aber nicht im Herzen der vielen tausend Flipper-Fans, die jetzt schon, kurz nach fümfe, der prächtigen Frankfurter Festhalle zukugeln, obwohl es doch erst um achte losgeht. Kleine gestandene Männer, große gestandene Männer, kleine dicke Damen, große dicke Damen, sie alle wollen sich von dem Dream-Trio aus Knittlingen bei Pforzheim, wo Gemütlichkeit Trumpf ist, live on stage verzaubern lassen.

Hie und da rollen niedlich aufgeregte Behinderte einher, latschen Mittelstandspärchen vorbei am Messeturm, fesche Sekretärinnen, knackige Staplerfahrer mit Zwirbelschnäuzer, Oma-Mutter-Tochter-Kombipakete und etliche Male der Vater mit dem Junior. Die weiblichen Geschosse, so erfahre ich später, werden brancheninntern «Silberzwiebeln» genannt. Sie stellen die feste Basis der treuen Fangemeinschaft und umlagern bereits den Stand mit dem Original-Flippers-Merchandising: Nur hier haben sie die Chance, für eine normale CD volle zwanzig Euro zu bezahlen oder zehn Euro für ein Set aus sieben Postkarten.

Ich bin total aufgeregt, denn gleich erlebe ich mein erstes Flippers-Konzert, erlebe

Bernd, den blonden Hengst am Bass, den alle nur «Bernd Hengst» nennen, den dicken Schlagzeuger Manfred, den alle nur den «Dicken» nennen, und den gutaussehenden Olaf mit der braunen Lockenmähne an der Gitarre.

Wo hat man auf dieser Welt schon noch die Gelegenheit, echtes Bühnen-Urgestein live zu erleben? Eine Band, die einfach alle Rekorde gebrochen hat? Die sich 1964 – da kamen die Stones gerade mal in die Gänge – bereits als «Dancing Band» formierte, ein Jahr später noch einen drauflegte und sich in «Dancing Show Band» umbenannte, um schließlich 1969, im Jahr ihres Megaerfolgs *Weine nicht, kleine Eva* zu den «Flippers» zu werden. Seitdem brachten sie über fünfhundert Lieder auf siebenunddreißig Alben heraus, mit Kompilationen sogar über zweihundert eigene Platten, kassierten neun goldene Stimmgabeln, vierundzwanzigmal Gold und fünfmal Platin – wer kann da mithalten?

In der Halle steigt das Stimmungshygrometer. Die ersten Reihen sind fest im Griff der Fanclubs. Aufgeregt werden große Farbfotos von vergangenen Konzerten ausgetauscht und bunt verpackte Geschenke bereitgestellt. Mählich haben sich die Silberzwiebeln warmgebrodelt, ertönt zum zweiten Mal der Gong, verstummen die Calypsoklänge, verkaufen Ordner die letzten Blink-Delphine zum Anstecken (acht Euro), die letzten leuchtenden Winke-Sträuße (zehn Euro), dann verlischt das Licht. Die Support-Band besetzt Schlagzeug und zwei Synthesizer, dann preschen unter dem gepflegten Applaus des Publikums der Olaf, der Hengst und der Dicke in roten und blauen Glitzeranzügen auf die Bühne, am Mischpult wird die CD gestartet, und zwei Regler werden hochgefahren, denn die Flippers leisten sich Stereo, dann fetzen sie auch schon los.

Circa dreißigtausend Watt in gepflegter Altenwohnstiftlautstärke diffundieren ins Oval der Festhalle: *Bleib doch ungeküsst, bis du hundert bist – Bye, bye, Belinda!* Sofort danach kommt *Der kleine Floh in meinem Herzen, das ist der kleine Wicht, der immer wieder sticht*, dann sagt der Dicke mit seiner sexy Stimme «Hallo, Frankfurt!» und legt los.

«Auf die Stühle, die Hände zum Himmel», röhrt nun der Dicke, denn er ist für die Späße zuständig. Natürlich würde es sich das gesittete Publikum nie im Traum einfallen lassen, auf die Stühle zu steigen, so viele Altenhelfer sind gar nicht im Saal, und die Rollstuhlfahrer bleiben sowieso sitzen. Dann singen die drei: *Ich hab heut Liebeskummer, weil du nicht da bist* – ein weiteres gefühlvolles Lied mit Feeling pur und reichlich zauberhaften Synthesizer-Klängen. Die Musik gibt den Menschen im Saal die Gelegenheit, mit den kleinen Sorgen des Alltags besser fertigzuwerden. Deswegen sagt der Olaf jetzt auch: «Setzen Sie sich, Sie haben ja dafür bezahlt», greift zur Gitarre und singt den Klassiker *Lotosblume hab ich dich genannt, als die rote Sonne in Japan versank* und gleich hinterher auch noch *Ich hab ein Herz aus Schokolade*.

Der Olaf! Er kommt bei den heftig klatschenden Silberzwiebeln am besten an und bei mir natürlich auch. Dann stellt Bernd Hengst uns allen die Frage: «Wer hätte gedacht, liebes Publikum, dass die Tränen eines kleinen Mädchens uns so viel Glück bringen?» Das anschwellende Raunen der Silberzwiebeln ist der Ausdruck höchster Vorfreude auf den ersten Nummer-eins-Hit der Flippers, mit dem sie im Jahr 1969 den Stones und «Honky Tonk Woman» gekonnt Paroli boten: *Weine nicht, kleine E-he-he-va!*

Auf einmal Unruhe im Saal, Menschen verlassen ihre Plätze. Fühlen sie sich getäuscht, ausgenommen und verladen? Eilen sie in eine Techno-Disse, um sich bei Ambient und Electro zu erholen? Von wegen, denn jetzt ist, die Fans wissen es längst, traditioneller Geschenkabgabetermin. Schwerbeladene Silberzwiebeln kullern vor zum Bühnenrand und laden liebevoll eingepackte Blumen, Teddybären, Sixpacks und Weinflaschen ab, und weil bald Ostern ist, auch viele bunte Schoko-Eier. «Mann, sind das dicke Eier», sagt konziliant der Dicke und bringt die Halle aus dem Stand zum

Kreischkollaps. Der Witz ist so gut, dass er später immer wiederkommt: «Ich habe zwei tolle Eier», keucht der Dicke, und das spontan artikulierte Wort «Kondome» bringt die geschätzte Hallengemeinschaft zur hysterischen Raserei. Sanitäter gehen in Startposition.

Chartbuster wie *Du bist 'ne Wucht, Cherie* und *Drei Töne am Piano* können die Stimmung auch nicht merklich dämpfen, bei *Santo Domingo* wird sogar Schunkeln angeordnet, *In Venedig ist Maskenball* grölen die Mühseligen und Beladenen, die aktuelle CD wird vorgestellt, die Hookline *Isabella, bella, bella, tanz noch einmal Tarantella* bohrt sich spitz in die schunkelnden Hirnschwämme, und als der Dicke feststellt: «Hier ist's so warm, da schmelzen fast die Eier» – da kann nur noch eine Pause das Allerschlimmste verhindern.

Selbst einem ewigen Zweifler wie mir ist nun klargeworden, dass hier keine abgefuckten Schmusesänger am Werke sind, sondern lässige Typen mit abgefahrenen Frisuren. Vollprofis. Klar, dass auch nach der Pause der Sound exakt so fett ist wie im ersten Teil. Das liegt natürlich nicht an der Support-Band im Hintergrund (denn die, so wird im Backstagebereich gemunkelt, sind gar keine Musiker, sondern Roadies, die an nicht angeschlossenen Instrumenten herumhampeln), es liegt auch nicht an den Original-Musikern, denn mit der Westerngitarre, dem Bass und den beiden lächerlichen Drumpads, auf denen der Dicke nur alle Jubeljahre mal herumpatscht, kann man beileibe keine Musik machen, die bei Flipperfans den Herzschrittmacher zum Stolpern bringt, nein, das liegt natürlich an der Playback-CD, die einzig und allein den Stereo-Profisound garantiert.

Du mein Napoli, dich vergess ich nie, dröhnt der Dicke in einer Art bassig rumpelndem Sprechgesang, das *Mädchen vom Gardasee* wird besungen, *Wenn in San Remo die Rosen blühen*, mit anderen Worten: *Das ganze Leben ist eine Wundertüte*. Die beliebten Stars geben alles, die wogenden Silberzwiebeln kreischen würdevoll und gesittet, benehmen sich anständig: «Wir werden sexuell nicht belästigt – meine Frau hat also überhaupt keinen Grund zur Eifersucht», teilt der Dicke im aktuellen Tourbuch mit, und ins Mikrofon sagt er live: «Ich habe vor sechsunddreißig Jahren geheiratet und

bin dank meiner Ehefrau sechsunddreißig Jahre im Paradies.»

Auf seufzen die Zwiebelchen und klatschen brav, denn sie können ja nicht ahnen, dass der Dicke hinter der Bühne und im Cateringraum ganz andere Witze reißt. «Als die Mädels da vorne zur Schule gegangen sind, war die Eifel noch flach», ist einer seiner besten, oder der hier: «Habt ihr die da vorne gesehen? Ein Massengrab! Bei denen lohnt sich nicht mal die Heimfahrt.» Profi, der er ist, würde er dergleichen natürlich nie auf der Bühne sagen, denn auf der Bühne werden in den Liedern der Gruppe Flippers Träume von Sehnsucht und Ferne klangbrockenartige Wirklichkeit.

Liebe ist mehr als nur eine Nacht, hast du darüber schon nachgedacht, fragt verschmitzt Bernd Hengst, dann ist zum zweiten Mal Geschenkabgabe. Der Dicke macht sich mal wieder an dem hohlen Baumstumpf neben dem Mikrofonständer zu schaffen, wo jeder Flipper eine Minibar versteckt hat, und der Olaf träumt sich mit dem Publikum auf eine «Reise in die Karibik», auf «ein kleines Eiland, da trinken die Eingeborenen literweise Rum». Ruckartig steigt der Jubelpegel an, denn das Publikum hat jetzt begriffen, und der Olaf schreit: «Jaaa, das Publikum weiß, wann die Flippers dieses Lied gesungen haben, yeah. Neunzehnhundertsechsundachtziiiig!!!»

Schon bei den ersten Synthesizer-Wogen versinkt der Saal im Schunkelwahn, denn *Die rote Sonne von Barbados* ist Hymne, Wahrzeichen und Wiederauferstehungssymbol der weltumspannenden Flippergemeinde. Nach zwanzig Jahren des Tingelns kam 1986 wie aus dem Nichts die Platinplatte, und die Flippers waren wieder voll da. Seitdem wurde ausnahmslos jede erschienene Platte vergoldet. Barbados sei Dank!

Vier Lieder vor Schluss dürfen alle Fans noch mal nach vorne, um *Wenn Engel verreisen* besser zu hören, *Capri* und *Meine kleinen Sorgen, auf Wiedersehn.* «Abschied nehmen hat immer auch ein klein wenig mit Traurigkeit zu tun», tröstet Bernd Hengst das Publikum an diesem herrlichen, leider viel zu früh ausklingenden Flippers-Abend, der Dicke entledigt sich des Kittels und blendet die Silberzwiebelchen mit dem Anblick seiner wulstigen Oberarm-Rohre, *Komm lass uns zärtlich sein, bis der neue Tag anbricht* –

Danke, Frankfurt, ihr wart Weltspitze, und noch einmal trümmert es aus fast mannshohen Boxen: *Isabella, bella, bella, tanz noch einmal Tarantella,* da brennt der Bär, da steppt die Kuh, und die Flippers verabschieden sich von mir und euch und allen, sie haben die Herzen ihrer Posse mal wieder im Sturm erobert, aber sie sind einfach nicht am Ruhm zerbrochen, wie zum Beispiel Amy Winehouse oder Nirvana, ihre Fans halten ihnen die Treue, und mögen auch die anderen rollenden Urgesteine mürrisch in ihren Luxuslofts zwischen New York und San Francisco abhängen – die Flippers fahren zurück nach Knittlingen – natürlich, sympathisch und spritzig wie eh und je.

Der Agenturjournalismus ist auch nicht mehr das, was er auf Seite 100 mal war. Jedenfalls nicht, wenn man noch weitere dpa-Meldungen geringfügig modifiziert.

+++ Brandheiße TICKERMELDUNGEN, frisch aus dem Ticker +++

+++ Helgoländer Polizei jetzt mit tollem Auto

Die Wasserschutzpolizei auf der bisher autofreien Insel wurde gerade mit ihrem ersten Streifenwagen ausgerüstet. Diese Entscheidung sei unter anderem deshalb getroffen worden, weil immer öfter Leute über die vier Beamten gelacht hätten, wenn die zu Fuß mit ihrem Handkarren unterwegs waren, sagte ein Mann mit einer großen Angel. +++

+++ Bumm, Bumm (3)

Großbritannien will neue Atomwaffen, obwohl die alten noch gar nicht verbraucht sind. Ein englischer Politiker sagte in einer Presseerklärung gestern Abend in London irgendwas Erklärendes auf Englisch dazu. +++

+++ Bester Mann!

Neues Gerichtsurteil: Ein gefälschtes Zeugnis kann Beschäftigte auch mehrere Jahre nach der Einstellung den Job kosten. Ausgangsfall war ein Bäckermeister, der sich mit einem selbstgebastelten Astronauten-Zeugnis («Immer gut geflogen!», «guter Tüp») bei der NASA beworben hatte. Drei Minuten nach Bekanntwerden des Urteils wurde der Discovery-Start verschoben. +++

+++ Die Waffe einer Frau

Ex-«Tatort»-Kommissarin Simone Thomalla will auch zukünftig im TV Mörder «mit den Waffen einer Frau» jagen. Dass sie da «gewisse andere Möglichkeiten» habe, müsse sie «wohl nicht erklären», sagte Thomalla der «Bild»-Zeitung. Auf Nachfrage des leicht verständnislosen Reporters (unterbelichtet) machte Frau Thomalla ein paar schwer zu interpretierende Hüftbewegungen, begann kreischend mit Lippenstiften zu schmeißen und schlug den Reporter mit der rechten Brust k.o. +++

+++ Au Backe, Kassel!

«Verständliches vom Amt: Kassel schult Mitarbeiter in Schreibkursen», informiert ein Mann von der dpa und wundert sich, dass in der Provinzstadt in Amtsschreiben die Behördensprache ab sofort durch Umgangsdeutsch ersetzt werden soll. Wahrscheinlich muss man jetzt mit Formulierungen rechnen wie «... haben wir deine Schrottkarre stillgelegt, da staunst du, was? Dein Amt!», «Ey, jetzt trink erst mal einen auf den Schreck, Kumpel!», «Hau weg, musst ja nich mehr fahren!». +++

+++ Hä? ... Ja ... ähm ... wat ... ähm ... wolln ... Se ... denn?

Diverse Callcenter in Mecklenburg-Vorpommern suchen rund 2000 Mitarbeiter, vermeldete in Rostock ein Mann im Anzug. «Diverse» sagte er natürlich nicht, sondern «einige» oder «mehrere». Und auch nicht, dass viele Mecklenburg-Vorpommernerer da gar nicht gut arbeiten können, weil sie so maulfaul sind, dass viele Anrufer denken, ihre Leitung wäre kaputt. +++

+++ Name-Change?

Der bekannte deutsche Baukonzern «Hochtief» hat einen Straßenbau-Auftrag in Australien. Eine Umbenennung in «Tiefhoch» ist nicht geplant, obwohl Australien umgekehrt an der Erdunterseite liegt (von uns aus gesehen). Der Name «umfasse sowieso die Idee vom Bauen nach oben und unten», sagte ein Mann aus der Firma unwirsch, «wir haben da schon an alles gedacht!». +++

+++ Hohe Ehre für ZEIT-Autor!

Christoph Dieckmann ist als bester Beachvolleyballer Europas ausgezeichnet worden, schreibt ein Agentur-Mann. Was er mit keinem Wort erwähnt, ist, dass die Auszeichnung für den «Zeit»-Autor nicht völlig überraschend kommt, hatte dieser doch vorher schon den Theodor-Wolff-Preis, den Egon-Erwin-Kisch-Preis und den Friedrich-Märker-Preis für Essayisten verliehen bekommen. Ohne dass der bescheidene Dieckmann das direkt gesagt hätte, darf man wohl davon ausgehen, dass die Wahl zum «King of the Beach» sein Lebenswerk krönt und irgendwie abrundet. +++

+++ Ts, ts, ts! Diese Italiener ...

Die italienische Fluglinie «Alitalia» erwirtschaftet täglich über eine Million Euro Verlust, teilte ein Sprecher am Wochenende mit. Ob die Angestellten schon mal drüber nachgedacht haben, einfach nur noch halb so viel zu arbeiten und nur 500 000 Verlust zu machen, dazu sagte er nichts. +++

+++ Nijasow ... Gesundheit!

Der turkmenische Diktator Nijasow erlag im Alter von 66 Jahren einem Herzversagen. Jetzt wird ein Gewaltherrscher gesucht, der dem Verstorbenen ähnlich sieht (von weitem), damit die landesweit errichteten goldenen Nijasow-Statuen nicht umgebaut werden müssen. +++

Im «Spiegel» sah ich diese Abbildung des Airbus-Managers Tom «Major» Enders und machte mir sofort größte Sorgen: um ihn, um euch, um uns alle.

VORTEIL BOEING

Airbus-Manager Enders

Was hat denn der? Was tut denn der
So überdienstbeflissen?
Was hat den Airbus-Manager
Da aus der Bahn gerissen?

Zwar steht er nur im Sonnenlicht
Und nicht in ihrem Scheine,
Doch zeigt er seine Augen nicht.
Wahrscheinlich hat er keine.

So sieht der arme Mann nicht das,
Was Sehenden glasklar ist:
In seinen Händen wähnt er was,
Was allerdings nicht da ist.

Er hält sie wie um einen Ball
(Auch Kürbis würde passen).
Man denkt, er habe einen Knall.
Ja ist das denn zu fassen?!

Der Fotograf hat's voll verpennt!
Der muss das doch ermessen!
Der muss doch sagen: «Stop, Moment,
Wir haben was vergessen!»

Der sieht doch, dass 'ne Lücke droht,
In die was Rundes hermuss! –
Jetzt steht da so ein Idiot
Und schadet unserm Airbus.

In einer fatalen Nacht des Jahres 2000 wurde Rolf Töpperwien Opfer noch fatalerer Umstände, an die er sich dann beim besten Willen nicht mehr erinnern konnte. Umso größer war die Freude ein Jahr später, als die ZDF-Sportreporterlegende, inzwischen vollständig genesen, wieder wichtige Spiele kommentierte. Was aber war in dieser Nacht wirklich geschehen?

Großer Durst

Eine Meldung und ihre Geschichte

Der Asbach war schon alle und draußen es schon hell. Auf Krücken kam mählich der Morgen heran und erwischte Rolf Töpperwien eiskalt. Er schluckte. Bewegte die leere und dennoch schwere Drei-Liter-Jumboflasche wie prüfend hin und her. Schluckte noch einmal. Aha. So schmeckt das also, wenn man nichts dabei trinkt. Gewöhnungsbedürftig.

Sanft schob er den apricotfarbenen Vorhang seines Louis-XV-Schlafzimmers zur Seite und zauberte – oje, das letzte! – ein Dosenbier hervor, zog den Sicherungsring ab und beförderte den Inhalt, ohne zu zögern, in die kreisrunde Öffnung unterhalb seiner Nase. Da gehörte er hin, das

Verbrennungen

Sportreporter Töpperwien verletzt sich schwer

Der ZDF-Fußballreporter Rolf Töpperwien hat sich schwere Verbrennungen zugezogen und ist in das Koblenzer Bundeswehrkrankenhaus eingeliefert worden. Nach Auskunft der Ärzte vom Montagabend schwebt er nicht mehr in Lebensgefahr. Der Unfall hatte sich am Sonntagmittag in Töpperwiens Wiesbadener Wohnung ereignet. Der 50-Jährige soll sich 40 Prozent seiner Haut verbrannt haben.

Seine erwachsene Tochter habe einen Schrei aus dem Schlafzimmer gehört und dann ihren Vater brennen sehen. Der Brand sei schnell gelöscht worden, bestätigte die Wiesbadener Feuerwehr. Töpperwien habe am Vorabend das Spiel Bielefeld gegen Bayern kommentiert und anschließend auf der VIP-Party des Frankfurter Konzertveranstalters Ossy Hoppe (50) teilgenommen. Gegen 5.30 Uhr habe er die Party verlassen, erst gegen 12 Uhr mittags brach der Brand aus. Die Polizei fand in Töpperwiens Schlafzimmer eine offene Flasche mit hochprozentigem „Stroh-Rum" und zahlreiche abgebrannte Streichhölzer. Der genaue Hergang lasse sich erst nach einem Gespräch mit Töpperwien klären, sagte ein Polizeisprecher. Dies sei aber im Moment nicht möglich.

dpa

wusste er, konnte er beschwören, da biss die Maus keinen Faden ab. Ein guter Trunk macht allzeit jung.

Dann krachte es. Plötzlich, ohne Vorwarnung, wie eine Explosion. Mit einem ohrenbetäubenden Prusten spotzte und spie der Sportreporter die zu hastig eingesogene Flüssigkeit wieder aus. Pfui Teufel! Vor Wut am ganzen Leibe zitternd, führte er die Dose näher ans trübe Auge, las das Unfassbare: «Apfelschorle. Alkoholfreies Erfrischungsgetränk.» Wie war das hierhingeraten? Ins geheime Bierdosenversteck! Ein Unfall? Sabotage? An solche Zufälle glaubte er nicht. Nicht als gewiefter Spitzenreporter.

Schon kurze Zeit später fiel Töpperwien ein, dass er verheiratet war. Mit einer Frau. Mit seiner Frau, wenn er's recht bedachte. Seine Frau! Genau! Die Sau! Die musste dahinterstecken. Aber wehe! Die soll nur sehen, was sie davon hat.

Mit einer Eleganz, die er sich selbst gar nicht mehr zugetraut hatte, ließ er sich auf das tiefergelegte Doppelbett krachen, betrachtete sich keuchend im Deckenspiegel, wälzte sich herum und rollte zur Ostkante, glitt ab, robbte zum Schminktisch. Fast ein Lächeln umflorte seine Mundwinkel, als er zwischen den unzähligen Parfümprobefläschchen seiner Frau endlich den Nagellackentferner fand und damit die noch in der Dose verbliebene Apfelschorle aufmöbelte. Ein tiefer, langer Schluck, ein sanftes, langes Brennen, dann war die neue Cocktailmischung in den Tiefen des ZDF-Mannes verschwunden.

Bueno! Viel besser als der Whisky-Sour-Eimer, den er vorhin auf Ossys Party gewonnen und auf Ex erledigt hatte. Dieser Sauerwhisky war ihm noch nie sonderlich gut bekommen. Er wirkte eigentlich nur, wenn man sofort eine Flasche Burgunder nachlegte, besser aber Kümmerling oder Küstennebel, der fegt das Sodbrennen wie eine Feuersbrunst aus dem Magensack.

Dachte und blinzelte nun Töpperwien. Und lauschte. Die Vögel fingen schon an zu singen – oder hatten sie schon wieder aufgehört? Wie war das noch?

In seinem taghell und scharf ausgeleuchteten Schlafzimmer war Rolf Töpperwien nur mehr verschwommen vorhanden, seine Konturen gingen allmählich in das Muster des Persers über, auf dem er gerade zu Fall gekommen war. Zum Glück war der Perser schon lange tot, über Jahre hinweg ersäuft in riesigen Lachen von gelbem Bier und weißem Wein und braunem Rum. Gelangweilt rülpste der Reporter, nahm eine deutlich typhose Färbung an und stupste die stechend riechende Dose unters Bett, wo sie mit einem kaum hörbaren Klacken zwischen den anderen Weißblechleichen verschwand.

Nunc est bibendum! Dachte er und ärgerte sich. Er war ja derart planiert, dass er schon wieder fließend Latein lallen konnte. Das muss sich schleunigst ändern, ein Rausch muss her! Ein kapitaler, kolossaler und freilich auch komatöser Rausch, der ihn wenigstens kurzzeitig erlösen mochte von diesen elenden Pausen zwischen den Alkoholvergiftungen. Die brachten doch rein gar nichts.

Fast betete er, dass Morpheus ihn wenigstens auf Zeit freundlich aufnehme, ihn vorher aber vielleicht mit Steinhäger oder «Kleinem Feigling» anständig bewirte. Oder mit Caipiranha oder -pirinha oder gleich zwei von denen, wie immer sie auch heißen mochten. Natürlich wäre jederzeit auch Long Island Ice Tea willkommen oder ein Mojito mit einem Schiss Gun bzw. Schuss Gin wegen der Aufrundung der Volumenprozente. Im rumorenden Kopf klackerten die Eiswürfel aller in Zukunft noch zu bezwingenden Getränke.

Kaum schwankend zog er sich am Heizkörper hoch, tastete sich eine Wand weiter in Richtung Schlafzimmerschrank. Das Sockenfach! Aaaaah, wusste er's doch. Da war die volle Literflasche Wermut, die ihm Hitzfeld mal zugesteckt hatte, und da war das Davidoff-Rasierwasser, das er neulich in der Umkleidekabine bei Olli Kahn gezogen hatte. Hah! Das sollen mir die Grünschnäbel erst mal nachmachen! Diese Weicheier, diese angeblich neue Sportreportergeneration, die mich ablösen und mir ans runde Leder will! Diese gelverschmierten Lackaffen!

Er dachte nach, ob er sich einen Negroni genehmigen solle.

Einen herrlich roten Negroni aus Wermut, Campari und Gin, mit Eiswürfeln und Orangenschnitz. Lechz! Obwohl – Eis und Orange, das war ja nur Kosmetik, warf einen ja nur zurück, war außerdem unerreichbar fern in der Küche. Wermut aber war da, wenigstens eine halbe Flasche, da er sich eben beim ersten Schluck noch klug zurückgehalten hatte. Campari könnte eventuell noch in der Truhe mit der Dreckwäsche sein, und Gin war sowieso genug da. Seit sie auf Gasheizung umgestellt hatten, war der Öltank im Keller ja freigeworden, und an viertausend Litern hatte selbst ein Herr seines Formats ein Weilchen zu knabbern. Zu schlürfen. Runter, in den Keller schlurfen und dann schlürfen, hihi. Das war lustig.

Gerade kamen ihm nur solche Ideen. Er würde das Wortspiel demnächst in eine seiner Übertragungen einfließen lassen. Vielleicht bei Dänemark gegen Holland, die Arschlöcher.

Johannes B. Kerner, die Arschmade!, schloss nun Töpperwien überraschend die gedankliche Nullerkette. Diesen blondierten Dumpfmeister würde er sich auch noch vornehmen. Eine fette Packung würde er ihm besorgen, immer rein in die Fresse, voll auf die Zwölf, mit Nachschlag und Sahne! Ihm sollten sie erst mal kommen, ihm, Töpperwein, Rolf, ZDF-Sportreporter vom Feinsten.

Moment: Töpperwein? War das der richtige Name? Er klang zwar irgendwie einleuchtend, fast zwingend, aber hieß er denn wirklich so? Hieß er genau genommen nicht – Rolf? Eben: Rolf. Wenn das kein Grund zum Feiern war!

Begeistert trank er mit sich selbst Brüderschaft und den Wermut nieder. Schmeckte auch ohne Campari und alles, fast besser als das Davidoff-Gebräu, das quasi von selbst hinterhergegurgelt kam. Was der Kahn nur daran findet? Dann schon lieber den doppelten Augenthaler – acht Weizen und nichts zu essen –, das hatte was, und übersichtlich war es auch.

Töpperwien öffnete das Fenster und mümmelte nach draußen. Interessant. So riecht also frische Luft. Gar nicht schlecht, dieses Zeug. Fern blinkte der Taunus, da zwitscherte was. Es rauschten die Wälder. Oder war er es selbst?

Für einen Moment hatte Töpperwien die Vermutung, ja die fast schon schiere Gewissheit, dass er rückwärts sehen könne. Aus der Deckung hinter dem Bügelbrett fixierte er einen Gegenstand, löste von diesem per Lichtquantenabsaugung die Bildsignale ab und verteilte sie auf seiner Netzhaut. Das war ja wie Fernsehen! Das lief von selbst! Er musste gar nicht erst hinschauen, die Dinge starrten ihn ganz von selbst an!

Warum nur, dachte er, bin ich Idiot, Dämon und Sportreporter in einem? Und warum wird kein Naps gebracht? Ein Trunk fordert den andern, aber wie könnte der beschaffen sein? Aus Erdbeeren, weißem Rum und Triple Sec? Moment, das war ja Strawberry Daiquiri, den mochte er ja gar nicht! Lieber einen Tennessee Cloisterwoman Sunset aus 10 cl Jack Daniel's, 10 cl Southern Comfort, 0 cl Orangensaft und 10 cl Klosterfrau. Auch wäre ein Whisky-Hütchen nicht zu verachten. Aber nur deswegen einen ganzen Kasten Cola aus dem Keller hochschleppen? Arschlecken und Rasieren!

Trink einen Rum!

Töppi, trink einen Rum!, raunte es aus der Steckdose, deutlich hörbar, wenn man nur hinhörte. Durst ist der beste Kellner, und bis zur nächsten Übertragung, konzedierte der ZDF-Mann, war ja noch ewig Zeit. Falls nicht, könnte er der Fernseh- auch eine Blutübertragung vorziehen, da ist man ruckizucki wie neugeboren. Fit wie ein Turnschuh, fit wie ein ganzes Heer von diesen Scheiß-Holländern!

Mit einem Metallteil, welches er flink vom Garderobenständer gebrochen hatte, hebelte er die Verkleidung am Fuß des Schlafzimmerschranks ab. Aber nur kurz und nur aus Versehen, denn was er suchte, befand sich gar nicht mehr unterm Schrank, da war mittlerweile auch nur noch Leergut, nein, die Rumflasche hatte er ja schon wohlweislich im Nachttischschränkchen verstaut. Direkt neben den Streichhölzern.

Wer Rum nicht mag, den dürstet nicht. Über den rechten Flügel katapultierte er sich auf den Alkoven, landete hart, stieß ächzend die Reporterhand westwärts zum Schränkchen, öffnete es, rüttelte und schüttelte schließlich eine prächtige Buddel voll Rum durch die Luft! Triumph! Ein voller und ganzer Liter mit «Stroh-Rum», mit vollen achtzig Umdrehungen.

Stroh – genau! So was muss man im Kopf haben, da gehört es hin, hergestellt im Rum-Land Österreich. Chapeau, Herr Stroh! Der muss kesseln! Und wenn man ihn zuvor flambierte, auf fünfzig Prozent reduzierte und gleichzeitig erhitzte, dann kesselte der noch viel mehr. Sackerzement, die Lackaffen, der Kerner! Die sollten ihn jetzt mal sehen! Auge auch! Die Scheiß-Holländer!

Jaahaha, die Holländer, lächerlich!

Recht gierig war die Pulle aufgeschraubt und der Verschluss auf den Perser gespuckt, wo er sich umgehend in ein Nichts aus Schemen und Pixeln auflöste. Vom Bett tönte Gelächter, der Sportreporter klemmte den Rekord-Rum unter den Arm und griff sich die Zündis. Wie er hatten sie rote Köpfchen. Diese idiotischen Holländer, dachte er, können nicht kicken, aber in Enschede auf die Feuerwehr warten, haha, dachte er und zwickte ein Hölzchen aus der Pappe, jetzt geht die Rumba richtig los, dachte er, Enschede, Brennschede, dachte er.

Aber nicht mehr lange.

Träume, sagt der Volksmund, sind ein Fenster zu unserer Seele, unseren Hoffnungen, unseren Träumen, und so war das Echo groß, als ich berühmten Deutschen anbot, ihre häufigsten Traumbilder zu analysieren. Aus Datenschutzgründen ersetzte ich die Klarnamen der prominenten Einsender durch bizarre Phantasielautgebilde und strich diese zusätzlich von vorn bis hinten durch …

Promiservice Psychoanalyse

Was Traumbilder wirklich bedeuten

~~Sigmar Gabriel:~~ Es war ein furchtbarer Albtraum. Vier Menschen standen und saßen direkt vor mir und starrten mich stumm an. Drei hatten sogar Blumen in der Hand, eine Frau war die Braut. Ich bin dann völlig verschwitzt aufgewacht. Ende ich vielleicht als Hochzeitsfotograf?

Ganz ausschließen lässt sich so etwas nie. Aber Vorsicht: Nur etwa 0,3 Prozent der Männer über fünfundvierzig sind wirklich Hochzeitsfotografen. Ihr Traum sagt Ihnen, dass Sie es entweder bald sind oder gern werden möchten oder auf gar keinen Fall.

~~Bernd Lucke:~~ Beinahe jede Nacht träume ich, dass ich zwei Eisenstangen bin, an denen zehn Schlipse hängen, oben fünf und unten fünf. Es sind sehr schöne Schlipse, besonders in der oberen Reihe der vierte von links. Trotzdem fände ich es gut, wenn auch mal andere Schlipse an mir hängen würden. Leider habe ich als Eisenstange keinen Einfluss auf die Modellauswahl. Ob ich meine Mutter liebe?

Na ja, es geht so. Sie sind nämlirch nicht die Eisenstangen, sondern die Schlipse. Und der oberen Eisenstange (Ihrer Mutter) nehmen Sie übel, dass sie der unteren (Ihrem Vater) zum Verwechseln ähnlich sieht. Darum können Sie sich nicht recht entscheiden, «hängen» an beiden. In die Pubertät kommen Sie so bestimmt nicht.

Claudia Roth: Ich war mit dem jungen Andreas Baader im Wald. Plötzlich versperrte uns ein blauer Stuhl den Weg. Ich hatte ein Gewehr dabei, damit wollte ich den Stuhl erschießen, aber irgendwie ging das nicht richtig. Steht der Stuhl für repressive Sexualmoral, protestantische Ethik und so was? Das wäre doch ärgerlich!

So heikel ist es zum Glück nicht. Jeder von uns träumt von Waldspaziergängen mit dem Partner und einem blauen Wegversperrstuhl, den wir dann erschießen wollen, aber nicht treffen. Denn wollen wir ihn wirklich treffen? Nein! Treffen wollen wir unseren Partner – und dann mit ihm in den Wald gehen.

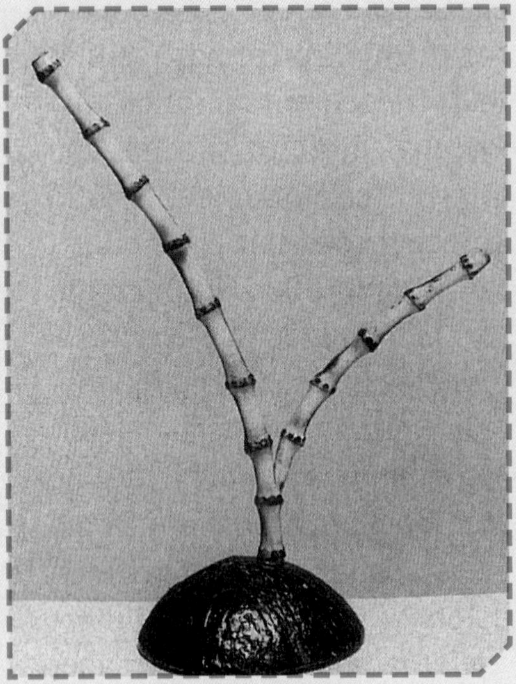

~~**Horst Seehofer:**~~ Mir träumte von einer Kokosnussschale, aus der zwei krumme Hölzer gucken. Möchte ich im Innersten vielleicht auf die Bahamas? Oder leide ich unter Penissymbolen?

Beides. Aber was viel wichtiger ist: Sie sollten zu Ihrer Partnerin auch mal nett sein. Sie empfinden sich ja selbst als ausgesprochen «hölzern», teils gar «krumm», und das ist doch wirklich schale, äh, schade.

~~**Richard von Weizsäcker:**~~ Es war gar kein Traum, sondern echt: Ich trat vor den Erlöser, Gottvater und Gottsohn standen vor der Bimmelssparte und hießen mich willkommen. Neben ihnen türmten sich Berge aus purem Gold. Ich glaube, ich bin hier sehr glücklich.

In Wahrheit sind Sie sehr kurzsichtig. Willkommen hießen Sie zwei gewöhnliche Tirolerinnen, im Übrigen vor der Himmelspforte (1780 m). Entsprechend waren die Berge aus ordinärem Fels. Der Zeigestock unterstreicht, wie dringend Sie zum Sehtest müssen.

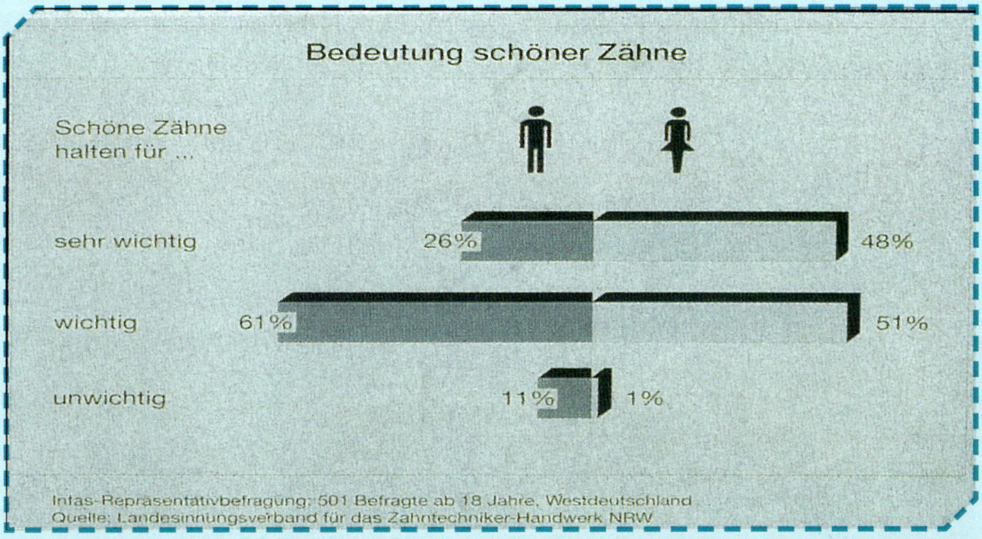

~~**Angela Merkel:**~~ Ich träumte, ich wäre ein Umfrageergebnis bzgl. der Bedeutung schöner Zähne, und zwar der Balken «Männer/unwichtig» (elf Prozent). Zähne zählen ja laut Freud zu den Beißwerkzeugen. Halte ich sie denn für unwichtiger als das erdrückende Gros der Bevölkerung?

Aber nein. Alle in Träumen vorkommenden Personen oder Balken stehen für uns selbst, und das heißt: Sie kommen, wenn man die Frauenbalken mitberücksichtigt, auf die volle Prozentzahl, sind somit ein ausgesprochener Zahnfreund. Interessanter erscheint mir allerdings das Kleingedruckte: Sie träumten von exakt 501 befragten Westdeutschen, sind aber Ossi. Wahrscheinlich sind Sie mit den neuen Herren unzufrieden.

Häufige Trauminhalte: Von Schwänzen und Vögeln

Träume von Schwänzen beweisen, dass jemand in der Schule oft gefehlt hat. Seit Freud gilt gerade der männliche Schwanz als eine Art Phallussymbol («Penis»), der nicht unentschuldigt fehlen darf und dessen völliges Fehlen sogar die «Versetzung», lies: Fortpflanzung, gefährden kann. Vögeln gegenüber ist unser Verhältnis weniger ambivalent. Es sind sympathische kleine Geschöpfe, und vielen Menschen macht es Spaß, ihnen dabei zuzugucken. Wie auch immer Traumsequenzen mit Vögeln aussehen: Sie sind die sichtbare

~~Erika Steinbach:~~ Wir waren frisch vertrieben, und zur Feier der neuen Tapeten hatten wir uns fein angezogen, gaben uns die Hände und postierten uns vor die Couch. Dabei hatte ich den Eindruck, mein Hut sähe aus wie ein überziehfertiges Kondom, und jetzt frage ich mich halt schon, ob ich in Zukunft besser verhüten soll. Aber was oder wen?

Dass Sie ein Kondom für Ihren Hut halten, ist aber auch nicht normal! Dazu passt, dass Sie sich und Ihren Eltern unbewusst die Füße abgeschnitten haben; was aber auch ganz einfach an totaler Blödheit liegen kann …

Verkörperung unserer individuellen Erfahrung mit Vögeln. Überlegen Sie mal, wie Sie Vögeln im Traum erlebt haben. Welche Spannweite hatten sie? Waren sie klein oder groß? Ihr Traum sagt Ihnen, wie Sie wirklich zu Vögeln stehen. Falls in Ihren Träumen keine Vögeln vorkommen, haben Sie vermutlich unbewusst Angst davor, sollten «es» mit Stimmungsaufhellern versuchen.

Immer nur darf der Gsella seine Gedichte vorlesen. Dabei habe ich auch ein lyrisches Werk – es besteht hauptsächlich aus diesem Verherrlichungsgedicht.

Ode an Kanzlerin Merkel

O Miss Angela Merkel!
Du bist weißgott kein Ferkel.
Du bist auch keine Kuh.
Nein, du bist CDU –

Kanzlerin und führst uns wohl
schon fast so lang wie Helmut Kohl.
Du machst gerne Politik,
davon wird man leider dick.

Doch bleibst du unser Girlie-Star
mit kaltgepresstem Schnittlauchhaar,
mit Schweißfleck, Schlupflid, Mund und Mann,
mit einfach allem Drum und Dran.

Noch lang sollst du regieren!
Lass dich nie operieren!
Und bleib, drum woll'n wir bitten:
ein Helmut Kohl mit Tischmanieren.

Zweiter Teil meiner Bewerbung fürs World Press Photo 2015 – und Platz 1: fünf Euro in kleinen Scheinen und ein Volontariat beim «Beckumer Landboten»!

Nicht schlimm, sagt der Arzt

Hatte neulich Darmspiegelung, und ein bisschen was wurde gefunden und entfernt. Der Arzt sagte, das sei normal, mich hat es überrascht. Wer hat Erfahrung?

Wenn jemand eine Lesereise tut, so kann er was verzählen. Zumal wenn er von einem sensiblen Poeten begleitet wird, dessen Wahrnehmung der Welt naturgemäß eine eher besondere ist. Und der von der Welt auch besonders wahrgenommen wird; schon wegen der Schleppe aus Kleiderbügeln, die er oft hinter sich herzieht.

Kollege, Kollege

Die ältesten Gsella-Anekdoten der Welt

Einmal, es war Mittwoch, ließ TITANIC-Redakteur Thomas Gsella an seinem Schreibtisch vom Schreiben ab, griff nach dem Telefonhörer, wählte eine Nummer und sprach ohne Bedacht folgende Worte hinein: «Ja, guten Tag, hier ist der Jürgen, kann ich bitte mal den Thomas Gsella sprechen? Äh, umgekehrt natürlich! Scheiße, nur der Anrufbeantworter!» Der Hörer war noch nicht ganz wieder aufgelegt, da hatte der Redaktionsdichter die Angelegenheit aber auch schon wieder vergessen und fuhr unverrichteter Dinge fort mit Reimarbeit.

Nicht allzu lange, nachdem sich fast alle seine Kollegen mobile Telefonapparate zugelegt hatten, entschloss sich auch TITANIC-Redaktionsdichter Thomas Gsella zum Einstieg in die vielleicht anspruchsvollste Form der fernmündlichen Kommunikation. Und bald schon sah man den Poeten Codezahlen, Nummern und Namen in ein kurzerhand erworbenes Gerät eingeben; so etwa die Nummer seiner Mailbox, der er in egozentrischer Lebensfreude die Buchstabenkombination «ich» zuordnete.

Wer dabei war, als das neue Utensil zum ersten Mal klingelte, wird niemals die radikale Verblüffung vergessen, mit welcher der Essener Jungvater ausrief: «Ein Anruf! Ein Anruf! Von ... aber ... da steht ja: ‹ich›! Ich kann mich doch nicht selber anrufen, das geht doch gar nicht!» Verstockt beharrte der Ruhrpott-Poet auf seiner Aussage, auch als sich ein längeres Gespräch über moderne Kommunikationstechnologie, Mailboxfunktionen, Persönlichkeitsspaltung und Rufumleitung anschloss.

Einmal, nachdem er seinen Fuhrpark weiter aufzurüsten beschlossen hatte, versuchte Redaktionsdichter Thomas Gsella am Telefon von einem Opelhändler einen billigen Rabatt auf den begehrten Neuwagen herauszuschlagen: «Können Sie mir das Auto eventuell auch etwas billiger geben? Aber wahrscheinlich nicht! Sie verdienen doch selber gar nicht so viel daran, das sind ja auch nur Prozente, den richtigen Reibach machen doch ganz andere ...» Das aber fand der Opelhändler auch.

Einmal, nachdem mehrere TITANIC-Redakteure gerade aus der Frankfurter Innenstadt zurückgekehrt waren, wo sie das Image der Deutschen Post ein wenig aufpoliert hatten, klingelte das Mobiltelefon von Redaktionsdichter Thomas Gsella. Der mit einer gelbblauen Regenjacke und dem Namensschild «Postrat Küng» getarnte Poet nahm das Gerät aus der Tasche und betätigte die Rufannahmetaste, um dann aus dem Stand und ohne längere Vorbereitung folgende Worte von sich zu geben: «Ja, guten Tag, Gsella, Titanic, ach quatsch, ich bin ja gar nicht am Redaktionsapparat. Also guten Tag, nur Gsella, hoppla, äh: Küng. Was, aufgelegt?» Was genau daraufhin durch die Köpfe des unbekannten Anrufers, der umstehenden Redakteure oder gar des Post-Poeten schoss, lässt sich heute nicht mehr eruieren.

Kurz nachdem TITANIC-Redaktionsdichter Thomas Gsella sein Mobiltelefon neu erworben hatte, fand er sich als Gast in einer Live-Sendung des Hessischen Rundfunks wieder, die auch in der Redaktion gespannt am Radio verfolgt wurde. Als das Geplauder mit dem Moderator fast am schönsten war, griff Oliver Maria Schmitt zum Telefon. Wie groß war die Freude unter den Kollegen, als man den überraschten Poeten mitten im Satz verstummen hörte, um im Äther Platz zu schaffen für ein penetrantes Anrufsignal!

Der Moderator fasste sich als Erster und bemerkte geistesgegenwärtig: «Ihr, äh, Telefon klingelt!» Während das Essener Urgestein in seiner Jackentasche verzweifelt nach der Stopptaste suchte, erklärte er stockend, seine hochschwangere Freundin stehe zwar kurz vor der Entbindung, könne aber nicht die Anruferin sein, weil er ihr ja untersagt habe, während der Sendung anzurufen. Auch wenn es ihm schlussendlich gelang, das Klingeln zu beenden; so richtig Stimmung wollte nicht mehr aufkommen. Möglicherweise schon deshalb, weil das Gespräch immer wieder ins Stocken kam, wenn kurze helle Signaltöne schön anzeigten, dass einerseits Kurznachrichten aus der Redaktion im Minutentakt eingingen, wie auch andererseits der Ruhrpott-Ringelnatz sein Gerät abzustellen wohl nicht in der Lage war.

Einmal, überraschenderweise nur kurz nachdem ich den Redaktionsdichter und Schönschreiber Gsella um eine grundlegende essayistische Auseinandersetzung mit dem flegelhaften Donald Rumsfeld gebeten hatte, klingelte des Nachts mein Mobiltelefon und ermöglichte folgendes Gespräch: «Hallo, ich bin's, Gsella, ich schreibe. Aber ich muss wissen, wie der heißt, dieser, na ...» – (verschlafen) «Was? Wer denn nun?» – (verzweifelt um Worte ringend) «... dieser, äh, Schauspieler! Dieser Schauspieler, der für eine ganze Protestgeneration steht, der ...» – (verwirrt) «Dean? Meinst du vielleicht James Dean?» – (extrem erleichtert) «Ja, ja, Dean, James Dean! Und der Sänger?» – «Welcher Sänger?» – (gurgelnd) «Dieser total bekannte Sänger, äußerst bekannt, balab bäng baluga ...» – (ungläubig) «Little Richard?» – «Nein, noch bekannter. Der war auch Soldat!» – (vor Fassungslosigkeit flüsternd) «Elvis?» – (jubelnd) «Ja, Elvis, genau, den Text kriegst du morgen, er wird sehr gut.» Unnötig, meine Enttäuschung darüber zu erwähnen, dass die beiden sorgsam recherchierten Persönlichkeiten im Text letztlich nur eine ephemere Rolle spielen.

Einmal, wenn mich die Erinnerung nicht trügt, liefen wir gerade durch die Fußgängerzone von Karlsruhe, es war jedenfalls eine nicht unbeträchtliche Wegstrecke vom nächsten Ozean entfernt, da schrie der Redaktionsdichter Thomas Gsella neben mir vor Überraschung auf, bückte sich, löste etwas vom Boden, riss es triumphierend in die Höhe und rief: «Ooooh, eine Muschel! Und da, noch eine ...» Der Freude schöner Götterfunken glühte jedoch nicht allzu lang, erloschen und mit angebrachtem Ekel in der Stimme empörte sich der Dichter: «Äääääh! Das sind ja nur diese angeleckten Plastik-Leckmuscheln ... Bäh!»

Die «FAZ» hat die «Frankfurter Anthologie»: teure Interpreten, aber nix als langweilige Gedichte aus dem deutschen Sprachraum, Buntbilder Fehlanzeige. Die TITANIC hatte noch teurere Interpreten und geleakte Infos …

Offenbacher Anthologie

AYAK KIMAUGRUK

NIKOLAUS

Tralala
Tralala
Dingeldong und
Upsassa

Tralala
Tralala
Bald ist Nikolaus'
Abend da

Bei keiner anderen Lyrikerin der kanadischen Arktis findet Melancholie als Nachweh kopernikanischer Entzauberung so scheinbar leichten wie just darum unendlich traurigen Ausdruck wie bei der elffachen Mutter Ayak Kimaugruk. Jedes ihrer sechs vom Ineriisaavik-Verlag edierten und von Dietmar Dath übertragenen Debütgedichte «Kalaallisut» («Kinderlieder») rezitiert auf den ersten Blick tatsächlich ein bekanntes Kinderlied. Kaum aber will sich der Lesende in ihnen, in Kindheit verlieren, befällt ihn Erschrecken: Zeilen, ganze Strophen fehlen, einst weltsagende Worte sind durch Füllsel ersetzt, und Metrik kollabiert, als habe eine irrende Seele sich ein letztes Mal zu finden, zu retten versucht; und alles verloren. «Kommt ein Vogel geflogen / humba humba täterä / hat ein Zettel im Auto (sic!), von der Mutter ein Dings.» Radikaler kann Dekonstruktion nicht sein.

Dass er die Notate «im Schneematsch» gefunden und gegen den Willen der Kimaugruk veröffentlicht habe, betont der Verleger im Nachwort. Max Brods Missachtung von Kafkas Verdikt: Vorspiel und Vorschein eines noch größeren Stücks?

GUSTAV SEIBT

THE DETROIT WORKERS

BYE, BYE, GM,
HELLO RED WINE

und der Hai frisst seine Zähne
und wir trinken ein Gedicht
und der Löwe hatte Mähne
und wir hatten schetzte Licht
l-letzte Schicht höh! rotzbesoffen
und in Wein scheww – scheww –
schewwimmt unser Lohn
Birne zu und Polen offen:
Nudelrolle w-wartet schon ♫ ♪

Zu dezidierter Arbeiterlyrik wie der deutschen, welche die kämpferischen Töne Heines, Herweghs und Freiligraths fortsingen konnte, brachte es Amerika nie. Seit dem Ausbruch der jetzigen Weltkrise hört man jedoch auch dort klassenbewusste Dichter und Dichtergruppen, deren Verse und Lieder allerdings vom Verlust der Utopie zeugen: «Uns hilft kein Kommunismus, nein / uns hilft allein der kalifornische Rotwein!», liest man im zweiten und erneut millionenfach verkauften Buch der «Detroit Workers» – von denen es nun freilich heißt, in Wahrheit seien es kalifornische Rotweinbauern, die sich nur extra wie Proleten anziehen und benehmen. Ein dummer böser Vorwurf, den auszuräumen der Titel ihres 2007er Erstlings eher ungeeignet scheint: «Weil du auch ein Arbeiter bist / kalifornischer Rotwein die Lösung all deiner Probleme ist!» hieß das von feudalen Großwinzern gesponserte Buch, das aber, und darauf kommt es an, traumschöne Verse wie diesen enthält: «Kalifornischer Rotwein / auf Bier / das rat / ich dir.» Der Rat sei gern befolgt.

HERMANN L. GREMLIZA

CLEOPATRA ROQUE SANTA PLAYA

DU, DU, DU

Du, der Du mir Blumen schenkst
Du, der Du an mich denkst
Du, der Du imer bei mir bist
Du, der Du mich zärtlich küst –
Du, der Du mir nicht heiratest:
Worauf watest
Du, Du, Du?! ;)

Dass gelegentliche, meist kleine Rechtschreib- und Grammatikfehler die Lesefreude nicht schmälern, gehört zur Aura jener seltsam verrätselten Verse, die die junge Kölnerin Cindy Hartwig seit nunmehr neun Jahren ins Netz stellt (www.herzträume.de). Über dreißig Besucher registrierte der Zähler bis heute, und wenn auch die Frage sich aufdrängt, ob denn die Gesamtauflage etwa Thommy Gsellas evident höher sei: Absichtsvoll meidet die unter dem Pseudonym Cleopatra Roque Santa Playa publizierende Dichterin Hochkunst und Elfenbeinturm. Es sind, so ein frenetischer Wolf Biermann in der «Zeit», «Gedanken einer Wunderin, eines Menschenengels aus Haut und Herz und Haar», dessen schon früheste Gedichte durch ungeschützte Offenheit betören: «Wenn ich gros bin / will ich auch / Fernsehen kucken», bittet Santa Playas Erstling, und schon vier Jahre später notiert die kaum Zwölfjährige: «Mami steht am Herd / Mein Traum: ein eigenes Pferd!!!» Dass diese Autorin bis heute unverlegt ist, muss beschämen.

GÜNTER GRASS

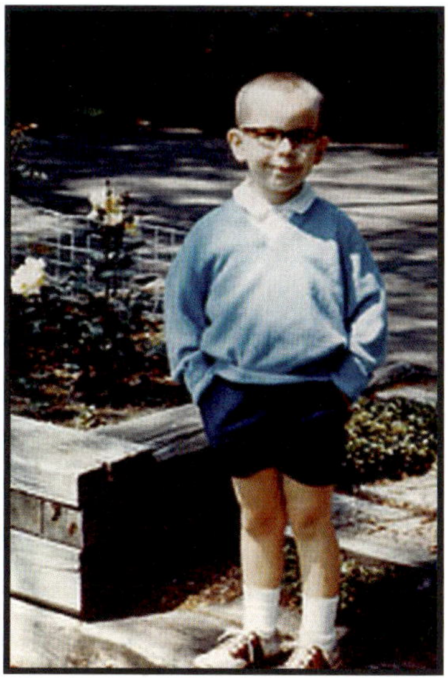

KRZYSZTOF LEWANDOWSKI

CATHEDRAL ERECTED

Würfelnde Götter der Quanten
Horizont weit unterm Licht
Von Multiuniversen spricht
Man unter Verwandten
Primzahlen Takt des Genoms
Seneca Marx Baudrillard
Am Fuß des Regensburger Doms
Spiel ich Taschenbillard

Im März dieses Jahres wurde er sieben Jahre alt, im selben Monat gewann er seinen hundertsten Poetry-Super-Slam: Dem polnischen Wunderkind Krzysztof Lewandowski eine glänzende Karriere voraussagen «heißt Spatzen durch Triumphbögen schießen» (Bernd Eilert). In Lublin geboren, wurde Lewandowski mit einem IQ von 390 in den Hochbegabtenclub Mensa aufgenommen, übersprang drei Kindergeburtstage und kam von der Krabbelgruppe direkt ins Warschauer Elitegymnasium, das er nach Jahresfrist Richtung Oxford verließ, um über die «Aporien magnetischer Monopole» zu habilitieren. Im Sommer erscheint nun sein neuer, von Jan Philip Reemtsma übertragener Lyrikband «Spiel auf Raumzeit» (Residenz Verlag), dessen Autor, längst gereift, leichthändig mit Anarchisch-Kindlichem spielt: «Wenn ihr auf Schokonüsse steht: / Die gelben sind die leckersten! / Von allen Farbenlehren geht / mir Goethes auf den Weckersten» – den teils allzu gelahrten Sound des Erstlings «BosonenTango» lässt so etwas erfrischend hinter sich. Hey, keep on rhyming, genius babe!

BOTHO STRAUSS

Eine kurze Wahlkampfphase lang saß ich neben PARTEI-Chef Sonneborn auf der Bühne und glänzte als offizieller Kanzlerkandidat der Partei für Arbeit, Rechtsstaat, Tierschutz, Elitenförderung und basisdemokratische Initiative. Und natürlich habe ich gewonnen – Lob, Anerkennung und die Einsicht, dass man niemals ohne Regierungserklärung aus dem Haus gehen sollte.

Wie ich Deutschland regieren werde

Für den Fall einer überraschenden Ad-hoc-Amtsübernahme habe ich immer ein fertiges Wahl- und Aktionsprogramm in der Manteltasche, sodass ich aus dem Stand und jederzeit regierungsfähig bin.

Hier also mein Programm.

Klaro, ich will vor allem eine Politik für die Menschen machen, für die Menschen draußen im Lande – und da sollen diese Menschen bitte auch bleiben, damit wir in den Städten auch weiterhin schön unsere Ruhe haben. Konkret bedeutet das: Umzugssperre für alle, denn diese sinnlose Umzieherei von A nach B verschlingt letztlich Milliarden, die anderswo dringend benötigt werden. Zum Beispiel in meinem Kabinett. Darin werde ich dann eine ganze Reihe guter Kumpels unterbringen, denn man will ja naturgemäß unter sich bleiben. Jeder kriegt ein Ministerium seiner Wahl, wir machen ein Gruppenfoto mit dem Bundespräsidenten, und dann gehen wir alle irgendwo was essen. Die Zeche zahlt hoffentlich der Bund.

Merkel und Gabriel werden selbstverständlich für ihre Untaten büßen müssen und verschwinden für unbestimmte Zeit in irgendwelchen Lagern. Um die beiden ein wenig zu ärgern, kommt der Seehofer auch noch mit.

Der von mir vorgelegte Doppelhaushaushalt 2016/2017 wird dann ziemlich solide sein, ich lasse mir dafür einfach neues Geld aus dem Ausland kommen, zum Beispiel aus Portugal oder Spanien, denn dort werden Schuldkonten ganz automatisch sofort wieder aufgefüllt. Ob Griechenland noch weiter in der Eurozone bleiben darf, ist dabei längst keine Frage mehr. Natürlich werden die Griechen mit sofortiger Wirkung ausgegliedert und einem anderen, viel passenderen Wirtschaftsraum zugeordnet, nämlich der AU, der Afrikanischen Union. Da werden die Calamarischnitzer dann schön blöd aus der Wäsche gucken.

Ein weiteres heißes Eisen ist natürlich die Rentenpolitik. Ich habe da absolut keine Scheu, das auch anzufassen und endlich für klare Verhältnisse zu sorgen. Die Rentner sollten bitte mal sehr genau aufpassen, dass sie mit ihren überzogenen Forderungen den Bogen nicht überspannen. Zwei Renten, zwei neue Knie, drei Bypässe und vier künstliche Hüftgelenke, fünfmal im Jahr auf Kreuzfahrt gehen, Urlaub auf Sylt und Überwintern in Mallorca und immer die neuesten Rollatoren und die dicksten Seniorenhandys, und wir dürfen das alles immer schön bezahlen – das kann es ja irgendwie auch nicht sein. Sollten die Rentner nicht bald Mäßigung und Einsicht zeigen, werden sie von mir kurzerhand an ihre alten Arbeitsplätze zurückgeschickt und mit neuen Verträgen ausgestattet, Stichwort «Rente mit siebenundsechzig». Aber nicht Jahre, sondern Euro. Dann können sie mal mit siebenundsechzig Euro im Monat sehen, was Altersarmut wirklich bedeutet.

Umweltpolitik wird erstmals zum Wohle der Umwelt gemacht, Wirtschaftspolitik für die Wirtschaft und Realpolitik für die Realschüler, für die tut ja sonst keiner was. Die bereits bundesweit agierenden Gleichstellungsbeauftragten werden zu Gleichrichtern ernannt, die Homo-Ehe wird sogar noch über die normale Hetero-Kiste gestellt, und Priester dürfen endlich mit ihren Ministranten zusammenwohnen. Allerdings nicht gemischtkonfessionell, das wäre ja noch schöner! Überkommene Einrichtungen wie etwa die Getränke-, Salz- oder Schaumweinsteuer werden von mir zu einer einzigen neuen Steuer zusammengefasst, die dann «Neue, von mir zusammengefasste Getränke-, Salz- und Schaumweinsteuer» heißen wird. Um unangenehm kritische Nachfragen zu Detailproblemen bereits im Keim zu ersticken, verweise ich schon jetzt auf eine sehr verwirrende Bundesdrucksache mit zahlreichen Tabellen und Grafiken, die voraussichtlich im Herbst oder im Herbst der nächsten Legislaturperiode erscheinen wird.

Das Personalkarussell wird sich munter drehen, und das geht leider nicht ohne die üblichen Grausamkeiten ab. Die Planstellen für Sahra Wagenknecht und Margot Käßmann werden ersatzlos gestrichen, ihre Visionen eingezogen, ihr guter Name in den Schmutz gezerrt. Warum? Ein typischer Willkürakt, wenn Sie mich fragen, aber ich da oben mache doch sowieso, was ich will.

Auch die Polenfrage wird nun endgültig von mir geklärt werden. Ich mache einfach kurzen Prozess. Aufgrund der fortgesetzten Provokationen und der Verletzung unserer Geschmacksgrenzen wird auf meinen Befehl hin die deutsche Armee gegen fünf Uhr fünfundvierzig nach Bohlen marschieren, und zwar zu Dieter Bohlen, wohnhaft in Hamburg, Alsterufer 33.

Um die Arbeitslosen bei Laune zu halten, werden Fernsehen und Rauchen als Staatsziel in die Verfassung aufgenommen. Ebenso das Ziel, dass alle ständig und überall erreichbar sind. Außerdem sind sämtliche bekannten Drogen erlaubt und im Schnitt zehn Prozent billiger. Gegenfinanzieren würde ich das durch starkes Anheben der Kampfhunde- und Kampfautosteuer. Benzin wird sogar noch teurer, aber nicht teurer als Bier, sodass man zuletzt immer noch die Wahl hat.

Um unser Heimatland wieder schöner und übersichtlicher zu gestalten, müsste man es auf Idealmaße gesundschrumpfen. Ich werde daher genau die fünf Bundesländer abstoßen, in denen die meisten Autounfälle gebaut werden und am meisten Privatfernsehen gekuckt wird – so sind wir die DDR auf elegante Weise wieder los und den «Solidaritäts»-Zuschlag gleich mit. Das bringt mir bei Umfragen ein Plus von einundfünfzig Prozent, und mit einundfünfzig Prozent komme ich dann ganz locker auf eine zweite Amtszeit – vielen Dank für Ihr Vertrauen!

Es gibt Leute, die schütten sich Bier in den Mund, damit es ihnen aus dem Kehlkopf wieder rausgluckert, und hey, ich habe solche Leute gesehen.

Unter den Kunterbunthustern

Ich schreibe die Angelegenheiten, die in diesem Dokument abgehandelt werden sollen, nieder, denn das nächste Unglück nähert sich geschwind – fern bleibe uns das Schlimmste, und möge mich der Geist unsäglichen Siechtums nicht abermals als Bruder betrachten –, und auch weil es solche Angelegenheiten gewiss nie wieder geben wird. Es ist nur recht und billig, dass Zeugnis abgelegt werde von den Zerwürfnissen und Zerstreuungen jener Tage, in denen mein missratener Schädel geöffnet und ausgesaugt wurde, bis kein Gramm des polypös festgefahrenen Nasenschleims mehr in ihm war, welcher mich aus der ach so glücklichen Gemeinschaft der Rüstigen hinein in die Höhle der zutiefst Bresthaften katapultiert hatte – jener Höhle, deren vornehmste Aufgabe es ist, die elendesten Bewohner unserer unvollkommenen Welt zu bündeln, zu knechten und zu quälen.

Am Morgen meiner Einlieferung ging der Wind von Norden, ein ekelhaft stürmischer Regen pflückte die Knöpfe meines löchrigen Hemdes wie reife Beeren, und von meinem geschundenen Kopf floss das Wasser in Strömen auf Beinkleid und Schuhe. Indem sie ihre Arbeit weitgehend einstellten, zollten meine Augen dem Wolkenbruch Respekt, und blind wie ein neugeborenes Schwein kroch ich durch ein Meer von Pfützen, Bächen und Strömen, bis ich, durchnässt und aufgeweicht, an die Pforte des Hospitals gespült wurde. Ich schwamm mehr, als ich ging, die Treppen zur AUFNAHME HNO hinauf, und als meine Sehkraft zurückkehrte, fand ich mich inmitten einer Ansammlung der ungesundesten Persönlichkeiten.

Blutete hier ein Ohr so kraftvoll, dass seine nähere Umgebung einschließlich Mantel, Stuhl und Boden rot aufleuchtete, so klaffte dort jene Lücke zwischen Unterkinn und Schlüsselbein, wie sie regulär vom Kehlkopf ausgefüllt wird, und vielerorts war man bestrebt, die Flüssigkeiten eines ganzen Körpers durch Mund und Nase zu pressen, in kleine Tücher zu verpacken und in den Hosentaschen zu verwahren. Wer irgend über ein Stimmband verfügte, schrie seine Klage über Unbill und Schwere des Daseins, wer nicht, röchelte desgleichen, und eine Zeitlang hatte ich nicht den Eindruck, dass dieser Ort zu meiner Lust und Seligkeit bestimmt sei.

Bei dem Versuch, mein baldiges Entkommen einzuleiten, wurde ich aber von einer weiß gewandeten Frau am Arm gepackt.

«Guten Morgen, junger Mann», sagte sie freundlich, «Sie sind gewiss die uns für heute angesagte Nasennebenhöhle. Nehmen Sie Ihren Koffer und folgen Sie mir; ich bringe Sie auf Ihr Zimmer.»

«Ich habe», antwortete ich, «in der Tat seit einem Jahr nicht mehr gerochen und glaube nicht, dass mein Jammer in diesem Haus sein Ende finden wird. Doch ist meine Flucht verhindert und mein Schicksal entschieden. Gehen wir!»

Nach diesen Worten bereisten wir gemeinsam mehrere Flure und Gänge, nicht ohne Aberhunderten von Wesen zu begegnen, deren Geist dem rettenden Himmel um

Meilen näher stand als ihrem Körper; dann hatten wir unser Ziel erreicht: das Zimmer 214. Die Frau öffnete die Tür, und heraus trat ein Geruch, der sich seinen Weg durch ungezählte Zysten und Polypen bis hinein in mein Gehirnzentrum zu bahnen wusste und der so unbeschreiblich war, dass ich jedweder Kraft erlaubte, meine Knie zu verlassen.

«Ich verstehe», sagte ich, «gewiss nicht viel von dieser Welt, und möge Gott uns alle schützen. Aber ist es nicht die Wahrheit, dass es in diesem Raume stinkt und dünstet wie dereinst in der Hölle?»

«Dies ist die Wahrheit, so wahr sie unumstößlich ist», antwortete die Frau. «Aber alle anderen Betten sind belegt. Gleich kommt das Mittagessen. Herr von Gaelen, hier ist Ihr neuer Zimmergenosse.»

Durch eine Bewegung unterhalb des Fensters wurde ich auf einen schlecht genährten Körper aufmerksam, der das dort stehende Bett besiedelt hielt und mir nun seinen Kopf zuwandte. Damals war ich kaum jünger als heute und hatte schon viel Seltenes gesehen und studiert. Aber die Existenz eines dungfarbenen Gesichtes, in dem zwei rotgrüne Augen völlig unbefestigt hin und wider glitten und stolzierten, war mir neu. Wie verbeulter Maschendraht standen etwa achtzig dicke Haare aus dem Kopf, und obwohl dieser kaum breiter war als ein Handrücken, plumpsten unten zwei faltige Doppelkinne heraus. Nun öffnete der Kopf den Mund und sprach mich an, doch je länger er dies tat, desto stärker wurde mir bewusst, dass von seiner Rede nicht das Kleinste zu vernehmen war, und so sagte ich:

«Ein guter Tag sei Ihnen gewünscht, und ganz gewiss ist jedes Ihrer Worte und Geräusche von allergrößter Wichtigkeit. Aber ist es denkbar, dass Sie das entbehren, was man Kehlkopf heißt, und dass Sie vielleicht aus diesem Grunde statt einer Akustik eine immerwährende Schleimflut in die Umwelt spucken?»

Nicht entgangen war mir nämlich, dass jener Herr alle Lungenkraft der Welt in seine stumme Rede legte und darum permanent ausspie, und wenn er auch viel Tuch vor seinen Mund hielt, so fand doch reichlich Auswurf den Weg auf einen kalten Zimmerboden. Kaum hatte ich mich vorgestellt, den Koffer geleert und meine Kleidung in den Schrank gehängt, lag ich auch schon im Bett und bewegte die Situation in meinen Gedanken hin und her, ohne jedoch zu einem Urteil zu gelangen. Dann kam das Mittagessen. Wir beide lehnten uns, halb erhoben, gegen die Kissen und pickten die Handvoll gereichter Nudeln. Ich pickte hungrig, und als ich einmal frohen Sinns hinübersah, bemerkte ich an Herrn von Gaelen eine unterhalb des Mundes gelegene zweite, plastikröhrchenartige Öffnung, aus welcher, kaum hatte er eine Nudel in den Mund geschoben, dieselbe unter schlimmstem Husten auch schon keck wieder herausstak. Es war, so sann ich, eine ganze Maschinerie nicht recht in Ordnung, und über einen längeren Zeitraum erwog ich, meine Nahrung für dieses Mal unverspeist zu lassen, denn alles Blut verließ mein Gesicht, während meine Innereien tanzten, und wäre ich damals nicht so gut wie tot gewesen, ich wäre wer weiß gestorben.

In dieser Weise lebten wir beide unter widrigen Umständen, und sooft ich das Wort an meinen stummen Kameraden richtete, so oft fühlte er sich zu einer Antwort bemüßigt, deren Laut und Sinn mir zwar verborgen blieben, die aber regelmäßig von einem Sturmwind von Atem begleitet wurde, der dazu angetan war, innerhalb des Zimmers die teuflischsten Strömungen zu erzeugen, und häufig bereitete ich mich, die Ewigkeit zu schauen.

So roh jedoch der Mensch geboren wird, so roh vermöchten ihn die Verhältnisse des Lebens zu gestalten, und auch mir gelang es nach einigen Tagen, alle guten Sitten abzustreifen. Inzwischen hatte man mich operiert, mein Kopfinneres war eine große blutende Wunde, die aus Mund und Nase abfloss, und wann immer die weißen Frauen Nudeln in unser Zimmer stellten, erhob sich aus unseren zwei Betten ein Gekrächze, Gehuste und Gewürge, wie es seinesgleichen gewiss nie wieder geben wird, und was der Kamerad aus Not tat, tat ich doch auch aus schierster Ausgelassenheit und Rache. Kaum eine Nudel fand damals in unsere Mägen, die nicht von einer Arie der schleimigsten Geräusche und Erbrechungen besungen wurde!

Auch möchte ich in diesem Dokument erwähnen, dass das Leben in einem Hospital nicht frei ist von den sonderlichsten Anekdoten, denn als ich einmal in der Nacht erwachte, sah ich Herrn von Gaelen in einer äußerst wilden Weise auf und ab turnen; er hüpfte, sprang und wedelte mit allen seinen Gliedern, und wenn ich auch zu dieser Zeit nicht laufen konnte, so klatschte ich doch voller Jubel in die Hände, um seinem Tanz den Takt zu geben. Erst später erkannte ich eine weiße Frau, die mit uns im Zimmer war, wo sie mit mehreren Schläuchen hantierte, und nach weiteren Phasen der Beobachtung fasste ich den Sinn dieses nächtlichen Ereignisses wie folgt zusammen: Im Bemühen, eine Lungenschleimabsaugmaschine an Herrn Gaelen anzukoppeln, versagte die weiße Frau – möge sie errettet sein und in Sicherheit! – ein gutes Dutzend von Minuten, und indem der Gute tanzte wie ein Pingpongball, brachte er all seine Kritik und Atemnot zum Ausdruck. Erst am Morgen entschied sich die meerblaue Färbung, aus seinem Gesicht zu verschwinden, und ich bezweifle, dass dieser seltsame Mensch je sein Glück und Gottvertrauen wiederfinden wird.

Eines Nachmittags, in den lauen Stunden nach der Großen Mahlzeit, lag ich still und all meiner Kraft beraubt in den Matratzen und bedachte das harte Leben und die geringe Anzahl der Nudeln, welche immer das Los der Bresthaften sein würden, als von Gaelen einen Stoß von Winden an mich richtete und mir eine Gauloise ohne

Filter anbot. Er selbst hielt eine der Stangen zwischen die feuchten Lippen gepresst, und trotz eines steifen Nackens, der auf die fensternahe Lage meines Bettes zurückzuführen war – hätte man es freilich je geschlossen, wären wir an den Zimmerdämpfen unwiederbringlich erstickt –, gelang es mir, meinen Kopf zu schütteln und zu einer Rede anzusetzen.

«Teilen Sie», fragte ich, «nicht ebenfalls die Ansicht, dass schon der kleinste Zug an dieser Stange Ihre Seele ermutigen könnte, ohne weiteren Verzug ins andere Leben aufzubrechen?»

«Hhhh hh hhhh hh hhh», sagte der Mann lächelnd, «hhh hh hhh hh», und nach einer Weile begriff ich seinen Plan: Er hatte drei «Kollegen» eingeladen, kehlkopflose HNO-Patienten wie er selbst, man hatte sich gemeinsam eine sechswöchige Kur verordnen lassen und wollte dies Ereignis schon hier und heute planen wie auch feiern.

Bis zum heutigen Tag bin ich mir sicher, dass sich Aspekte des Kommenden so zutrugen, wie ich sie hier wiedergebe, und dass Herr von Gaelen gerade seinen Nachtschrank geöffnet hatte, um weitere Schachteln Gauloises und zehn bis fünfzehn Dosen DAB Export herauszuholen, als die Tür unseres Zimmers unter Dröhnen und Getöse aufschlug und kurz darauf drei Männer um mich waren. Sie schienen zu den denkbar schrankenlosesten Vergnügungen bereit und trugen über ihren Körpern regenbo-

genbunte Sportanzüge. Über ihr Alter mag ihr Schöpfer Auskunft geben; ihr Äußeres und ihre Gebrechen standen den von Gaelens in nichts nach, und kaum hatten sie das Dosenbier geöffnet, hob eine Unterhaltung an, wie es sie luft- und schleimhaltiger gewiss nie wieder geben wird. «Schenk mir diese eine Nacht, tun wir, was uns glücklich macht», spielte von Gaelens Radio (es spielte während der gesamten Zeit, die ich in diesem Zimmer verbrachte, und es wird in diesem Zimmer spielen, solange Herr von Gaelen es beherrscht!), und zu diesem Zeitpunkt dachte ich nicht, dass meine Karriere auf dieser Welt noch von allzu langer Dauer sein würde. Eine Einsamkeit wehte mich an; ich war ganz allein unter vier zechenden, rauchenden und spuckenden Lungenrednern, und so schien das Übel endgültig über mich hereingebrochen.

«Eintausendsiebenhundert Euro», hauchte der eine, «habe ich bei der letzten Kur versoffen! Jeden Abend in der Stripbar ‹Tanz der Göttin› ...»

«Ein Bier kostet da allerdings acht Euro», krächzte kühn ein Kompagnon, «und pro Abend gehen locker hundert weg», doch wurde sein Wind von einem Schleimanfall überrascht und abgebrochen, der wahrhaftig das Innerste seiner Existenz nach außen kehrte.

Mit der linken Hand goss wiederum der dritte Gast eine Dose DAB in seinen Mund, mit seiner rechten aber steckte er eine Gauloise in die dafür vorgesehene Lungensonde, hielt ein Feuerzeug daran, und kurz darauf sah ich es – bei Gott und den Aposteln – aus jener Sonde qualmen wie aus entzündetem Heu.

Es wird nie eine Methode geben, alle Wunder dieser Welt hinreichend zu erklären. Sicher aber ist, dass mir dieses Bild mit der Spitzigkeit einer Nadel in die Augen stach, und einige Tage blieb ich stumm vor Schreck.

Offenkundig ist es so, dass der Tod nicht die erlöst, die vor seiner Tür um Einlass winseln, und drei Tage nach unserem Zimmerfest hatte sich nicht nur von Gaelen von allen Lustbarkeiten erholt, sondern auch ich war unversehens in die Lage gekommen, mich auf meine dünnen Beine zu erheben und auf ihnen herumzulaufen. Eine große Würde war darin verborgen, dass ich das Zimmer 214 nun aus eigener Kraft verlassen konnte und auf den Fluren und Balkonen der HNO-Station eine Art von Sauerstoff vorfand, dessen Ungiftigkeit und Frische mir den allergrößten Mut einflößten. Doch kann ich mich nicht entsinnen, dass je so viele unvollständige Männer und Frauen an einem Ort versammelt waren. Zwischen Wesen, deren Nase einem Konvolut aus Blut und Tuch gewichen war, und ganz etlichen Kehlkopflosen spazierten einohrige Bürger sonder Zahl einher, und die Wände hallten wider von einem Heulen, Triefen und Zerknirschtsein, wie es ihresgleichen gewiss niemals mehr geben wird.

Drei Menschen starben an diesem Tag aus Mangel an Stärke; die übrigen wurden zu ihrem Unglück in den Keller des Hauses berufen, wo man sie anhielt, gesalzenes Wasser in die Nase zu saugen. Dort vermengte es sich mit dem, was in diesem Dokument schon mehrmals beschrieben wurde, und stürzte, so man es nicht rechtzeitig ausspie, tief in die Hälse und Mägen hinab. Die Anzahl der gereichten Nudeln war damals immer gering, dennoch galt diese Art der zusätzlichen Ernährung als unbeliebt und Fall von Schwindel.

Ein merkwürdiger kleiner Vorfall geschah an einem Morgen, an dem das Zwielicht der Nacht ums Hospital leuchtete, während Kälte, Wind und Regenschauer auf der Erde heimisch waren und jene Siechen, deren Gebeine in voller Kraft standen, auf den Gängen der Station den Zwölf-Uhr-Nudeln entgegenfieberten. Für uns alle überraschend trat nämlich eine weiße Frau zu uns, und wer gehofft hatte, sie trage bereits Nudeln bei sich, wurde enttäuscht. «Schäfaztwiesitte!», schrie sie laut zweimal, «Schäfaztwiesitte!», und in den kommenden Minuten beobachtete ich, wie eine nicht geringe Zahl von Kranken nach und nach umfiel und zum größten Teil mit den Köpfen aufschlug, was den im Hause versammelten Wunden viele neue hinzufügte. Bald war eine Situation hergestellt, in der die meisten Bürger wimmernd oder ohnmächtig auf dem Boden ruhten, und bis heute weiß ich, dass es fünf weiße Männer waren, die sie stießen.

Nun standen sie vor mir, und einer schlug seine Faust an meine Brust. Vergessen habe ich zu sagen, dass ich auf dem Balkon nur wenige Stunden vorher eine gut erhaltene Nudel gefunden und verspeist hatte, und so zwang mich der Schlag zwar ins Torkeln, doch verließ die Kraft meine Beine nicht völlig, und ich blieb im Stand. «Sie sind gesund und können nach Hause», sagte jener, der mich geschlagen hatte, mit großer Bestimmtheit, und so geschah es.

An jenem Morgen ging der Wind von Norden, ein ekelhaft stürmischer Regen pflückte die Knöpfe meines löchrigen Hemdes wie reife Beeren, und von meinem geschundenen Kopf floss das Wasser in Strömen auf Beinkleid und Schuhe. Doch glaube ich nicht, dass es dergleichen je wieder geben wird.

28. November

Thomas Gsella: Hilferuf aus Wg. 22, krieg keine Luft mehr, alles voll, kaum Stehplatz im Gang! 12:15

Martin Sonneborn: 1. Klasse ist frei ... 12:16

Oliver Maria Schmitt: Kommst du uns holen? 12:18

Martin Sonneborn: Schicke Schaffner ... 12:19

Thomas Gsella: Schwul oder was? 12:20

Oliver Maria Schmitt: Hab Sitzplatz in Wg. 24., mitten in Rentnerreisegruppe aus Fulda. 12:22

Thomas Gsella: Komme nicht durch. 12:23

Oliver Maria Schmitt: Hab mit denen gesprochen, Thomas, die würden dich gern mal zwischennehmen. 12:38

Thomas Gsella: Mir wird voll schlecht. 12:39

Oliver Maria Schmitt: Martin, neben der einen Dicken wär jetzt was frei! 12:46

Martin Sonneborn: Geht nicht, bin selbst von einer frechen Dicken eingeklemmt ... 12:53

Thomas Gsella: Mir wird schon wieder schlecht. 12:55

29. November

Oliver Maria Schmitt: Was lesen wir heute Abend in Ulm eigentlich? Neues Programm? Wir brauchen dringend was Neues! 16:11

Martin Sonneborn: Ich habe doch nur diese zwei Briefe an die Leser geschrieben. Könnte aber die Reihenfolge ändern. 16:13

Thomas Gsella: Streber! – Könnte in meinen Texten die Pointen weglassen. 16:14

Martin Sonneborn: Welche Pointen? 16:14

Thomas Gsella: Für Ulmer ist doch alles neu & aufregend, was wir bringen! Worte! Bilder! Elektrizität! 16:17

Oliver Maria Schmitt: Dann werd ich das den Ulmern so erklären. Wenn wir überhaupt Ausgang kriegen ... 16:21

30. November

Martin Sonneborn: Zieht euch warm an, Schneeeeeeeee ... 11:54

Oliver Maria Schmitt: Grade aufgewacht. Gibt's noch Frühstück? 11:55

Thomas Gsella: Ja, ein leckeres Tütchen mit Bären auf deinem Kopfkissen. Mein Zug fährt gleich. Hoffentlich trotz Schnee. 12:01

Martin Sonneborn: Bin schon seit einer Stunde in stockenden Zügen unterwegs ... totales Verkehrschaos hinter Stuttgart. 12:20

Martin Sonneborn: Fahre jetzt über Bietigheim-Bissingen, S-Bahn Linie 5 ... 12:31

Thomas Gsella: Mach ma'n Zug für uns klar, mit Pilot. Mein geplanter fällt aus. 12:32

Martin Sonneborn: Wann fahrt ihr los? 12:37

Thomas Gsella: 12.44. Angeblich. 12:39

Oliver Maria Schmitt: Die Bahnfrau sagte gerade, die Würzburg-Züge begännen erst in Bietigheim, dahin verkehre aber gerade kein Zug. 12:52

Martin Sonneborn: Ja, da sitze ich doch ... «Die Abfahrt des Zuges verzögert sich auf unbestimmte Zeit. Wir warten noch auf das Zugpersonal ...» Gott sei uns allen gnädig! 13:31

Ein womöglich leicht pubertärer, trotzdem waschechter Grabstein, der die Frage aufwirft, was unter diesen Leuten eigentlich die arme Bertha Hofmann verloren hat.

LETZTE RUHE

Vor Gräbern sagen Menschen weinend amen.
Der Tod entreißt den Lebenden das Glück.
Wo Leben war, verbleiben nurmehr Namen:
Herr Stender und die Eheleute Fick.

Nach Wilhelm starb die Emma. Und wir lesen:
Einst hieß sie Holst. Dann nahm ihr Gott den Mann.
Verwitwet sie; und unbestimmt sein Wesen,
So vornamlos, wie's nur ein Stender kann.

Sie weinte laut. Dann kam ein neues Sehnen.
Sie nahm sich einen Fick, und der war gut.
Doch sagt mir, was zum Teufel unter denen
Das fromme Fräulein Bertha Hofmann tut?

Nebst beiden Ficks ruht ja auch Emmas Schwager
Und Stender-Jonni tot in Berthas Grab!
Bezahlten Berthas Kinder denn fürs Lager
Der armen Mutter nichts, seitdem sie starb?

Die erste Mahnung wollte noch versöhnen.
Nichts kam zurück. Da wurd' der Ton schnell barsch:
«Wir schichten auf, wenn Sie nicht schleunigst löhnen.»
Die Kinder schrieben: «Leckt uns doch im Arsch!»

Wie wurde da der Friedhof bitterböse!
Und unterm Stender wär' noch gar was frei ...
Geb Gott, dass niemals eine Jenni Möse
Die Nummer fünf in diesem Bunde sei!

Obwohl die Promillegrenzen ständig gesenkt werden, ist das Fahren unter Alkoholeinfluss noch immer eines der größten Probleme im Straßenverkehr. Vor allem für mich. Denn was soll ich denn dagegen tun, wenn mich die Polizei unbarmherzig zum Saufen und anschließend auf die Straße zwingt?

Drei Puppen für ein Halleluja

Eine feuchtfröhliche Highway-Reportage

Ein leerer Bierlaster kommt mir auf enger Straße entgegen. Das ist schön. In einigen Stunden werde auch ich seinen Weg nehmen, den Berg hinab von «Haus Schwelm» in Schwelm bei Wuppertal. Dann werde ich ebenfalls ein Bierlaster sein. Aber ein voller.

Auch die Empfangshalle von «Haus Schwelm» ist schon voll. Am Eingang fängt mich ein Polizist ab. Er bugsiert mich an einen kleinen Schalter. «Hier eintragen», schnarrt er und deutet auf eine Liste. Auf der Liste steht: «Trinken für die Wissenschaft». Ich erhalte einen Ansteckbutton und einen Testbogen mit der Nummer zweiundvierzig. Nun bin ich Testpilot.

Der «Bund gegen Alkohol im Straßenverkehr», die Kreispolizei Schwelm und die Verkehrswacht Ennepe-Ruhr haben eingeladen. Auf dem Programm stehen «Selbsterlebte fahrpraktische Auswirkungen der Führung eines Kraftfahrzeugs unter Alkoholeinwirkung». Der Anti-Alkohol-Bund zahlt die Zeche, Autos werden von einem Sponsor gestellt, im Anschluss wartet ein «Sammeltransport in die umliegenden Städte und Gemeinden», um orientierungslos gewordene Richter, Staatsanwälte, Polizeichefs, Journalisten und «zehn ganz normale Bürger» hernach wieder in die nüchterne Außenwelt zu transportieren. In der Empfangshalle warnt ein Rechtsmediziner vor «gefährlicher Selbstüberschätzung unter Alkoholeinfluss», tadelt «Selbstkritik, die außer Kontrolle gerät», jammert von «sinkendem Konzentrationsvermögen» und beschwört den überaus gefährlichen «Tunnelblick». Doch davon will jetzt keiner was wissen. Wir sind schließlich nicht zum Vergnügen da.

Alle interessieren sich für einen Stand, an dem kleine Fürst-Bismarck-, Asbach- und große Warsteiner-Pröbchen gereicht werden. Kostenlos! Die Testpiloten und Beifahrer befüllen gluckernd ihre Tankbehälter und vermerken das Getrunkene peinlich genau auf dem persönlichen Testbogen. Außerdem gibt es ein Regal mit Brötchen. Die sind auch notierungspflichtig. Vielleicht werde ich später sogar eines essen. Erst mal aber ein Bier.

«Mir gleich zwei!», brüllt ein Pilot neben mir und zappelt sehr.

«Zwei Bier?»

«Nein, zwei von jedem.»

Ich trinke ohne Hast, langsam und sehr konzentriert, ein Bier und einen Schnaps. Normalerweise meide ich selbstverständlich den Dämon Alkohol. Ich weiß, dass er ein schädliches Gift ist. Man muss äußerst verantwortungsvoll und vorsichtig damit umgehen. Vorsichtig umgehe ich abermals die Brötchen und hole mir ein zweites Bier und gebe sorgfältig acht, dass ich den Dämon nicht verschütte.

Eine junge Pilotin wankt aus dem Pröbchenraum. Sie fragt einen Mann: «Ich fahre jetzt eine Runde. Fährst du mit?»

«Nein, ich bin noch nicht betrunken genug, du Schnalle», sagt der Mann.

Da erinnere ich mich wieder meines wissenschaftlichen Auftrags und lege abermals verantwortungsbewusst ein Bier-Asbach-Kombipack nach. Jetzt werde ich fahren. Ich fühle mich sehr gut.

Runde 1

Auf dem Parkplatz ist behelfsmäßig ein Testparcours markiert. Ich soll einmal herumfahren: erst beschleunigen, dann nach Hupsignal bremsen, eine Pylonen-Schlängelkurve fahren, wieder beschleunigen, dabei aber keine der Puppen berühren, die von einem Traversengestell plötzlich auf die Fahrbahn fallen, und zum Abschluss rückwärts in eine Garage aus Pappwürfeln einfahren. Ein Kinderspiel.

Ein lustiger, mit einem haarigen Frontspoiler markierter Polizeimann, der alle Vorgänge via Lautsprecher kommentiert, fragt mich nach meinem persönlichen Befinden. Mein persönliches Befinden ist sehr gut. Deshalb wird eine Eins in meinem Testbogen notiert. Meine erste Note ist also eine glatte Eins. So einfach ist das! Dann fahre ich wie ein junger Gott in einem hervorragenden, nagelneuen Opel-Astra-Auto. Ich erhalte meinen Bogen zurück: lauter Spitzenwerte. «Das kann sich aber schnell ändern», mahnt der Ordnungsbeamte und zückt verwarnend die linke Braue. «Gehen Sie jetzt rein an die Testgeräte.»

Unweit der Pröbchenausgabe sitzen viele Polizeimänner, die mir meine Fahruntüchtigkeit nachweisen wollen. Ein Mann an einem Sehtest-Apparat will mir mit mikroskopisch kleinen Zahlenkolonnen Angst einjagen. Er kann mir aber nur einen einzigen Sehfehler anhängen.

Nebenan muss ich eine komplizierte Maschine bedienen, die mit bunten, flackernden Lämpchen übersät ist. Es ist angeblich ein «Reaktionstestgerät». Ununterbrochen hupt, blinkt, klingelt, pfeift, flackert und dampft dieser blöde Kasten, und da soll ich auch noch möglichst schnell auf irgendwelchen Tasten und Pedalen herumhämmern. Obwohl man sich bei diesem Krach überhaupt nicht konzentrieren kann! Mein Auto ist schließlich auch nicht mit flackernden Lämpchen übersät und klingelt. Lustlos haue ich auf einige Knöpfe und umherliegende Pedale. Nach einer Minute habe ich schon neununddreißig «richtige Reaktionen». Und einundzwanzig falsche. Zwei bis drei sind aber nur erlaubt. Mit solchen Gangstermethoden will man mir nun weismachen, ich könne nicht Auto fahren – lächerlich. Ich fühle mich nach wie vor sehr gut.

Der diensthabende Alkomat meldet aus dem Stand stattliche 0,60 Promille. Fahruntauglich! Obwohl das überhaupt nicht sein kann! Ich habe ja nichts getrunken, nur drei Bier und zwei Schnaps. «Wenn es was hundertprozentig Sicheres gibt, dann ist es dieses Gerät», behauptet der Alkomatmann. Ich lasse mir sofort ein anderes Gerät geben, sauge vorsichtig Luft durchs hintere linke Rippenfell, fächele sie auf verborgenen Wegen knapp an der Speiseröhre vorbei, röchle kunstvoll ins Mundstück und verbessere mich durch diese ausgefeilte Aspirationstechnik auf einen Traumwert von 0,49. Absolute Fahrtauglichkeit! Sensationell! Der Alkomat zuckt die Schultern und lässt einen anderen Mann pusten. Es ist der Polizeistationsleiter aus Gevelsberg mit 0,27 Promille. Und damit traut der sich her.

Ich fühle, wie meine Selbstkritik plötzlich außer Kontrolle zu geraten droht, wie mein Konzentrationsvermögen bedrohlich abfällt. Dagegen gehe ich energisch mit zwei Bieren vor. Brötchen will ich keins, bin ja nicht blöd. Aufmunternd prostet mir der einzige noch lebende rheinland-pfälzische Ex-Geschäftsführer des Bundes gegen Alkoholmissbrauch zu und hat schon wieder leer. «Ich fahre seit langem nicht mehr Auto», kräht der Alte wie von Sinnen, «aber meinen Führerschein habe ich immer noch.» Zum Dank dafür, dass der einsichtige Greis den ohnehin knappen Raum auf unseren Straßen für uns Junge freimacht, hole ich ihm zwei Bier und mir zwei Schnaps und ein Bier. Zur Atemverbesserung. Dann muss ich wieder fahren.

Runde 2

Der Moderationsbart fragt schon wieder nach meinem subjektiven Gesamteindruck vor Fahrtantritt. Er ist absolut hervorragend (+1). Und wieder sind die Ergebnisse ebenso: prima Geschwindigkeiten, Bremsweg kürzer als beim ersten Mal, keine Pylone berührt, passgenau in die enge Würfelgarage eingecheckt. Lediglich drei überraschend auf der Fahrbahn erscheinende Puppen hatten Pech. Ich gab ihnen die Stoßstange meines Astra zu schmecken.

Obwohl diese Blitzreaktion die einzig richtige war, will mich der Bart anschließend auf eine Gesamteindrucks-Drei herunterhandeln. Ich gebe ein wenig nach, weil ich klüger bin. Wir einigen uns auf eine Zwei. Meine erste schlechte Note. Nur weil ich mittlerweile das Stadium «absolute Fahruntüchtigkeit» erreicht habe und 0,95 Promille in den Alkomat zische! Immerhin kann ich mich in zweiter Blasung auf 0,88 verbessern. Für fünf Bier, fünf Schnaps ein akzeptabler Wert.

Den Sehtest ignoriere ich, schließlich sehe ich ja alles. Auch ein Reaktionstest ist sinnlos, denn meine Reaktionen sind völlig intakt und normal. Zum Beispiel reagiere ich schon wieder mit starken Durstempfindungen, die ich umgehend paralysiere. Eine junge Dame neben mir schaut auch schon sehr paralysiert. «Ich habe sieben Schnäpse und ein Bier, aber Bier ist bäh, ich mag kein Bier, ich habe null Komma sechs vier Promille, ich bin eine Schnalle und wiege siebenundfünfzig Kilo, ich fahre jetzt nach Hause, tschüs.»

Darauf einen Dujardin und ein Bier und einen Schnaps und ein Bier. Reinen Wein schenkt mir dagegen ein Amtsgerichtsdirektor ein: «0,3 Promille bundesweit ist das einzig Senkrechte, weil sonst zu viel menschliches Leid geschieht.» Der Mann ist wohl nicht mehr ganz zurechnungsfähig. Sind schließlich bloß Puppen! Wo soll denn da menschliches Leid und so weiter – ich gehe lieber noch mal fahren.

Runde 3

Vor Fahrtantritt mache ich dem Einfaltspinsel am Sehtest-Kasten unmissverständlich klar, dass ich nur verkehrsschildergroße, gut eingeschenkte Zahlen sehen will und keinen Fliegendreck. Soll er doch selbst in seine doofe Röhre gucken! Lieber klopfe ich da noch etwas auf dem Reaktionsapparat herum und habe nach sechzig Sekunden nur noch fünfzehn Fehler. Viel besser als vorher! Ich bin eben jung und stark, und wenn es mir passt, dann tröte ich aus dem Handgelenk 1,27 Promille in den Allomat. So wie jetzt. Mit Patent-Aspiration sogar nur 1,19. Voilà. Das ist «absolute Fahruntüchtigkeit mit verminderter Schuldfähigkeit» mit sieben Bier, sieben Schnappes. Die Wagenschlüssel bitte schön!

«Isch war eine Granaade! Isch war voll eine Granaade!!», scheppert die Stimme des Polizeichefs aus Gevelsberg über die Lautsprecher des nun dämmrigen Parcours. Er hat gerade eine 0,8-Promille-Fahrt hinter sich. «Wenn ich jetzznoch gefaahn wär, isch wär voll eine Granaade, ischwää voll eine Bommbe für den Straaßnverkehr gewesn!» Und so was ist bei der Polizei. Eine Schande.

Ich hingegen liege mit meinem Astra breit wie ein Brett auf dem Straßenbett. Mein subjektiver Eindruck ist großartig. So muss es sein.

Ich beschließe, diesmal irgendwie geschickt zwischen den Mistpuppen durchzufahren, so wie man das ja immer mal wieder in gewissen Spielfilmen sehen kann. Ich werde das schon schaffen. Es ist ein fabelhafter Plan, und es ist ja auch wirklich bezeichnend, dass bisher kein einziger von den Schwachmaten, die hier stockbesoffen durch die Gegend heizen, da draufgekommen ist. Von wegen «verzögerte und gestörte Reaktionsabläufe» – so schnell habe ich noch nie gedacht.

«Und morgen schiebt die Mutti den Wagen dann ganz in die Garage», feixt der Polizeifunkmoderationsbart nach meinem vorbildlichen und sehr zügigen Einparkvorgang, «demnächst müssen wir wohl mal die Püppchen auswechseln, so wie sie da gerade reingesemmelt sind.»

Was kann ich dafür, dass die Bullen nicht in der Lage sind, robuste Sandsäcke aufzutreiben? Sollen mir doch gestohlen bleiben mit ihrem billigen japanischen Puppenramsch. Mobilität hat eben ihren Preis. Was sind da schon drei Puppen! Jetzt lass erst mal ich die Puppen tanzen, jawohl! Ich geh was trinken!

Erst nach einer halben Stunde finde ich zum Bier. Der Pröbchenausschank muss während meiner Abwesenheit in eine Art Kellerbar verlegt worden sein. So wollte man mich austricksen. Es gibt Spießbraten. Die Stimmung ist äußerst gelöst, erste Sammeltransporte zu den umliegenden Toiletten finden statt. Ein Mann kann seine Autoschlüssel nicht finden. Ein anderer, der mir bekannt vorkommt, schlägt immer wieder auf den Tisch und schreit: «Isch war eine Granaade!» Ein Richter sagt: «Wenn mir noch einmal einer kommt mit 1,0 Promille und sagt, er hätte nur drei Bierchen gehabt, den kassier ich voll ab. Ich hab jetzt 1,0 und bin zu wie 'ne Handbremse.»

Da lieber erst mal was schlucken. Dämon oder was und zwei Bier und zwei Schnaps und ein Bier. Der betriebswirtschaftliche Leiter von «Haus Schwips» (1,35 Promille bei zehn Bier und fünf Schnaps) ist mit dem Erfolg der wissenschaftlichen Veranstaltung «assolut vollssufriedn», fürs nächste Mal möchte er aber mehr und neue Biersponsoren gewinnen. «Nua Waasteiner isslangweilich!» Er ist ein rundum sympathischer Mann, denn er kennt die gleichen Lieder wie ich.

Runde 4

Das Auto ist weg! Wo ist das Auto? Gebt mir die Schlüssel, ich trage euch alle nach Hause, rückt die Karre raus, ihr Säcke, ich muss auf den Bock, ich muss los! «Ihr Kollege von der ‹Westfälischen Presse› hat beim Rückwärtseinparken beide Außenspiegel abgerissen. Hatte 1,6 Promille», sagt ein Polizeimann, der auf dem Parcours die völlig zerfetzten Puppen abbauen will. Was soll das? Kein Grund, mir den Hobel vom Holz zu nehmen! 1,6 Promille – lächerlich! Ich brauch eh keinen Außenspiegel. Ich weiß, wie ich ausseh! Wenn der Westfalenarsch nicht zur Selbstkritik fähig ist, dann ist das verdammt noch mal sein Problem. Wo sind die Schlüssel?

Runter in die Bar, Bier und zwei Doppelte auf den Ärger. Angeblich weiß keiner, wo die Schlüssel sind. «Duhbiss eh ne Bommbe», brüllt einer, «duhbiss voll ne Granaade!» Die Bullenschweine halten zusammen wie Pech und Schwefel. Keiner hat Schlüssel. Ihr Säcke, euch werd ich noch, aber erst noch einen ... oder besser zwei ...???? ...! ...?

«Hallo, aufwachen! Wir sind da!»

«Wo da?»

«In Wuppertal, Hauptbahnhof!»

«Was soll ich da, ich will zu meinem Auto, wer sind Sie überhaupt?»

«Ich habe Sie hierhergefahren», sagt der fremde Mann.

«Mit meinem Auto? Das ist eine Frechheit.»

«Das ist das Auto des Polizeidirektors, ich bin sein Chauffeur», sagt der Chauffeur. «Sie wollten hierhergebracht werden.»

Ich steige aus, steige in den Zug, frage den Schaffner nach den Schlüsseln und ob die Strecke auch mit Tunnelblick ist, schnalle mich an und fahre quer durch die Nacht von Wuppertal nach Deutschland. Der subjektive Eindruck ist sehr gut.

Einer der meistbelachten Filme bei den Lesungen der vergangenen zwanzig Jahre war sicherlich das Interview mit Peter Schmidt, Geschäftsführer des Pharmaproduzentenverbands «Pro Generika». Bzw. danach nicht mehr lange Geschäftsführer, denn Schmidt, ehemaliger Sozialpolitiker der SPD, ist eine ehrliche Haut. Zu ehrlich für seinen Job als Lobbyist der Pharmaindustrie. Wir treffen Schmidt in einem Bürogebäude Unter den Linden, Berlin-Mitte.

«Das darf ich auf keinen Fall sagen!»

Warum Pharma-Lobbyisten das Internet nicht mögen

Sonneborn: Liebe Patienten draußen an den Bildschirmen und an den Hörgeräten! Ich besuche jetzt einen der führenden Pharma-Lobbyisten des Landes. (öffnet eine Tablettenpackung) Einwerfen werde ich vorher ein paar IbuHEXAL 400 akut, ein paar Betablocker und das ein oder andere Sedariston-Konzentrat – Tabletten im Werte von 32,95 Euro! (schluckt eine Handvoll, spült sie mit etwas Wasser hinunter) Wir gehen rein!

In den sterilen Büroräumen der Pharmaindustrie.

Sonneborn: Wie geht es der Pharmaindustrie in Deutschland derzeit?

Schmidt: Also wenn ich mit der Generika-Industrie, für die ich tätig bin, anfangen darf, ist die Lage außerordentlich angespannt. Das liegt an den Rabattverträgen, die die Leistungsfähigkeit der Industrie aufs äußerste beanspruchen ...

Die Medikamentenreste im Wasser stellt die Pharmaindustrie kostenfrei zur Verfügung.

Die Kamera fährt um Sonneborn herum, auf seinem Rücken wird ein mit Sicherheitsnadel angeheftetes Schild sichtbar: «Alles gelogen!»

(besorgt) ... und dafür sorgen, dass die Bäume bei uns nicht mal mehr bis in den Himmel wachsen, sondern dass wir mit ganz erheblichen Problemen zu kämpfen haben ...

Sonneborn: (unterbricht) Wir müssen versuchen, das positiv darzustellen, das kurz darzustellen, sonst versteht das keiner. ZDF, Sie wissen, da sind Sie der jüngste Zuschauer wahrscheinlich ...

Schmidt: (lacht herzlich)

Sonneborn: Wir brauchen das einfach ein bisschen prägnanter. Müssen wir davon ausgehen, dass wir demnächst mit chinesischen Billigtabletten versorgt werden?

Schmidt: Patentfreie Arzneimittel können ohne Weiteres nachgeahmt werden und äh ... hier braucht man äh ... (stockt, wendet sich ab) Nee, das darf ich auf keinen Fall sagen!

Sonneborn: (interessiert) Was dürfen Sie auf keinen Fall sagen?

Schmidt: (lacht verlegen) Dass viele Produkte eben relativ einfach herzustellen sind, (nickt in Richtung des Pressesprechers) das, ähem, wäre etwas zu gefährlich, glaube ich ...

Sonneborn: (verständnisvoll) Nein, wir wollen ja ein positives Bild darstellen, das dürfen Sie auf keinen Fall sagen. Sagen Sie etwas anderes!

Schmidt: (verwirrt) Wie war die Frage noch?

Sonneborn: Was sagen Sie einem Apothekengänger, der zu einer chinesischen Billigtablette gegen Kopfschmerzen greifen will?

Schmidt: (zögernd) Wenn dieses Arzneimittel in Deutschland auf dem Markt ist,

Logikfehler im Film: Wenn tatsächlich alles gelogen ist, lügt dann nicht auch dieses Schild?

entspricht es bestimmten qualitativen Mindeststandards, äh, das heißt jetzt nicht, wenn das Arzneimittel billig ist, dass es schlechter ist ... (holt tief Luft)

Sonneborn: Entschuldigung, wollen Sie das wirklich sagen?

Schmidt: (lacht verzweifelt, dreht sich Richtung seines Pressesprechers) Ja, was, dürfen, dürfen wir etwas anderes ...

Pressesprecher: Ich würde an der Stelle sagen: Thanks God, er ist in die Apotheke gegangen, hat's nicht übers Internet bestellt. Über die gesicherten, legalen Vertriebswege gehandelte Arzneimittel sind sichere Arzneimittel ...

Schmidt: Würde Ihnen das reichen?

Sonneborn: Ja, wenn Sie es ...

Schmidt: (sehr bestimmt) Denn ansonsten, das ist die Wahrheit, Produkte, die aus Indien kommen, China kommen, hier auf den Markt kommen, sind entsprechend den qualitativen Standards, die wir auch haben.

Sonneborn: Aber das wollen Sie nicht sagen jetzt!

Schmidt: (verschmidtzt) Nein, das möchte ich ungern sagen, deswegen habe ich ja abgebrochen ... (lacht herzlich) Okay, machen wir es über den Weg.

Sonneborn: Was sagen Sie, Herr Schmidt, jemandem, der in einer Apotheke zu einer chinesischen oder indischen Billigkopie eines Präparats greifen will?

Schmidt: (jetzt vollkommen souverän) Ich würde ihn beglückwünschen, dass er den Weg in die Apotheke überhaupt gefunden hat und nicht über das Internet an möglicherweise noch preisgünstigere Artikel rankommen will.

Und dann sind zwei Minuten dreißig auch schon wieder um.

Schnitt. Absager im Freien.

Sonneborn: Eins ist klar, Tabletten müssen teurer werden! Ich nehme noch eine Handvoll IbuHEXAL 400 akut (nimmt noch eine Handvoll IbuHEXAL 400 akut) und gehe dann mit Herrn Schmidt ins Borchardt, Austern essen.

Mit den Austern ist es dann doch nichts mehr geworden. Herr Schmidt war sehr verärgert, dass sein Interview nicht im «heute-journal», sondern lediglich in der «heute-show» ausgestrahlt wurde. Dabei hatten wir bei der Anfrage wahrheitsgemäß erklärt, wir würden «um ein Interview für das ZDF bitten. Wir möchten es nach Möglichkeit in einer der heute-Sendungen, bevorzugt im ‹heute-journal› platzieren.» Und das «heute-journal» hätte diesen Film niemals ausgestrahlt; auch wenn wir ihn gerne dort gesehen hätten.

Die Zeiten, als man ein ergattertes Ministeramt wenigstens nach außen hin noch irgendwie als Bürde, als Dienst am Volke verbrämte, sind spätestens mit dem Eintritt der SPD in die Regierung vorbei. Warum? Weil es Facebook gibt.

Mutterns Rente

Du hast, Mutter Nahles,
Fast was Banales
Als Walterin deines Geschickes.
In Rheinland-Pfalz
Fließen Bier, Wein und Schmalz,
Von dort kommt immer was Dickes.
Kohl und Beck sind beide weg.
Die kriegen jetzt ihre Rente.

Hast Reden geschwungen,
Im Reichstag gesungen,
Die Mitgliederbasis befragt;
Kontrovers diskutiert,
Und groß koaliert,
Alles für unsre Rente.

Hast in Gremien gechillt,
Den kleinen Hunger gestillt,
Kompromisse gesucht Stund' um Stunde.
Hast dich voll engagiert
Und sie endlich kassiert:

Die Minister-Ernennungsurkunde.
Alles für deine Rente.

Du hast, Mutter Nahles,
Was rundum Soziales.
Du bist noch längst nicht am Ende.
Da stehn wir nun hier
Vor dem Auto von dir:
Gratuliern dir zu deiner Rente.

Die TITANIC BoyGroup on Stage

Ein Dreiertisch, drei Mikros und drei Stühle,
Drei Gläser, Flaschen, Texte, Leselicht –
Die Bühnenshow von souveräner Kühle:
Heiß ist der Saal! Noch sehen sie uns nicht.

Zweitausend Hände nass. Die Füße schabend.
Dann Auftritt Oliver: Er geht zum Stuhl
Und sagt im Stand «Hallo und guten Abend»
Und setzt sich hin. Der Fachbegriff heißt «cool».

Ganz vorne kollabieren erste Omas.
Von jetzt ab ist der Saal ein großes Ohr.
Bald sitzen auch der Martin und ich, Thomas.
Nun lesen wir der Reihe nach was vor.

Die Texte sind Satire pur, Hochkomik,
Und große Kunst braucht große Gesten nicht.
Die TBG setzt voll auf Physiognomik:
Zwei Männer gucken rum, und einer spricht.

Die besten Stellen nennen wir «die Kracher».
Bei einem gab's in Cottbus mal «Applaus».
Und fällt ein Wasser um, dann gibt es «Lacher».
So geht die erste Lesungshälfte aus.

Die zweite Hälfte ist noch zehnmal wüster:
Starr hockt die Band im Leselämpchenschein,
Die Stimmung steigt von «mittel» über «düster»
Zu «tief bedrückt», dann fällt's uns plötzlich ein:

Drei Typen, drei Genies, drei Alpha-Leiber,
Drei Hammerkarpfen, ein verdammter Teich –
Wer kriegt wohl heute nacht die besten Weiber?
Die Antwort ist fast jeden Abend gleich:

Ein Hemdknopf springt von meiner Kuchenplauze.
Und später rufen, es ist kurz vor vier,
Die besten Weiber rhythmisch «Schnau-ze! Schnau-ze!»
Und treten gegen die verschlossne Tür.

Sie bricht entzwei. Kein Holz ist noch verlässlich.
Die Nacht war wieder mal «exzeptionell».
Backstage erhöhen wir auf «unvergesslich»
Und laufen durch die Suburbs zum Motel.

Titanic
BoyGroup
Zugabe

Wir enden, wie wir angefangen haben, mit «Briefen an die Leser». So schließt sich der Kreis, und alles rundet sich. Der Anfang ist das Ende. Und nach unserem Comeback gehen wir wieder auf Abschiedstournee. Bis zur geplanten BoyGroup-Auflösung 2040.

Briefe an die Leser

Sie, Uta Ranke-Heinemann,

sprechen laut eigener Zählung «zwölf Sprachen» und bitten «vor längeren Flügen, neben einem Ausländer sitzen zu dürfen. Aus Sprachübungszwecken. Dann», so schreiben Sie, «gehen die Lufthansa-Ladys mit mir die Passagierlisten durch. Und wenn einer Dos Santos, Puschkin oder Tortellino heißt, dann kriege ich den Platz neben ihm.»

Wir wissen nicht, was «Guten Tag, ich bin eine entschieden unbequeme Theologin» auf Spanisch heißt. Oder hundertmal «Der Papst in Rom ist doof» auf Russisch. Wir wissen nur: Die Gewalt gegen Ausländer hat viele Gesichter. Und die gegen Dos Santos, Puschkin oder Tortellino sogar noch Ihres mehr.

Mit der Bitte um Gnade:

TITANIC BoyGroup

Lars Bäck, alter Schwede!

In Ihrer Funktion als Gleichberechtigungsberater der schwedischen Gleichberechtigungsministerin Margareta Winberg sind Sie kürzlich mit weiteren Gleichstellungskollegen zur großen Gleichberechtigungskonferenz nach New York geflogen. Während des Fluges haben Sie sich laut dpa-Meldung zuerst schwer betrunken, dann die Stewardessen belästigt und abschließend, wohl weil niemand anders mehr in der Nähe saß, Ihrer Vorgesetzten auf den Schoß gekotzt. Nur für den Fall, dass Frau Winberg Beratung und Gleichberechtigung ernst nimmt: Viel Spaß beim Rückflug!

Beeindruckt:

TITANIC BoyGroup

An Kock, Schick, Pick und Dick!

Aus einem im «Kölner Stadt-Anzeiger» erschienenen Artikel mit der Überschrift «Kirchen streiten über Predigt» würden wir, verehrte Herren Kock, Schick, Pick und Dick, gern auszugsweise zitieren:

«Der Streit zwischen Pfarrer Kurt-Werner Pick und Weihbischof Klaus Dick ... Stadtsuperintendent Karl Schick hat Weihbischof Dick zum klärenden Gespräch geladen ... die Kritik von Dick an Pfarrer Pick sei in seinem Auftrage erfolgt ... Er kenne den Brief an Pfarrer Pick nicht. Manfred Kock, Präses der Evangelischen Kirche, sagte im Hinblick auf den Brief von Dick an Pick, er verstehe die Aufregung von Pfarrer Pick über den Brief an Dick nicht. Dick ist zur Auseinandersetzung im Geist der Ökumene bereit, den Pick ...» usw., usf. – Gebt's zu, Kock, Schick, Pick, Dick: Das war kein Zufall. Nein, diesen Coup habt Ihr seit schätzungsweise vierzig Jahren haarklein vorbereitet, seit jenem Tag, da Ihr der Existenz der je anderen drei gewahr wurdet. Gewahr zumal der in Euch schlummernden konnotativen Hochpotenz – der Tatsache nämlich, dass nicht nur «Dick» auf Englisch «Pimmel» heißt, sondern «Kock» (eigentlich: «Hahn») auch; und «Pick» zwar nicht, aber «Prick» dann – ebenfalls. Und «Präses» klingt ja sowieso verschärft nach ...

Wie auch immer: Für so viel rheinisch-klerikalen Froh- und Hintersinn dankt inniglich:

TITANIC BoyGroup

Und Ihr, «Jesus-Freaks»,

veranstaltet in Wetzlar, Gießen und neuerdings auch Essen jede Woche Eure «Jesus Freaks Abhängabende». Das mag ja eine Weile lang Spaß machen, aber sagt mal: Wie kriegt Ihr eigentlich hinterher die Nägel wieder raus?

Schon ein Kreuz:

TITANIC BoyGroup

Sie, Landrat Manfred Bernhardt (CSU),

haben sich einer dpa-Meldung zufolge «vollkommen normal» gefühlt, als Sie am 28. September in Ihr Auto stiegen. Das aber hätte Ihnen zu denken geben müssen – denn wenn wir die Alkohol-Unfall-Statistik richtig lesen, die wir für Ihre Partei schon seit Jahren führen, dann steht «normal» bei CSU-Politikern für mindestens 1,5 Promille. Und tatsächlich, Ihr Gefühl hat Sie nicht getrogen: Ganz normale 1,8 Promille zeigte der Alkomat, als Sie von einer Polizeistreife gestoppt

Der folgende Text ist schrecklich, und gleich werdet ihr wünschen, ihn nie gelesen zu haben. Er disst eine totale Sauerei in mindestens einem dieser roten Bummelzüge; damit so was nie wieder vorkommt!

Superkakawitz mit Deutscher Bahn

Als Vorrede vielleicht, dass ich aus der Analphase eher raus bin mit siebenundfünfzig, Frau, Ehe, zwei Töchtern, elf und fünfzehn, Robert-Gernhardt-Preis, Renault Kangoo, diese ganze Richtung, da stehen Kakawitze nicht mehr hoch im Kurs, und außerdem haben meine Töchter eh permanent Schiss, dass ich ihren Ruf ruiniere in unserem verkackten Aschaffenburg, wenn ich morgens um halb acht mal wieder in unserem Garten herumsteh in meinem kaputten Schlafanzug und ich sie die zwei Minuten zur Schule begleiten will als guter Vater, nicht dass da unterwegs was passiert – jetzt aber der Kakawitz, leider voll echt:

Normalerweise entleert man in eine Toilette, die schluckt es runter, fertig, und nicht andersrum. Aber: Sitz ich kürzlich auf dem Rückweg von irgendeiner Frankfurter TITANIC-Sauferei

mit meinem bescheuerten Billiganzug auf der Toilette einer klapperigen Bimmelbahn und pisse und scheiße beschwipst so herum, betätige die Spülung, und was macht das bescheuerte Arschloch von Toilette? Ich sag es Ihnen: Die defekte Scheißkuh spuckt, kaum hat sie meine Sachen eingesaugt, den Schmodder wieder aus und in genau berechnetem Bogen exakt zwischen vorderer Kloschüsselinnenwand und Pimmel hindurch Richtung Füße in meine bekloppte Unterhose! Platsch! Und Anzughose! Boing! Nicht viel, okay, aber ich schätze, so eine gut gefüllte 0,3-Cola kam da urplötzlich wieder rausgesprotzt! Mit Currywurst. Volle Kanne retour! Ich so «Iiiih!» und «Ääh!» und kopfschüttel, weil das ja zum Glück ungewöhnlich ist und ich auch sofort wusste, dass die nächste halbe Stunde höchstens so mittel werden würde mit Auswaschen, Rubbeln, Stinken, bis zum Ausstieg im Klo bleiben und dann aber trotzdem noch irgendwie blöd Auffallen, und das stimmte dann auch. Sogar auf der kaum vierzigminütigen Radfahrt nach Hause war mein Gefühl noch nicht gut.

Mit Deutschlands lautestem Literaturkritiker hatten wir des Öfteren Spaß. Einmal plauderte er am TITANIC-Telefon mit «Bundeskanzer Gerhard Schröder» derart freimütig über Michel Friedmans Hobbys, dass wir sogar im Satiremagazin Namen schwärzen mussten. Die lustigsten Telefonate aber dürften ein paar überraschte Leser mit ihm geführt haben ...

«Was bieten Sie mir?!»

Reich-Ranicki und der Rollstuhlstripper

Als mich Marcel Reich-Ranicki im Sommer 2000 anrief, beschlich mich für einen Moment ein etwas mulmiges Gefühl. Schließlich verband uns seit langem eine Telefonfreundschaft; auch wenn der Großkritiker bis zu diesem Zeitpunkt kaum etwas davon geahnt hatte.

Ich weiß nicht mehr genau, wie ich an seine Frankfurter Geheimnummer geraten war. Aber da ich sie nun mal hatte, sollte sie auch nicht in der Schublade alt werden; also riefen der Zeichner Achim Greser und ich bisweilen mit verstellter Stimme bei Reich-Ranickis an und fragten, was man denn heutzutage überhaupt noch lesen könne. Wertvolle Lektüre-Tipps bekamen wir selten, aber stets hatten wir Spaß in den merkwürdigen Gesprächen mit dem knarzigen Alten. Später blieb die Nummer eine Zeitlang ungenutzt; bis, ja, bis zu dem Tag, an dem wir in TITANIC eine Kleinanzeige veröffentlichten: «Ihre Geburtstagsparty war ein Reinfall? Langweilige

Geschenke, kein Gesprächsstoff? Das muss nicht sein: Rolf, der blinde Rollstuhlstripper. Komme sofort, keine Anrollkosten!»

Darunter setzten wir Reich-Ranickis Geheimnummer; ein etwas pennälerhafter Scherz, zugegeben, aber ein lustiger. Und einer mit Nachspiel!

Immerhin hatten wir außer Acht gelassen, dass TITANIC-Leser sich oftmals nicht zu schade sind, abgedruckte Telefonnummern auch zu wählen. Die Vielzahl der anschließenden Gespräche dürfte in etwa so verlaufen sein: ein herrisches «Mja?» auf der einen Seite, ein verlegenes Kichern auf der anderen, die bekannte Großkritikerstimme, die energisch nach Namen und Begehr des Anrufers forscht, eine schüchterne Frage nach Rolf, dem blinden Rollstuhlstripper ...

Ein paar Tage später beschwerte sich einer der Anrufer bei uns, dass die Nummer nicht funktioniere: Gleich nach der Eröffnung habe ihn ein Wüterich in eine ethisch-moralische Diskussion darüber verwickelt, ob es vertretbar sei, blinde Rollstuhlfahrer zur Unterhaltung strippen zu lassen; er habe das Gespräch, dem er sich rhetorisch in keiner Weise gewachsen fühlte, vorzeitig beenden müssen.

Und irgendwann ging dann wohl Reich-Ranicki zum Kiosk, TITANIC kaufen. Als er mich anrief, beschlich mich für einen Moment ein etwas mulmiges Gefühl: Eine Anzeige würde uns einiges kosten.

«Was bieten Sie mir?» war seine erste Frage, und ich verwies darauf, dass wir als quasi werbungsfreies Magazin über wenig Barmittel verfügen. Wild begann er daraufhin, das Heft durchzublättern, und triumphierend wies er meine Behauptung zurück, sooft er auf eine Anzeigenparodie stieß. Um die entwürdigende Prozedur abzukürzen, bot ich ihm eine Anzeigenseite, die koste immerhin 5000 Euro. «Ich kann da alles reinschreiben? Bis morgen überlege ich es! Auch eine Reklame für mein Buch?»

Ich bejahte und bedachte die Freude, die eine echte Anzeige für «Mein Leben» in TITANIC unter Literatur-Freunden auslösen würde. Leider zu früh: Am nächsten Tag kam es zum endgültigen Bruch zwischen Löffler und Reich-Ranicki, der daraufhin wohl Besseres zu tun hatte und niemals wieder anrief ...

Natürlich haben wir uns wegen der Verwechslung der Nummern in der nächsten Ausgabe bei Rolf, dem blinden Rollstuhlstripper, entschuldigt.

Nach den schrecklichen Morden in Paris, denen Anfang Januar 2015 viele Kollegen von «Charlie Hebdo» zum Opfer fielen, hatten wir Satiriker plötzlich ganz viele neue Freunde und Kollegen. Supergeil, dachte ich – und trat von meinem Amt zurück. Am Ende eines langen Auftritts kann man das ja mal machen.

Warum ich kein Satiriker mehr bin

Eine Abdankungserklärung

Die Anschläge in Paris haben mein Leben verändert. Unschuldige Satiriker haben ihr Leben verloren – klar, das ist schlimm. Wo aber Gefahr ist, da wächst das Witzelnde auch, und das kam ganz unerwartet in Form vieler neuer Spott- und Hohnfreunde. Von «Bild» über «B. Z.» bis «Jungle World» und «Spiegel» riefen alle «Je suis Charlie!», solidarisierten sich mit uns und waren nun gleichfalls Satiriker.

So viele neue Kollegen hatten wir noch nie, das hat uns stark berührt. Ich war sehr stolz darauf, auch Satiriker zu sein und zu diesem plötzlich hochangesehenen Berufsstand zu gehören. Weil ich als Berufszyniker mit meinem Leben für nihilistische Überzeugungen einstand, weil ich tagaus, tagein meine Finger in anderer Leute Wunden legte, ihnen einen Spiegel vorhielt (den Leuten, nicht den Wunden), alles Schöne und Gute verächtlich machte, verhohnepiepelte und verzerrte, weil ich verletzte, verlachte und in den Dreck zog – für diese Heldenhaftigkeit würde man mir nun Lorbeerkränze winden und rote Teppiche ausrollen. Dachte ich.

Es konnte nicht mehr lange dauern, bis man uns tapferen Witzemachern in der Straßenbahn einen freien Sitzplatz anbot, uns am Obstregal im Supermarkt ermutigend auf die Schulterblätter klopfte und uns in dunklen Parkhäusern hell erleuchtete Satirikerparkplätze zuwies. Langes Warten beim Arzt oder beim Helene-Fischer-Kartenvorverkauf war endlich passé, ein kurzer, schneidiger Ruf würde genügen: «Lassen Sie mich durch, ich bin Satiriker!»

Mein neuer Kollege, «Bild»-Chef Kai Diekmann, sprang mir bei. Nach gelungener Rasur war er kaum wiederzuerkennen, mitreißend formulierte er unseren Kampfauftrag. Das fiel ihm natürlich leicht, gerade als Schriftleiter einer Zeitung, die schon immer das schrieb, was sie schreiben wollte, die schon immer aussprach, wonach ihr der Sinn stand: «Ihre Gewalt, ihr erbarmungsloser Hass richtet sich gegen die Freiheiten, die unsere Gesellschaften ausmachen: die Freiheit der Presse, die Freiheit der Meinung, die Freiheit der Künste.» Und nicht zuletzt darum gelte es, «furchtlos so zu leben, wie wir leben. Schreiben, was wir schreiben wollen. Zeichnen, malen, dichten, aussprechen, wonach uns der Sinn steht.» Singen, tanzen, fröhlich sein und manchmal sogar einen lustigen Talibanbart tragen, das ist die Welt, für die es sich zu kämpfen lohnt.

Da fehlte jetzt nur noch die große «Wir sind Charlie»-Solidaritätsgala im ZDF, mit Johannes «B.» Kerner und allen deutschen Mediengrößen von Giovanni di Lorenzo bis Mathias Döpfner. Ein Blick ins Programmheft ließ mich erschaudern: Diese Gala gab es ja tatsächlich schon! «Das große Fest der Besten» auf der ARD! «Präsentiert von Florian Silbereisen. Mit Michelle, Helene Fischer und vielen Stars der Volksmusik.» Na, egal, die machen eh auch bald mit, es läuft ja eigentlich alles rund und perfekt. Zum Glück berichtete kaum einer, was der Spielverderber und «Charlie-Hebdo»-Zeichner Renald Luzier, der das Attentat knapp überlebte, gerade gesagt hatte: «Man hat's nicht leicht, wenn man von solchen Idioten unterstützt wird wie Angela Merkel.»

Ja, es läuft so gut, dass die Satire mich gar nicht mehr braucht. Sind doch genug neue Kollegen da! Und hatte nicht auch schon Robert Gernhardt zu Lebzeiten der Satire abgeschworen? Im Nachwort seiner 1984 erschienenen Satirensammlung «Letzte Ölung» zog er ein bedrückendes Fazit seiner jahrzehntelangen Spaßmachertätigkeit:

«Warum ich nicht gern Satiriker bin und mich nur ungern als solchen bezeichnet sehe», hieß sein Schlusswort, das die Unterzeile trug: «Keine Satire». Darin legte Gernhardt gleich sieben gute Gründe gegen sein eigenes Handwerk vor, nämlich «die toten Satiriker» (spätestens seit Tucholsky sind nur tote Satiriker gut), «die lebenden Satiriker» («die erträglicheren sind verhinderte Künstler, die noch erträglicheren verhinderte Lehrer, die unerträglichen verhinderte Heilige»), «die Leser der Satire» («Schon mal was von uneigentlichem Sprechen, von Ironie oder gar Parodie gehört?»), «die Anlässe der Satire» (immer wieder die gleichen), «die Mittel der Satire» (dito), «die Folgen der Satire» (keine) und zu schlechter Letzt «die Satire als solche».

Was Gernhardt zu dem selbst ihn überraschenden Schluss bringt: «Wahrscheinlich ließe sich noch viel gegen die Satire sagen. All das verblasst jedoch vor der Tatsache, dass zumindest unsere Kultur längst verrottet oder zerplatzt wäre, hätte sie nicht früh schon die Möglichkeit satirischen Sprechens entwickelt und – mit Unterbrechungen – immer wieder gestattet.»

Da hatte er recht, der gute Tote. Vor allem mit den Lesern der Satire. Denen kann man ja praktisch nie was recht machen. Nimmt man mal den Dalai-Lama aufs Korn, lautet postwendend die Beschwerde: Ihr Feiglinge, beim armen Dalai-Lama traut ihr euch, aber mit dem Papst würdet ihr so was nie machen! Wendet man sich dann dem Stellvertreter Gottes auf Erden zu und zeigt anhand einer befleckten Soutane die undichten Stellen im Vatikan, heißt es sofort: Ihr Flaschen, gegen die katholische Kirche spielt ihr euch auf, aber gegen den Islam, da zieht ihr den Schwanz ein! Zuletzt punktete mit einer solchen Haltung die CDU-Satire- und Vertriebenenexpertin Erika Steinbach, als sie kurz nach den Pariser Anschlägen gute Ratschläge an Satiriker twitterte: «Nur kath. Kirche kritisieren, sonst lebensgefährlich ;-)» Es war vor allem der finale Zwinker-Smiley, der ihr nach dem Gezwitscher einen veritablen Shitstorm und die Anzeige eines aufgebrachten Bürgers einbrachte. Und die Islamwitze, von denen der Scheinkabarettist Dieter Nuhr vermutet, dass man sie in Deutschland nicht machen könne, die habe ich auch längst gemacht. Dafür gab es übrigens keinen Beifall, nur einen namentlichen Eintrag auf einer islamistischen Seite.

Doch nun, da endlich alle Satiriker sind – da ist meine Mitarbeit wirklich nicht mehr nötig. Die allfällige Kritik mit komischen Mitteln – die besorgen die Betroffenen doch sogar schon selbst! Und wie!

Da ist der irre Bettelpapst in Rom, der in einer Ansprache vor seiner eigenen Kurie gegen deren «mentale Erstarrung», gegen die «Krankheit der Rivalität und Eitelkeit» und «spirituelles Alzheimer» stichelt. Da sind die lustigen Verschwörungstheoretiker, die schon Stunden nach den Pariser Anschlägen beweisen konnten, dass der Mossad hinter allem steckte. Da ist der AfD-Politiker Jörn Kruse, der öffentlich über den Attentatszeitpunkt scherzte: «Leider ist es viel früher passiert, als ich gehofft habe.» Da demonstrieren in Paris die Führer der Welt, säuberlich vom Volk separiert, in einer abgeschotteten Seitenstraße für Friede, Freude, Eierkuchen und die Freiheit der Presse, während einige dieser Spaßvögel in ihren Heimatländern Journalisten auspeitschen, foltern und wegsperren lassen. Da steht Angela Merkel vor dem Brandenburger Tor und demonstriert für die Pressefreiheit, während ihr schon der leibhaftige Schalk Seehofer im Nacken sitzt und höhere Strafen für Blasphemie fordert. Wenn das keine Schenkelklopfer sind!

Und dass der Pegida-Erfinder Lutz Bachmann, der sich sofort mit «Charlie Hebdo» solidarisierte und in Strafsachen bestens bewandert ist (Körperverletzung, Einbruch,

Diebstahl), dass dieser Demokrat später mitteilte, er wolle die TITANIC wegen eines ihm in den Mund gelegten Kommentars verklagen («Mit Satire hat dies nix mehr zu tun!») – und sich zeitgleich auf der Titelseite der «Bild»-Zeitung als Hitler mit Hitlerbärtchen und Hitlerscheitel präsentieren lässt –, das alles ist wirklich absolut wunderbar!

So etwas könnte sich ein Satiriker doch niemals ausdenken.

Unendlich traurig und solidarisch: die TITANIC-Redaktion

Inhalt

Pause

2. Hälfte

Zugabe